U0164148

臺灣

前行代詩家論

——第六屆現代詩學研討會論文集

國立彰化師範大學國文系　主編

序　言

Preface

原本期盼，二〇〇三年五月，中臺灣的天空將因眾多名詩人與學者的齊聚而照亮；耕耘了數十年的臺灣現代詩壇，將因此次的研討會而擁有《臺灣前行代詩家論》的集結總論成果。這是彰化師大國文系的傳統與堅持——延續了十二年的、古典詩與現代詩交替舉行的全國性「詩學研討會」。籌畫了半年，排除萬難邀得了眾家名詩人、名學者，包括余光中、羅青、渡也、蕭蕭、孟樊、張健、陳義芝、尹玲、陳芳明、陳鴻森……等人之領首與會；涵蓋了對臺灣前行代詩人：鄭愁予、余光中、楊牧、瘂弦、覃子豪、白萩、林泠、紀弦、商禽、敻虹、陳千武、周夢蝶、洛夫、羅門等各家詩人之詩論探討，卻因一場舉世聞之色變的急性呼吸道症候群：sars，而打亂了計劃、而褪淡了光彩。不過莘莘學子所翹首企盼的詩學盛會雖然被迫取消，學界努力的腳步卻是未曾稍緩。終於，得以在臺灣宣布戰勝了這場疫病後的不久，《臺灣前行代詩家論》也如期出版了。謹以此精采詩論饗宴愛好詩學以及出生得比較晚的臺灣學子們，也願詩人行業的這盞燈，繼續地，永遠地，被傳遞下去。……

彰化師大國文系　謹誌

編者按：1. 這原是一場全國性的詩學研討會，所以出版時如實地保留了原短評部分。
2. 部分詩作在出版時因受授權法規範，採用節錄方式，敬請原作者及讀者見諒。

目　錄

Contents

（篇目依作者姓氏筆劃排列）

論余光中詩的均衡結構

丁旭輝　輔英科技大學副教授

摘　要

「均衡結構」指的是余光中利用格律與類疊、反復、對仗、排比等修辭手法在視覺、聽覺與意義上所製造出來的一種對稱均衡、呈現出穩定而流動特質的詩形結構，在其中同時也表現出音調結構、意象結構與時空結構。在余光中十八本詩集中，不管是格律詩或自由詩，我們都可以看到大量的「均衡結構」，而其整體比例更高達57%，在以風格多變著稱的余光中詩作裡，我們看到了他不變的堅持；這是一種潛藏在余光中詩作裡的「隱藏結構」。做為一個前行代的詩人，「均衡結構」充分的表現出余光中的恢宏氣度與詩學成就，這不但是他極具特色的個人風格與體式的展現，也是形成他詩作動人魅力的部分原因，更是他對漢詩傳統的承續與開創的嘗試與貢獻。

關鍵詞：余光中、均衡結構、現代詩、新詩、詩形結構、隱藏結構

一、前言

余光中為當今現代漢詩之巨擘，已是一個不爭的事實，五

十四年從未停過的詩筆[1]、十八本單行的詩集、八三〇首[2]、兩萬一千六百十五行的詩作[3]，五百篇以上的評論[4]，以及數不清的榮譽與讚譽，這些都在數量與外在上說明了這個事實；而這些詩作的精采動人與評論的一再肯定，則從質地與內涵上證成了這個事實。

在臺灣前行代詩人中，余光中詩作引起的評論，恐怕是少有人可比的。而在諸多評論中，以單篇作品的賞析居多，其次是單本詩集的介紹，再其次則是針對余光中某個年代或某個時

1　余光中第一首新詩寫於他就讀廈門大學外文系二年級時，見余光中：《掌上雨》（臺北：時報文化出版公司，1980年），頁192。余氏就讀廈門大學外文系二年級時為一九四九年，至今年二〇〇三年，共五十四年。

2　余光中的單行詩集共十八本，依照創作年代先後分別為《舟子的悲歌》（臺北：野風出版社，1952年）；《藍色的羽毛》（臺北：藍星詩社，1954年）；《天國的夜市》（臺北：三民書局，1988年）；《鐘乳石》（香港：中外畫報社，1960年）；《萬聖節》（臺北：文星書店，1960年）；《蓮的聯想》（臺北：時報文化出版公司，1985年）；《五陵少年》（臺北：大地出版社，1993年）；《天狼星》（臺北：洪範書店，1987年）；《敲打樂》（臺北：九歌出版社，1986年）；《在冷戰的年代》（臺北：純文學出版社，1988年）；《白玉苦瓜》（臺北：大地出版社，1995年）；《與永恆拔河》（臺北：洪範書店，1986年）；《隔水觀音》（臺北：洪範書店，1987年）；《紫荊賦》（臺北：洪範書店，1992年）；《夢與地理》（臺北：洪範書店，1992年）；《安石榴》（臺北：洪範書店，1996年）；《五行無阻》（臺北：九歌出版社，1998年）；《高樓對海》（臺北：九歌出版社，2000年）。余氏詩作的總首數、總行數，以及下文凡論及余氏詩集者皆依照此處所列之順序與版本，引用時不另外詳註。至於各集之創作年代、首數見下文第三節表列。

3　十八本詩集的行數分別為《舟子的悲歌》，511行；《藍色的羽毛》，700行；《天國的夜市》，868行；《鐘乳石》，740行；《萬聖節》，642行；《蓮的聯想》，832行；《五陵少年》，895行；《天狼星》，1486行；《敲打樂》，626行；《在冷戰的年代》，1313行；《白玉苦瓜》，1399行；《與永恆拔河》，1693行；《隔水觀音》，1553行；《紫荊賦》，1765行；《夢與地理》，1706行；《安石榴》，1709行；《五行無阻》，1483行；《高樓對海》，1694行。十八本總共21615行。

期詩作的評論，至於涵括余光中全部詩作加以系統論述的，則較為少見。本文即擬針對余光中已集結成書的十八本單行詩集，以宏觀的角度通盤論述。

一般論述余光中詩作者多注意余詩變化之處，本文則擬從余詩的「均衡結構」論其不變之處。本文所謂「均衡結構」指的是余光中利用格律與類疊、反復[5]、對仗、排比等修辭手法，在視覺、聽覺與意義上所製造出來的一種對稱均衡、呈現出穩定而流動特質的詩形結構。從第一本詩集到第十八本詩集，這個特點一直都「一以貫之」地存在余光中的詩作裏，造就了余詩特殊的個人風格與體式，也形成了一個大詩人的宏觀

4 余光中的作品評論相當的多，其中專論他的詩作，或評論訪談中以他的詩作為主要對象的，在黃維樑所編的《火浴的鳳凰——余光中作品評論集》（臺北：純文學出版社，1982年）書後的「附錄三：評論、介紹、訪問余光中的文章目錄」（頁435~453）中的一八二篇文章中，大約有一一四篇；此書的續編《璀璨的五采筆——余光中作品評論集（1979~1993）》（臺北：九歌出版社，1994年）書後的「附錄三：評論、介紹、訪問余光中的文章目錄」（頁563~599）中的四二〇篇文章中，大約有二六三篇。黃維樑兩本書的收錄範圍為一九九三年以前海內外的評論；一九九三年以後，在國家圖書館「中華民國期刊論文影像索引系統」內所收的余光中評論大約有四十五篇詩論，大陸的「中國期刊網」從二〇〇〇到二〇〇二年則有大約二十五篇。四項總合為四四七篇，如果再加上臺灣各種學術會議的會議論文（「中華民國期刊論文影像索引系統」只收錄期刊論文），以及一九九三到二〇〇〇年大陸地區的論文，以及一九九三年以後的海外論文，則可以推測與他的詩作的相關評論當在五百篇以上。

5 本文所謂「類疊」，見黃慶萱：《修辭學》（臺北：三民書局，1992年），頁411~445。黃氏書中對「類疊」之心理學與美學基礎有相當嚴謹清晰的説明，可參見之。其所謂「類疊」指「同一個字詞語句，接二連三反復地使用著」（頁411），包括「疊字」，指「字詞連接的類疊」；「疊句」，指「語句連接的類疊」；「類字」，指「字詞隔離的類疊」；「疊句」，指「語句隔離的類疊」（頁413）。其中「疊句」相當於陳望道《修辭學發凡》所説的「連接反復」（頁422），「類句」則相當於「隔離反復」（頁423）。

架構。文中我們將先分就余光中的格律詩與自由詩，分析其「均衡結構」的呈現手法與條件，然後根據這些條件，逐一檢視余光中的全部詩作，製為圖表，具體呈現其分佈狀況與比例，做為「均衡結構」的客觀依據，並將余光中詩作的「均衡結構」，置於整體現代漢詩的背景中，突顯其個人風格與體式的建立，及其在詩學上的傳承與開創。為了呈現余光中詩的均衡結構，文中我們將適度借重歸納統計的方法與格式塔（Gestalt）藝術心理學（或譯「完形心理學」）、視覺心理學的觀點，期望在這樣的描繪下，能呈現余光中詩作諸多風貌與成就之一斑。

二、均衡結構的構成

在橫跨半個世紀的詩創作過程中，風格的多變一直是余光中著名的標誌，他自己也說「藝術家對於自己風格的要求，似乎可以分成兩個類型。一是精純的集中，一生似乎只經營一個主題，一個形式。另一類是無盡止的追求……我的個性也傾向後者」，甚至稱呼自己為「藝術的多妻主義者」。[6]然而縱觀他的十八本詩集、八三〇首詩作，在多變之中我們卻可以發現一個不變的脈絡：即透過對稱、重複形式所營造而成的「均衡結構」。在格式塔藝術心理學上，「所謂重複，就是換一個位置再來一次，換言之，最初的母體僅僅作了空間位置的變化，其它則保持不變」，「對稱基本上是由同一個母形的左──右或上──下並置而形成的一種鏡式『反映』關係。重複則不然，

6　見余光中：《五陵少年．自序》，頁4。

它既不包含著母形的反映，也不是嚴格的並置」。[7] 在美學上，「對稱」指的是「以一條線為中軸，左右（或上下）兩側均等」；「均衡」則是「兩側的形體不必等同，量上也是大體相當，均衡較對稱有變化，比較自由」。[8] 所以，不管在視覺上、聽覺上或心理上、意義上，「對稱」與「重複」的形式都將呈現為一種均衡的結構。「詩」在本質上是一種時間藝術，但是當她以文字呈現，透過閱讀而得以供人欣賞時，則又帶有空間藝術的性質。如果我們在現代詩的閱讀中，加入一些視覺心理學的觀點，也就是說除了原來的意義的解讀、節奏的感受之外，加入一些空間藝術的觀點，將一首詩視為一個空間藝術品，則我們將可以在詩作中發現格式塔藝術心理學家阿恩海姆（Rudolf Arnheim，1904～1994）所說的空間藝術的「隱藏結構」，尋找「確能助使作品之內涵顯現」的有意義的「均衡作用」。[9]

以余光中詩作而言，「均衡」感的產生，來自於他對格律的運用與大量的類疊、反復、對仗、排比等修辭手法所造成的詩形、節奏或意義的重複或對稱，而其結果，則在他的詩作裏形成一種均衡結構。仔細分析，余光中詩的均衡結構，主要表

---

7 見滕守堯：《審美心理描述》（臺北：漢京文化公司，1987 年），頁 113、115。此處引文，屬於書中專論「格式塔」藝術心理學的第四章：「純粹形式及其意味——格式塔的啓示」，而此章在略事增潤後，收入滕氏其後所翻譯的「格式塔」藝術心理學大師魯道夫·阿恩海姆（Rudolf Arnheim）所著的《視覺思維——審美直覺心理學》（成都：四川人民出版社，1998 年）一書，做為長達三十六頁、近三萬字的「譯者前言」。

8 見楊辛、甘霖：《美學原理》，臺北：曉園出版社，1991，頁 168、169。

9 見阿恩海姆（Rudolf Arnheim）著，李長俊譯：《藝術與視覺心理學》（臺北：雄獅圖書公司，1982 年）。此處引文見書中第一章，而此章所專論者即為「均衡」。

現在大量的格律詩，以及有著「多數詩行均衡」與「柱式均衡」的自由詩中。

（一）格律詩中的均衡結構

余光中的格律詩可以分為全詩所有詩節行數一樣或呈現規律變化的嚴整的「全格律詩」，以及詩節中有一節的行數與其他詩節不一樣的較寬鬆的「半格律詩」。

余光中的「全格律詩」有五種不同的呈現模式。一種是所有詩節行數統一，由雙行體、三行體、四行體、五行體、六行體、七行體、八行體、九行體、十行體、十一行體、十二行體、十三行體、十四行體到十六行體、十八行體都有。一種則是不同行數詩節的規律變化，例如〈螢火蟲小夜曲〉(《舟子的悲歌》，27 首，頁 59 ～ 60）[10]，全詩四節，行數為四—五—四—五；〈海燕〉(《藍色的羽毛》，8 首，頁 16 ～ 18)，全詩十二節，行數為二—三—二—三……；〈金鬣〉(《鐘乳石》，28 首，頁 51 ～ 52)，全詩四節，行數為四—四—三—三。第三種則是首、尾節一種詩行數，中間各節另一種詩行數，形成一種首尾包夾的格律體，例如〈我的小屋〉(《天國的夜市》，7 首，頁 17 ～ 19)，全詩五節，詩行數為四—五—五—五—四；〈廢墟的巡禮〉(《鐘乳石》，37 首，頁 73 ～ 74)，全詩三節，詩行數為六—三—六；〈海是鄰居〉(《五行無阻》，6 首，頁 25 ～ 29)，全詩七節，詩行數為五—七—七—七—七—七—五。第四種則是全詩不分段落，只有一個詩節，但是詩行的排列呈現明顯規律，例如〈扇〉(《隔水觀音》，18 首，頁 70

10 為方便查考，以下凡引用詩作，都在括號內依序註明所屬詩集、詩作編號、頁碼。詩作編號的方法見下一節「穩定結構表」下之說明。

～71），全詩的排列以四個長行為骨幹，行與行中間夾住兩個短行，而且中間的兩個短行一律比長行低兩格排列；〈望海〉（《夢與地理》，11首，頁27～28），全詩十四行，以長－短－長－短的模式交叉排列，而且短行都一律比長行低一格。這種組成方式其實與第一種相當類似，只是並未分出段落而已。第五種也是全詩只有一個詩節，每一行的字數雖然只是接近而不完全相同，但細細分析，其各行的音組[11]數目都是一樣的，例如〈削蘋果〉（《安石榴》，4首，頁11～12）：

01　看你、靜靜、在燈下
02　為我、削一隻、蘋果
03　好像、你掌中、轉著的
04　不是、蘋果、是世界
………
11　把最好的、果肉、給我
12　而帶核的、果心、總是
13　靜靜、留給、妳自己

全詩十三行，都是三個音組（「、」與詩行前的數字為筆者所加上，以方便計算音組數與行數），雖然十一、十二行也可以分解成「把、最好的、果肉、給我」、「而、帶核的、果心、總是」，成為四個音組，但音組的分解本來就存在合理的彈性空間，在合理的彈性範圍之內，是容許某種程度的拆合

---

11 「音組」的名稱向來紛紜，有「音尺」、「音頓」、「音段」、「音節」、「音步」等不同説法，陳本益有專門之論述，參見陳本益：《漢語詩歌的節奏》（臺北：文津出版社，1994年），第二章第四、五節。

的。又如〈桐油燈〉(《五行無阻》，27首，頁104～107)，全詩四十行，每一行也都是個三音組，其中第十五、十六行可以分解成四音組的「在、風吹、草動的、夜裡／在、星光、長芒的、下面」，但在彈性範圍內也可以分解成「在風吹、草動的、夜裡／在星光、長芒的、下面」或「在、風吹草動的、夜裡／在、星光長芒的、下面」的三音組，而且更見流暢的氣韻。

至於「半格律詩」，則是在規矩的格律詩中出現一個詩節的不統一，這個詩節可能出現在開頭，如〈大度山〉(《五陵少年》，4首，頁11～13)，全詩五節，第一節五行，後四節則都是四行；也可能出現在中間，例如〈淡水河邊吊屈原〉(《舟子的悲歌》，14首，頁31～33)，全詩六節，每節四行，但第五節則為五行；最多的則是出現在最後一節，如〈夜別〉(《藍色的羽毛》，3首，頁4～5)，全詩四節，前三節每節四行，第四節則為二行。「半格律詩」乍看之下是對格律的破壞，其實以這「例外」的一個詩節與整首詩的規律重複比起來，並不致於傾斜全詩的均衡狀態，頂多是一個規律中的變化；而且就余光中全部詩作而言，大量的「半格律詩」已自成另一種新的格律形式了。

不管是「全格律詩」或「半格律詩」，余光中整體格律詩的基本構成模式其實只有兩個：一個是將一首詩分成均勻的段落，讓相同詩行數的詩節(一種或兩種)不斷重複出現，「全格律詩」的第四種也是這個模式的變體；一個則是「全格律詩」的第五種，透過節奏的控制，讓整首詩的每個詩行音組數目都一樣，也就是讓相同音組數的詩行不斷重複出現，連帶使得所有的詩行呈現大約一致的長度。而這樣的格律模式，首先將在

視覺上呈現出一個整齊而規律的均衡詩形，其中「全格律詩」的第二種「不同行數詩節的規律變化」（如四—五—四—五）與第三種「首尾包夾的格律體」（如四—五—五—五—四），其前後、左右、首尾詩節的對稱均衡效果更是明顯。其次，在閱讀時，分段落的格律詩由於相同詩行數的詩節（一種或兩種）不斷的重複，自然會形成一種起伏相當、時值接近的節奏，在聽覺上形成均衡的節奏；至於不分段落的格律詩，則由於每一個詩行的音組數目完全一樣，這種起伏相當、時值接近的節奏感將更為鮮明。於是，在余光中的格律詩中，就呈現出一種均衡和諧的節奏感來。第三，格律的節制、均衡精神，往往也使得每一首分段詩的每一個段落與不分段詩的每一個詩行較為平均的分擔、承載、表現了整首詩的情緒意蘊，在內涵意義的表現上，也營造了均衡的整體傾向。由視覺、聽覺到意義，余光中透過格律詩的種種均衡設計，營造出一種詩作的均衡結構。

（二）自由詩中的均衡結構

在格律詩中，余光中表現出他的均衡結構，這是一種主動的選擇與有意識的風格呈露，不過這同時也是因為格律詩本身的性質使然。但是在自由奔馳、無所羈軛的自由詩中，余光中也表現出相當鮮明的均衡傾向，這對於他個人詩作之「均衡結構」特色的形成，便有相當的強化意義與效果了。

類疊、反復、對仗、排比等修辭手法，在現代詩中當然都是基本的、常見的技巧，但余光中特別喜歡並大量使用這些帶著「對稱」、「重複」性質的修辭手法，則是一個很大的特色，這在他不同時期的大多數詩作中都有充分的呈露，連帶也使得他的詩作充滿顯著動人的音樂性。「對稱」、「重複」的形式本來就是均衡結構形成的原因，特別是在一首現代詩中，如果使用「對稱」、「重複」技巧的次數愈多、涵蓋的範圍愈大，均衡的結構就會獲得更大的加強。而在余光中的詩作中，在同一首詩中大量運用類疊、反復、對仗、排比的修辭手法，是相當常見的，甚至我們可以設定一個驗證「均衡結構」的高標準，即「對稱」、「重複」的涵蓋範圍必須超過詩行總數的一半，做為認定詩中「均衡結構」是否成立的條件。另外，具備格律精神而形式較為寬鬆的詩作，由於各個詩節的詩行數相當接近，或者全詩多數詩行長度接近，也會造成視覺上與節奏上的均衡穩定。綜合這些因素，我們可以從兩個角度來探討余光中自由詩中的「均衡結構」。

首先是「多數詩行均衡」的角度。

形成這種情況有兩個原因：第一種是詩中各個詩節的詩行數相當接近，或者全詩多數詩行長度接近、音組數接近，造成視覺上與節奏上的均衡穩定。各個詩節的詩行數相當接近的如〈啊太真〉(《蓮的聯想》，12首，頁35～38)，全詩本由十個三行體的詩節組成，而且都是一、三行長行，中間行短行，而且中間行都低一格排列，本來是極為嚴整的格律詩，但是在原本應是第七、第八節的中間卻多了一個詩節，該詩節只有一行，而且是以括號的方式強調其插敘、靜默與潛意識或內心獨白的意味；相同的，原來的九、十節中間，也是如此插進一個單行的詩節。由於全詩的格律相當的嚴明，插入的兩個詩節又都是單行，與三行體的詩節相去不遠，所以全詩仍得以呈現均衡而穩定的結構。又如〈兩個日本學童〉(《紫荊賦》，57首，頁165～170)，全詩四節，行數為十四、十六、十五、十五，六十行的詩行切割為大致均衡的四個段落，在視覺上與詩意的

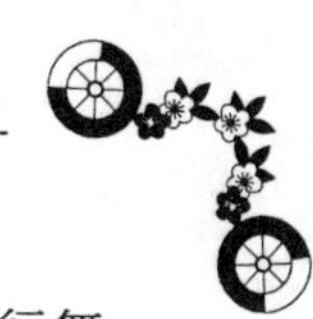

承載量上，就是均衡而穩定的；或者像〈戈巴契夫〉(《五行無阻》，10，頁36～41)，全詩兩節，第一節三十二行、第二節三十一行，兩個詩節如此之長而又只差一個詩行，在視覺上與詩意的承載量上，也是均衡而穩定的。又如〈拜託，拜託〉(《夢與地理》，6首，頁15～16)，她是「全格律詩」第四種形式的放寬，全詩一節，由一長一短詩行接續組成，且短行都比長行低一格排列，唯一的例外是短行第七次出現時重複了一次，多了一行。多數詩行長度接近、音組數接近的如《高樓對海》中的〈麥克風，耳邊風〉(2首，頁13～14)、〈共燈〉(48首，頁171～174)、〈月色有異〉(50首，頁179～180)等。這些其實都是「全格律詩」標準的放寬，她們本身都相當接近「全格律詩」的標準，只是因為少數詩行音組數目不相同，所以不能計入格律詩，但格律詩的均衡結構，在她們的身上有相當完整的保留。

形成「多數詩行均衡」的第二種原因是詩中連續、大量運用了類疊、反復、對仗、排比等修辭手法，造成相同或類似的文法與字句的詩行連續出現，而使得多數詩行呈現對稱或重複的趨勢，造成詩作的均衡結構。例如〈燈下〉(《與永恆拔河》，5首，頁14～15)，全詩一節二十三行，一到三行是「無論……／無論……／無論……」的排比句法，第十到十九行則是連續兩組「倘那人……／燈(啊你)就……／倘(那人)……／燈(就)……／……」的排比句法，只剩下前面四到九行、後面二十到二十三行是彼此無關的，全詩就因為這一前一後兩大段超過整首詩一半篇幅的重複句法，而形成均衡的結構。又如〈向日葵〉(《夢與地理》，53首，頁177～179)：

01 木槌在克莉絲蒂的大廳上
02 going
………
05 砰然的一響，敲下去
06 三千九百萬元的高價
07 買斷了，全場緊張的呼吸
08 買斷了，全世界驚羨的眼睛
………
13 木槌舉起，對著熱烈的會場
14 手槍舉起，對著寂寞的心臟
15 斷耳，going
16 赤髮，going
17 壞牙，going
18 惡夢，going
19 羊癲瘋，going
………
23 砰然的一響，going
24 一顆慷慨的心臟
25 迸成滿地的向日葵滿天的太陽

第二到第四行是「going」的重複，七、八行與九到十二行是兩組排比，十三、十四行是對仗的句子，十五到二十三行則是因為行末「going」的重複，也有了類似排比的功效，而且與前面行首重複的正常排比形成一正一反的互補局面，其中十五到十七行行首的「斷耳」、「赤髮」、「壞牙」的意象又與第九到十一行行尾彼此呼應對稱，於是整首二十五行的詩，就有二十行是處於對稱或重複的形式之中。而梵谷生前的潦倒、沒沒無聞與死後的風光、一畫千金，以及拍賣場「木槌舉起，對著熱烈的會場」與梵谷「手槍舉起，對著寂寞的心臟」，在時間與空間的跨度、對照下，所凸顯的生命悲劇與反諷，更是隱藏在詩之外形下，更深刻的對稱與均衡結構。不管在視覺上或聽覺、意象（意義）上，以及在時空跨度所形成的時空結構上，這首詩都處於高度均衡的情況。

其次是「柱式均衡」的角度。

「柱式均衡」指的是詩中出現「類字」或「類句」或排比句法的隔空呼應，使得詩中開頭與結尾，或是每隔幾個詩行就會出現完全相同的句子，或出現因開頭相同、文法結構相同而顯得雷同而能引起相同情緒、節奏的句子。如此一來，整首詩將會被這相同或類似的句子切割為大致均衡的區間，而這些以「重複」形式出現的詩行，將有如一個建築物的柱子一樣，支撐起整首詩的建築，使其屹立不搖、堅固穩定。

在比較短的詩中，這種「柱式均衡」中的呼應詩行只要出現在首尾就可以造成均衡的結構，例如〈金谷園裡〉(《鐘乳石》，32首，頁61～62)，全詩十三行，雖然只有「當五月的睫毛睜開」於首尾互相呼應，但因為詩的篇幅較短，前後的視覺距離（空間）與聲音距離（時間）相對的較短，所以呼應的效果仍然相當的強烈；或者像〈在漸暗的窗口〉(《安石榴》，51首，頁164～166)，全詩一節二十五行，前三行與後三行首尾呼應，雖然中間相隔十九個詩行，但因呼應的詩行本身各多達三行，當閱讀進行到最後三行時，呼應與均衡感仍然相當的強烈。單純首尾呼應的「柱式均衡」例子比較少見，通常在首尾之間，還會有其他呼應的詩行，以增強呼應的強度，例如

〈我不再哭泣〉(《天國的夜市》，10首，頁27～28)：

01　在那漫長的，失眠的夜裡，
02　我不再哭泣，我不再哭泣。
03　在那漫長的，失眠的夜裡，
04　當牆上壁虎那冷冷的目光
05　和我的沉鬱的目光相遇；
06　當池畔的合唱已近尾聲，
07　只餘下獨蛙在自言自語；
………
14　靈魂有過深，過深的傷痕，
15　不能用太燙的淚水浸潤，
16　不能用太淺的淚水探測，
17　不能用太淡的淚水沖洗。
18　在那漫長的，失眠的夜裡，
19　我不再，不再哭泣。

全詩一節十九行，「在那漫長的，失眠的夜裡，／我不再(哭泣)，(我)不再哭泣」與「當………」的詩行成為詩中的呼應詩行，前者出現於一、二，三，十二、十三，十八、十九行；後者出現於四、六、八、十行。兩種呼應詩行涵蓋的範圍涉及全詩，使得閱讀過程中每隔幾個詩行，就會出現類似的情感、旋律與視覺印象，再加上十五到十七行的工整排比，整首詩便呈現出均衡的架構了。或者像〈招魂的短笛〉(《鐘乳石》，38首，頁75～76)，全詩三節二十二行，詩的第一節如下：

魂兮歸來，母親啊，東方不可以久留，
　　誕生颱風的熱帶海，
　　七月的北太平洋氣壓很低。
魂兮歸來，母親啊，南方不可以久留，
　　太陽火車的單行道，
　　七月的赤道灸行人的腳心。
魂兮歸來，母親啊，北方不可以久留，
　　馴鹿的白色王國，
　　七月裡沒有安息夜，只有白晝。
魂兮歸來，母親啊，異國不可以久留，

在這一節裏，均衡結構很明顯是由一到三行、四到六行、七到九行等連續三次的排比所造成的，再加上後面的第二節與第三節各兩行的排比，整首詩便在「多數詩行均衡」的情況下形成均衡結構。可是，當全詩的最後一行「魂兮歸來，母親啊，來守這四方的空城」出現時，全詩卻巧妙的、瞬間的形成「柱式均衡」的呼應關係，其強烈程度超過原先的排比句法所造成的均衡穩定。由此可見，「柱式均衡」的呼應關係由於牽涉涵蓋的範圍大過連續的排比句法，而且節奏感鮮明、音樂效果強烈，所以造成均衡結構的效果是較為明顯的。「柱式均衡」的呼應也有不見於首尾，只出現在詩行之間的，例如〈音樂季後〉(《鐘乳石》，33首，頁63～65)，全詩二十四行，便是以「此刻，只有貝多芬的〇〇醒著」的詩行，於全詩的第五、十三、十九行相互呼應。

「柱式均衡」由於效果強烈，相較於連續排比等技巧所造成的「多數詩行均衡」，往往較具優勢，特別是在自由體的長詩中，這個優勢可以更清楚的觀察到，例如《天狼星》詩集中的兩首長詩〈大度山〉與〈憂鬱狂想曲〉。

先看〈大度山〉（2首，頁9～18），全詩十三節九十四行，可以分為兩個大段落，前八節五十九行是一個段落。在這個段落裡，「春天在大度山上喊我」、「春天在大度山上喊我」、「春天，春天在遠方喊我」、「春天在古堡的廢垛上綠著」、「春天，春天是發呆的季節」分別在一、二、三、五、七節的第一行彼此呼應，而「春天很新」、「春天真吵」、「春天是不生肺病的」則分別在一、二、七節的最後一行呼應著。後五節三十五行自成另一個大段落，在這個段落裏，「卓文君死了兩千年」或「卓文君死了二十個世紀」與「你不知道你是誰，你不知道」等完全相同的句子則不斷的在詩中出現，彼此呼應；甚至前面「春天……」的句法也還偶爾出現，或者將「春天」二字改放到很多詩行的尾巴。在這樣彼此交錯又各自獨立的「柱式均衡」設計下，〈大度山〉雖然是一首自由體長詩，而卻能因為節奏、情緒、意義（意象）、視覺的穩定重現而表現出相對均衡的結構，可說完全是「柱式均衡」的關係，對余光中詩的「均衡結構」而言，自屬意義非凡。而這樣的技巧，有時與余光中的音樂涵養關係深厚，在〈詩與音樂〉一文中，余光中曾說：「早年我曾在〈大度山〉和〈森林之死〉一類的詩裡，實驗用兩種聲音來交錯敘說，以營造節奏的立體感。後來在〈公無渡河〉裡，我把古樂府〈箜篌引〉變為今調，而古今並列成為雙重的變奏曲加二重奏。」[12]余光中的音樂修養本極深厚，其詩得力於西洋古典音樂、現代音樂、爵士

12 見余光中：《從徐霞客到梵谷》（臺北：九歌出版社，1995年），頁333。

樂、民謠、搖滾樂甚至中國古典音樂之處甚多[13]，而余詩均衡結構的形成之得力於音樂之處便也甚多；也因為這樣，余光中詩裏便處處搖盪著音樂的魔力。

再看〈憂鬱狂想曲〉（3首，頁19～28），全詩五節一〇三行，透過「忐忑」、「夜，來了」（或「來了，夜」）、「我必須逃亡，逃出我自己」、「幢幢幢幢」、「（而）我（竟）死了」等句子的交錯呼應，在詩中不斷的製造重複節奏的詩行，穩定而持續的，把憂鬱的情緒從外在表面滲透到內在潛意識裏，營造出憂鬱的極限張力。而不斷互相呼應的詩行，則像長長的迴廊中一根根貼滿鬼面的柱子，穩定的支撐起這憂鬱的建築，不斷提醒逃亡中的靈魂與一起陷入羅網中的讀者憂鬱的存在與力度；到了迴廊的終點、憂鬱的極限、詩的結尾，則是再一次呼應，而且以黑體字放大的「幢」字，暗示一路的黑影幢幢如影隨形的，不但沒有跟丟了你、遠離了你，在最後，還匯聚成一個最巨大的陰影，在前方等著你！除了這些均衡結構的安排之外，詩人還在全詩的第二十五、二十七、二十九、三十一行，以排比的句法隔句呼應，中間則間隔以一個字的詩行：

　　沿著一柱柱青臉的水銀燈
　　　　　魑
　　沿著建築物詭譎的面具

---

13 例如他在〈藝術創作與間接經驗〉中曾說：「我早年的詩集《萬聖節》，幾乎整本都有西洋古典音樂的回音。……《白玉苦瓜》一集裡，……至少有半打作品是做民謠……早年我很迷格希文（George Gershwin）憂鬱而瀟灑的古典爵士，有意在〈越洋電話〉一詩中學習切分法……國樂也往往令我有寫入詩中的清興，例如〈炊煙〉一首，便是聆賞了古箏伴奏舞蹈的結果。」見余光中：《從徐霞客到梵谷》，頁314。

魅

沿著蜥蜴群濕淋淋的綠睛

魍

沿著記憶，記憶交錯的羊腸

這樣的設計，充滿了「柱子」的圖象暗示與視覺效果，有效的增強了「柱式均衡」的均衡結構。

就像在上面所看到的例子，在自由詩中，「多數詩行均衡」與「柱式均衡」兩種技巧往往是一併發生的，差別只在於誰強誰弱而已，甚至有時候也會互相轉化，例如〈冬至〉（《安石榴》，25首，頁78～79）：

……….

04 直到冬至那一天，我說

05 對了，便沿著浪花的花邊

06 剪下西子灣空曠的海景

07 正面，是今年最短的一日

08 ——在壯麗的下端

09 紅豔豔印著一枚夕陽

10 反面，是今年最長的一夜

11 ——在寂寞的上端

12 銀晃晃貼著一籤冷月

……….

17 直到平安夜前的四天

18 頓然才發現，卻已經

19 唉，來不及郵寄給你了

全詩一節十九行，七到九行、十到十二行是兩組排比，十五、十六行也是一組排比，這些排比句法形成「多數詩行均衡」；第四行與第十七行則是排比句法的隔空呼應，形成「柱式均衡」。而七到九行、十到十二行的兩組排比，由於幾乎是位於正中間，而且對仗得相當的嚴整精緻，不但彼此之間發揮了極佳的對稱效果，連帶也使得前面六行與後面七行等彼此不相關的詩行有了某種奇妙的對稱關係，本身更形同兩根巨樑，與第四行、第十七行共同支撐起整首詩，形成隱藏在詩裏面的均衡結構。於是原先的「多數詩行均衡」便轉變而成「柱式均衡」了。〈雨，落在高雄的港上〉（《安石榴》，20首，頁60～62）也是一個類似的例子，詩中十四到十七行與十九到二十二行的大段排比，由於句型雷同、相當工整，也形同詩中的巨樑了，再加上整首詩的所有詩行，音組數整齊到接近格律詩的標準，所以結構更加的穩定均衡。

自由詩中兩種均衡結構的技巧會互相結合，除了上面所說的之外，其實例子還相當的多，例如〈七十自喻〉（《高樓對海》，44首，頁158～159），詩中多數詩行長度接近、音節數接近，同時運用「類句」（或稱「隔離反復」）的技巧，將第一行與倒數第二行以完全相同的句子做了首尾呼應，發揮了「柱式均衡」的效果，增強了全詩結構上的穩定均衡。又如〈帶一把泥土去〉（《在冷戰的年代》，2首，頁12～13），全詩三節，詩行數為七、八、八，相當接近，本身已經蘊藏均衡穩定的因素；再加上第一節首尾兩行以「帶一把泥土去」、「帶一把中國去」的「柱式均衡」彼此呼應，後兩節中不但都各有兩組排比，而且兩節的末兩行都是「雖然那是／另一種大陸」，也是另一組的「柱式均衡」，所以整首詩便有了更為強化的均衡結構。

自由詩中兩種均衡結構的技巧會互相結合、轉化，其實格律詩與自由詩之間也是如此。例如〈布朗森公園〉(《敲打樂》，18首，頁73～76)，全詩三節，每節十一行，是一首格律詩，而詩中三節的第一行都是「有那樣一條船泊在西雅圖」，三個詩節裏面也不斷的出現「有些鴿子……」、「有些榆樹……」、「有些雲……」、「有一些聲音……」、「有些郵筒……」、「有些黃昏……」、「有些天色……」的排比句法的間歇呼應。這種例子相當的多，而如此的技巧結合或轉化，則將均衡結構呈現得更加的穩固與完美。甚至於即使在非「均衡結構」的詩裏，也可以看到大量「均衡結構」的因素存在，例如在〈四方城〉(《天狼星》，6首，頁39～44）一詩裏，只不過因為這些詩作的均衡詩行沒有到達本文設定的高標準，即沒有超過全詩詩行數的一半，所以我們捨棄不論而已。

這兩種不同詩體的四種形式上的表現，不論從外在的視覺、聽覺或內在的意義上來看，都形成了余光中詩極具特色的均衡結構。而所謂的「均衡結構」，除了是一首詩本身的呈現之外，還必須放在全部詩作裏面來看，也就是說這些呈現出均衡結構的詩作必須在余光中全部的詩作中佔一個相當明顯而穩定的比例，才能夠顯現出其整體特色與具有代表性、說服力的真正的「均衡」結構與意義。因此，下一節我們將以「余光中詩作均衡結構表」的統計圖表來呈現余光中詩作的均衡結構。

三、均衡結構的呈現

根據上一節所論述的均衡結構的各種條件，我們檢測了余

光中十八本詩集的全部詩作，並呈現為底下的「余光中詩作均衡結構表」，做為進一步分析的客觀依據。表中各本詩集，依創作時間順序編號，並於各本詩集中將詩作逐一編號、計算首數，以方便對四種均衡結構做清晰的分類，並計算其數量、比例。其中凡為組詩，各子題篇幅較小者整首組詩視為一首，如《藍色的羽毛》第 31 首〈詩人〉（頁 62 ～ 64），《鐘乳石》第 13 首〈浮雕集〉（頁 18 ～ 20），《白玉苦瓜》第 34 首〈戲為六絕句〉（頁 95 ～ 100），《紫荊賦》第 23 首〈山中暑意七品〉（頁 62 ～ 69）、第 25 首〈六把雨傘〉（頁 73 ～ 80），《夢與地理》第 20 首〈古風三首〉（頁 56 ～ 60）、第 32 首〈墾丁十九首〉（頁 92 ～ 111），《安石榴》第 22 首〈紐約的視覺〉（頁 66 ～ 71）、第 32 首〈蘭嶼六景〉（頁 99 ～ 106）、第 41 首〈鏡中天地〉（頁 125 ～ 136），《五行無阻》第 18 首〈玉山七頌〉（頁 59 ～ 67），《高樓對海》第 29 首〈雪山二題〉（頁 112 ～ 114）等；各子題篇幅較長者則拆開獨立，分別計算，如《紫荊賦》的〈香港四題〉（頁 154 ～ 161）拆開為第 52 ～ 55 首，《安石榴》的〈多倫多的心情〉（頁 114 ～ 121）拆開為第 36 ～ 39 首，《五行無阻》的〈三生石〉（頁 42 ～ 49）拆開為第 11 ～ 14 首，《高樓對海》的〈母難日〉（頁 57 ～ 62）拆開為第 13 ～ 15 首等。其中《高樓對海》的〈殘荷〉（頁 145 ～ 146）由於已經在《五行無阻》（頁 148 ～ 149）中出現過，重複收錄，故不計入。

余光中詩作均衡結構表

創作順序	詩集名稱	創作時間	首數	格律詩		自由詩		均衡比例
				全格律詩	半格律詩	多數詩行均衡	杜式均衡	
1	舟子的悲歌	1949~1951	31首	1,2,4~12,15,17,21,22,23,25,27,28,30,31（21首）	14,18,22,26,29（5首）	3,19（2首）	16（1首）	97%
2	藍色的羽毛	1952~1953	43首	1,5~16,19~36,38~43（37首）	2~4,17,37（5首）	18（1首）		100%
3	天國的夜市	1954~1956	62首	3~9,11~20,22~26,28~50,52~62（56首）	2（1首）	1,51（2首）	10,21（2首）	98%
4	鐘乳石	1957~1958	43首	1~3,5,6,9,12,23,28,37（10首）	4（1首）	7,11,18,24~26,31（7首）	8,32,33,38（4首）	52%
5	萬聖節	1958~1959	33首	12,29~31（4首）	23,33（2首）	1,6,27（3首）	4,7,8,15,22,25（6首）	45%
6	蓮的聯想	1961~1963	30首	1~3,5~8,10,13~24,26~29（24首）	4,25,30（3首）	12（1首）	9,11（2首）	100%
7	五陵少年	1960~1964	34首	6,8,10,11,14,20~24 29,30,32~34（15首）	1,4,7,16,28（5首）	3,27（2首）	2,9（2首）	71%

8	天狼星	1960~1963	13首	4,13（2首）	8（1首）	10,12（2首）	2,3,7（3首）	62%
9	敲打樂	1964~1966	19首	1~4,7,11,12（7首）		10（1首）	8（1首）	47%
10	在冷戰的年代	1966~1969	53首	5,7,10,23,24,32,34,52（8首）	15,25,27,49（4首）	2,26,36（3首）	3,4,8,11,12,14,17,19,29,31,33,35,39,42,43,45,48（17首）	60%
11	白玉苦瓜	1970~1974	59首	1,2,5,6,10~14,20~23,27,30,33,35,39,41,45,48,54,57（23首）	16（1首）		3,31,47,51（4首）	47%
12	與永恆拔河	1974~1979	71首	10,12,16,20,23,27,28,30,32,35~37,60,62,67（15首）	4,29（2首）	6,21（2首）	25,33（2首）	30%
13	隔水觀音	1979~1981	53首	4~7,11,14,18~20,23,27,29,33~35,38,40,44,47,53（20首）	1,8,32,48,49（5首）	45（1首）	17,36,41（3首）	55%
14	紫荊賦	1982~1985	65首	8,9,12,16,28,32,34,46,55,56（10首）	6,51,58（3首）	32,34,57,65（4首）	3（1首）	28%

15	夢與地理	1985~1988	55首	8,11,17,19,26,29~31,33,39,46~49（14首）	3,7,16（3首）	2,6,53,55（4首）	14,24,44,50（4首）	45%
16	安石榴	1986~1990	57首	3,4,8,13~18,23,29,33,45,46,53,55（15首）	1,36,42,48（4首）	11,20,25,44（4首）	27,40,51,54（4首）	47%
17	五行無阻	1991~1994	48首	3,4,6,11~13,22,27,28,31,37,38,44,45,47（15首）	24,30,33（3首）	10	15,29（2首）	44%
18	高樓對海	1995~1998	61首	3,4,9,10,14,15,21,28,30,32,39,57（12首）	12,20,38,47（4首）	1,2,11,13,19,31,48,50,54（9首）	37,44,55,60（4首）	48%
合計			830首	308首	52首	49首	62首	57%

從上面的表列中，我們可以看到，除了受到新月派影響的最早的三個詩集《舟子的悲歌》、《藍色的羽毛》、《天國的夜市》[14]，與「新古典主義」時期的《蓮的聯想》、《五陵少年》、《天狼星》[15]等詩集「均衡比例」特別高（甚至是百分之百），以及《與永恆拔河》、《紫荊賦》特別低之外，其他詩集大約

14 余光中在寫於一九八〇年的〈談新詩的三個問題〉一文中曾說：「我寫新詩，開始是走新月派格律詩的路子，五六年後便覺其刻板無趣。」見余光中：《分水嶺上》（臺北：純文學出版社，1986年），頁45。「五六年」即指一九四九到一九五六年間所創作的《舟子的悲歌》、《藍色的羽毛》與《天國的夜市》等三本最早的詩集（見上文表列）。

都在50％上下，相當的穩定與「均衡」。在上一節中，我們透過造成均衡結構的因素與技巧的分析，論述了余光中詩的均衡結構成因及其表現；在這一節中，我們則透過統計圖表與比例，具體呈現余光中詩的均衡結構事實：在余光中全部八三〇首詩中，格律詩佔了三六〇首、43％，自由詩則佔了四七〇首、57％；而在四七〇首自由詩中，表現出均衡結構的有一一一首，佔了全部自由詩的24％；至於整體的「均衡結構」比例則高達57％。余詩中43％的格律比例一方面成為詩作均衡結構的主體，一方面也與我們在下一節即將論述的余光中詩均衡結構的詩學意義有相當大的關係；而自由詩中24％的均衡比例，與全部詩作57％的均衡比例，則客觀而具體的說明了余光中半世紀詩創作中所存在的均衡結構。

四、均衡結構的詩學意義

（一）個人風格與體式的建立

余光中在論述中國古典詩時曾說：「我認為不少一氣呵成

15　在《五陵少年》的「新版序」裏，余光中說：「『五陵少年』裡的三十多首詩，都是四十九年初春到五十三年初夏之間的作品。那四五年之間，我的作品既多且雜：有新古典風味的小品，早在五十三年便收入了『蓮的聯想』，而一些實驗性的長篇，……則要等到六十五年才收入洪範版的『天狼星』一書。……大致說來，『蓮的聯想』以前是我的現代化實驗期，到了『蓮的聯想』，便算是進入了新古典期了。……此集卻以『五陵少年』這麼鮮明的古典形象命名，足證我回歸古典的決心。」（頁2）從每一首詩後的創作日期來看，《蓮的聯想》、《五陵少年》、《天狼星》三本詩集都作於一九六〇到一九六四年之間（見上文表列），是同一個時期的產物。《蓮的聯想》所收為「新古典風味的小品」，所以穩定結構比例最高；《天狼星》所收為「實驗性的長篇」，所以穩定結構比例較低。

難以句摘的傑作，好處往往是在結構，亦即前人所謂佈局。結構的安排，手法不一，可以分成形式結構、音調結構、意象結構、時空結構等多種。」[16]這樣的結構觀正可以拿來論述余光中自己的詩；余光中詩中的均衡結構便是一種形式結構，而在均衡、對稱的詩行中，意象與音調的對稱結構同時便也形成了。至於在時空結構下所表現出來的時空跨度的設計，更是余詩的一大精采之處，他或者將巨大的空間、綿渺的時間，濃縮於尋常語句中，或者三句兩句、簡潔平易，卻迸出驚人的時空內涵，展現了語句的爆炸性力量。而這種涵攝了形式結構、音調結構、意象結構、時空結構而成的均衡結構，便構成了余光中充滿個人特色的風格與體式；而且，從他在十八本詩集中一以貫之而又靈活多變的均衡結構的構成設計來看，余光中對這樣的風格與體式的展現是充滿自覺與自信的，不管從他的格律詩或自由詩中，我們都可以清楚的觀察到。

從格律詩來看，余光中的新詩創作，早年受到新月派相當大的影響，他自己曾說：「我寫新詩，開始是走新月派格律詩的路子。」[17]所以在他最早的三本詩集《舟子的悲歌》、《藍色的羽毛》、《天國的夜市》中，一眼看去，幾乎都是格律詩，從雙行體、三行體、四行體、五行體、六行體、七行體、八行體到九行體、十四行體都有，其中最多的是四行體。這些格律詩不但語言的味道像極了早年的新月派，甚至看得到一點淡淡的前人的影子，而且不管是工整如所謂的「豆腐乾」體，或是詩行長短不齊的，她們的共同特色便是韻腳相當的密集。不過他「五六年後便覺其刻板無趣，改寫半自由半格律而韻腳

16　見余光中：《分水嶺上》，頁52。
17　同註14。

不拘的一種詩體」[18]，所以第四本詩集以後，證諸作品的實踐，我們可以看到余光中「格律」觀念的多變，而就在這樣的多變中，余光中的自覺與自信表露無遺。

就像前文所分析的，余光中的「全格律詩」有五種不同的構成方式，如果再加上「半格律詩」，則「格律詩」變化便多達六種，這六種方式彼此混雜交融，其變化就更難勝數了。例如除了一般的格律詩，在其中，有無韻的，如〈金鬣〉(《鐘乳石》，28首，頁51～52）；有韻腳稀疏的，如〈喝采〉(《萬聖節》，30首，頁66～67）；有篇幅逐漸拉長的，如〈史前魚〉(《五陵少年》，33首，頁95～100）的十一行體、六節、全詩六十六行；或者更長的，如〈第幾類接觸？〉(《隔水觀音》，8首，頁36～43)，連續十一節的八行體，加上最後一節以兩行出格，成為長達十二節、九十行的「半格律詩」；有詩節長達十六行的，如〈公墓的下午〉(《在冷戰的年代》，7首，頁20～21）；甚至長達十八行的，如〈龍坑遇雨〉(《安石榴》，18首，頁54～57）；也有整首詩的相應詩行完全對稱的格律詩型，如〈越洋電話〉(《在冷戰的年代》，34首，頁68～69)。

在這些明顯刻意不同於新月派格律或一般的格律表現方式的格律詩中，我們看到了余光中的自覺意識，例如一般格律詩詩節的行數、節數大多比較少，篇幅也比較短，以方便格律的掌控，而余光中卻讓詩節行數多到十八行、節數多到十二節、篇幅多到九十行。而在他的「全格律詩」的五種不同的呈現模式中，從第二種的不同行數詩節的規律變化；第三種的首、尾

18　同註14。

節一種詩行數，中間各節另一種詩行數的首尾包夾的格律體；第四種的不分段落，只有一個詩節，但是詩行的排列呈現明顯規律；到第五種的全詩一個詩節，每一行字數接近而不完全相同，但細細分析，音組數目都是一樣的格律體，其實都是充滿了自覺意識與獨創色彩的格律體。「半格律詩」也是一樣，十八本中有十七本都有半格律詩，這五十二首的半格律詩其實已形成自成一格的格律詩了。

又如一種詩行長短不齊而整首詩的相應詩行完全對稱的格律詩型，也可以見出余光中自創風格體式的嘗試。這種詩型首見於〈越洋電話〉(《在冷戰的年代》，34首，頁68～69)，作於一九六七年，全詩三節，每節七行，詩節間相對應的詩行或完全一樣，或僅抽換數字，而且抽換的詞彙詞性也完全一樣。這應該是來自於《詩經》或中西民謠的影響，此時余光中正逢四十歲的壯年，此詩的出現代表余光中又一次不斷創新的自覺意識。此類詩型後來多次出現，例如作於一九七〇年的〈雪的感覺〉(《安石榴》，55首，頁179～181)，全詩兩節，每節十三行，兩個詩節的相對應詩行從字數到行內的句法、意涵完全對稱；又如詩集《白玉苦瓜》中作於一九七二年的〈鄉愁〉(20首，頁56～57)、一九七三年的〈搖搖民謠〉(39首，頁112～114)也是。《白玉苦瓜》是余光中民謠風最濃的時期，所以這些詩也充滿了民謠的韻味。之後在一九八五年，我們又看到〈望海〉(《夢與地理》，11首，頁27～28)，全詩一節，屬於「全格律詩」的第四種，以兩行為一個單位，七個單位、十四個詩行完全對稱，不斷重複著相同的句型與文法；一九八七年則有〈連環〉(《夢與地理》，47首，頁158～159)，全詩兩節，每節四行，完全對稱；一九八八年則有〈送別〉

(《夢與地理》, 48首，頁160～162)，全詩九節，每節三行。這樣的詩型稍微放寬，即變成外形刻意對稱，而詩意內涵則隨意自由，或對稱、或不對稱，形成均衡結構中的靈活流動，如作於一九八二年的〈踢踢踏〉(《紫荊賦》, 12首，頁29～32)，每個詩節九行，刻意排列成兩個短行、三個長行、四個短行，而且在排列的高低位置上，中間三個長行一律比其他六個短行高出二格，全詩四個詩節完全統一，外形上的對稱顯見其用心，不過內涵上則未完全對稱；又如作於一九八七年的〈許願〉(《夢與地理》, 33首，頁112～114)與一九九一年的〈三生石〉。〈三生石〉是一首組詩，其中的〈當渡船解纜〉(《五行無阻》, 11首，頁42～43)、〈就像仲夏的夜裡〉(12首，頁43～45)，外形對稱，而內涵則隨意自由，堪稱此類詩型最圓融成熟之作，試看〈當渡船解纜〉：

當渡船解纜
風笛催客
………
看我漸漸地離岸
水闊，天長
對我揮手

我會在對岸
苦苦守候
………
看你漸漸地靠岸
水盡，天迴

對你招手

兩個詩節的相應詩行在外形字數上完全相同，形成嚴格的對稱；不過內涵上，則前三行並沒有對稱，後四行則彼此對稱。再看〈就像仲夏的夜裡〉：

就像仲夏的夜裡
並排在枕上，語音轉低
喚你不應，已經睡著
………
而留在夢外的這世界
　　分分，秒秒
　　答答，滴滴
都交給床頭的小鬧鐘

一生也好比一夜
並排在枕上，語音轉低
喚我不應，已經睡著
………
而留在夢外的這世界
　　春分，夏至
　　穀雨，清明
都交給墳頭的大鬧鐘

跟前一首一樣，兩個詩節的相應詩行在外形字數上完全相同，形成嚴格的對稱；內涵上，則第一行沒有對稱，其餘詩行

則彼此對稱。

這兩首詩可以說是余光詩作均衡結構的完美典型之一。詩中的民謠風已經沖淡了，所有相對應詩行的長度、字數、排列的高低、標點的位置完全對稱，形成嚴格的均衡結構；而第一首每一節的後四行，第二首每一節的後八行，也在句型、文法、詩意上完全對稱。這樣的對稱不但造成形式結構的對稱，也因為詩行的對稱所帶來的節奏上的對稱，而造成音調結構的對稱；相同的，形同一個模子所印出來的兩個詩節，在詩行的意象結構上也是對稱的。再以全詩而言，兩首試圖表達的都是「生」、「死」意象的終極對照，而兩首詩相比，意象一動一靜，放在同一首組詩裏，也形成了動靜意象的對比效果，這都是一種更深刻的對稱與均衡結構。至於時空結構，則兩首詩都在簡潔的語言中，一步跨過生死的時空界域，不見難分難捨、糾纏繾綣的時間拉鋸，也不見悲愴淒楚、陌生駭異的空間挪移，一切都如此平淡、如此自然，展現余光中時空跨度的精采技巧。在生死兩極的時間與空間的對稱均衡中，余光中以簡單而嚴謹的結構，訴說了深刻而動人的情感。結髮夫妻，誰先死誰後死？先死的人如果害怕怎麼辦？後死的人如果淒絕又如何？恆常成為枕間密語中最無解、最悲傷的話語，一九九一年六十四歲的詩人，解答了自己的無解，也安慰了全天下夫妻的悲傷。

這種詩型還有一次精采的變化，就是寫於一九七六年的〈公無渡河〉(《與永恆拔河》，10首，頁23，引第一段）：

公無渡河，一道鐵絲網在伸手
公竟渡河，一架望遠鏡在凝眸

墮河而死，一排子彈嘯過去
當奈公何，一叢蘆葦在搖頭
………

余光中一方面把充滿理想主義悲歌色彩的古樂府〈箜篌引〉變奏為今調，用以指稱為爭取自由生活不惜冒死出走香港的大陸難民潮，營造古今時空、節奏與意象之對照；一方面把第一節倒置，發展為第二節，形成一種交錯變化的形式對稱，再次完美的呈現其詩作的均衡結構。

把這種詩型再加以放寬、組織、變化，就成了《白玉苦瓜》中的〈江湖上〉（1首，頁1～3）、〈民歌〉（14首，頁40～42）、〈鄉愁四韻〉（57首，頁158～160），《紫荊賦》中的〈你是那雲〉（16首，頁42～44），《夢與地理》中的〈拜託，拜託〉（6首，頁15～16）、〈叫醒太陽〉（39首，頁131～133），《安石榴》中的〈請莫在上風的地方吸煙〉（17首，頁49～53）、〈媽媽，我餓了〉（29首，頁88～89）、〈帶笑的臉孔〉（33首，頁107～108）與《高樓對海》中的〈矛盾世界〉（14首，頁58～59）、〈俄羅斯木偶〉（60首，頁202～204），這些詩中多數的詩節都表現了如同上面所說的相應詩行完全對稱的情況，只有少數詩節未完全對稱或完全不對稱。

凡此種種，都可以看出余光中刻意經營設計的匠心所在。而且余光中的格律詩並沒有嚴格的平仄、韻腳、韻式、音組、行長、行數、節數、篇幅等限制，因為現代詩中的所謂「格律詩」，其「格律」的標準，當然不可能走回古典詩詞的格律標準，所以余光中的格律詩在節制中顯得流動靈活。羅青曾為現代詩的格律下過一個相當好的定義：

內容方面：內容決定形式。決定後的形式，如行數、段落等等，必須經過詩人在音樂美與建築美的雙重考慮下，重新調整行段字句之間的關係，並配合內容的需要，創造出一套自給自足並可以自我重複的規則，以便將內容以格律的方式，表現出來。

形式方面：格律規則的訂定，應以內容之不同而做機動性的調整。其調整的方式應以分段分行為依據，以便考慮及決定行數、段數、音尺、韻腳之原則及變化。而這些變化在一定的規則統御下，是有彈性的，是必須以內容為依歸的。不管內容而死守原則，是削足適履的做法，應該避免。[19]

所謂「內容決定形式」，就像聞一多所說的「相體裁衣」[20]，不可以像古典詩詞一樣，遵循一套不可變更的模式，而是根據每一首詩的個別情況，來決定她的格律形式。以此觀余光中詩，不論是「全格律詩」或「半格律詩」，他都已經「創造出一套自給自足並可以自我重複的規則」了，而且是一套規則中有彈性、節制中有變化的現代格律詩規則。

從自由詩來看，余光中表現出24％的均衡比例，在強調自由奔馳的自由體中，應該算是相當高的比例，而且在未達本文設定的百分之五十詩行均衡的其他76％的自由詩中，事實上仍是處處可見各種規模大小不一的對稱、重複等均衡模式的。由此也可以看到余光中詩中強烈的均衡結構的傾向。在余光中的自由詩中要找到完全沒有對稱、重複等均衡模式的詩作，恐怕是很少的，而相對於其他現代詩人而言，余光中的這

19　見羅青：《從徐志摩到余光中》（臺北：爾雅出版社，1985年），頁37。

20　見聞一多：〈詩的格律〉，收入《聞一多論新詩》（武昌：武漢大學出版社，1985年），頁85。

種均衡結構，更是少見的。因此，我們可以在余光中的格律詩中看到整齊中的靈活流動，在他的自由詩中，我們則可以見到自由中的節制與均衡。

「均衡結構」已成為余光中個人風格與體式的展現，而他對這樣的風格與體式的展現是充滿自覺與自信的。

（二）詩學傳統的承續與開創

漢詩的發展由《詩經》、《楚辭》進入樂府、古體以後，格律化的傾向便日趨明朗，近體詩出現以後，便正式進入格律時期，此後的詩、詞、曲都以格律形式承載其詩學內涵，甚至連此後的樂府詩與古體詩也跟著日趨格律化。

在悠久長遠的格律詩學傳統中，漢詩內部發生過多次的改革異變，不過萬變不離其宗，所有的衝決突圍仍然是限定在格律的框架裏，即使到了清末的「詩界革命」，黃遵憲提出「我手寫我口，古豈能拘牽」，甚至在〈酬曾重伯編修〉一詩中提出「新派詩」的名稱。[21]梁啟超也將譚嗣同、夏曾佑、蔣智由之作稱為「新詩」。[22]但是證諸這些名詞背後的實際詩學主張，黃遵憲在《人境廬詩草·自序》中說：「嘗以胸中設一詩境：一曰復古人比興之體；一曰以單行之神，運排偶之體；一曰取離騷樂府之神理而不襲其貌；一曰用古文家伸縮離合之法以入詩。其取材也：……。其述事也：……。其練格也：自曹

21 見黃遵憲：《人境廬詩草》（臺北：鼎文書局，1979年），頁14、216。

22 梁啓超說：「蓋當時所謂新詩者，頗喜撏撦新名詞以自表異，丙申丁酉間，吾黨數子皆好作此體，提倡之者為夏穗卿，而復生亦綦嗜之。」見梁啓超：《飲冰室文集》（臺北：臺灣中華書局，1983年），第16冊，頁40。

鮑陶謝李杜韓蘇，訖於晚近小家，不名一格，不專一體，要不失乎為『我』之詩。」[23]梁啟超也說：「過渡時代，必有革命。然革命者當革其精神，非革其形式。吾黨近好言詩界革命，……能以舊風格含新意境，斯可以舉革命之實矣。」[24]所謂的練格、舊風格，其「格」字所指仍是傳統格律，可見仍是傳統格律的「體制內改革」，這只要看兩人與「詩界革命」諸子之詩作，即可證明。

傳統詩歌格律的真正打破，要到胡適的「詩國革命」；雖然《嘗試集》及「五四」初期的白話詩多數不脫詩詞習氣，但古典詩歌的格律形式畢竟是打破了。「五四」以後，現代漢詩在「自由」與「格律」之間多次擺盪。一九四九年以後，大陸一方面拋棄古典傳統，一方面在政策化與集體化之下，卻傾向於格律化，尋求詩體的標準化，「民歌體」、「樓梯體」乃至「郭小川體」等都是如此，「朦朧詩」之後雖然已見改變，但表現在詩學論述之中的，卻仍然普遍存在一種對於新詩格律、詩體尚未完全定型化、標準化的焦慮，我們姑且稱之為「格律焦慮」，例如在黃維樑一篇綜論大陸詩學界對新詩尚未「定型」、「成熟」的憂慮的論述中，我們可以看到諸如孫玉石、謝冕、陳仲義等大陸具有代表性的知名新詩學者的焦慮。[25]又如在呂進、劉靜兩人合作的論述中，他們認為「無論詩也好，還是文學也好，都一定要有體式，這是常識。詩的基礎是形式（而不是內容），因此，體式就比其他文學樣式更加重

23　同註21，頁2。

24　同註22，頁41。

25　見黃維樑：〈二十世紀中國新詩傳統的建立〉，收入南京大學中國現代文學研究中心編：《中國現代文學傳統》（北京：人民文學出版社，2002年），頁361～369。

要。沒有詩體，何以言詩？『廢律』以後怎麼辦？這是關涉新詩興衰的大問題。體式誠然帶來局限，又正是這局限才帶來屬於詩或某一文學樣式的特殊的美。這也是常識。」「沒有成熟的詩體，就沒有成熟的新詩。」[26]在此我們同時看到大陸老一輩與年輕一代的新詩學者的「格律焦慮」。

至於臺灣，則在一片復興文化的呼聲中，卻反而傾向形式的自由化，甚至矯枉過正，形成另一種「集體化」的論述，忽略了現代詩之格律、體式的議題，就像羅青在一九七八年的一篇文章中所感嘆的：「近二十年來，自由詩的發展可說是已經獲得了壓倒性的優勢，而格律詩的實驗與創作，卻始終乏人問津。這在新詩的發展上，絕不是一個正常的現象，希望在今後二十年當中，格律詩的創作亦能普遍受到重視與研究。」他認為在紀弦以「進化」的觀點反對新月派的格律詩，「登高一呼，四處紛紛響應」之後，「自由詩形成了壓倒性的優勢」，在臺灣的詩壇上，格律詩遂乏人問津了。[27]

過度的「格律焦慮」與過度的自由化、去格律化，都是過猶不及。余光中在〈現代詩的名與實〉中曾說：

> 「自由詩」也只是「格律詩」到「現代詩」的一個過渡。沒有一個成熟的詩人能夠長久安於這種消極的詩體的。「藝術之中沒有自由」。一個詩人必須在消極的

---

26 見呂進、劉靜合著：〈余光中的詩體美學〉，《西南師範大學學報（人文社會科學版）》第27卷第4期（2001年7月），頁152～158，引文見頁153。呂進，1939年生，六十五歲；劉靜，1969年生，三十五歲。

27 見羅青：〈白話詩的形式〉，收入羅青：《從徐志摩到余光中》，頁15～73，引文見頁38、32、33。此文原發表於一九七八年五月的《明道文藝》第26期。

> 「不要這樣，不要那樣」之外，做一些積極的形式上的建樹。也就是說，他在解除了前人的形式之後，必須自己創造出一種新形式來，讓自己，至少讓自己去遵循。當他寫下第一行時，便已伏下了第二行第三行甚至最後一行的各種因素。一個詩人有自由不遵守前人的任何形式，但是，如果他不能自創形式並完美地遵循它，那他便失敗了。[28]

在〈詩與音樂〉中他也說：「所謂自由，如果只是消極地逃避形式的要求，秩序的挑戰，那只能帶來混亂。其實自由的真義，是你有自由不遵守他人建立的秩序，卻沒有自由不建立並遵守自己的秩序。」[29] 而「均衡結構」，正是余光中所建立並遵守的新形式與新秩序。

在格律與自由充分對話過後的今日來看，自由抒寫、多元探索，延續古典的河道，開創嶄新的流域，恐怕才是現代漢詩的真正前景所在。以這樣的角度來思索，在詩學傳統的承續與開創上，余光中的詩是價值斐然的。在《天國的夜市‧後記》裏他說：「重讀這些『少作』……現在看來，畢竟只能勉強『承先』，斷斷不足奢言『啟後』。所謂『先』，就是新月社的詩人。……從新月出發，我這一代開創了現代詩，正如新月諸賢從古典詩出發，而竟開創了新詩一樣；這原是文學發展的自然趨勢。」（頁 154）從中我們可以明顯看到余光中在漢詩傳統的承續與開創上的清晰認知。在〈先我而飛——詩歌選集自序〉

28　此文收錄於余光中《望鄉的牧神》一書，此處所引用的版本為《余光中散文選集（二）》（長春：時代文藝出版社，1997 年），頁 127～128。

29　見余光中：《從徐霞客到梵谷》，頁 337。

中他則說：「回顧當年，我慶幸自己寫詩是從格律詩入手，而非經自由詩入門。當年我寫詩，與其說是仰慕新詩，不如說是不滿那時流行的自由詩，所以寧可自己動手來寫，寫出自己滿意的一類詩來。」[30]從中則可以看到他對「格律」與「自由」的自覺選擇。余光中生在一個格律與自由激辯過後的年代，本身是英詩專家，又具備深厚的古典漢詩涵養，而且兼具詩人與學者雙重身分，在現代漢詩的創作上與古今中西的詩學評論上有同樣傑出的表現。在這樣的背景下，他從格律詩出發，雖然「五六年後便覺其刻板無趣，改寫半自由半格律而韻腳不拘的一種詩體」，之後的作品也以自由詩居多，但在他整個創作生命中，卻也從未放棄格律精神[31]，甚至將這樣的精神融入自由詩中，形成獨樹一幟的「均衡結構」，充分表現出「律中求變，變中求律，律與變的詩性調合」的美學特質[32]，這是一種內在傾向的自我流露，一種對格律與自由消化餘裕之後的雍容氣象，也是現代漢詩如何繼承傳統、開創新聲的嘗試與示範。而這樣的「均衡結構」，也正是余光中所說的「是永恆的結晶，不是瞬間的爆發，是秩序的建築，不是混亂的追逐」的理想作品[33]。

五、結論

「均衡結構」可以說是潛藏在余光中詩裏的「隱藏結構」，

---

30 見《余光中詩歌選集(一)》(長春：時代文藝出版社，1997年)，頁4。

31 例如在不久前的西洋情人節前夕，余光中又發表了一首四行體的格律詩〈兩個情人節〉，見臺北：《聯合報．副刊》，2003年2月13日。

32 見呂進、劉靜合著：〈余光中的詩體美學〉，頁156。

33 見余光中：《逍遙遊》(臺北：時報文化出版公司，1984年)，頁122。

它利用格律與大量的類疊、反復、對仗、排比等修辭手法，造成詩形、節奏或意義的重複或對稱，不但在視覺上製造出一種對稱均衡、呈現出穩定特質的詩形結構，也在聽覺上為余光中詩塑造了強烈而動人的音樂風格，製造出絕佳的節奏效果與音調結構；在內涵詩意上，則不但在詩中形成簡潔嚴謹的意象結構，並在時空跨度中展現時空結構下語句的濃縮力與爆發力，表現尺幅千里、寸陰千古的凝煉流動。長期以來，余光中詩裏那一股難以言詮的魅力，在對「均衡結構」的解析中，我們似乎得到了部分的答案。

余光中的格律詩，佔全部作品的43％，自由詩則佔了57％，而「均衡結構」不但以多變的風貌存在於他的格律詩中，更以「多數詩行均衡」與「柱式均衡」的模式在他的自由詩中佔了24％的比例，而且這只包括均衡詩行超過整首詩的百分之五十的詩作，百分之五十以下的詩作並未計算在內，事實上余光中的自由詩中完全沒有均衡對稱表現的詩作是很少見的。至於「均衡結構」在他詩中的總比例，則高達57％，成為他多變風格下不變的體式與堅持。

以余光中的英詩專家背景而言，他自然熟知西方詩歌的格律體、自由體與兩者之間的流變關係；而以他深厚的古典漢詩與現代漢詩的學術涵養，以及超過半個世紀的現代詩創作精驗，他當然更知道古今漢詩格律體與自由體的優劣得失。做為一個清醒的學者，在現代詩的出與入之間，余光中往往能站在一個更高的位置上，以更宏觀的角度審視現代漢詩的整體發展方向；而做為一個執迷的詩人，多了這一分清醒的觀照，在忘我的演出之際，他更不忘以實際的創作，探索漢詩的可能出口。在他的詩中，「均衡結構」所表現出來的穩定而平衡的詩形與意義的結構，阻止了五四以來自由、散漫的失衡、傾斜與無序，而時空跨度與動人的音樂性，則廓深了內容與詩意空間，在平衡的詩形、架構上增添了語言的無比魅力。做為一個前行代的詩人，余光中的恢宏氣度與動人魅力，除了展現個人的詩學風格與體式，也展現了對詩學傳統的承續與開創，更展現了現代漢詩可遠可大、可深可久的身影。他是一個空闊的座標與堅實的建築，在他的基礎上，後來者可以擘畫經營、延伸填補，也可以縱橫奔馳、急駛直追，共創現代漢詩的平衡穩固與崢嶸崔巍。

短評

余光中是現代詩人中最早提出改造語言、鍛鑄語言的先驅者之一。他的語言革命，精確地反映了六〇年現代主義的實驗精神。企圖在詩行之間發揮文字視覺、聽覺的效果，從而使平面的想像轉化成為主體的感受，正是余光中創作技巧的引人之處。丁旭輝的論文，密集討論余光中詩中的均衡結構，是有關詩人研究中相當罕見的。論文指出，余光中的詩出現「多數詩行結構」與「柱式均衡」兩種技巧，不僅是為了達到聲音共鳴的效果，而且也是為了追求意象的相互呼應。對於現代詩的開拓而言，這種富於變化卻又暗藏規律的句型，並未影響詩的生命力與想像力。這篇論文細微而周延的分析，發現余光中作品中有高達百分之五十七都是屬於「均衡結構」的詩。

這篇論文認為現代詩人都普遍具有「格律焦慮」，只有余光中在這方面的實驗毫不畏懼。如果論文能進一步討論，余光中「均衡結構」的創作對現代詩發展的貢獻為何？「格律焦慮」是如何形成，又如何在其他詩人中造成影響？則說服力會來得較為深刻。或者更深入討論均衡結構是否開創了更豐富的想像與感覺，則此論文在現代詩論的研究中，當可建立一個範式。

（陳芳明）

衆弦俱寂裡之惟一高音

—剖析敻虹〈我已經走向你了〉一詩

何金蘭（筆名尹玲）　淡江大學中文系教授

一、前言

在臺灣現代詩女性詩人群中，敻虹的詩才於一九六一年即已被大家所公認。瘂弦在《六十年代詩選》中選入了敻虹八首詩：〈蝶蛹〉、〈逝〉、〈滑冰人〉、〈海底的燃燒〉、〈黑色之聯想〉、〈白鳥是初〉、〈我已經走向你了〉、〈不題〉，除了在評〈不題〉時指出敻虹的詩以「簡潔的效果取勝，且常常展示一派莊嚴靜穆的氣氛」之外，並於結語中預測「敻虹未來的世界是遼闊的，由於她燦爛的詩才，我們深信她必能成為繆司最鍾愛的女兒」。[1] 敻虹隨後在詩壇上的創作發展果然一如瘂弦所測，而且他這句「繆司最鍾愛的女兒」，從一九六一年元月之後，不但成為聯想到敻虹的最恰當和最美麗之句子，也同時是大家喜歡用來讚美女性詩人的最佳形容。[2]

張默在不同的文章中對敻虹的詩色都曾特別加以勾勒，例如《剪成碧玉葉層層》中提到：「她的詩用語恬淡，調子輕柔，詩思敏捷，意象玄奇，往往在不經意間，達至抒情境界的

1　見《六十年代詩選》(高雄：大業出版社，1961 年)，頁 184。

2　張默〈處處在在，化為微波——敻虹的詩生活探微〉一文對此句有詳細的說明，見《聯合文學》第 13 卷 8 期（1997 年 6 月），頁 157。

極致。」[3] 而在〈處處在在，化為微波──敻虹的詩生活探微〉一文中，更是讚揚「在臺灣現代女詩人群中，敻虹的聲音是尖拔的，清脆的，悠遠的，甚至更是獨一無二的」；「……敻虹在詩創作上所展現的某些難以言說的華彩」；「……作者情感的舖陳，文字輕輕的轉折、騰躍與停佇，以及詩人捕捉天籟的功夫，確然都是一等一的」。[4]

女性學者和詩人鍾玲則將敻虹的詩風分為兩期：一九六八年以前，《金蛹》中的詩作以愛情為主題，採用的是婉約柔和的語調；一九七一年後，詩風趨向寫實及智性，文字的風格力求淺白，意象也比較精簡[5]；我們也該注意到，鍾玲將敻虹列入第五章〈五十年代清越的女高音〉，並特別讚美敻虹的詩富有音律節奏之美。余光中亦曾指出〈我已經走向你了〉和〈水紋〉二詩的意象高明，善於收篇，更強調〈我已經走向你了〉的末段是聽覺意象，以武斷的對照取勝，特別是句末的「移」、「你」、「你」、「寂」四字押韻，其聲低抑，到「高音」二字，全用響亮的陰平，對照鮮明。[6]

在上述這些讚美敻虹詩作各方面不同的優點和特色的引言中，雖然也有特別指出音律聽覺層面的，但似乎沒有強調〈我已經走向你了〉一詩中「我」的「自我意識」。筆者於一九九九年七月發表的〈女性自我意識：主體／幻象／鏡像／主體〉一文中曾經指出：「在許多傑出女性詩人的文本中，我們發現

---

3 見張默《剪成碧玉葉層層》(臺北：爾雅出版社，1981年)，頁75。

4 同註2，頁156、159。

5 見鍾玲《現代中國繆司》(臺北：聯經出版事業公司，1989年)，頁167～168。

6 見張默、蕭蕭編《新詩三百首》(臺北：九歌出版社，1995年9月)，頁557。

有不少明顯呈現『自我』的詩作，……又如敻虹的〈我已經走向你了〉一詩，有更清楚和更成熟的體現：……『我』在詩中不但是『高音』，而且還是『唯一的高音』，更特別的是在『眾弦俱寂』的境況之中，如此清醒、特出、高貴、掌握全局的魄力，比起傳統中悲歎命運的女性意識，當然是值得讚歎和注意的。」[7] 在五〇年代完成的詩作裏，不論作者有意或無意，能夠如此完美地呈現強烈的「自我意識」，尤其是出自一位大家公認其風格「恬淡」、「輕柔」、「婉約」、「柔和」的女性作者之筆，我們認為應該更進一步往此詩作深層所欲展現的主體自我去分析探討。因此，本文將應用高德曼（Lucien Goldmann, 1913 ~ 1970）「發生論結構主義」的詩歌分析方法[8]，希望能在這一層面對敻虹〈我已經走向你了〉一詩作更細和更深的闡釋和剖析。

二、「發生論結構主義」詩歌分析方法基本概念

筆者自一九九三年至今，曾應用高德曼「發生論結構主義」詩歌分析方法剖析過洛夫、向明、林泠、羈魂、淡瑩、蓉子的現代詩作品。為了讓本文讀者對此分析法有一個大致上的了解，筆者認為應該對此理論的基本概念稍作說明。

高德曼（Lucien Goldmann, 1913 ~ 1970）為羅馬尼亞人，

7 見何金蘭〈女性自我意識：主體／幻象／鏡像／主體〉，發表於「兩岸女性詩歌學術研討會」（中國詩歌藝術學會主辦，臺北，1999年7月4日），論文抽印本頁5。

8 有關「發生論結構主義」的理論，請參閱拙著《文學社會學》（臺北：桂冠圖書出版公司，1989年），第5章，〈文學的辯證社會學—高德曼的「發生論結構主義」〉，頁73~136。筆者曾以此方法剖析過東坡詞，以及洛夫、向明、林泠、羈魂、淡瑩、蓉子的現代詩作品。

於布加勒斯特大學取得法學學士學位之後，到維也納研讀一年的哲學，又於一九三四年在巴黎大學法學院獲公法和政治經濟高等研究二文憑，並於文學院取得文學學士學位。高德曼曾至瑞士日內瓦追隨畢亞傑（Jean Piaget, 1896～1980）作二年的研究，後來於一九五六獲巴黎大學文學博士學位。一九五八年起，任巴黎高等實踐學院（Ecole Pratique des Hautes Etudes）第六組主任，講授文學社會學與哲學。一九六一年，應比利時布魯塞爾自由大學社會學研究所之邀，成立大學社會學研究小組。

「發生論結構主義」，制定於一九四七年，原來叫做「文學的辯證社會學」，後來因受到畢亞傑的影響，故而改名。高德曼認為每一部文學或文化作品都具有一個意涵結構，是一切文化創作實質的價值基礎。除了總的意涵結構之外，還有一些小的結構，稱之為部分結構或微小結構。各結構能互相了解的原因，是因其中具有「結構緊密性」的元素。

此方法應用到詩的分析上時，第一點必須先尋找釐清作品中的總意涵結構，再進而探尋其部分結構或更細小的形式結構。

我們將以高德曼的「發生論結構主義」詩歌分析方法進行剖析敻虹的〈我已經走向你了〉一詩，探討此詩之總意涵結構及其部分結構。

三、剖析〈我已經走向你了〉

我已經走向你了　　敻虹

你立在對岸的華燈之下
眾弦俱寂，而欲涉過這圓形池

………

我是惟一的高音

惟一的，我是雕塑的手
………

我求著，在永恆光滑的紙葉上
求今日和明日相遇的一點

而燈暈不移，我走向你
我已經走向你了
眾弦俱寂
我是惟一的高音

夐虹這一首〈我已經走向你了〉共分三節，第一節四句，第二節六句，第三節四句。

正如《新詩三百首》中夐虹詩〈鑑評〉所論的：「年輕時代的夐虹寫了許多意象輕巧，意蘊深遠的作品，〈我已經走向你了〉、〈水紋〉都屬於這一時期的作品。」[9] 大部分詩評者對〈我已經走向你了〉都會同意這個評語。然而我們在細讀之後，除了「意象輕巧，意蘊深遠」之外，令人感受更強烈和特別的，卻是全詩在溫婉之中所流露的堅強「自我意識」，而建構整首詩的總意涵結構，正是出現多次的「我」和「你」的「主」「客」意識，這個重要的「主」「客」意識舖展出詩中不斷編織的「意願／意志／進行／完成」系列動作，換言之，

9　同註6，頁557。

「意願／意志」在此等同「毅力」，「進行／完成」等同「成功」。「主」、「客」於詩中的結構並不意味「優」、「劣」，而只是強調「我」的「主體」意識或「自我」意識，不畏任何艱難，堅定地執行其心目中希望能完成的一項意願：「走向你」，而且最終是「我已經走向你了」，完美的成功呈現於世人眼前。

這個「意願／進行／完成」的意念貫徹全詩，同時一再出現於詩中的許多元素之上，我們先探討第一節的四行詩句：

你　立　對岸　華燈　之下
眾弦　俱　寂　欲　涉過　圓形　池
涉過　寫著　睡蓮　藍玻璃
我　是　惟一　高音

在這四句詩中，「我」和「你」是隔著一個「圓形池」的，這個池是否即第三句的「藍玻璃」？這「藍玻璃」之上寫著的「睡蓮」是為了要表露外象和內在的雙重美感嗎？單是「池」的「圓形」與「玻璃」的「藍」色即已呈現形狀的「圓融」和色澤的「溫潤」，在這「形」「色」俱美之上再添加出污泥而不染的「蓮」，更強調形色之外非肉眼所能見到的「德」之亮，「睡」字在此並非只為指出「蓮」的類別，它同時還具備了妝點「蓮」的「慵懶」姿態，加深「眾弦俱寂」的「時刻」，以及「你」在「華燈之下」的強烈對比。

從這幾個人稱代名詞、現場存在的各式事物、顏色、姿態、狀況，即已描繪出夜色之下的某種可能；但是最能具體勾勒出整個「意願／進行／完成」這意涵結構的，是這四行詩中

的幾個動詞：

（你）立
欲　涉
涉　寫
（我）是

「你」是「立」（在對岸的華燈之下），而「我」則「是」「惟一的高音」，「立」只是點出「你」在場景當中所採取的一個樣子（及所在地點），但「是」卻非常確定「自己」即「我」的身分和意識。「欲」指出「意願」，「涉」則是強調中間道路的不容易克服，並且在同一節中重複兩次「涉」，可見「涉」在這一節甚至是在全詩中的重要性：必須進行和完成的一個困難動作。此外，第二行的「涉」置於「欲」之後，但第三行的「涉」則置於句首，給人一種原本「欲」「涉」過，現「正」「涉過」或「已」「涉過」的了解；而且，「欲涉過」這個動詞之前的「你」在第一句，之後的「我」在第四句，雖然未點明此動詞的「主詞」是哪一個而會產生誤以為是「你」的可能，然第二句的句首是「眾弦俱寂」四字置於「欲步」前面，因此，「我」「是惟一的高音」才正是接應此四字意思之句，同時也呼應了第三句的「涉過」：因為我是惟一的高音，才能涉過這面寫著睡蓮的藍玻璃。

前文所提之「中間道路的不容易克服」主要是來自第一句「你」所在之處的明示：「對岸」，即使只是「圓形池」，「對岸」也是「可望而不可即」；雖是「咫尺」，卻是「天涯」。如何從此岸到達「對岸」，正是要「涉過」雖小卻闊的「池」才行；而這「涉過」並非易行，請聽，面對此「池」，「眾弦俱寂」，唯有「我」方能「涉過」，因「我是惟一的高音」。

第一句的「華燈」二字或「華燈之下」四字，也是指明未「涉」之前的「距離」：如何能讓遠在「對岸」且同時立於燦爛「華燈之下」的「你」聽到「我」的聲音？「眾弦」均因現實形勢的艱難而「俱寂」，只有「我」不畏艱巨，才能超越一切：「我」是這場景中的「高音」，而且，是「惟一的」，再無另一個。「意願／進行／完成」系列行動在第一節中以絕美的姿勢達到終點，尤其是最後一句所傳遞的那種自信、肯定、毫無畏懼的精神，不但是此節的重要詩句，同時也是全詩的最高音。

第二節有六句：

第一句連續第一節末句的其中三個字：「惟一的」，這三個字再一次強調「我」的自我肯定和自信；再加上第一句的後半又用「我是」非常確定的明指，「雕塑的手」則是「創造者」的自我確認；全句予人濃厚的自我意識，且是「惟一的」「雕塑的手」，絕不可能與他人混淆或魚目混珠。第二句說明「創造者」所創造之作品：「憂愁」，並且知道自己的雕塑品是「不朽」的，能永久流傳存在的創造品。第三句將此作品加上細膩的說明：它不但「不朽」，並且還是存活在「微笑」之中的。「微笑」與「憂愁」正好是強烈的對比，作者於此句還用了一個很特別的動詞「活」來強調此「憂愁」之所以「不朽」，是因它只「活」在「微笑」裏，不似他人的憂愁，只活於「淚水」之中。「微笑」也同時流露出「創造者」的氣質和特性：不是「哈哈大笑」，不是難過的「苦笑」，不是奸詐的「奸笑」，不是令人害怕的「冷笑」，都不是，而是最能體現創

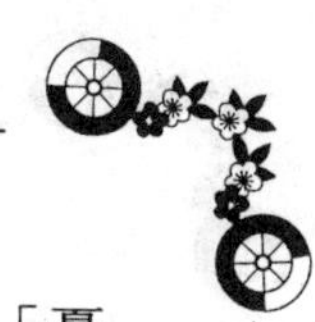

造者風範的「微微的笑」，帶著包容、寬廣、親切，就讓「憂愁」存活下來，只存活在美好的「微笑」之中。這前三句的自我意識、創作的意願、進行的雕塑、完成的作品都是在意識明確的狀態下所做的，而且確信「我是」「惟一的」「雕塑的手」，正好與第一節末句「我是惟一的高音」互相呼應，環環相扣，加強「自我」的認識與定位，每個細節的部分結構都將此意涵的元素深化和強化，塑造了此「高音」或此「雕塑的手」最完美的內外形象。

這個完美在第四行前半句「眾弦俱寂」的第二次出現時更顯得明確突出，換句話說，正因「眾弦俱寂」，更能證明「我」「是」「惟一的」（高音或雕塑的手）這個不能撼動的位置。後半句詩人提出另一樣事物：地球儀，並強調「地球儀祇能往東西轉」，這後半句在此具有數項作用：⑴說明「地球儀」的功能，⑵擔任開啟「意願」之鑰，⑶因只能「往東西轉」，使作者的「意願」在後面第五和第六句的「進行」過程中有「完成」的可能性。

第五句也分成前半和後半兩層意義：前半句中出現「求」這個字，似乎與前面自信滿滿的我「是」這一動詞互相矛盾、衝突，因為「求」必須求向他人，他人在這狀況中成為「主」，與「我」「是」時的「我」主體在這第五句內變成「主」「客」不分。然而，我們在前文中提到的「主」「客」，是建立「我」和「你」這兩個人稱代名詞之上，而在第五句的「求」動詞前後，並未出現「你」，也未出現任何另外一個人稱主詞，那麼，「我求著」是向誰「求」？「求」何事？為何「求」？從第四、五和六句的排列上看，「我」似乎在向「地球儀」「求」著：「求今日和明日相遇的一點」，至於為何要

「求」，並未作任何說明，反倒在第五句後半點出「相遇的一點」希望之處：「在永恆光滑的紙葉上」。「永恆」和「光滑」除了是地球儀「紙葉」的形容之外，它同時也暗示了「我」和「你」的「長久」和「幸福」「日子」，即是「今日」和「明日」「相遇」的那「一點」。因此第二節的後三句承續前三句的「惟一的」手，能將「憂愁」雕塑成「不朽」並且令之活於完全對比的「微笑」之中的「雕塑的手」，在「眾弦俱寂」的時刻裏，祈求字面上看起來是「地球儀」，事實上是「手」所相信的「神祇」，或甚至是「手」自己正是將地球儀「轉」動的主宰，決定「今日」和「明日」的「一點」，在「永恆」「光滑」的「紙葉」之上。「意願／完成」意涵結構在第二節透過「求」這個動詞但實際上仍然是「手」在推動的「進行」過程，因此這一節全部六句的重要性將會因第三節的最終結果或成果而完全的顯現出來。

第三節共有四句：

第一句的前半「而燈暈不移」五字，輕輕地將場景牽回第一節的第一句：「你立在對岸的華燈之下」；顯然的，「你」在第三節中仍然是「立在對岸的華燈之下」，「而燈暈不移」也刻劃了原來的一切依舊保持原來的樣子，絲毫沒有變動。不過，「我」和「你」的「主」「客」關係以及「主動」「被動」立場於此句的後半很清晰地以「走」這個動詞與「向」這個方位標示說得清楚明白。我們看到在第二節第五句和第六句的「求」這個帶著須仰仗他人的象徵動詞，在第三節第一句裏，即已轉變成自我意識明確並且自我決定動作和方向的堅定動詞「走」。這個動詞在第二句中透過「部分意涵結構」「已經」二字，更凸顯其確定和已經「進行」且已「完成」的「意願」；

「我已經走向你了」；事實上，這一句也正是第二節第六句的「今日和明日相遇的一點」。「我走向你」等於「相遇的點」在「永恆光滑的紙葉上」，是否「永久幸福」？在「已經」的語氣和詞意之下，應該是「我」所期待和可以決定的「未來」吧！

第三節第三句是「眾弦俱寂」在全詩中第三次出現，「寂」為入聲，發聲短而急促，似乎更能強調「眾弦」之「寂」，「俱」字則加深「眾弦」之「完全」無用；而且，由於「眾弦俱寂」在此已是第三次現身，「我」的獨特、清越、高亢、尊貴，是宇宙間唯一的聲音的這種特質更會因此而清晰明確無比。第四句亦即全詩的最後一句：「我是惟一的高音」，已於第一節第四行出現過一次，這裏再次與「眾弦俱寂」自置於最高點俯視整個場景，的確充分地呈現了「自我」的清楚意識和成熟狀態，正如曾於〈女性自我意識：主體／幻象／鏡像／主體〉一文中所強調的：「『我』在詩中不但是『高音』，而且還是『惟一的高音』，更特別的是在『眾弦俱寂』的境況之中，如此清醒、特出、高貴、掌握全局的魄力，比起傳統中悲歎命運的女性意識，當然是值得讚歎和注意的。」[10]

四、結語

夐虹本名胡梅子，一九四〇年十二月一日出生於臺東。她於十三歲時開始寫第一首詩，十五歲唸高一時（1955）真正大量寫作。[11]她早期的詩作以愛情為主要題材，一九七一年以後則拓寬至許多層面，例如鄉土情懷、家庭溫情、環保、傷逝

10　同註7。
11　同註2，頁163。

及後來學佛以後的佛家哲理。

本文之所以選擇夐虹的〈我已經走向你了〉作為分析的對象，正如前文提及多次的，是由於此篇完成於五〇年代的詩作中，竟然呈現一種少見的非常強烈和特出的「自我意識」。這份自我意識貫徹全詩，它所表現出來的那種自我肯定、堅定、確定，經由三節詩每一節都出現一次的「眾弦俱寂」，以及第一節和第三節出現兩次的「我是惟一的高音」更顯得自信十足，不但自我了解透澈，對整個局面場景的理解和掌控更是觀察入微和收放自如。尤其難得的是，這一首詩是寫一個在戀愛中的「自我」，以寫作年代的社會背景來看，若作者於創作時有意如此表達，固然是難以想像；但若此為作者於無意之中所流露的自我意識，其清晰和成熟更是令人驚訝。整首詩建立在一個「意願／進行／完成」的意涵結構之上，總的和部分微小結構均呈現如此一個進展，並且一節比一節更能令讀者感受到作者自我意識的完整和透澈，完全沒有受到社會意識和時代保守觀念的影響而作絲毫改變。

我們曾經剖析過蓉子的〈我的妝鏡是一隻弓背的貓〉、林泠的〈不繫之舟〉及淡瑩的〈髮上歲月〉，也曾十分訝異於當時環境之下女性詩人能夠在她們的創作之中，清楚呈現她們明確的自我意識，完全了解她們自己的意願和行為並堅定地進行一切所須動作。

在眾多的文本當中，夐虹的這首〈我已經走向你了〉還是自我意識展現得最令人動容的一篇，其主題、其語言、詞彙、意象、技巧、音韻、流暢清晰、意蘊深遠、透澈透明、細緻傳神，一一繪編出當年時空背景之下罕見的成果，正是眾弦俱寂裏的惟一高音。

短　評

敬讀何金蘭教授〈眾弦俱寂裡之惟一高音——剖析夐虹〈我已經走向你了〉一詩〉提出五點討論如下：

1. 何金蘭教授選擇女詩人夐虹（1940～）發表於五十年代一首十四行的短詩〈我已經走向你了〉加以評析，在許多賞詩人稱讚夐虹的詩用語清越、富音律之美外，何教授則發現夐虹〈我已經走向你了〉一詩中採用「我」說敘述所流露的「自我意識」，有別傳統女性的悲調，何教授並沿用「文學社會學」的角度，採取高德曼（Goldmann）「發生論結構主義」論述，嘗試對〈我已經走向你了〉作深入的闡釋。
2. 基本上，高德曼是位馬克思主義的信仰者，他的理論體系，深植於馬克思意識領域之內。高德曼的「發生論結構主義」，特別強調社會生活尤其是經濟因素對文學創作的影響，文學的研究，以完全不超越文本的範圍之內，在「純粹內在的層次」中，發掘作品的意涵結構（structure significative）。文學作品的意涵結構，既不是個人簡單而有限的經驗創造得出來，也不是個人被壓抑的潛意識的折射，而和社會階級的集體意識相應。所以解讀作品須透過嚴謹的辯證過程，避免象徵性的閱讀對文本造成扭曲，而應把作品與作品之外的現實世界或團體意識連接起來，以闡明作品的發生緣起。偉大的創作必然是作者個人特性與社會意識合而為一的作品，簡單的說，文學研究就是對「意涵結構的基本構成關係的描述」。[1]

3. 據何教授對高德曼的導述，則這篇運用「發生論結構主義」剖析敻虹〈我已經走向你了〉之作，是篇不完全的研究。作者意在探討五十年代女詩人敻虹「我說」書寫的自我意識，但行文卻搖擺於詩的「美學表現」與「意涵結構」之間。前者如使用許多疊式的形容詞（清醒、特出、高貴、掌握全局的……。不是哈哈大笑、不是難過的苦笑、不是奸詐的奸笑、不是令人害怕的冷笑，而是……微微的笑，帶著包容、寬廣、親切……。）等不屬辯証論述的文字，並重複使用高達十餘次的「惟一高音」一語強調詩人的特殊性，不僅破壞了原詩的透明度，也使主旨鬆散複遝，無助於女性「自我意識」的闡發，也未觸及詩人的主體概念。後者何教授指出全詩建立在一個「意願／進行／完成」的「意涵結構」之上，以此推論讀者可以完整感受作者的自我意識，然而此一結論使研究工作只停留在第一層次的意義上，未推展至高德曼所說的一個更大的結構，未觸及社會集體意識與詩人意識之間的對應關係。缺乏一個包含而且超越了被研究者的結構之結構。

4. 對於人稱問題，小說體的敘事文學中討論的很多，相對的在詩歌中討論的就較少。因而何教授這篇從性別角度以「我」說為對象的探討，有很大的發揮空間。「我說」書寫在美學上及在作者意識上的文化事實，諸如中國古典詩的人稱省略，（三十年代）白話詩「你（妳）我他（她）」的大量湧現，（五、六十年代）實驗性格強烈的現代詩中「你我」的象徵性指涉，以及男性或女性「自我意識」的顯隱，同時代

1 何金蘭：《文學社會學》（臺北：桂冠圖書公司，1989 年），頁 73~115。

女性詩人「我說」書寫的比較等等，在一篇短文中也許難以一一討論，但終必需要選擇其中某些論點作比較，透過這些社會結構和書寫歷史結構等具有實證性和科學性的觀點作參差對照，〈我已經走向你了〉的「我說」書寫才能展現它的意義。

5. 敻虹〈我已經走向你了〉一詩的「我」說書寫，是否等同於「自我意識」的表露？在五十年代女性詩人中是否獨具意義？是否能張揚創作的主體意識，使作者的個人特質得以凸顯？是否帶動文壇女性主體位置的上升？〈我已經走向你了〉是首情詩，「我」這主體的自由表露與迴避、掩飾，在情詩中有什麼不同的美學及意識？情詩中「自我意識」與社會詩或生活哲理詩的「自我意識」意義是否一樣？這些都是我們閱讀何教授〈剖析敻虹〉一文後好奇且期待答案的課題。

（陳器文）

一位歐洲人讀周夢蝶

法·胡安嵐　文化大學法文系副教授

摘　要

因為不同的文化背景與語言，外國讀者可能無法完全領悟一篇詩作的意涵及詩人所創作的語言，然而，詩不僅是文字的展現，同時也是人類經驗的痕跡。遠距的讀者，以他自身的傳統及背景，當他閱讀詩作，必定會與作品產生另類的共鳴，可能因此得到新的價值。

周夢蝶的詩作，常被視作道家或禪修者的修行日記。透過一些他經常使用的象徵、意象及譬喻，我們可以藉此一窺詩人的內心世界。例如像路、步行、山、攀升、鳥以及飛翔，都與尋求解脱有關。而孤獨與冷，既是出發點也是結果。因此，冷具有一體兩面的功能，詩人對此是又怕又愛。冷，也許無法征服熱或是欲望，它們是對立的雙胞胎。

在周夢蝶的作品裏，悲劇大多是來自於罪惡感，十字架即代表此一象徵，又比如箭，用來喚起佛家業報的觀念。唯有完全清償了罪債，才能體驗某種覺悟。

死亡，依周夢蝶的觀點而言，並非結束。死亡什麼都不是，如要給它一個定義，死，是超越生命的，它僅是在生命與輪迴之間等待。如此，則死亡只是自然的一部分。但，在第二層觀念裏，死亡又超越第一個意義，以死亡滅絕死亡本身的觀念，來達到不生不滅的境界。蝴蝶即為此象徵。

橋、淺灘，也經常在周夢蝶的作品裏出現，它們的作用是為了渡到彼岸，不過並不是行者直接通過，而是因為他坐在橋邊，在水面上冥想及觀照。他依然是他自己，他也找到了他的源頭。

經由語言的簡化，我們可以說，周夢蝶作品中所描述的過程，已然被實現。

關鍵詞：意象、路徑、升高、寒冷、箭、蝴蝶、橋、坐下、悲劇、死亡

我首先要感謝主辦單位邀請我參加這次的研討會。同時，我也感到非常榮幸來參加這項盛會。

我這次受到邀請的理由其實有些兒牽強：在巴黎唸大學的時候，我雖然以周夢蝶為主題撰寫了博士論文，但是後來一連串的因緣際會，我反而在法國文學方面的鑽研更甚於中國文學，因為我現在任教於法文系。這樣說吧，我依然喜愛著臺灣的現代詩，不過可惜的是，我無法再如同我是博士生時那樣投注同等的心力在這上頭。

我之所以不自量力接受邀請——這真的也不是自謙之詞——，是因為首先這讓我有機會向周夢蝶先生表達感謝之意。在我準備博士論文時，所受到他的幫助，真的是彌足珍貴而且受用不盡。那個時候，明星咖啡屋仍在營業，而周夢蝶先生就定時在那兒與朋友們聚會，完全不必事先預約，就這樣大約一年下來，在那時還沒嫁給我的內人的陪同之下，我得以多次參加這種聚會，並向周夢蝶先生請益，而每一次他都不厭其煩地為我解惑。

特別的是，答應參加這場研討會，對我個人來說尤其是一個難得的機會，因為能夠以一名外國人的身分來見證周先生的作品的價值，應該這麼說，見證他作品中最重要的世界性的共通價值。

在此，我可以舉幾個例子說明。比方說，從周夢蝶先生被譯成外語的作品中，便可以看出在臺灣地區以外的人士對於他的作品所感到的興致。除了這林林總總被譯成各種歐洲語文，收錄在各式各樣的臺灣詩選裏的部分詩篇以外，還存在有若干較為完整的詩集譯本，都是從《還魂草》裏擷選出來的。我的資訊因為不是最完整，也不是最新的，所以無法呈現其譯本的流通狀況。但是，我卻知道這本詩集在美國就有兩個版本的譯文，而在荷蘭也有一本荷蘭語版本的譯文。

在法國，經由本身也是詩人的 Kenneth White，周先生給介紹了出來，可惜重點在於人，而不在於其作品。White 將周先生喻為寒山再世。

最近，在二月份舉行過的臺北國際書展上，周夢蝶被選為當代詩最具代表性的人物之一，他晚近的若干詩作也因此被譯介給法國的讀者。我還可以再舉一個他人的觀點來說明。任何一個對臺灣文壇稍有認識的人，都知道周夢蝶是一位「不可不談」的詩人，也就是說，少了他，臺灣的詩可能就不會呈現出今日的風貌了，同時在世界上所佔的份量也可能不比今日。再說，各位也都知道他前不久出版了兩本新的詩集，這兩本詩集不僅僅讓他的作品風靡老少讀者，為作品注入活水，同時更顯現出他的作品不曾止息，一直在向前進，他的作品不只是延續，而是更為深入。

但是我所指的世界性的共通價值並不完全，也並不僅僅是他的詩集在世界上的流通性，應當是指作品的內容而言。我所指的世界性的共通價值，是著重在其內在的特質。而我所要談的也正就是這個內在的特質。

不過在開始談論之前，我認為有必要再一次提出一些疑問，這些疑問特別讓我這個外國人感受到它們的存在。這些疑問雖然只是一個開端，但它們也是很基本的。在閱讀外國詩的時候總能夠讓人發掘許多問題，其中也包括當一名外國人在閱讀一篇詩或一部作品時，他的閱讀以及判斷的適用性。另外，還牽涉到其判斷及其閱讀是否被接受。這些疑問，我歸納如下：「一名外國人在閱讀一部詩作時，這項閱讀該是什麼？有什麼樣的價值？」

以上是我特別感受到它們的存在的一些疑問。不管是在閱讀外國詩也好，或作為一名經常把拿法文詩給我自己的學生以及朋友閱讀的法文詩欣賞者也好，我很清楚在閱讀外國詩的時候會遭遇什麼樣的困難，閱讀中會碰上多少問題，多麼容易就會詮釋錯誤，又或者，更簡單地說，詮釋的方法及模式是那樣的南轅北轍。

這些疑問只是開端，但它們是如此緊密地和詩的本質連結在一起，或者，這些疑問就在詩的本質裏頭。

這些問題首先自然是來自於語文（langue）。這些語文問題再以特定的方式與詩的譯文所顯現的問題相互混合，或是相融合。也就是說，一方面是詩作從一種語文到另一種語文的過程，另一方面又是詩的譯文的閱讀。但是，問題並不僅僅侷限在這個範圍。

當然，這是因為首先在這裏造成疑問的，是語文，以及對語文的認識。但是我並不想在這兒多談認識一種語文的必要

性，我寧可強調，為了評價一部作品在語言史及文學史上的地位，以及探索其在文化中的份量，外國讀者所遭遇到的困難。

詩是一種語文的產物，它可以自給自足，它一但被書寫出來，被出版了，就有了屬於自己的生命，最終將獨立於原作者之外，甚至獨立於外界。語文（langue）做為詩意的材料，既相同於，同時也不同於語文做為溝通的工具，因為後者往往侷限於語言學家們所謂的「信息功能」。

大家都知道，詩是一切語文之菁華。它並不僅限於字詞的定義，反而，它用盡了語言（langage）的各個層次，例如：語音、句型，還有語意。藉由聲韻，藉由節律，有時甚至藉由特殊的句型用法，以及字詞的各種意思的凝聚，以及字詞所可能產生的各種迴響，於是一首詩篇便在意境上創造出多層次的效果。這樣的多層次的效果並不侷限在字面所指的定義上，它同樣也表現在感覺上、情感上、意境上，同時也表現在智性上，有時甚至於更超越了智性。面對著難以筆墨形容的場面時，詩人必得用盡語文裏的一切成分，不擇手段以求掌握一則生命之經驗，一則與他自身相關的經驗，從而能夠將此經驗重現在讀者的眼前。一首詩篇所營造出來的這這種效果，除了詩以外，是沒有其他方法可以呈現出來的，這也就是自 Meschonnic 以後，自 Kristeva 以後，現代法國文學批評所謂的「signifiance」（我一直無法在中文裏找出和這個字相對應的詞彙，最貼近的解釋是「絃外之音」)。

語文的這一個作用是和整個語言史息息相關的。它比一般所謂的精通一種語文的歷史要來得更久。精通一種語文通常是指知道所言為何物，以及能夠用一種語文來自我表達。

對於一個不是以這種語文為母語的人而言，他並不是從小便使用這個語文，那麼作者在文字上、音韻上、節律上以及節奏上所玩的把戲對於他有何意義呢？詩最基本的抑揚頓挫又有何意義呢？對於未曾在校園裏接受過語言史訓練的人而言，他能夠掌握該如何為一部作品在語言史上或者在詩史上做出定位嗎？他能夠掌握作品意象裏的原創性與新意嗎？他能夠掌握作者的語言以及風格為作品再次注入的新元素，或是作者從傳統裏所擷取的元素嗎？他能夠不僅僅是掌握用字遣辭的精髓嗎？甚至於掌握創新的要領、各種意境的獨特效果、一個字或者一個觀念或者一個意象背後所蘊藏的意境之累積或者文化嗎？他能夠明瞭一個詞彙背後所潛藏的各種聯想組合嗎？他能夠掌握潛藏在詞彙背後的這一個互文性的網絡嗎？正是這一些對其它文本的投射，構築成了文人的喜悅，並營造出了各種意境的效果。簡單地說，這樣一種從小養成的敏銳感覺，之後又轉變為不必經過思考的反射性動作，一個外國人能夠完全掌握嗎？

以上這一切也同樣並不只是構築成了文人的喜悅，它們甚至成了詩內在不可分的一部分了。基於這一點，難道外國讀者就永遠無法跨越這一道藩籬嗎？倘若斷然地對前一個疑問持贊成的意見，則意味著一切的詩的翻譯都是不可能的。

無論如何，外國讀者是比較吃力的。這樣的說法似乎有緩衝的空間。當然，這首先要取決於外國讀者對於一個外語以及其文學的認識的程度，還有他自己大體上對於詩的感覺。他所受到的文化薰陶的程度越高，他越能夠感受到一部作品中所涉及的範圍，也越能夠掌握作品和這個語文以及和前代與當代作品之間的種種關聯。

就讀者群整體而言，也許還可以在這裏針對讀者的語言文化程度提出疑問：母語閱讀的讀者們是否和作者有著相同的文

化素養？對於一首詩整體上的理解是否意味著應對作者有全盤的認同？我們無法加以證實。

我自認為沒資格來評論一篇中文文章寫得好不好，即使我的腦海裏已經有了些許想法，我也不能夠信口評論這篇文章在中國文學史上的地位，但我卻可以評論文章中對我所傳達出來的信息，或者它對一名西方讀者所傳達出的信息。

簡單扼要地說，詩是處在兩個極端。一方面，有各種語言遊戲；另一方面，有蘊含人類經驗的詞彙。

其實，先前關於外國讀者被阻絕在外的此一疑問會有不一樣的答案，只要照我剛剛所說的，證實詩首先是蘊含人類經驗的表示。你們會告訴我，本來就是這樣子的。我也想要能夠這樣確認。不過在驗證被書寫的或是被說出來的文字時，有時候難免會有所疑慮……。

不過，只要堅持詩首先是蘊含人類經驗的詞彙的想法，那麼，一切都變成是可能的了。也許不是全部，但至少是一大部分，可以從一種語文傳到另一種語文，就像從一個人再傳給另外一個人那樣。這就是詩特殊與共通的地方。也就是這一點讓真正的詩得以產生奧妙與價值。

在這裏，問題又轉了個彎：變成是要知道詩文對一名西方讀者和對一名中國讀者所傳達的，是不是同樣一個信息。然而，也許可以說詩文同時是傳達了部分相同的信息以及部分不同的信息。

儘管外國讀者在語文方面比較吃力，但是他可以從另外一個角度來詮釋詩文。他有自己的歷史背景，有自己的期待，而且他能夠賦予作品新的意義，能夠發掘出仍然潛藏著的可能性。

因為一部作品被接受，以及作品所得到的迴響，是在同一個特定的背景下進行的。所以詩與讀者之間必須存在著若干共通的價值。一個全然新的見解，也許不會有任何一點意義。一個全然異常的觀點，也許一直不會被察覺。一件作品之被接受，意味著作品進入了受期待的範圍內。詩文之被接受必定要符合在文學上被關心的議題。

誠如一部譯作進到了譯文的語言史裏，同樣地，對於雙語讀者來說，因為他能夠悠遊於兩種語文、兩種文化以及兩種文學之間。對於他而言，他同時會從母語文學以及原文的文學來看待這項閱讀。

在西方（應該更確切地說，在歐洲，因為盎格魯薩克遜世界的歷史並不完全等同歐洲史），自德國浪漫主義以來，也就是說自從神權崩潰以後，詩人們感覺自身的任務加鉅，此種情況導致詩人們對自我的期許變成：不僅要求要懂得抒發情感，要和群眾分享他的情感，不僅要好好地表達他的民族的價值觀，要求挖掘他所奉行的玄學真理的意義，要求他表現出與這個世界有某種契合……。

也許二十多年來，我們僅僅才開始要離開這些欲求，也許我們僅僅才開始要走出浪漫主義。

此外，這種詩是無法自絕於建立在對語言諸多可能性之上的疑問，而這諸多的可能性都是用來建構某一個和諧狀態的。隨著尼采的上帝之死，神權概念於是崩潰了。在西方傳統，就是這一個神權概念鞏固了其它諸多概念，允許了字詞與萬物之間的穩定關係。從此，我們活在一個字詞與其所指物件的分離狀態之中。今日，任何一首稍微嚴肅一點的詩，都會在它產生的同時，也質疑語言之能力，質疑人之存在與存在本身之關

係。所以這是一種評論的詩，也是詩對自身的評論，而不只是肯定的詩。

我想，現在該是時候回過頭來談談周夢蝶的詩了。

因為我剛剛所說的，也因為我個人求學時，曾經受到當時結構主義的影響，我養成習慣在看一部作品時，先從該作品的整體以及其內在關聯性看起，所以在這裏我想談談周夢蝶的象徵與意象世界，探討意象和詞彙模式是如何相呼應並且勾勒出作者的內心世界。

在周夢蝶的作品裏，這一些意象的數量並不是太多。更正確的說法是，同樣的一組意象在一部作品裏，從頭到尾一直不斷地反覆出現，這組意象會逐漸明確，逐漸深刻，有時會變化而不曾真正改變其意義。

這一些意象是從哪裏來的，在此並不是重點。它們的源頭通常是在文學、哲學或是宗教的傳統裏頭，宗教尤其是指道家以及更大一部分是指佛家。這個源頭有時候也能夠在西方的傳統裏找到。但是我並不是要在這兒談論從象徵以及意象的源頭裏找尋它們的定義。這種方法從另外一個角度看也許很有用，不過這不是我要用的角度。雖然就文化層面來說，這些意象對於中西聽眾有著不同的意義，但是我在這裏對中文聽眾和對西方聽眾所採用的說法是一致的。我很清楚，對於你們來說，在很多地方，這些意象的定義可以是很明顯的。

我將不針對種種象徵以及種種意象做進一步的區隔，因為前者有著群體性的定義（是屬於同一群擁有相同文化背景的人），而後者的定義是個別的（是專屬於作者）。我這樣做所持的理由在於，在一部作品裏，象徵以及意象是以相同的方式在運作著。在這裏，令我感興趣的是，看到這些意象之間彼此如何相連結，它們如何互相呼應，周先生如何將它們融入他的話語裏頭，還有，特別是這些意象如何將周先生的路徑（parcours）具體化，並且標示出來。

我所說的確實是一條路徑。周夢蝶的作品在指出一條路徑的同時，作品本身也在路徑上行進著。這是一條其內在各個階段相互交錯的路徑，一條由若干前進與回返狀態所組成的路徑，其組成有對未來的投射，有夢想以及等量的裹足不前，還有向後回返。這一切，都在他的詩作裏保存了痕跡。周夢蝶是屬於那種詩與生命相互交融的人，對他而言，詩是一種克服生命問題的手段，也就是說藉由創作紓解存在的種種困境。

「步伐」（demarche）以及「路徑」的確處在他的詩的中心。對於周夢蝶而言，步履是基本不可缺的，而他詩中的主要意象則是「徑」。

也許有人已經注意到，在周夢蝶的作品裏從來沒有家的溫暖。他並不是那種在固定之地居住的人。牆內的空間對他來說一直是一座監獄、一個牢籠，是他渴求外界的一種理由。周夢蝶需要空間，需要自由。最重要的偶遇，還有約會，都是發生在外部。

如果對於周夢蝶而言，生命是在外面的，這是因為一切都發生在路上。

步行（cheminement）是他詩中的第一項成分，這項成分之所以不可缺，並不僅僅是因為它不斷出現，更是因為由此觀之，它支撐住了其它意象，它就像是一道底紗，在這道底紗的上頭，其它各種子題則來回不斷地交織著。對於有興趣做統計的人，不妨可以計算一下這些字眼，不僅僅是「路」或者「步履」，還有「鞋子」和「腳步」的意象、足跡、腳步聲。這些

同樣都是生命、人類或者是人類的境遇的比喻。可以肯定這些是在他的作品裏頭最常出現的意象。

此外，路以及悲苦是形影不離的。造成這悲苦的原因，有一大部分是孤獨以及悲劇感，我們稍後還會看到。就某種程度而言，我們可以，也應該將這悲苦與他個人的命運，以及他遭受流離的境遇做一個連結。不過這裏並不僅僅只有他個人的機緣，對於周夢蝶來說，生命首先是步行，同時也是路；也有屬於徑的悲苦。

這悲苦一開始顯現出沒有止境的樣子，因為路是無窮無盡的。甚至於悲苦一再重複，因為路徑是生生不息的，而死亡甚至不曾介入。由此看來，死亡不過是個臨時的避難處，只容許短暫喘息。

這路，特別是在早期的詩裏，有種無盡的漂泊感。不過很快地，這漂泊就要變成步行了，將要賦予路真正的意義。

是什麼促使漂泊變成路徑，並讓漂泊轉向且成為真正的步伐呢？一開始是意識到了生命其實是漂泊與悲苦，這樣形成了步行的第一階段。但是有了悲苦的意識感以及要逃離這悲苦的渴望並不夠。只有悲苦的意識感本身，是起不了什麼作用的。為了要改變漂泊的符像，就必須要有一個承受的動作。

這一個承受的動作，它像是一種斯多葛主義（stoicien）的堅決，像是「對命運之愛」，不管這個命運是什麼。就是這一個承受的動作使得漂泊過渡到了步行。〈十三月〉這首詩在我的眼裏是很關鍵的，在這首詩裏出現了兩次「我仍須出發！」的詩句。在命運所發出的指令與對命運的承受之間，可以找到一條路，可以牽絆住現在，並且讓無窮盡的週而復始的時光停下來。在「樹」這首詩裏也顯示出了這一個命運之昇華。悲苦也許並不是這樣就停止了，但至少，藉著對於超越自我之一切的接受與開放，悲苦有了意義。

這樣一來，這一條路便可以和「道」的中心影像相結合了。藉由與道的同化，小徑實際上變成了道。明顯可見，此一由外界物件所勾勒出來的步行，同時也是內心的步行。這是想要返回真我的人的步伐，是想要回歸本來面目的人的步履。

這條路徑上的第二個成分是升高，它標示出了路徑的目的與終點。山峰、高度，在〈還魂草〉裏尤其常見，角色上它們隸屬於道，因為同時是目的，也是過程。

高升甚至可以是一個結束，不過最後的目的不是攀到山巔，而是忘卻山，忘卻塵世間種種名相的分別。

山，或者高度，都能讓我們更接近天空，同樣地也讓我們更接近飛行。飛翔即是一個與步履相對的意象。它代表著解脫，或者說是被賦予的自由或是掙來的自由。《莊子》裏頭的鵬鳥，還有蝴蝶便是這一類的中心影像。我們稍後有機會再回過頭來談。

高度同時也讓我們接近寒冷。因為徑的出發點若是苦難的話，那麼周夢蝶詩裏的苦難的主要原因，便可以肯定是孤獨了。從他的作品的一端到彼端（但是他比較近期的詩作除外），孤獨是形成悲苦的主要原因。由此可知在周夢蝶的作品裏，孤獨佔據了何種位置。而他的第一本詩集的書名就叫做《孤獨國》。此外還有許多詩篇也提到了孤獨。

和孤獨相連的是寒冷。寒冷在周夢蝶的詩裏是眾多最常循環不止的影像之一。如果又在這裏作一次統計的話，那會是很枯燥的。其實，孤獨和寒冷乃是一體兩面，兩者有著相同的正反意義。

此外，遭受流離的境遇也毫無疑問的，是和孤獨相連在一起的。這孤獨是個別的、是精神層面的、是傷感的。曾經有人強調，周夢蝶可以很抒情，他需要感情，並且具備有以夢想來填補現實不足的傾向。文學一開始對他而言，像是一種克服孤獨、一種能夠賦予孤獨意義的手段。孤獨是一種空虛，但也可能是與世界融合的元素。因為世界本來是一種孤獨。「上帝／從虛空裏走出來／徬徨四顧，說：／我要創造一切，／我寂寞！」

不過即便孤獨感覺上像是一種空虛，它也並非一直是負面的。在周夢蝶的作品裏面，就有一種好的寒冷以及一種好的孤獨。

此外，孤獨是可以有價值的，就像是一種促進創作的激素。不僅如此，在某些時刻，孤獨變成是必備的，因為孤獨是清醒的條件，同時也是清醒的結果。這裏，所謂的孤獨已經是這種被認識的與被接受的形而上的狀態了。這是隱士以及智者的孤獨，是秋之孤獨，是梭羅（Thoreau）、是莊子的孤獨。

這個孤獨還可以使人害怕，所以它同時令人期待也令人畏懼。就好像它是被尚未處於這種狀態之人，或是從遠處看著隱士離去之人所看見的。走得太遠之人會感到寒冷，而走得太前面以及遠離他人之人會感到孤獨。

但是又一次，隨著承受的動作，孤獨的意義可以被改變，而寒冷的價值也可以被改變。轉變而來的是好的孤獨，在這個孤獨裏，隱士自己找到了慰藉的形式，也找到了蘊藏於他的孤獨之內的喜悅的形式。這是個克服了懼怕的時刻，亦是不怕冷的時刻。於是，隱士在超脫了寒冷之後，找到了清涼。這也是中心的清涼，以及空之清涼。而和此一清涼在一起的，是好雪。

周夢蝶的世界也是個相對的世界，以及充滿張力的世界。在抵達這一片平靜的清涼之前，必須要先穿過重重考驗，必須要先認識種種混濁。但，是否真有人能夠在此一清涼之中安住？而冷，是否亦已成了最終的歸宿？

其實，和孤獨、和寒冷對立的是種種情感的熱能，是六月的熱能、火的熱能。那是一個渴求與企望的世界，可以用包括蛇、蘋果、豹子等來說明這個世界。這也就是維持混濁的「八風」。

然而，渴求最終並沒有被分解。雪和火是共生的，任何一方均不可缺少對方而獨自存在。同樣地，周夢蝶也可以是「直到最高寒處猶不肯結冰的一滴水」。只有那些仙人們，也許才是絕對耐寒的，也許只有諸尊菩薩，才知道將「八風」改造成憐憫之風。

是不是這一種經常被視為難以克服的對立，在周夢蝶的作品裏構成了長久以來也被視為難以改變的悲劇感？

此一悲劇性的感覺，在周夢蝶的作品中是很強烈的，不能夠僅是從它在時下流行的意義來看，也就是說不可將它視為是人在極端痛苦時的尖銳意識，我認為應當從悲劇（tragedie）的第一個意義，也就是希臘文的本意來看：個人在面對自己的命運時所感到的無力感，他之無法與外界的步履相契合。這是生命之悲劇、歷史之悲劇。是人類的境遇之悲劇。

在周夢蝶的作品中，這悲劇有一大部分是屬於罪惡的悲劇。特別是十字架，給了這悲劇一具軀殼。這具十字架並非墳墓上的十字架，而是受難的十字架，是所承受的悲苦之顯現，它有時是無辜的。此外周夢蝶還將十字架運用到以下兩種用

途，一方面是個人的苦難以及譴責，但另一方面則是無辜的受難者的苦難，這受難者是代人受過的（這比較接近佛教徒的慈悲為懷）。十字架之所以能夠支撐這一個悲劇性的感覺，並不是純屬巧合，而是因為必須使用一個不屬於佛家傳統的象徵，因為確切說來，佛家傳統並不存在這種悲劇，這種悲劇是構築於自我個體的存有論的現實之上的。自我存有之現實，就像所有的現象，以及對此一現實之執著，佛家傳統將此一現實視為如同幻影，甚至於可以說是最大的幻影。

在周夢蝶的詩裏頭，救贖無疑是比較屬於佛家的。這一個救贖觀念和箭、和血是息息相關的。此一救贖觀念就像是回來宣告要以血償債的業報。另外，它也呼應了另一個悲劇的成分，也就是對命運的無知。悲劇的諸多條件之一，其實就是主角本身無法察覺諸神的意念。箭其實並不僅是反射回來追認此生所犯下的一項錯誤，它是從遙遠不可考的時光折返回來的，這些時光早已被遺忘了，因為它們來自於一個久遠前的記憶，而這記憶遠在我們之前，遠在此生之前。

在周夢蝶的作品裏還有另外一個償債的手段：是淚水。淚水可以是苦難的詞彙，但是在周夢蝶的詩裏，它們也經常是因為一次善行而還了債的結果。在這個意義上，淚水是解放者，是一種感激的形式。這就是〈二月〉一詩裏頭的淚。

血和淚水，這些液狀要素先消抹，然後再令生命重新循環，它們重新建立了人與人之間的交流，甚至是自我之內的交流。在比較近期的一首詩裏，出現了非常令人玩味以及含意非常深遠的手法，箭只是很簡單地和水結合在一起。同樣地，也是在比較近期的詩作裏，是雨水喚醒了這些累世的片段。

償清了債，尋得了感激，消抹去了記憶，而此一記憶正是悲苦之根源，時光還剩下什麼呢？當此一令人陌生的記憶回來並且被消除的情況下，時光才能夠被開放，才能夠被分解。而時光以兩種方式開放：要不就是藉著跳脫到時光之外，便將永恆濃縮成了一瞬間，要不就是藉著消抹時光，亦即消抹死亡。

對於周夢蝶而言，死亡並不是一個結束的詞彙。事實上，在周夢蝶的作品裏，雖然常見到這個字眼，但是並沒有發生死亡。死亡從來不是整體結束；死亡從來不是如一般人所認為的生命的完全終止。

死亡首先是一個過程。通往一個新的生存之可能性的過程，通往一個欲求以及時光之新工程的過程。它在此已經遠離了個體之毀滅，反而成就了個體之維持。它處於各個週期循環之間，是虛無，或者說是允許天地事物循環的潛伏時期。在這裏，它是由多出來的第一個數字所代表：第六根手指或第十三個月。它代表的是仍屬於自然世界的第一重之外。

同時，更深入地說來，死亡並不在自我毀滅的這一層意義上。在這裏，死亡是通往另一個完全不同的景的過程，而同時，它讓週而復始進一步成了永恆。在此，並不是透過死亡，讓此一過程得以實踐，而是透過意識到死亡本身之不存在。先消除一切之死亡，接著再消除死亡本身。這樣的雙重消除造就了一個不生不滅的境界。

在這裏，它是由多出來的第二個數字所代表：第七根手指、第十四個月、外之外。那裏已經是個不屬於自然的世界了，而是屬於意識的世界。所以，循環之出口乃是多出來的時刻，一個天外的時刻，這個時刻通往中心之空。外之外，一個雙重否定，一個多餘之多餘，真正是一個「其它虛無之虛無」，一個處在黑夜中心的黑夜。

就是在這樣一個時刻，才可以開放時光，可以獲得諸多永恆時刻，可以解除無止息的週而復始。就是這樣，所以蝴蝶超脫了時光，正如同它超脫了死亡。蝴蝶，藉著本身的動作，支使著陰陽的扇子，「這無名底鐵鎖」，而它的生命只是一轉瞬間的時間，但是它卻蘊藏著永恆。

這一個開放時光的時刻可以從忘我以及類似出魂的經驗中獲得，因為在經歷上述經驗時意識會擴張，個體分離之感覺會被消除，而達到天人合一。還有，在這一刻，可以獲得一個完整的世界。在這樣的時刻裏，自我之感覺會失落，但是意識不會失落。不管強度如何，在剎那中也能夠獲得覺悟。

這樣一個時光被泯滅且死亡被分解的時刻也能夠藉著渡河而被突顯出來。當然，因為渡河是一個從輪迴到涅槃的過程，是每一滴水要返回源頭的回程。

渡船、淺攤、橋都是渡河到對岸去的手段。但是這跨越的過程是間斷的，而不是一道直接橫越河川上方的坦途。淺攤、橋之所以能夠促成跨越的過程，是因為步行者在那裏佇足。徑是持久的，也可能是無止盡的。但他並不是連續的。若沒了這些徑的中斷點，就不可能達到目的地，其實目的最終就是要忘記目的。

這些徑的中斷點是人坐下來的時刻（步行與天地平行，坐下則與天地垂直）。而這一些坐下來的時刻也就是冥想的時刻。坐下以及冥想都在橋邊。所以實際上，橋才是冥想。

首先，橋得以分隔人本身與步履。隨後，冥想更加深了此一分隔，冥想和河川本身融合成一體。所以是河川，或者是冥想溶解了自我，就像是通過橋下的潺潺流水將各自獨立的氣泡溶解了一樣。

就這樣，實現了時光之泯滅，這過程甚至就在時光之內，甚至就在循環週期之內躍過循環週期。

這並不像是處在消抹外部世界的忘我境界裏，是故我存在但是我也不存在，萬物存在但是萬物也不存在。

我在這裏特別想起了〈藍蝴蝶〉這首詩，以及它那對再也不被看見的翅膀：

你的翅膀不見了
雖然藍之外還有藍
飛外還有飛
………

這是一條由周夢蝶的作品所描繪、呈現出來的路徑，而更重要的是，他的作品也在這條路徑上走了一遭。經由晚近的詩作，可以注意到周夢蝶自己的語言有著多麼大的進展。這些年下來，孤獨感、苦難的詞彙已不再那麼被強調了。悲劇性的感覺則更進一步由平和所取代。對立矛盾無疑還是繼續存在（如果沒有這種矛盾，還會有文學嗎？）不過，其間的張力已不再那麼猛烈、那麼敏感。他的語言變得比較單純，諸多意象亦更為貼近日常生活。張力與矛盾也被平和與淡泊所取代。是否經過這一番以生命寫作的洗禮，周夢蝶已然返璞歸真？

就是從這一點，可以說他詩中有「禪」。

但是，雖然有「禪」，在他的詩裏仍然保有掙扎的痕跡，掙扎既是解脫的險阻，同時卻又是此一解脫的希望之所在，以及要獲得此一解脫的必要的內在工程。他的探索深植於其個人經驗。這是佛教的禪所揭示的一個經驗，同時也是他在這上頭

的個人經驗。

常常有人問，周夢蝶是否已經解脫，已經覺悟了。我不確定這是不是一個重要的提問。這個問題對於周夢蝶個人來說，可能是很重要的。不過，周夢蝶是否已經解脫，對於讀者來說並不重要，重要的是，我不認為那會改變他作品的風貌。因為從我剛剛所說的消抹來看，他達到了一個我姑且稱之為超越個人觀感（une subjectivité impersonnelle）的境界，在這個境界，語言來自於無聲，亦回歸於無聲。

這種無聲，不代表萬物之消逝，這種語言，不代表符號之消逝，真正消逝的，是萬物與名相的混淆。

短　評

作者胡安瀾先生（Alain Leroux）是法國人，他在1992年在巴黎大學通過一博士論文，題目為《周夢蝶「還魂草」的詮釋》，文長600頁，前半部為「人與作品」，述詩人生平經歷外，尚有關作品的個別意象討論；下半部將全本《還魂草》的每一首詩譯成法文，一句一詞一典故地，以法文詳細解釋。據云胡氏寫論文的十年間，不時造訪周公，務求對詩的領悟及典故理解，不致出太大差錯。如此，臺灣文學中的詩人周夢蝶，早就因這一位熱情的讀者而自然地有了國際性，可惜胡氏這論文在臺灣無人翻譯，而他因久居臺灣，亦無暇回到法國令此論文出版，想到官方常汲汲營營地希望西方出版界願意譯介臺灣文壇作品，卻對這現有的成果視而不見，殊感可惜。

本篇是胡先生的中文寫作，將博士論文第一部份有關意象的章節，延展而成，亦稍慰解了我們對這本法國人寫周夢蝶博士論文的渴望。文章字裡行間寫得非常真摯而有感情，達到了詩論文字一個最本質的要求（而這要求在當今臺灣評論界或許已漸被遺忘的）。交代了本文的有關資料外，筆者擬就一篇評論文字的角度，思考如下的議題——。

首先須指出的，這是一篇與作者同其陣線的論文，就是說，它反而較異於我們一般學界中用的方法：有一個對立距離，以觀察研究該作者的文學線索、成就得失、以致他在一個大環境中的位置等。但臺灣學界極力追求，如科學鑑證般嚴謹的方式來評論文學，在歐洲，經過海德格存有觀念的洗禮，經過沙特、再到解構思潮者德希達、德勒茲等人的推動，已慢慢變化。提出「日內瓦學派」的美國評論家希利斯．米勒（Hillis Miller 1928～）認為：作品中的文學性，是很難透過歷史、社會學或心理學等方法來歸類或解釋，它只能間接被感知，有如「泡沫室內一顆宇宙粒子通過的痕跡或軌跡一樣」，因此，「新型文學理論的重要作用之一，便是重新界定究竟什麼是值得記憶的東西；重新明確，我們應採取些什麼復原和新解釋的步驟，以確保我們能記住自己想記憶的東西。」[1]

胡氏的評論方式，無疑是延著意識批評一派的路子，特別如莊皮亞李察（Jean-Piere Richard）對波特萊爾的處理，將波

1　希利斯．米勒在臺灣評論界並不陌生，他曾出席1999年「中華民國第8屆國際比較文學會議」，並做主題演講。單德興《對話與交流》一書（2001年，麥田）有對他的長篇訪問。此引文出自科恩（Ralph Cohen）編的 *The Future of Literary Theory*（Routledge 1989），並有大陸譯本名《文學理論的未來》（北京．中科院1993年）。

氏整本作品內常出現的意象串起來，連成一個相交纏的意象網，在這織網中，再體悟、透視波特萊爾的心靈意識。[2]此方法在臺灣詩壇內，張梅芳寫《鄭愁予的想像世界》[3]亦曾運用，但並未能將愁予詩的各類意象連成有機性組織，讀出它們相互存在的意義，這未盡完善的方法，在胡安瀾論文中，卻明顯地補缺了。

可以說，本論文是日內瓦學派意識批評法在臺灣詩壇運用的一個較完全的展現。上文所謂「同其陣線」，並非如一般臺灣論者只有抒情與感想性讚歎描述而已，他是搜尋淨盡，將值得提出的事物，那些不斷出現的意象，一個個地串起來，並展出了周夢蝶靈魂的「路徑」。

所以，我們不必讀夢蝶詩，亦能透過胡安瀾的文字，彷彿讀到了一個徬徨悲苦的人類靈魂，一連串追求安頓的步履痕跡，胡氏詩論本身亦展出了一幕文學性的風景——而這正是夢蝶詩內最令讀者「值得記憶的東西」。

不過，除去這全體投入的方法外，作為一名臺灣讀者，我們更好奇的是：究竟周氏詩為何能令這歐洲人如此投入呢？難道沒有其它法國或德國詩人，一如周夢蝶的悲苦體會與追求深度？致令胡安瀾需打破文字障礙，追尋至中文領域來？所以，我們又回到另一派評論得要求（也許是十分無理又貪心了？），希望一名歐洲人將周夢蝶詩的特質與其它歐洲詩人稍為相比，才更能見出周氏詩的國際地位。

（翁文嫻）

2　請參見筆者在彰師大第二屆「現代詩學會議」論文：〈評論可能去到的深度〉。

3　《鄭愁予詩的想像世界》（萬卷樓出版，2001年）。

鄭愁予詩中「轉動」文化的能力

翁文嫻　成功大學中文系教授

摘　要

鄭愁予的詩明白易懂，評論者很難著力。本文稍回顧了三十年來研究概況，而自楊牧及季紅二位揭示的線索再往前，探討三項議題：一、季紅所說其以寬鬆句型呈現的整體詩境，究竟如何？愁予有無超越其它詩人的特色？二、愁予的「中國性」，除楊牧所言句法聲韻外，還有哪些更重要的傳承？三、愁予詩風格與臺灣近十年的本土性，有無衝突？如何慧解？

文內舉〈青空〉及〈天讜〉二詩做分析說明。發現其意象總有一個現實的點，讀者易於進入。此外，意象領域多涉中國古代文化精義，經詩人特殊而新穎的視點再出現，在此角度言，鄭愁予是很後現代性的。對中國傳統文化用情去理解，變成他想像世界的大本源，這狀態相對於今日臺灣、香港、甚至大陸三地民眾，紛紛去「中國化」、「國際化」的潮流下，是較不易相應的，但文化之永恆價值，並不因潮流而更改，這也是鄭愁予詩的國際意義。

關鍵詞：楊牧、季紅、〈青空〉、〈天讜〉、距離、轉動、文化新解、現實性

一、前言

要論述鄭愁予真不容易，二十多年前楊牧一篇〈鄭愁予傳奇〉[1]，標出他是「中國的中國詩人，……而且絕對地現代的」，文中又擅於分析，將〈錯誤〉一詩的節奏聲調，上連徐志摩與辛笛做背景比較，馬上讀出愁予句法的現代性成就。傳統詩的精義，往往是聲韻所產生的情與氣之效果，但白話詩人多所忽略，白話詩論者則更難於此處著筆，楊牧一文能在句法與聲調上論鄭愁予詩的特質成就，這樣的詩論方向亦幾成一篇傳奇，後人難以為繼。二〇〇一年張梅芳《鄭愁予詩的想像世界》第一本專論出版，算是較完整地回顧了這二十多年間有關愁予詩的評論。[2]七十二篇報章雜誌的論評中，大部分是某一篇詩作的分析，〈錯誤〉一詩賞析重複了十幾次，但沒有一篇是學報或研討會論文。張氏一書，援引現象學批評觀念，專注於愁予詩內在世界的架構研究，將幾個關鍵性意象如「窗」、「女性」、「白」色等作系列追踪，探討詩人不斷出現的情意、想法與美感傾向。用一張意象編連的網，自詩語言自然形成的角度去理解鄭愁予，這在詩學方法上亦算是一項新嘗試。書內另一章〈鄭愁予詩的心靈曲線〉，搜集早、中、晚各期的代表詩分析，將詩內想像（意象）變化的遠近擺盪狀態，畫成曲

1 此文最早收於志文版《鄭愁予詩選集》（臺北：志文出版社，1974年），作為序言，其後錄於葉維廉編《中國現代作家論》（臺北：聯經出版事業公司，1976年），後再收錄洪範版楊牧著《傳統的與現代的》（1979年）。

2 張梅芳《鄭愁予詩的想像世界》（臺北：萬卷樓圖書公司，2001年），第一章緒論稍歸納了二十多年來研究鄭詩的資料，將之分為：表現題材、表現技巧與作者思想探源三類。

線，竟略可比較看出三個不同階段裏，詩人的心緒波動起伏之強弱，也許這對愛好愁予詩的讀者言，有點大煞風景，說詩心變化豈容被某一法所套定？但如此新鮮觀看亦不失研究的趣味。只可惜此書為一碩士論文，作者未暇在更廣闊背景下說出詩人的特質。

繼楊牧之後，詩人季紅[3]撰文〈鄭愁予「雪的可能」中的語言經營〉[4]令人印象深刻。文內提到經營的手法有三種，大略是：一、愁予擅用感覺性的字描劃，令事物本質從概念的囚禁中釋放；二、直視對象，無需額外語字製造背景氣氛，也無需額外刻劃意象，因此時對象已以其本質裎露；三、以整體語言表現詩的意境，各節語言可能表面是散文，但各節自熔鑄成意象，進而融入一個整體詩境。

季紅文章並非一嚴謹有條目的論文，以上三項，乃筆者依其求證意念所舉的詩例，揣測綜括而得，亦未知有無誤解，但他能注目到一個詩人經營語言之深入幽微處，在眾多泛泛論述當中，便特別醒目。

看手上一九九〇年的洪範出版《鄭愁予詩集》已是第四十五版，按詩人自己的說法，以前志文出版社的舊本，已非法印行近百版，行銷海外。[5]如此廣為大眾接受的詩集，是否已近乎通俗文學？所以鄭愁予詩的研究，幾十年來便限於單篇賞析？早期的《鄭愁予詩集》（1951～1968）一看便懂，人們喜

---

3 季紅大約與商禽、鄭愁予等同輩，其詩有被收在張健編《中國現代詩》（臺北：五南出版公司，1984年）共四首。筆者注意到他的詩論，是在黃荷生詩作討論會上（見《觸覺生活》現代詩再版），他對詩語言的認知精準。

4 此文登在《文訊》第20期（1985年10月）。

5 這說法乃據鄭愁予在《聯合文學》系列說詩的第一篇，〈引言九九九九九〉，《聯合文學》第211期（2002年5月）。

歡了就滿足了對詩的要求，何勞費力去研究些什麼？或者說，如果要對這些不難解讀的詩說出個所以然，卻真是不容易的。

自《雪的可能》之後的詩，論評更稀少了，是讀者仍懷念那些叮叮咚咚的陶瓶聲音，不能接受一個書卷氣漸濃浪子風已淡的詩人？[6]還是愁予的語言竟漸漸與臺灣這片本土性日濃的現代社會有距？距離如何？看見詩人近一年來，每一期在《聯合文學》上親自解說那些詩[7]，竟有不忍的感覺。

本論文嘗試自上述的研究概況中，發展如下線索：一、季紅所說其以寬鬆句型呈現的整體詩境，究竟是怎麼一回事？愁予有無某些超越其它詩人的特色？二、愁予的「中國性」，除楊牧所言句法聲韻外，還有哪些更重要的傳承？三、愁予詩風格與臺灣近十年的本土性，有無衝突？如何慧解？

上述三議題，每一項答案或都相連到另一項，詩人的心在涵接各處，詩情萌生並不是為了被寫論文的，所謂分項目，原是某些不得已。所以在舉詩例時，一首詩可能同時引出三項議題。又或者，深入闡明其中一項時，另二個疑題會不解自破。

二、有沒有一種鄭愁予的想像方式？

我們讀詩的時候，一直被詞句感染帶入詩人去到的世界，亦不明白是如何去到的，因此，作為讀者，他不會問這個問題。作為創作者，除非他只有技巧的操縱，否則亦不會意識到上述的問題，季紅研究鄭愁予的語言「經營」，用「經營」二

6 1987年6月孟樊撰文〈浪子意識的變奏：讀鄭愁予的詩〉(《文訊》第30期)，文內仍多論述愁予年青期作品，懷念他的浪子情懷。

7 自從《聯合文學》第211期（2002年5月），至筆者撰文的第222期（2003年4月），幾乎每個月都有鄭愁予說自己詩的文章。

字，亦是詩人能接受的極限，他一定不會認為自己究竟有何種能一以貫之的「想像方式」。

但提出這樣的問題絕無貶抑之意，剛好相反，我們以為，只有成熟而生出風格的作者，立於創意行列的頂尖人物，才值得沿此線索一探，二、三流詩人，所變化不同的或是小小的題材之異，或小小的詞藻成果，在大的格局上，在詩的句法變換上，亦即這「想像思維」的形態上，通常是仿效前輩。詩用最經濟的字來表述，她不同小說重情節故事，她幾乎是意念與意念間的興滅，虛與實之際，如何才達致完美的「相」？傳出心中這美的剎那碰觸？真實的詩人每動念間要盡最大力氣去捕捉那個「相」，他不是假某種前人技法，甚至未曾意識到自己的技法——就是基於這點，我們評論立場，才有了追索的意義。前此，曾撰文〈如何在詩中看見思想〉[8]，以此觀念，剖析過羅智成與夏宇二人的想像思維，文中有言：「在當今這個價值變動的社會，我嚮往一些複雜的詩。複雜是生命能量的豐沛而厚，能將各方面的想法都感知、承接，再匯成一個多孔有彈性的整體。但複雜不是外相的繁多。……真正的複雜是心念的迅速、又強烈，幾乎是無意識地，卻堅持某一個頑念一樣的東西，這真正是吸引人去解讀的。」

詩人無意間又自然形成的，某些一以貫之的事物，很可能與個人的個體氣性、文化來源、與時代轉折的訊息有關，而這正可自詩的詞句意象間，深入某種核心部分，往上翻讀而讀出詩人連繫於這個社會內的一切符號。——此亦所謂詩人是某一

8 原文發表在第三屆「現代詩學會議」(彰化師範大學，1997年5月)，後收錄在翁文嫻《創作的契機》(臺北：唐山出版社，1998年)，頁143～169。

個時代的表徵，因為他文字背後牽連了一大串說之不盡的訊息。

鄭愁予在一九六八年至一九七八年間，停筆十年。一九八〇年《燕人行》出版，「文風丕變，由早期的穠豔轉為沉潛凝練，引起各方爭議甚巨」（林燿德語）[9]，則《燕人行》為青年鄭愁予步向成熟沉潛期的一個標竿點，雖然眾多讀者仍懷念早期叮叮的陶瓶聲，但林燿德獨排眾議，更能欣賞他「自技巧和本質的雙重領域找到一條令時人覺得是隱微的道路」。《燕人行》距今又已二十多年，集中多首詩的句型，今日讀來，它上接青少年的感性，下開晚近期《寂寞的人坐著看花》集子裏的文化厚度，正堪作為分析的典型，如以下〈青空〉一詩：

只是一窗之隔
青空，其實並未告示什麼
青，本來就是難以界說的色彩
是眉，在初畫的色彩
是髮樣，在垂髫的色彩
是血……在血管之中巡行的色彩
………
青，其實是距離的色彩
是草，在對岸的色彩
是山脈，在關外的色彩
一點點方言的距離，聽者，就因此而有些
鄉愁了[10]（請讀者自行參閱原詩）

9　見林燿德〈河中之川——與鄭愁予對話〉，《台北評論》創刊號（1987年9月）。

要注意愁予的詩，起段一開首大都有一個現實的景。例如：「我洗罷盃盞這一小會兒飯後安靜的滿足」(〈寧聲如此〉)[11]，「在天涯踏雪／月亮就在臉前」(〈天涯踏雪記〉)[12]，「歲寒降到底線／多麼思念那年／典質了的絨衣」(〈歲末懷友〉)。[13]這類日常情景片段，讀者可有共同經驗，這也是令愁予在現代詩語言中不會有距人千里的印象。他的內心世界，他的詩情，往往是沿著這些人人可觸的生活慢慢轉動。

〈青空〉一詩，轉了九次，最後才現出「鄉愁」二字。但這九個「意象」中，又各分段落而自轉，譬如一、二、三項屬於「其實未告示甚麼」一類。我們看見眉的「初畫」、髮的「垂髫」，都是未成形地，但又彷彿預示了下一階段的情致（如那遠山眉黛的色澤，畫完後將是如何的美人？）再至第三句「血管中巡行的青色」，其中有一份隱然的張力，恰若熾紅的火硬被埋藏著？

這由髮鬟至血管的青青，的確可以是並未告示什麼，但又可以在「其實」之下埋藏些什麼？古典美的思念？以前鄉下裏童稚髮的思念？這些都只能在肌膚之內，熾熱地流傳著。

「其實並未告訴什麼」一句，正啟示了一半的現實，又另一輕輕沿現實滑出的世界。我們鄭重指出：愁予的想像方式，很著重這非現實一半與現實一半的均衡。例如詩第二段第四個意象，青空「變成一個高壓氣團」，當然是濃度加重好幾倍，而且「高」懸而出現「壓」的意涵，將單純的青空整面改觀

10　詩見《燕人行》(臺北：洪範書店，1980年10月)，頁53~54。
11　《刺繡的歌謠》(臺北：聯合文學出版社，1987年)，頁2~3。
12　《燕人行》，頁63~66。
13　《燕人行》，頁18~20。

了，但詩人卻緩和了這份張力，用閒閒語調說：「是誰說的？」「這樣其實是加拿大的××」而已，好像它是真實生活中的物事，便無須驚動。如此，愁予將本來頗驚心的內在真相，又一轉而若無其事。誰料下一句，卻轉出一個更露骨的而不協調的視點——這「青空」有如早期法國移民，很不習慣講英語，仍保留一種原始又變調了的發音——這時，詩的主題乃泫然欲滴了。

但詩人又在第三段，稍將情緒冷卻，重新出現用過的「其實」，它「其實並未告示什麼」，它其實是——距離的色彩。這距離的調子，令詩人在血脈賁張之際，有點緩和，如在「對岸」，如在「關外」，在情感上引出了鄉愁。然而，有了距離，才有所轉動，那些現實變成非現實的情狀便特多，即如他在另一詩中句：「坦掌覆掌之際靈虹乍顯又逝」[14]，「距離」令鄭愁予不必另起虛象，一切現實狀態，自將曖曖轉動，轉成內心依戀的另一個世界。

如果不是仔細分析每一句的現實情態，那麼這首詩自「一窗之隔」外的青空，居然可看見那麼多別的事物，別的界域。小孩的垂髫與美人初畫的眉，又是血管又是移民發音，還看到對岸草色和邊塞詩一般「關外的山脈」！讀者經由一面窗色，而去到這處那處，轉動了一二三四五六七八九個不同的點：古代中國連上加拿大的氣象、血管知識疊在法語準確如何的學養、草與山脈的觀察、色彩學（隔著真實空間或心靈空間是不同的）——令讀者繽紛撩亂，蘊釀飽滿了，才輕輕溜出他心底裏真正想吐出的詞。

---

14 《燕人行》頁12，此詩句出自〈讚林雲大喇嘛康州行腳〉。

〈青空〉一詩的結構，是以青空為軸散出九條放射線。上文分析過每一線路之間，有隱約的冷與熱、現實與非現實的均衡。「只是」、「其實並未」、「是誰說的」、「其實是」、「可不是嘛」、「就因此而有些」，這些連接句的詞總有迴旋、反問、推翻、疑遲的神色，讓句子裏實相，整面晃動，想及印象派畫師們，利用水光、利用葉影，讓畫面的清晰度整個疑惑起來。如波特萊爾在〈一八四六沙龍〉一文內，描述的這類畫面：「樹、岩石、花斑石全匯到水中出現倒影；透明的物象全掛到片段的光與遠近的色彩中。」[15]

鄭愁予年來在《聯合文學》一系列解詩文字中，有一期特別說到〈青空〉，在他原來的意念裏，「青」的聯想，還遠不止這九項：

> ……兩千餘年的文字歷史也幕起幕落；長河古道，青草相沿，數不盡的征人遠去，青塚、青舍，閨幃裏少女年華為青燈燃盡。我不想用「死」這個詞彙，在青色中「死亡」是不存有的，只是距離，距離，難以測距那不可期待的無生的狀況……。
>
> 青的正面性在於它美的本質，有青在心便是「情」，與水相溶便是「清」，與人兒立便是「倩」……以青為部首的字則無字不美，「靖」是平安之至，青與明目相結則是「靚」字。而最使我時時在意的一個對生活與寫作具有契機作用的「靜」字，則是青在楚辭中那種神力浩大的顯靈，青竟能使爭歸於靜。

15　此句子出自《波特萊爾美學論文集》，原文譯自法文書 *Curiosites esthetique L'Art romantique*（Classique Garnier 1986 Paris），頁 105。

> 文化是使文明多采多姿，使人類競爭生存得到更有價值和能凝聚差異的一種力量⋯⋯。「青」字便是具有文化力量的一個字，前述青自創造的「青的美學系統」，「青的抒情脈絡」，「青的道德延伸」(如：青天、青雲、青眼、青陽等)，而青字與一些雅字或玄字的結合卻可成為「青的超自然網路」，特別是與道教，佛家夙有因緣。⋯⋯[16]

詩人自己將詩題的來歷，及牽動過的一切訊息揭露，當然是最有力的說明了。我們讀出，鄭愁予詩內的文化資源，而且，這不是一般學者，用科學方法羅列證明，或分析得來的理解。而是用了心，動了情，與他所愛上的事物感應，所得到的一種共生似的理解。在《聯合文學》上登的說詩散文，我們不時有詩意連篇的感覺。他對於「青」字在文化上出現的模樣，竟然這樣有知識，而又如此新穎，因這些見解，是鄭愁予用他的學養和才性，張開感覺的網，所編織而成的知識。

以此線索看，愁予詩自首段日常事物之後，陸續一大串這個那個的聯想，又總有多重歷史文化新詮解，便是自然而然的事。〈青空〉有一自白性散文，配在一起閱讀，我們恰可觀看，自意念至詩作之間，他增加了或刪除了的事物。

將詩與散文合併看，讀者馬上明白，文字之力量，並非說了多少項內容而已(儘管這些內容都夠有新意)。在詩的表達中，愁予將他特殊的生命氣質，吐納在語句上，遂有了如上面分析過的：現實與非現實的律動、和緩與張力之交替、冷與熱

---

16 以上引文出自鄭愁予在《聯合文學》第216期(2002年10月)撰文〈青，是距離的色彩〉。

調子的拿捏。愁予詩節奏遂常呈現不疾不徐、溫溫潤潤，上文曾提到「距離」一詞的美感效果，而愁予又特別撰文：「青，是距離的色彩」，並說昔日曾有過筆名曰「青蘆」，則這「青」之命意及所引申的迴響，是不可小覷。

讀著詩人在《聯合文學》上的散文，那一大堆從古至今，從儒學詩經至佛道書地搜尋「青」字的意義，確沒有幾位學者，能有這份天然的知識趣味和感受了。當應付社會的劇變都來不及時，如何生出閒情，生出距離，來細細咀嚼一個色澤在文化裏的變化？鄭氏在美國人文薈萃的耶魯任教二十多年，如他自己所說的：

> 我們住在第三個美國在同一塊
> 大陸上我們生活的內容要老式的多
> 我們用一半的時間思念遠方
> 用一半的時間不斷地溫習
> 那髮膚文化的精義
> 在飲食中在親朋頻頻的暖聚時
> 我們所思念和溫習的是這種的真實
> ……….
>
> 〈三個美國〉[17]

長期在異國展讀祖國文化的精義，現實距離令人更易親近那歷史上曾輝煌閃耀過的點，隔著一層「青空」，文化的美麗姿勢被陶鑄永恆。至於還處在原居地，需不斷與各方勢力激烈

17　見《寂寞的人坐著看花》（臺北：洪範書店，1993年），頁188。

廝殺的大批本土詩人，便呈現出完全迥異的圖景了，有些生猛、有些變種、有些缺了腳、有些乾脆丟棄文化這觀念，至於，誰將更有力量更有詩意呢？我們還需回到詩本身，去尋找足以令人永恆慰藉的事物。

上面論述中，借〈青空〉剖析出愁予詩若干的想像模式：由一面現實當下景象出發，層層轉入作者內心的景，由於詩人對祖國文化的用情和努力，內心景象總會出現對歷史事物的新詮解和新視點，這對研究愁予詩意象是一項極重要工作。當然，除去這「過去的時空」，詩內還有部分是當下的世界：美國生活、臺灣風景或旅行各處的空間。這種種還是可以轉成詩意象，他用的方式，還是如展讀古書般，用他特有的未經灼傷的、中國式情意來理解。

「中國式情意」，是一項更隱微又牽連廣大的議題，非常不易說清楚，可能要加上許多別的詩人的比對[18]，加上古詩的傳統[19]，專文疏解。本文只能呈現若干現象，例如上文提到〈青空〉各意象間，所用連接語詞的「虛」之品質，不確定性令每一項意象畫面自轉，亦與相鄰的左右有互動能力，令這些畫面的真實與非真實保持均衡，讀者情緒永遠不會被扯得太激烈太極端。甚至愁予的每一個意象，讀者都似曾相識，文化長空中的物，生活中的可觀感物，如此，讀者很容易進入，或許

18 較有中國傳統詩訊息的詩人中，例如周夢蝶、楊牧或余光中，這三人的句法及「中國性」究竟如何，與鄭愁予並看時將彼此凸顯。如果是「中國性」以外發展其本來所無者，如洛夫、黃荷生等，與鄭愁予並看，是更能看出特點。

19 《詩經》「賦比興」句型中，「賦」體如何達致一個美學效果？筆者認為是可以與鄭愁予詩共看。唐詩裏景象的排列方式——重點不在於出現什麼景，而是什麼景與什麼景並列一起而產生詩意，這些或都可與愁予的意象相提並論。

很容易回到自己周圍碰觸到的物，只是，鄭愁予可以上天入地將它們編連一起，轉動。

〈青空〉詩是以一個軸心發展各項意象線，但愁予許多時候，軸心會轉動，他自己會隨物賦形，變成筆下意象的生存境況，由此再轉出新的境況。例如下例：

> 我常引起友朋的戒懼不與我同機出遊
> 因多知我逆天行事定在天也怒時
> 遭逢天譴
>
> 而只有你是百年自信的，總陪著我
> 在空曠的航空器上航過星座叢叢
> 又萬里竄流的銀河縱橫
>
> ………
> 擁抱無間的擁抱連觸覺都失去
> 這就是天譴
>
> 春天只是一抹胭脂
> 親密的友朋的花朵
> 天譴來時他們都打扮起來
> 遙望以及祝福
> 兩片雲的合一以及消逝[20]

---

20 〈天譴〉，見《刺繡的歌謠》，頁34。

愁予有一類詩的結構，一起句便將一半的實況轉出他的心象，例如「我的夜行衣是白色的／蹤躍之間帶起七個小小的旋風」(〈送花大盜〉)[21]，「你來贈我一百零八顆舍利子／說是前生火花的想思骨」(〈佛外緣〉)，「你開快車／那人穿彩衣／就可天可地／跟著」(〈秋〉)。[22]由於開始便那麼快地從實入虛，因而第一個產生的實景，已不是那麼穩定，它不足以造成軸心再滋生連串的象。通常，這類詩有如古詩的轆轤體[23]，自一個虛景再接生另一個虛景，連綿而下，一直到終點才又一筆回轉實景。

〈天譴〉首句，說友朋不肯與他同機出遊，這也可能的，朋友戲謔之間是可以有這類情節。但第二、三句，就有點想入非非，匪夷所思了。句子趣味，是詩人完全信仰有天神意旨，他的朋友也相信，而他屬叛逆類，搞得天神也怒，遭逢天譴，所以回轉第一句，朋友不肯與他出遊，就是證明了以上這些可能發生的「事實」。

於是「天譴」的真實性等同「友朋不與他同機」——這化虛成實的手法，愁予用來是輕鬆而不露痕跡地。

既虛又實的天譴，繼續演出，場景是「空曠的航空器上航過星座叢叢」，讀者不難記取，愁予年輕時的名句：

我們底戀啊，像雨絲，

21 同前註，頁54。

22 《燕人行》，頁137。

23 此體式，是一段的最後一詞亦是另起段的第一個詞，如此有如井上汲水轆轤裝置。最典型如曹植〈贈白馬王彪〉。古詩中，沒有虛景，一個實景再起另一段，為的是聲氣淋漓之效果，筆者借此形態以比喻一個虛景再連另一個虛景的狀況。

在星斗與星斗間的路上，

我們底車輿是無聲的。[24]

年輕時坐著車輿（「輿」是一個較古代的字）上星斗的路，中年後在美國生活的詩人，變得現代化多了。「航空器」與「星座」，反而是年輕族群的用語。天譴的景象，穿過叢叢的星座，有更大的天地——萬里竄流銀河縱橫——這是加上速度的結果。

由是，虛構景一直變，進入「超型諾瓦氣化的自焚」、「暈眩著黑洞無終的渦轉」。要注意的是，以上的景，航空器與星座，銀河萬里，讀者都可以在科學雜誌上看過，「自焚」可以是某一天新聞的記憶，「黑洞」則是天體物理的嘗試，連串萌生的虛象，讀者都可以曾經經歷過，這就是鄭愁予詩想像線索的平易近人處。

用一連串大眾熟識的事物，重新排列，蘊釀出一份驚人的效果，以下句子就不是眾人都有福氣享過的：

只有你……總陪著我

似有若無的快樂

擁抱無間的擁抱連觸覺都失去

這就是天譴

讀至此，我們想笑出聲來。但一方面，他寫得又非常的莊重，幾乎敢於焚燒赴死的愛情，我們又不能笑。而他將愛情的

24　〈雨絲〉，《鄭愁予詩集》（臺北：洪範書店，1990年45版），頁115。

境界寫得多有層次：在那兒飛得快時，似有若無的體魄，如自焚、如暈眩黑洞、似有若無的快樂。愁予在〈天讙〉詩內表面上倒是很少中國情境，但一句「似有若無」，真不得了，又令人想到《老子》的「大音希聲，大象無形」，或者佛界天人間不必相碰便神魂顛倒的意境。

「天讙」一直虛轉出去怎麼辦呢？妙的是結局：這班友朋，原來是春天的花朵、形成一片胭脂紅，但他們只在陸地上，無緣與我們會合，我們呢？我們是天際偶然合一及消逝的兩朵雲。

情節一直有太強的現實性——他們都在地上，當然不能「與我同機出遊」，我與你，因愛情而飛到天上了，愛情來了就是春天，這些讀者都能理解。然而真實事物在哪兒呢？可能，只因天上兩朵雲的碰撞而演出整幕天讙。所有讀者都看過雲，因而，所有讀者被這時教育，以後對雲就有連篇遐想了。

三、結語

上文舉〈青空〉、〈天讙〉兩首詩，各分析了句型結構及意象指涉的訊息，沿分析的基礎試綜合有如下結論，並回應前言的議題：

一、季紅所謂寬鬆句型呈現的整體詩境，在愁予言，的確無需扭轉語法，找尋奇怪的景象，相反，他往往用一般人都有若干經歷過的景，例如日常生活，或在古書中出現過的情節，形成一巨大足以籠罩的光源，我們感到親切又輕易可進入，這便是「寬」與「鬆」的效果。另外，需進一步指出，愁予很擅於調節情緒，總能不疾不徐，不使過激當然也絕無疲怠，能多

運用兩面性的連接語氣詞，令物象裏現實與非現實的性格，同時呈現，讀者接觸時，它們都並非靜止狀態，而是各物在不停轉動中。

所舉〈青空〉詩例，看到整體詩境的結構是以一個軸心出發，轉到各處的心象，而〈天譴〉是另一番結構：一轉二、二變三、三轉四，四再回應現實的一。所謂的整體詩境之內，愁予真實的生活點通常只有一個，每次依不同結構換轉出眼花撩亂的景象，讀者遂感覺生活有莫大的自由。

二、楊牧所稱「中國的中國詩人」，在上述意象分析中，已明顯指出各項來歷（甚至愁予自己也告白一番），但這源於中國古書的事物，他並非只取其形相（一如許多現代詩人的做法），我們一經接觸，就知道鄭愁予讀古文化完全有一套自己的理解，可惜詩內只是三言兩語，若有一天，詩人的散文之筆寫得有興致了，該轉而寫一系列的文化慧解之類。其詩中意象絕大部分的情致，來自他對傳統文化特殊新穎的理解。在此角度言，鄭愁予有濃厚的後現代性格。

三、臺灣近十年的本土詩壇，整體希望去中國化，而與國際詩壇的潮流接軌，則當然與愁予念茲在茲的中國情懷衝突，若以更廣闊視野看，鄭愁予亦不見得被彼岸的中國母體所接納。這一代的中國事物，都在急不及待地要解體、分散，恨不得馬上換作另一個頭臉（觀看那整片中國大陸的建築是如此），無論香港、大陸、或臺灣，古書上呈現過的中國文化之美又在哪兒？就連中文系的學生又何嘗真正用心去了解？以後，恐怕愈是生活在外國文明的華人，才愈努力去珍惜發現她。在巴黎、在美國耶魯哈佛、在澳洲或柏林，中國文化變成世界顯學時，本土的華人才又迫不及待去讀她。

誠然，愈接近的親人愈看到劣根性的一面，是以我們「去中國化」都來不及。但一直生活在外國的詩人，卻是有閒，有距離，將所有文化之美框裱固定起來。

短評

翁教授選擇〈青空〉和〈天譴〉二詩，以詮解鄭愁予轉動文化的能力，兼及呼應楊牧及季紅評論鄭愁予的文章，筆下感情豐沛細緻，見解生面別開，的確能超越制式學術論文的侷限，在較廣闊的論述背景下，點出〈青空〉和〈天譴〉的特質。

論題所謂「轉動文化的能力」，在本文中呈現為轉動句型、意象，和虛實承轉等語言上的能力，與平常所謂的「文化」，指涉範圍不同。所舉鄭愁予對「青」的聯想，和創作時間並不相應，誠如翁教授所說：「配在一起閱讀，恰可觀看自意念至詩作之間，增加了或刪除了的事物。」因而並不適合用來解釋〈青空〉的創作動機，也不適合解釋為鄭愁予把「青」當成一種文化意涵，以詩作來回應文化傳統。其實鄭愁予在《聯合文學》上一系列的解詩文字，無妨看成詩人對自己作品的再創作，它們應該放在和研究者同一個對話層次上。

「距離」其實才是鄭愁予轉動詩境的關鍵。季紅說的「寬鬆句型」，翁教授在結語說是鄭愁予「善於調節情緒」、「運用兩面性的連接語氣詞」，其實在本文第二部分即已明白捻出：

「『距離』令鄭愁予不必另起虛象，一切現實狀態，自將曖曖轉動，轉成內心依戀的另一個世界。」但因力做鄭箋，遂在結語時把原先提煉出的慧解再散為評介式的文字。故而，論述順序或可稍做調整；如果「距離」不足以顯出鄭愁予的個人特質，為論者所謂的「中國性」張目，亦不需強做解人。

（鄭慧如）

林泠情詩九式

張　健　臺灣大學中文系教授

林泠（胡雲裳，1937～，現代詩社成員）是臺灣第一代的女詩人，成名於就讀北一女時，可謂早慧早發的詩家。我嘗論女詩人有七格：曰清，曰真，曰麗，曰深，曰逸，曰放，曰曠，林泠可謂兼而有之。

林泠的情詩是她的一大成就，諸作秀而不媚，深而不窒，質而實綺，癯而實腴[1]，散而實莊。[2]

茲將林泠的早年情詩分為九式探究之，所依據者兼及內容境界與技法。

一、邂逅式

男女邂逅於田野間，是偶然，亦是命運的安排，未來將會如何？令人遐思，令人關注，而主角（女主角）卻只是一片雲淡風輕，看似不執著，十分灑脫，其實中自有主，不容輕忽，不容認作淺薄的俏皮之態。

其代表作為〈阡陌〉：

1　此二語乃蘇軾評陶詩，語見〈與蘇轍書〉（東坡續集卷三）

2　此語為姜夔評陶詩語，見〈白石道人詩說〉（收《歷代詩話》中）。

你是縱的，我是橫的
你我平分了天體的四個方位

我們從來的地方來，打這兒經過
相遇。我們畢竟相遇
………

（——一片純白的羽毛輕輕落下來——）

當一片羽毛落下，啊，那時
我們都希望——假如幸福也像一隻白鳥——
它曾悄悄下落。是的，我們希望
縱然它們是長著翅膀……[3]

這首〈阡陌〉，以田埂之縱橫為始喻，以鷺鷥與白羽為終喻，二喻結聚於一片水田，而男女主角若隱若現——在第二段和第三段，他們的確是出現了，但只有「經過」、「相遇」、「寒暄」、「再見」、「相約」、「遙望」等簡約的動作，末段又增一「希望」而已，沒有更具體的展現，可是已經呈示了飽足的情意。每讀此詩，不禁歎為抒情高手。

首二行幾乎統括全局，「平分了天體的四個方位」，何等大的口氣，說來卻自自然然，悠悠徐徐，令人聯想到鄭愁予的〈下午〉：

3　見《林泠詩集》（臺北：洪範書店，1990年7月4版），頁31~32。

……啊，我們

將投宿，在天上，在沒有星星的那面[4]

字面上無一字雷同，其終極的詣趣卻是極為近似的。

「我們從來的地方來」，什麼也沒有交代清楚，卻增添了一些神秘和灑脫的氣氛，而為這場淡淡幽幽的邂逅奠立了基礎。

接下去用了很特殊的跨行句（run-online）：

打這兒經過

相遇。

你可以說這是兩個各別的短句，但是若解讀作「我們從這裏經過時相遇」，便是標準的跨行句了。它的妙處在不黏不脫，正像林泠的整體風格。

下句的「畢竟相遇」，原是重複和強調，但「畢竟」一詞既出，「命運」便宛然展露，而成為末段的一個重要伏筆。

「四周」呼應次行「天體的四個方位」，「注滿了水的田隴」隱示柔情與深意。

然後請鷺鷥上場，牠在此扮演了主宰式的配角腳色。說牠是配角，因為牠原是這雙男女主角的旁觀者或見證者，但在停落、小立之餘，男女之主角既已完成了寒暄、道再見的「儀典」，牠便展威了——「一片純白的羽毛輕輕落下來」，它雖然存在於一個括弧中，還加綴了一個破折號，但能說的讀者自會感受到它的重要性，這片顯然原屬於小鷺鷥的白羽，此際已昇

4　見志文版《鄭愁予詩集》頁192。

華為「柔情──希望──幸福」的符碼。

末段終於由抑而揚，林泠在此運用了一個西式的穿插句「──假如幸福也像一隻白鳥──」，使節奏為之一變，張力為之一緊；抑揚頓挫之餘，卻又展現了一波三折的技倆：「縱然它們是長著翅膀……。」

才說到幸福之希望，立即提醒人們：它是會飛離而去的，但「縱然」一詞，又告訴你無怨無悔的有情人心臆。

巧妙的是：首行「我是縱的」，末行「縱然它們」，此縱非彼縱，卻灑灑落落地縱橫全詩，令讀者神為之往，目為之迷。

二、散步式

情人們散步於夜色中，卿卿我我，原是司空見慣，不論詩、小說、散文，都習見此種「陣式」，乍看起來，林泠寫情詩時，似乎也不能免俗。不過，「戲法人人會變，巧妙各有不同」，林泠在這一式的代表作中，平實而高明地展現其卓特的風姿：

在黑黝黝的山路上走著
一個故事開始了，開始在塞外草原上的溪邊
………

月亮這樣好，今夜
在天國，聽說一切美好的都完整了
而我們是平凡的人，祇惦記一些
發生在久久以前的事和一支不復記憶的歌

哎，就真是故事和歌罷

我多希望你突然沉默，不再繼續

（雖然我愛聽你的聲音）

好讓

美麗的故事永遠沒有結束……（〈故事〉）[5]（請讀者自行參閱原詩）

這首詩在技法上可說屬於「開門見山式」，全詩第一句就把散步的旨趣交代清楚了，在此地點掛帥，有地點也就有了氣氛、動作（「黑黝黝」、「走著」）。

第二句才說出「故事」的主題，而這主題卻是十足的「以古證今式」：

塞外草原上的溪邊

該也是一個夜晚罷

時空都點示出來了，還帶一點必然的神秘。

「愛打赤腳走路的人」是必要的補充，但卻安排在「那份故事的美麗」之下，之上還衍飾以「我還記得有一點共同」，看似順理成章，其實出自流水般的經營布置。「祇屬于」三字影影綽綽，實則舉足輕重。愛打赤腳走路的人既率真，又可愛，又貼近大地之母體。男女主角（古今兩雙）原是大自然的寵兒。

次段回歸現場，卻又由「月亮」作中介，直引「天國」為

5　同註3，頁45~46。

喻，「一切美好的都完整了」，一句話，「天上人間」的意境便攝入了。何等輕易，卻又何等渾成！

然後正角「故事」再度登場亮相，還陪隨一位襯角「一支不復記憶的歌」。「不復記憶」，何等輕倩的風情！

末段如何收煞？令讀者好奇、期盼。好林泠，運作一個歎詞「哎」，然後繼之以「就真是」不重不輕的三字，卻已搖曳生姿、觸處生風了。

「我多希望你突然沉默，不再繼續」是奇妙的一轉，看似突兀，其實理直（或情真）氣壯，但她又有些不忍，不忍遭人誤解，於是寧可節外生枝，再來一個珍貴的括弧，「（雖然我愛聽你的聲音）」——試想，怎麼能不喜歡呢，既然雙雙赤著腳走路？

最精彩的還是末行：「好讓美麗的故事永遠沒有結束」，行雲流水，繼之以「……」一串節略號，益增綿遠之態——言有盡而意無窮，目送飛鴻，手揮五絃！[6]

這是一段至美的旅程。

三、聊天式

一雙情人依偎在一起聊天，青菜豆腐，足以喻之。但是林泠卻高唱出「七重天」來，玄之又玄，凡之又凡。

以下是此式的代表作〈七重天〉：

七重天啊，在白色的傘蓋下，他的額際展開如草原

---

6 語出嵇康詩〈贈秀才入軍〉。

收集著，從一個神奇的面上沁出的，七月的晴朗

而戀人們的心，總是長著淺淺的苔
總是潤濕，………
而白晝是這樣靜靜地渡過，為著
爭論熱帶風信子的顏色，和偶然記不清的樂句一小節[7]

這首詩其實內容非常單純，一男一女，快樂地在一起，度過一個暑假──不，也許只是一個七月。可是七月的炎熱鬱躁，在這裏似乎完全不存在。

一開始，林泠並不著急描寫現場的種種，她要塑造男主角的形象饗宴讀者。

這位幸運的男生（男士），是如何英俊挺拔的美男帥哥？她不肯正面描寫，卻只寫照他的額：

他的額際展開如草原

嚴格地說，這句子裏的「際」是衍字，但保留在這裏，不論聲調上、節奏上都有正面的效用。

「草原」是「白色的傘蓋」（實指萬里無雲的天空）之後的又一巧喻，「一個神奇的面」又直指天庭，「沁出」一動詞生動活潑，「七月的晴朗」既交代了時序及捏塑了氣氛，更為「他」增添了身分。這一段採用了散文詩的模式，是作者的又一匠心經營。

7　同註3，頁51~52。

次段直抒戀人心態：苔、潤濕、「曇」，都是比喻，一個接一個，令人目不暇接，卻又心領神會。「淺淺的苔」是淺淺的愁，潤濕是惆悵，曇（多雲，又暗隱曇花一現之繁盛）是憂鬱和彆扭；當然，反過來推演亦未嘗不可。

至此，大局已定，作者又清明從容地宣稱：

> 七月是另一個星系秩序的輪迴

「星系」、「秩序」、「輪迴」，看得人眼花撩亂，其實只是說「這個七月很特別」。

如何特別法？

> 拂曉相遇，傍晚別離。

提綱挈領，十分清晰。十二個小時的重複故事吧。

果然，「而白晝是這樣靜靜地渡過」，作者終於展示了果皮之內的果肉！

「為著／爭論熱帶風信子的顏色，和偶然記不清的樂句一小節」，這是果核吧？

別忘了風信子和維納斯的關係，也別忘了〈故事〉中的「一隻不復完全記憶的歌」。羅曼蒂克的林泠，把她的內在情思巧妙而不落痕跡地依托在這對戀人身上了。

聊天，說些瑣屑而浪漫的話頭，把白晝的時間耗光，然後乖乖地在黃昏時分手離去，明天呢，週而復始。

什麼也沒說，什麼也都說了。

四、告別式

假日情人的相會，是既刺激又珍貴的，但距離和時間常捉弄有情人，猶如命運。週末、週日的相聚，必須繼之以末梢的告別。下週再會？下月再會？也許是半年後？一年後？

這裏推出林泠的〈送行〉：

………
你輕輕躍上去，不要回頭
我看得見你的影子
真奇怪啊，為甚麼冬天竟會不冷
………
而我的歸途上，雨落著
有人豎起大衣的領子[8]

首行以「紅燈」打頭，別具言外之意：

一、紅象徵熱情，燈象徵光明。

二、紅燈是止步、中止的符碼。

三、紅燈是蕭瑟冬夜的對稱。

「馳來」的火車，與將駛去的情人之間，有一種辯證法式的關連。火車車廂是溫暖的、安全的，但既是「最後一班車」，便可能隱伏分離、不復相見的危機——也許這畢竟只是讀者或旁觀者的過慮吧。

8　同註3，頁65~66。

生命何等弔詭！一日、二日或一週、一月的相聚之後，他必須離去。「我」所能啟齒說出的，乃是「你輕輕躍上去」，不要小覷這五個字，全詩九行，只有這五個字是描寫這位情侶的，但對林泠來說，已經足夠了。我常想林泠是新詩人裏很懂得國畫留白技藝的一位，這位情侶的面目風姿，她都不說不寫，只在此五字中一筆帶出，但讀者已如見其人，如聞其聲，如握其手，如拍其肩了。「不著一字，盡得風流」[9]，於此有得焉。

「不要回頭」，是女孩子的反話？女詩人的弔詭？還是「情到深處不回頭」？耐人尋味，和不必苦求的解。

不過「我看得見你的影子」一句緊密跟上，已解釋了一大半——「我看見你猶如你看見你」、「你的影子更耐我尋味」、「我永遠看得見你」，三者必居其一，或許是三義兼涵於一語吧。

其實對於寫慣了絕句、小令或所謂「小詩」的作者來說，這四行一段，也就足夠完成一首情詩了。可是林泠意猶未盡，因為：⑴背景尚未交代，⑵兩人間的情誼只是點到為止，不無浮光掠影之嫌，⑶意象的功能也還沒有充分運用。所以，她寫出了第二段，游刃有餘四字，正可以拿來形容這後五行：

「真奇怪啊」多麼口語化，多麼親切，人多麼切入的自白！「為甚麼冬天竟會不冷」讓讀者等待答案；「為甚麼，一份聯想永不能被分割」，這回「為甚麼」下加了一個「，」點，使它更搖曳生情。「聯想」其實是「深情」的偽裝（彷彿不小心運用了佛洛伊德原理），形可分兮神不可割離！再綴以

9　司空圖《詩品．含蓄》品中語。

「那懸著紅燈的車已駛來，載你離開」，仍以「縱然」作媒介，再度把紅燈呈示給大家，車來車去，又是命運的蹤跡！

我終將歸去，猶如此刻的你。

「雨落著」不辨時序；先時已落，還是你去後才落——寧可相信是後者。

大家企盼的答案，終於在最後一行不疾不徐地露相了：「有人豎起大衣的領子」。

不，不是直陳的答案，而是對襯式的暗示。冬天的雨夜，臺北（假設是臺北）怎麼會不冷？別人豎大衣領子，是印證了常識的冷，是正常的反應；而「我」偏偏不冷，因為——因為「我」擁有「你」的一切記憶，甚至在分別後仍擁有你的身心……。

含蓄到極點，卻也甚為清楚，不朦朧，不曖昧，這才是上乘的詩。

五、私奔式

有一對男女正在他們私奔的旅途中，林泠這麼說。這就是〈未竟之渡〉：

你張望甚麼，你迎風立在船頭
………
啊！你！　你該注意
　我們渡船的兩盞紅綠燈在移近，
　　　　　………
　我們渡船的方向在轉變……

………

我們遠離的淺水碼頭，那兒正燈火輝煌。

我們已遠離了的——航程里的一切啊

而我不懂你的憂戚。[10]

這一對私奔的情侶，離開了他們的「淺水碼頭」——容不下他們生命幅度的故土，走了！但是，在這冒險的初旅中，男的比女的更憂戚，女主角觀察他如一旁觀者，關心他如親人，卻又不解——不解的背後也許是悵惘，是輕輕重重的失望。

試看林泠由何處「啟航」：

你張望甚麼，你迎風立在船頭

這時男主角不擁抱或扶持著她，卻迎立船頭，不斷張望，一開始氣氛便緊繃起來，這正是作者所要悉心經營的。

有一位舉足輕重的「第三者」存在：「操舟的漢子」，莫非他是命運的化身？但他的「示意神色」畢竟不是上帝偶然的一瞥。

十二月，又是一個寒冬，但似乎迴異於〈送行〉中的。漲潮是寫實，也是象徵。請注意漲潮的相對面是落潮，作者有此暗示麼？

「兩盞紅綠燈在移近」，是兩個男女主角的情感更進一步？還是一種相反的警示？接著又說「我們渡船的方向在轉變」，難道也影射二人生命的方向在轉變？真是疑雲重重。

10　同註3，頁53~54。

二段直抒胸臆：你憂戚？前途有風暴？未竟之渡能否完成？對襯我們離去的「燈火輝煌」。

為什麼那「淺水碼頭」，我們已毅然離去了的，竟這般地「燈火輝煌」，而且我還要對你說出來？燈火輝煌在此代表懷念？悵惜？後悔？抑或反諷？作者完全不負說明白的責任。

「我們已遠離了的——航程裏的一切啊！」這簡簡單單、乾乾淨淨的一大句，卻蘊含了多少不可言說的心思和情感。

但女主角昂然決然地對他說：「而我不懂你的憂戚。」不是不懂吧，也許是不認同，不允許，不以為然，溫和的抗議，堅定的勸諫！只這一句，便足繞樑三日。

沒有私奔經驗而有過真愛體會的人，應該在這些字裏行間懂得年輕而深情的林泠。

這首詩中的空格和低格排列法，都隱示著情緒的不安定性。

六、依托式

林泠的〈菩提樹〉是她的招牌詩之一，其實它當然不是詠物詩，是另一類情詩，我稱之為依托式：

菩提樹
是我使它蒼老的，那株菩提。
我刻上十字，要自己記住
每一個，是一次回顧。

小徑的青苔像銹，生在古老的劍鞘上；

卻被我往復的足跡拂去，如拂去塵埃。

………

一切都向後退卻，哎，

這兒的空曠展得多大呀，

它們都害怕我，

說我孤獨。

………

我在想，該怎麼結束一個期待呢？

我抽出刀，閉上眼睛，徐徐刮去那些十字……[11]

這棵菩提樹是我的恩人，我的庇護者，我生命——感情——情感事件的唯一依托。

開始得突兀，林泠巧用了一個單純的倒裝句，且以「動詞是」（verbtobe）打頭：

是我使它蒼老的，那株菩提。

短短的十一字中，充滿感激、憐惜、悔疚與溫馨之情。說憐惜，應包涵「我」的自憐。

次行跟蹤而上，快速解除讀者之懸疑：刻十字，誌往情。她只說「回顧」，真是含蓄，真是溫柔敦厚。其實也許是「痛楚」是「受傷的記憶」、「沉哀的失落」等等。

這個大綱目既已構成，次段中林泠便展開她優美抒情的長

11　同註 3，頁 39～41。

才，紆徐而毫不凝滯地娓娓訴說這段瑰麗而復平淡的傳奇：

小徑苔如銹，心事重重的我輕易在躑躅徘徊中把它們拂除。日落影息，萬物退離我遠去，凸顯我的孤獨。這兒的擬物（苔→銹、小徑→劍鞘、青苔→塵埃）、擬人（太陽→阿波羅→男子，一切→害怕我的人們）都運用得佳妙，行雲流風似的。

終於菩提樹再度成為我的皈依點：堅實，有力，還帶出一個明喻「泥土」。

然後逗引出太空的一首歌，好長的曲調，企盼的、嚮往的歌曲！使全境更為立體化。其實這顯然是無中生有，幻中虛設。

末二行乾脆利落：怎麼結束——等待：刮去那些十字——偏還得閉上眼睛，多麼瀟灑的決定，卻是擁有一個沉重的過程。

慧劍斬情絲，從古以來都是「知易行難」，這棵菩提樹是最佳見證人。

七、故事式

故事式也可以說是「掌故式」。不同於〈故事〉那首詩所呈現的，它是託諸一個文學掌故或一個古老的傳說故事，到頭來不免是以古喻今，以舊闡新。

據說人間感情事件是亙古彌新、永世不變的，林泠一定篤信斯旨。當然，我們是說的年輕時代的林泠：

〈狄卡馬隆夜談〉

輪到我的故事了，戀的故事

> ………
>
> 這時，我袛扯下燈罩的流蘇，打著
> 　一個奇怪的結……
>
> 他們搜索著我的眼，那些浪蕩的夥伴們，時而默想
> 　時而撤離，………
> 一如清晨掎衣的女子，戚然地離開夜雨後的井湄
> 　（沒有人想起世界上還有第二支燭）
>
> 這時那大嘴的掘墓人哭了，油然地憶起鮮牛奶的往日
> ………
>
> 而斷了腿的那軍曹，偶然想起一支未完的戰役
> 　便取下城堡的槍，向昏濛的月亮射擊……[12]

一開始林泠在題目上便顯示了她的匠心：不是「十月談」——那是恰當的小說譯名；而是半音半意充滿異國時情調的新譯名——〈狄卡馬隆夜談〉，妙哉！

《十日談》裏有許多戀愛故事，畢竟，瘟疫滿天的環境裏，愛情的回憶和遐想是足以助人維護生之勇氣的。而這一則，恍若即興曲式的戀，情熱，意遠，悠悠盪盪。說戀是謝幕的歌者，不錯，但硬是在謝幕之後，餘音繞樑，三日不絕。

詩人如何把這篇小說改寫成詩的旋律？

開場白已直接楔入正題，而故事情節卻絲毫沒有交代。林泠在這首卓特的「情詩」裏，優雅地維護了詩的尊嚴。

12　同註3，頁43~44，已改題為〈夜譚〉。

我，那位主講者，「扯下燈罩的流蘇」，打一個奇怪的結：他想真正的了結，真正的謝幕，於是狠狠地打了一個結，一個心結，也是一個情結。

但一切無效。

另一類「效應」立即發生在三數個聽眾——夥伴身上。

第二段寫他們的集體反應：

凝視搜索我的眼神：一百個問題化為一個！是麼？如何？何人？為什麼這樣？……

然後他們一如預料地，得不到答案，便轉而（「撤離」得忒好）望向窗外，向星空、向靄靄上蒼尋求解答。繼之以一個井湄女子的妙喻。

而括弧裏的一行才是重點：沒有人想到世間還第二枝白燭，第二個故事，甚至第二宗事情……，他們會被征服了，他們的心完全給佔領了，被這個「謝幕的歌者」，這個戀……。

末段又兵分三路：掘墓人日夕際謀生，每天挖掘一個個大墓坑，所以他的嘴巴也特別大——這是詩的邏輯；他的哭，格外有詩意，格外凜冽，格外有象徵性。一個最可能麻木無情的人，大哭特哭！

馬販子配「狄卡馬隆」，尤其天衣無縫，阿拉伯暗喻「天方夜譚」——《十日談》的姊妹作！而他的身子加上戀的故事所賦予的情感的重負，乃使他所倚靠的門牆傾斜欲塌，真是妙想入神！

末了的軍曹，可不同於辛鬱《軍曹手記》裏的，是一個貌似冷酷心中有火山的人，他斷了腿，卻在這裏獨佔兩行。「一支未完的夜曲」，又來了，我們終於認清：這是林泠詩典裏的特殊符碼——情之符。

最後的一槍，為天下所有的有情人而放射，卻偏偏射向無辜而有情的月亮！喝采。

八、苦喻（苦戀）式

修辭學上有借喻，有巧喻，有換喻，無苦喻，我為林泠詩設一新詞：苦喻。倘若平實一點，說是苦戀式亦可。

也許只有一個孤例〈微悟——為一個賭徒而寫〉：

………

他拾來的松枝不夠燃燒，蒙的卡羅的夜
　　他要去了我的髮
　　我的脊骨……[13]

原詩一共五行，可能是林泠最短的詩。但千言萬語，有時不敵三言二語。

第一段二行，乍令人懷疑這是我和蒙的卡羅（比拉斯維加斯更具浪漫情調的南歐賭城）的奇妙對話。「我愛的那人」，說得多麼坦率！「正烤著火」，又多麼溫馨！好像是一支懷念的曲調。

次段的首句仍充滿了懸疑性，使人踟躕而期待。再叫一次「蒙的卡羅的夜」，簡直似呼喚親朋好友嘛。

四句突變發生了，「他要去了我的髮」，髮常是情愛紀念品，讀者一時還領悟不過來。

13　同註3，頁49~50。

末行，淒厲地，只有四字，又挑低三格（一路墜落到深淵裏？）：「我的脊骨」，外加有餘不盡的「⋯⋯」，這簡直是石破天驚！如實而言，這兒是一連用了兩個換喻。

原來這場苦戀中，我所付出的是整個生命！而那人，卻悠閒地「烤著火」！

這正可以說林泠詩中僅見的「歐亨利式結局」[14]，其效果真可謂之形同千鈞壓頂。

可是不要忽略了：「他要去了⋯⋯」，是他向我要去的，不是他搶去的、偷去的，所以，我甚至是甘心獻出一切給那可愛或不值愛賭徒的！

林泠，在她的八式情詩中，其實展現了「藝術多面人」的傑出風采。十八歲、二十一二歲的她，生命的深井或大海何其豐盈！

九、悼亡式

抓一撮泥土，吻著
吻著昨夜清明雨的鹼濕
⋯⋯⋯
吻著我們幽幽的冥隔

吻著昨日
吻著——你的逝，你的逝（〈春之祭〉）[15]

---

14 歐亨利（O'Henry）為美國現代小說家，其作品常在結尾時急轉而下，出人意料之外，甚至與前面情節轉了個一百八十度。

15 同註3，頁55~56。

這首詩一共七行，卻有六個「吻著」出現，除第一個外，其餘都出現於句首，這個吻，表面上只是吻在那一撮泥土上，實際上吻的是一段不可忘的記憶——「昨日」，「你的逝」(重言之更添餘味和餘哀)。「我們的冥隔」則真切地呼應了次行的「清明雨的鹼濕」。

清明節那天，她去他的墳上悼祭，吻泥土，吻回憶，吻自己獨自走過的長長山路——也象徵著這些孤獨的日子吧。

他是誰？也許不重要，他的永逝才是她的痛。值得一吻再吻！

詩前引了西蒙·維爾（Simont Weil）「引力和恩典」中的兩句，茲中譯如下：「男人們欠我們我們想像他們該給我們的。我們必須原諒他們這一項債務。」這兩句話，莫非幫助我們補足林泠詩裏所沒有說出來的部分麼？

也許，他的逝去便是他欠的債！

由這兒，我們又一次窺見一顆深情而悵惘的少女心！

短　評

張教授舊學深邃，富於新知，既精於文學理論，又有數十年的創作經驗，評林泠詩，自是游刃有餘。他將林氏早年情詩分為九式，從內涵、境界、技巧三方面分析，多為深造有得之語。

謹提供幾點意見供張教授參考：

(1)「告別式」在臺灣為「祭尊、追思、出殯」之意，建議改為「辭別式」或「訴別式」。

(2)請將九式作一精要的結論，俾讀者有更大更多的獲益。

(3)電腦誤打的錯字或標點符號，請改正。

（龔顯宗）

楊牧現代抒情的詩藝

——閱讀〈十二星象練習曲〉

陳芳明　政治大學中文系教授

（我是說……而我是說
一個宣誓的
現代主義者，是不欲
也不能
抒情的）

林泠，〈非現代的抒情〉（1981）

一、前言

情詩，在楊牧的文學道路佔有相當重要的份量。在產量上，不僅豐饒多變；在質地上，也極為細膩綿密。欠缺情詩的書寫，楊牧的演出當遜色不少。對於現代主義者而言，大規模的情詩營造是相當稀罕的。早期的紀弦就已說過：「新詩就是理性與知性的產物。」[1] 對於這樣的現代主義運動者來說，過於耽溺於情感是很大的禁忌。不過，楊牧顯然並不在乎任何藝術上的戒律。他勇於嘗試，敢於突破。長期在現代主義與浪漫

1　紀弦，〈社論：把熱情放在冰箱裏去吧〉，《現代詩》季刊，第6期，1954年5月20日，頁43。

主義之間進行各種鎔鑄的實驗，終於使他成為詩人行列中創造情詩最為壯闊而華麗的一位。

〈十二星象練習曲〉與〈子午協奏曲〉，是楊牧構築抒情長詩的典範之作。他毫不避諱深入探索內在的慾望與情愛，用字含蓄，想像露骨。這種巨幅製作的情詩，不僅在他個人創作中極為罕見，即使置諸臺灣現代詩史中也相當稀有。〈練習曲〉收入《傳說》(1971)，是入選「臺灣文學經典」之一的詩集，〈協奏曲〉則收入《海岸七疊》(1980)，是楊牧詩集中節奏最為明快奔放的一冊。《傳說》受到討論極眾，而《海岸七疊》少受注意。[2]分別收在兩冊詩集的兩首長詩，各有其特殊的意義。〈練習曲〉完成於美國介入越戰臻於高潮之際，〈協奏曲〉則撰寫於臺灣社會漸趨開放的年代。詩人生命的頓挫與飛揚，盡在於斯。

二、不快樂的情詩

〈十二星象練習曲〉的最初原貌，出現在隨筆札記《年輪》(1976)中的〈柏克萊〉。對於《年輪》，論者恆以不能分類為病。[3]因為這冊作品既非散文集，也非詩集，更非合集。《年

2 關於《傳說》的討論，參見向陽，〈樹的真實：論楊牧《傳說》〉，收入陳義芝主編，《臺灣文學經典研討會論文集》，臺北：聯經，1999年，頁299～312。稍早的討論，參閱楊子澗，〈《傳說》中的葉珊與《年輪》裏的楊牧：談王靖獻十年的思想歷程〉，收入張漢良、蕭蕭合編，《現代詩導讀》，臺北：故鄉，1977年，頁329～376。

3 例如作者亞菁提到《年輪》時，認為是「一冊非詩、非散文，又非小說，讓人無法歸類的作品」。參閱亞菁，〈從「抒情」到「敘事」：楊牧(葉珊)作品的綜合考察〉，《現代文學評論》，臺北：東大圖書，1983年，頁24。

輪》基本上是一部仍然還在醞造的文學思維，大約等同於札記式的散文。撰寫於一九七〇年與一九七五年之間的作品，是楊牧海外生涯中遷徙最為劇烈時期的心影錄。這冊隨筆反映了臺灣留學生面對越戰時的無助與無奈，在苦悶的時局下，誠如楊牧在書的〈後記〉所承認的，他「找到了一種文體，一組比喻，一個聲音來宣洩我已經壓抑得太久的憤懣與愛慕」。[4]散文與詩，漢文與翻譯，在這本書中交錯出現。那種駁雜的文體，相當精確地反射當時楊牧心情之浮盪與跌宕。正是在這樣的心情支配下，遂有〈十二星象練習曲〉之誕生。不過《年輪》所收的詩作係以〈天干地支〉命名，前後共二十四首。詩集《傳說》僅納入全詩的後半部，亦即以黃道十二宮命名的作品，並以〈十二星象練習曲〉取代。

如果把二十四首合併觀之，在感覺上是否更為完整？或者說，僅是集中閱讀後半部的〈練習曲〉，是否會帶來感覺上的缺憾？顯然，包括楊牧在內，都無法提出周延的答案。越戰如火如荼在中南半島進行時，臺灣正是處於現代主義運動的最高階段。反共體制下的海島，驅使知識分子必須更為迫切去尋找封閉心靈的出口。文學史家在檢討現代主義時，都會毫不遲疑與戒嚴文化銜接起來。這樣的見解，在六〇年代的作家如白先勇也都同意。不過，那只是就島內的政治環境而言。就整個國際大環境來說，楊牧的《年輪》提供了另一個思考的角度，那便是越戰的問題。

反共國策為臺灣知識界帶來最為顯著的影響，正是親美文化的日益深刻化、永久化。越戰的爆發，使許多親美的知識分

4 楊牧，〈後記〉，《年輪》，臺北：洪範，1982年，頁178。《年輪》是初版，係由臺北四季出版社印行於一九七六年。

子有了驚醒的機會。六〇年代的小說家，終於以小說形式開始展開對美的批判，都與越戰有著密切的牽扯。陳映真的〈六月裏的玫瑰〉，黃春明的〈蘋果的滋味〉，王禎和的〈小林到臺北〉，批判的準星都一致指向越戰。楊牧的《年輪》，可能就是現代詩人中少數的批判之一。當時在國內的詩人洛夫，完成的〈西貢詩抄〉系列作品也是罕見之作。遠在海外漂泊的楊牧，既無法與國內作家嘗試精神上的結盟，也難以在美國當地向反戰運動表明態度。在心靈的極度壓抑之下，自然就產生了極端壓抑的文學書寫。

《年輪》是非常現代主義式的散文。零碎的思考，分裂的情感，斷片的文字，切割的結構，形成楊牧文學中絕無僅有的駁雜作品。那種跳躍的書寫，既是它的形式，也是它的內容。他的苦悶、焦慮、孤寂、疏離，只能訴諸這種斷裂的文字表達。因此，《年輪》裏所容納的散文與詩，可以視為有機的連結，也可以當做各自獨立的存在。從這個角度來看，〈十二星象練習曲〉既可與〈天干地支〉合而觀之，也可以抽離出來單獨予以考察。

在越戰的陰影下，死亡的氣息非常濃郁。縱然詩人並未投入戰場，但縈繞於懷的問題必然與死亡緊密連繫。在〈柏克萊〉的章節裏，楊牧以反問的方式展開獨白：

> 死亡前夕的愛慾是甚麼樣子的呢？如果你是一個能預見絕滅的人，這一刻已經預見了喧嘩的死在歸途上爭論，伸著千萬隻臂膀歡迎你，而你並不願離開這美好的世界（假定這是一個美好的世界），這時你只能想到，愛罷，把對方的蒼白和絕望摟進胸懷。（《年輪》，頁43）

愛慾在死亡之前，是一種生命力的呈現。對死亡的恐懼，是因為眷戀這個世界的美好。死的嚮往，生的慾望，其實是浪漫主義的狂想之一。然而，這種相剋式的矛盾，一方面是來自外在環境的壓抑，一方面是內心世界之尋求解放，恰恰反映了現代主義的強烈傾向。飛躍式狂想，屬於浪漫的；淫邪式探索，則是屬於現代的。兩種奇妙的結合，帶來詭異的感覺。這是楊牧詩藝的一種大膽突破。他完全不符合浪漫主義的路數，因為散文與詩的語言充滿了知性。他不盡然遵守現代主義的規矩，因為他並不避諱讓過多的情緒宣洩出來。

〈天干地支〉的前半部係以甲乙丙丁戊己庚辛壬癸劃分十節，描繪戰爭的殘酷以及帶來的人間分離，描繪分離時刻情人刻骨銘心的相思以及肉慾的誘引。在〈丁〉詩中共分九行，楊牧刻意以孤立的一行作為結束：

黎明以前請愛我摧毀我

生命的牽引，死亡的誘惑同時並置。愛的力量有多大，就像戰爭的破壞力量摧毀了生命。在〈戊〉詩中，重覆使用同樣的一行作為結束：「黎明以前請愛我蹂躪我」。愛的痛苦有多大，就像戰爭的夢魘凌遲著生命。詩行的推進，是藉著擬女性的聲音次地完成，構成遊刃有餘的想像空間。〈辛〉詩則只有兩行：

請愛我勇士
讓我死

死成為極樂的隱喻，死是歡愛的極致，死是無盡的纏綿。在這裏，死是反語，反襯出戰爭陰影下情人對生命的緊抓不放。緊抓不放，是歡愛中最美的身姿，最為狂亂的索求。死的隱喻，在〈壬〉詩中轉化為愛的明喻：

勇士在白晝狙擊
晚間突襲。我的勇士
在白晝和夜晚，請你
夷我為平地

男歡女愛，對於戰爭是一種諷刺，更是一種抗議。這樣的思維方式，與余光中的〈雙人床〉、〈如果遠方有戰爭〉頗為接近。不過，余光中的詩較為明朗，楊牧則酷嗜含蓄的象徵。他們的反戰思維，在那段期間應該是桴鼓相應的。詩表現得極為淫蕩時，對戰爭的批判就更為徹底。〈癸〉詩中，開放了如此露骨的聲音：

十萬條盲目的小蛇蠕動，起自每一個方向
向我們開花的深邃游來，集中
咬嚙至冰冷的死

蛇的意象，在此彰顯了肉慾的追逐。它象徵一種道德的撤退，宗教的消亡。它具體描繪男性亢奮的射精，狂歡的峰頂，死亡的邊緣。然而，做愛本身就是一種救贖，當戰爭摧毀人間的倫理規範之際，唯有愛才能攜來相濡以沫的希望。「開花的深邃」與「冰冷的死」，充塞於詩中的想像，而這正是壓抑在

詩人內心深處的狂想，也正是詩人在日常生活中的實踐。戰爭，已被棄絕於骯髒的床的千里之外。楊牧以如此最後五行，總結〈天干地支〉的前半部，生的慾望找到了出口：

> 這旅次何其黑暗，通向
> 子宮的未知，而你只是另一條
> 盲目的小蛇醒自我永恆的昏厥
> 通過蝙蝠的夢境，通過崗哨
> 向北方潛逃

詩中的「我」是一位女子，戰場的士兵在「我」的胸懷與子宮獲得了生命的寄宿。女性聲音的演出，生動地凸顯了男性勇士縱然在戰場上何等堅強，卻仍極需安慰與撫愛。耽溺於女性肉體的勇士，終究也只是一位逃兵。反戰的主題，在詩的結尾處怵然浮現。如果與散文的〈柏克萊〉相互映證，當可發現楊牧所描繪的美軍二等兵弗蘭克、魏爾西，其實只是一個毫無血性卻又嗜血的劊子手。〈天干地支〉並不必然就是對應散文中的戰爭敘事，但是當時每天面對來自戰場的屠殺新聞，楊牧絕對不能不對這場不知為什麼而戰的越戰表達極度的憎惡，遂有這首長詩的釀造。

三、戰爭與性愛之間

〈天干地支〉的前半部如果是屬於女性的聲音，後半部的〈十二星象練習曲〉則是充滿了雄性的聲音。整首詩的結構，顯然是以陰陽相互對話為主軸。陰的形象，固然是被蹂躪、被夷平的土地之隱喻，卻又是母性寬厚的容忍與諒解。在前線征戰的男人，不必然就是英勇的；一旦回到女性身邊時，反而果敢無比。在楊牧所記載的歷史檔案裏，英勇的士兵並不馳騁於血流如注的戰場，而是狂歡於肉搏的床上。〈練習曲〉更深一層去挖掘男性內心的情色世界。肉體的騷動、狂亂、幻想，在戰爭年代也許才更接近人的真實「truth」。

〈練習曲〉係以十二星座構成全詩的佈局，亦即春夏秋冬依照牡羊、金牛、雙子、巨蟹、獅子、處女、天秤、天蠍、射手、魔羯、水瓶、雙魚的秩序循環。然而，必須以一年長度才能走完的時間，在〈練習曲〉中卻以一天二十四小時的距離完成。十二星象轉化成為子、丑、寅、卯、辰、巳、午、未、申、酉、戌、亥，使寬幅的四季，濃縮成為一天的格局。其中的申酉合二為一，因此全詩共有十一首。一對男女在床上纏綿二十四小時，暗示了一年最充沛的生命力耗盡於斯。絕望的時代，絕望的歷史，希冀在情愛裏獲得新生。

這當然是一首不快樂的情詩。痛苦、邪惡的情緒掌握了身體的自主性，在最深層的世界裏，再也不是道德、法律、規範能夠干涉的。〈練習曲〉就是一個完整而自主的宇宙。星斗的轉移，暗示著做愛姿勢的變化。時間循序消失，生命也依時淪亡，即使愉悅不斷降落又升起，卻無法阻止整個世界之走向終結。

我們這樣困頓地
等待午夜。午夜是沒有形態的
除了三條街以外
當時，總是一排鐘聲

童年似地傳來

——〈子〉

午夜，正是詩的起點，也正是愛的起點。在那無法定義、無法命名的黑夜裏，唯一能夠把握的是歡喜的、無邪的鐘聲。「童年似地傳來」，已成為楊牧的經典詩句。童年是最初，也是純真，充滿了最高意義的祝福。童年是靜態的名詞，因與「鐘聲」結合，而成為躍動的、富於生命力的形容詞。愛之純粹與聖潔，有了童年做為注解而更加鮮活。此刻的愛，是無上之愛，是不容輕侮、不容褻瀆的崇高美。在牡羊座星光的祝福下，歡愛的饗宴於焉展開：

轉過臉去朝拜久違的羚羊罷
羊彎著兩腿，如荒郊的夜哨
我挺進向北
露意莎——請注視后土
崇拜它，如我崇拜你健康的肩胛

——〈子〉

「彎腿」、「挺進」暗喻膜拜的儀式，也同時暗示著做愛的姿勢。但是，每一句詩行呈現的都是乾淨而清潔的文字，不帶任何的狎邪與淫逸。死亡在這個時刻最為遙遠，也最為溫柔。深夜到達四更時，金牛星座適時出現，暗示了情人姿勢改變了方位：

我以金牛的姿勢探索那廣張的

谷地。另一個方向是竹林

——〈丑〉

歡愛轉而激烈，但是床上的情人卻並不專注：

飢餓燃燒於奮戰的兩線
四更了，居然還有些斷續的車燈
如此寂靜地掃射過
一方懸空的雙股

——〈丑〉

這是楊牧頗為擅長的手法，往往以不相干的場景帶進詩中，而達到淡化、稀釋的效果。在肉體纏綿的過程中，驟然射入窗外斷續的車燈，顯然是刻意讓過剩的熱情降溫，使得床上的歡愛看來是那樣疏離而淡漠。這種知性的介入，把一些淫蕩的意象模糊化，縱然「一方懸空的雙股」是何等引人遐思的姿勢。現代主義的抒情，楊牧在此提供了一個恰如其份的範式。他的抒情，總是選擇在恰當的時刻，恰當的詩行，收拾泛濫的情緒。做愛是極為私密的行為，寂靜車燈的掃射，使整個床景不再是隔離的、隱蔽的，而是逐漸被拉回現實之中。

破曉時分的情人，面對著雙子座方位，終於必須迎接現實的回歸。不快樂的現實，一個是戰爭陰影，一個是道德箝制。道德的隱喻，出現在「不潔的瓜果」的詩句；戰爭的實景，則描繪於明顯的詩行：「爆裂的春天　燒夷彈　機槍」。在那樣危疑的年代，詩人能夠回應的，便是追求更旺盛的肉慾：

啊露意莎，波斯地氈對你說了什麼
泥濘對我說了什麼

——〈寅〉

從床上翻滾到地氈，無顧黎明的到來，這是對殘酷世界最大的報復。向戰爭屈服，向道德俯首，恐怕才是最不道德的。就像波特萊爾的詩集《惡之華》，詩人所選擇的世界，永遠是世界的反面。邪惡的花朵之所以盛放，並不是因為現實是多麼誘惑動人，而是因為現實過於醜惡。在詩與道德之間，唯詩才是值得相信。詩中的愛慾，以著與現實世界相反的姿態演出。官能的享樂，可能泥濘不堪，卻勝過虛偽的道德與懼人的戰爭。

在性愛裏，浮現出來的圖像是如此多采多姿。例如巨蟹：「以多足的邪褻搖擺出萬種秋分的色彩」。卯時的縱慾，使得極樂更是無窮無盡：

我的變化是，啊露意莎，不可思議的
衣上刺滿原野的斑紋
吞噬女嬰如夜色
我屠殺，嘔吐，哭泣，睡眠

——〈卯〉

戰場的殺戮，於此轉換成為床褥的歡悅。血淋淋的屍體，腐敗的勳章，都不如肉體的亢奮還來得真實。那是嗜酷戰爭的六〇年代，充滿危機與殺機，多少犧牲獻祭都在正義的假面下付出無可言喻的代價。「刺滿斑紋」、「吞噬女嬰」、「屠殺嘔吐」，都在暗示性愛的場景。如果這樣的描述令人不快，則遠方的戰爭恐怕更不堪設想。楊牧藉用誇張的意象來描摹肉搏的激烈，卻相當精確地折射出戰場的毀滅感。戰爭的劊子手以著豪華漂亮的語言頌讚毀滅時，床上的吞噬與屠殺不能不說是最文明的行為了。

愛的體位變化萬端，詩中浮現的意象也重疊湧動。楊牧不禁讚美肉體，色慾，淫聲；這些都值得讚美，因為全然高過了戰爭。例如在獅子座裏：

我們只能以完全的裸體肯定
一座狂喜的呻吟

——〈辰〉

例如在天秤座裏：

我喜愛你屈膝跪向正南的氣味
如葵花因時序遞轉
嚮往著奇怪的弧度啊露意莎

——〈午〉

甚至天蠍座裏：

「我願做你最豐滿的酒廠」
午后的天蠍沉進了舊大陸的
陰影。亢奮猶如丑時的金牛
吸吮復擠壓，洶湧的葡萄

——〈未〉

不潔的性愛，在詩中都昇華到了聖域之境。這些句子置放在六〇年代的現代詩中，幾乎沒有一位詩人敢於如此觸探禁忌。瘂弦的《深淵》也有太多性的聯想，但未有如〈練習曲〉這樣知性而抒情。被形容為「惡少蕩娃」式的《深淵》，對虛偽的道德、空想的正義進行最嚴厲的批判之際，瘂弦似乎跳過了許多床戲的演出。楊牧在他生命最苦悶的階段，無以自遣，放膽地把秘戲寫入詩中，性愛於焉產生了歧義與誤讀。那是對戰爭的抗議詩，是對威權的批判詩，是對愛情的頌讚詩，是對性愛的狂想詩。任何一種愛的姿態，讀來極為猥褻，有時卻又非常高貴。正反兩面的對比，既是現實的反映，也是內心的挖掘。更深一層觀察的話，那是生死之間緊張關係的呈現。如果以消極的角度來解讀，整首詩都在逃避死亡。但換成積極的態度來詮釋，〈練習曲〉無疑是在追求蓬勃的生命。在解讀時，〈練習曲〉若有墮落的傾向，則背面就寓有昇華的意義。現代主義的辯證策略，從〈練習曲〉中演練得極為爐火純青。換句話說，全詩彷彿都是在內心世界發展，其實每一行每一句都指向不安的現實。內心有多少動盪，世界就有多少騷動。愛與戰爭，兩者的距離極其遙遠，又極其矛盾，卻完全融合在詩行裏。

〈練習曲〉所瀰漫的雄性聲音，對照於〈天干地支〉前半部諧擬的女性聲音，顯然是更愉悅的。第十一首〈天干地支〉以雙魚座做為總結，仍然還是保持著冶蕩放縱的節奏：

露意莎，請以全美洲的溫柔
接納我傷在血液的游魚
你也是璀璨的魚

爛死於都市的廢煙

——〈亥〉

兩個受傷的靈魂，在交歡中相互慰藉，相互治療。從璀璨到爛死的過程，都是生命復活的過程。正如〈練習曲〉全詩的最後三行以反語的形式結束：

你將驚呼
發現我凱旋暴亡
僵冷在你赤裸的身體

——〈亥〉

「受傷」與「暴亡」的意象，其實都是從戰爭的場面移植過來。從反戰精神的觀念來看，這是非常上乘的諷刺。在性愛與戰爭之間，以猥褻對照神聖，以享樂對照毀滅，以情慾對照情操，正是〈練習曲〉的關鍵策略。這裏所說的享樂，並不等同於享樂主義（hedonism），而是壓抑在內心底層對虛偽權力、戰爭、榮譽的最負面的回應。整首詩的技巧，是以辯證的形式演出。凡是屬於正面的敘述，其實都是反面的寓意。同樣的，反是觸及負面書寫的詩行，卻都暗藏了積極的精神。從這個角度來看，所有性愛的暗示都在指涉戰爭；而詩中有關戰爭的語言，則影射男女的歡愛。兩組視域的對應，在道德的世界與被壓抑的潛意識之間穿梭。

〈練習曲〉隱藏著七〇年代初期楊牧的心情與思維，幾乎可以說是他的散文集《年輪》之倒影。但是，在挖掘政治無意識方面，〈練習曲〉誠然比起《年輪》來要精練而幽微。如果

《年輪》是積年累月的構思與冥想，〈練習曲〉則是瞬息之間的即興之作。然而，二者都是屬於危疑時期的內心探險。在藝術成就上，〈練習曲〉無疑是在《年輪》之上。主要的原因是，這首詩在現代主義的開拓方面觸及了許多道德禁區。所謂禁區，乃是當時臺灣當局仍然處於高度反共的時期，是站在越戰的共犯立場上。透過權力掌控的大眾媒體，越戰曾經被當做維護人類正義、挑戰邪惡的宣傳語言廣泛散播。〈練習曲〉的誕生，表達了一位詩人對越戰的厭惡與鄙夷。

不過，僅是把〈練習曲〉視為反戰詩，還是不足以概括整首詩的批判格局。從現代主義的美學來看，潛藏在詩人內心的情慾，誠然暗潮洶湧。那是未知的、黑暗的、全然封閉的世界，是道德、權力所不能滲透的領域。楊牧以翻轉的方式，反對戰爭的殘暴，以及伴隨著戰爭所挾帶的道德語言。他以身體與情慾的真實，抗拒正義口號的虛構。究竟是性愛屬於邪惡，還是戰爭屬於邪惡？全詩已經拉出一條清晰的線索。

四、結語

〈十二星象練習曲〉完成十年之後，而有〈子午協奏曲〉的問世。浪漫主義精神的回歸，在〈子午協奏曲〉表現得非常徹底。那種陰陽時間的對話，透明而敏銳，完全一掃〈練習曲〉的陰霾。〈十二星象練習曲〉(1970) 與〈子午協奏曲〉(1980)，代表楊牧抒情追求中的兩種風格。前後十年之間，顯示楊牧在情感上的急劇轉折，從而詩風的起伏也特別強烈。這兩首長詩相互對照，反映了情感的兩極：前者壓抑而淫邪，後者開放而昇華。兩首情詩當然不足以概括楊牧感情生涯的全部，卻能夠讓人窺探他內心流動的幽暗與明朗。再過十餘年，終於有了《星圖》的誕生，遙遙與《年輪》展開無止盡的對話。

短評

陳芳明教授這篇大作所探討的〈十二星象練習曲〉一詩，係收入一九七一年(民國六十年)出版的葉珊(及楊牧)詩集《傳說》中，據我的記憶，此詩早在民國六十年之前已發表於「詩宗社」所出版的詩刊。

〈十二星象練習曲〉並非只是「情色詩」(Erotic poems)，除了色情之外，還有社會關懷、控訴戰爭，關於這些主題，楊子澗于二十六年前以有專文討論、分析，陳教授大作註之曾列出該文題目。站在楊氏的觀點上，陳教授此文繞著情慾、戰爭、死亡進一步詮釋，並與此詩的前身〈天干地支〉比對、較量，屢有創見。比起他人對此詩之論述，陳教授大作更勝一籌，既全面，而且深入。

多年來，我一直喜好陳教授的論文，且從中獲益良多。其大作泰半長篇大論，雄辯滔滔，能發前人所未發。然而，此文之長度及視野，有點令我失望。據我所知，本屆現代詩學以「作者論」為主題，論文需總論一位前行代名詩人之成就、優劣，陳教授應針對楊牧十幾本詩集作一概述，但他僅就(十二星象練習曲)一首而論。弱水三千，只取一瓢飲，必有緣故，但不知何故？

只論一首詩，就能以偏概全?就能全盤托出「楊牧現代抒情的詩藝」？我不以為然，楊牧一定也不以為然，擅長論文寫作的陳芳明教授必也不以為然吧。

（陳啟佑，筆名渡也）

羅門的後現代論

陳俊榮　佛光人文社會學院文學所助理教授

摘　要

在戰後第一代詩人群中，羅門可謂是最早具有後現代意識者，不僅願意與後現代展開對話，甚且對它再三發為議論，以致其後現代論述成為他晚近詩美學中重要的一環。縱然如此，有關羅門詩美學的研究，咸集中在他早期的諸如「第三自然螺旋型架構」詩論的探討，顯有不足。羅門對後現代或後現代主義既有肯定亦有否定，而他最主要的意圖即在綰合現代主義與後現代主義，儘管此舉本質上有其難以解決的困難所在。事實上，羅門對後現代的認知有其誤解之處，關此，之前已有林燿德及陳鵬翔等人提及，雖然羅門認為他亦有以自己獨特之立場提出他對後現代的主張的權利；正因為如此，關於他的後現代論述有進一步加以探究的必要。

關鍵詞：後現代、後現代主義、解構、第三自然螺旋型架構、零度寫作

一、前言

就崛起於一九五〇、六〇年代的詩人群而言，曾被視為「現代主義急先鋒」的羅門（羅門，1995：165），他那獨樹一格、一以貫之的詩學理論，不僅令人側目，亦確佔有一席之地。一九八〇年代後現代詩潮初興，與羅門同時代的詩人（評論家），絕大部分對之不屑一顧，甚至予以拒斥，願意正視它繼而與之展開對話的，可謂寥若晨星——羅門是這極少數中的一人，不僅對它再三發為議論，甚至可以稱得上是「唯一」願意敞開胸懷對它包容的人。

羅門向來即對於後現代思潮保持高度的關注。依其自述，早在一九七〇年代，他就運用「後現代主義的解構、多元與組合的創作觀念」，將他和蓉子的家居創造成「燈屋」——一件具有後現代精神的「具體生活空間的造型藝術品」，戴維揚便指稱這座「燈屋」是一件「後現代多元共生的綜合藝術」作品（羅門，1999：31）。[1] 在羅青於一九八五年提出以解構「文字賦詩」為訴求的「錄影詩學」（1988：263～276）之前，羅門亦早於一九七一年即為文提倡「以電影鏡頭寫詩」的觀念，顯示他極早便有「後現代解構、多元的創作理念與預想」（1999：32）。不惟如此，在《在詩中飛行——羅門詩選半世紀》一書中，他更舉出自己早期的詩作諸如〈麥堅利堡〉（1961）、〈曠野〉（1979）、〈門的聯想〉（1988）等詩，已運

1 羅門據此乃謂：「由此可見，臺灣還沒有談論『後現代主義』解構多元的藝術創作理念之前的十幾年，我已在『燈屋』這件近乎是『視覺詩』的藝術作品中，實踐了『後現代主義』的藝術創作理念。」（1999：32）

用後現代「解構」與「拼湊」的手法，而近期一九九〇年代所發表的包括：〈古典的悲情〉、〈長在後現代背後的一顆黑痣〉、〈世紀末病在都市裏〉、〈後現代A管道〉、〈卡拉OK〉與〈觀念劇場〉，亦均是「含有後現代意識的詩」（1999：32～34），足見在後現代詩潮中，不論是在論述或創作領域，羅門都不缺席，而且更是戰後第一代詩人中最早具有「後現代意識」者。

或緣於此故，林燿德始於一九九三年仲夏的「羅門、蓉子的文學世界」學術研討會中提出〈「羅門思想」與「後現代」〉論文，率先以「後現代」的角度，檢視了羅門詩美學中「有待爭議」的後現代觀。[2]之前的一年，羅門即在美國愛荷華大學主辦的「後現代主義與超越」（Post-modernism and Beyond）研討會上發表〈從我「第三自然螺旋型架構」世界對後現代的省思〉長文，有系統地闡釋他的後現代觀（該文後來成為林燿德上文論述的主要依據）。羅門好發後現代議論非自該文始，亦非於該文絕，在他或長或短的評論文章中、正式或非正式的研討會場上，以至於口沫橫飛的筆仗裏[3]，時不時就來一下「後現代的抒情」，要不然也咬一口「後現代」，已是詩壇眾人皆知的事。然而，除了林燿德上述論文對其後現代思想有較為深入

2 「羅門、蓉子文學世界」學術研討會於一九九三年八月六日至十一日在海南島海口市海南大學舉行，與會的學者、作家、詩人有六十多位，來自臺灣提交論文發表的有張健、林綠、陳鵬翔、戴維揚、陳寧貴、林燿德、蕭蕭等人。林燿德於研討會中發表的該篇論文，後收入《世紀末現代詩論集》中，並易名為〈羅門VS.後現代〉，更能凸顯出羅門的後現代觀與其慣有的現代思想的牴牾（1995：103~112）。

3 例如在《臺灣詩學季刊》第18、21、22、23期上，羅門即與向明關於他的兩首詩〈天地線是宇宙最後的一根弦〉及〈大峽谷奏鳴曲〉打過筆仗，兩人在文中也針對彼此的後現代觀點互相質疑，動了肝火的詞句難免傷和氣——不知這是否為藍星晚期同仁的內鬨？

的評論外（筆伐的攻詰不談），多半的論者在檢視其詩論或詩美學時，都將焦點集中在他的現代思想部分，即陳鵬翔所說的三個重心：心靈、現代悲劇精神與第三自然（1994：247）；誠如上述，不可否認，後現代詩觀在羅門詩美學中尤其是晚近的論述裏，亦佔極為重要的地位，不應予以忽視。本文即賡續林燿德上文，從不同角度進一步檢視羅門的後現代論述，同時也釐清其後現代思想中糾葛與含混的部分。

二、後現代的繪圖與誤讀

（一）後現代的繪圖

從一九八〇年代末談論後現代開始，在羅門的論述文字中，經常給「後現代」三字加上上下引號，引號當然不是隨便冠上去的，推羅門之意，想必「後現代」三字對他是另有所指。申言之，他所謂的「後現代」是以他個人的「詩眼」（也就是他的「第三自然螺旋型架構」理論）所描繪的一張認知地圖，儘管這張認知圖和真正的後現代地圖有所出入（此亦即其對後現代誤讀之所在）。他為自己辯解，說後現代（主義）是一群聲音，並且各說各話，各有不同的代言者；既是如此，他亦「有權利來面對各說各話的『後現代』提出一己的觀感」（1995：1496），表示自己的意見，而不必「去全面應對所有『後現代主義』各說各話的代言者他們的全部思想」，並且謙稱自己也非這些後現代思想家的專門研究者（周偉民、唐玲玲，1994：17）。這個「宣示」，為羅門自己樹立了「後現代言談」的前提，同時也合理化自己的論證基礎。

儘管如此，對於是否使用「後現代主義」這樣的字眼，羅門自己仍無太大把握，所以他一度提出「將『後現代主義』改成『後現代情況』來談」的主張，雖然這部分原因是他「一向不太贊成標上『主義』兩字的標籤」——蓋主義本身是有框架的，而詩人的創作精神是不受框架束縛的，他不僅不受制約，而且還要不斷超越，如他所言：「因一有『主義』的框架，便已如用『鳥籠』來抓鳥，而非以『天空』來容納鳥與給鳥自由無限地飛了。」（1995：145～146）部分原因恐怕也緣由他自己對後現代主義仍不甚了了，所以才強調他所稱的後現代是以自己獨特的「詩眼」所看的「後現代」，言下之意乃他和其他談論後現代（主義）的人一樣，都有「各說各話」的權利。

如上所述，羅門在他的長文〈從我「第三自然螺旋型架構」世界對後現代的省思〉（刊於《臺灣詩學季刊》第6期）中雖一度主張以「後現代情況」代「後現代主義」來談論他的「後現代」看法，事實上，他卻很少使用「後現代情況」這樣的字眼；反諷的是，該文是從第十六期《藍星》的〈從我「第三自然螺旋型架構」世界看後現代情況〉一文「改頭換面」而來，前文對後文的內容稍做了更動，但是題目從「看後現代情況」被易為「對後現代省思」，「後現代情況」字眼反而不見了。羅門大概認為，後現代情況的指涉層面較後現代主義寬廣，而後現代又比後現代情況來得更廣泛。廣泛的面向較易把握，也容易自圓其說；而指涉特定的東西，則難以含糊其詞，非射中靶心不可，否則易於自曝其短。有鑑於此，羅門的論述文字中，用得最多的字眼是「後現代」。

羅門是該振振有詞，不要說是國人，連洋人、洋學者對什麼是後現代（postmodern）、後現代主義（postmodernism）、後現代情況（postmodern condition），乃至於後現代性（post-modernity）、後現代理論（postmodern theory），也呈現出眾說紛紜、莫衷一是的情況。[4] 華德（Glenn Ward）即言，這是因為後現代這個字眼本身嚴格而言並非一門學派的思想，也不是具有明確目標或觀點的統合性知識運動；它更沒有一個具支配地位的理論家或發言者。它雖被各個學科（discipline）所採納，但每一位使用者均以其自己的術語來界定它，往往「在某一學科中它所意味著的什麼，在另一個領域內未必就可以相容」（1997：3；孟樊，2001：12）。易言之，其涵義可謂言人人殊。

話雖如此，這些「大同小異」的術語，仍可以依其指涉的不同面向，而呈現出不同的涵義，華德即將之歸納為下列四項（1997 ： 4）：

(1)一種社會實際的事物狀況。

(2)一組試圖界定或解釋此一事物狀況的理念（思想）。

(3)一種藝術的風格，或一種事物做成（making of things）的取徑（approach）。

(4)一個被用在很多不同的脈絡裏的字詞，用來涵蓋上述那三種不同的面向。

大體而言，上述第一項涵義指的是後現代性或後現代情況，第二項指的是後現代理論，第三項指的是後現代主義，而第四項則指泛稱性的後現代。依此看來，羅門所使用的後現代（不論他有無冠以引號）一詞，當指上述華德所說的第四項泛

---

4 即以後現代主義與後現代性二詞為例，往往甲說的後現代主義，其意義可能就等同於乙說的後現代性，顯見二者容易被混淆。社會學者紀登斯（Anthony Giddens）認為它們之間有所不同（1991 ： 45~46），但另一學者庫馬（Krishan Kumar）卻以為這二個概念難以區分（1995 ： 101~102）。

稱性的稱呼。

譬如他不只一次地提及他比較重視的兩位後現代思想大師巴特（Roland Barthes）與詹明信（Fredric Jameson）。[5] 嚴格而論，巴特是後結構主義思想家，不是後現代理論家——只是他的理論常為後現代主義者所挪用（appropriate）。羅門提及巴特，主要是強調他的「寫作的零度」（writing degree zero）的主張（1968），而談到詹明信，則針對他所看到的「沒有深度、崇高點，以及對歷史遺忘」的後現代情況——或用詹明信自己的話說，即跨國資本主義（multinational capitalism）或晚期資本主義（late capitalism）的社會情境（1992 ： 3）。巴特的說法，涉及的是創作（手段）的問題（即對沙特所提出的「文學是什麼」問題的回答），而詹明信的理論涉及的則是「一種社會實際的事物狀況」（他談的文化問題比文學創作多）。換言之，前者所指的是「後現代主義」（此說有待商榷，下詳），而後者指謂的乃是「後現代情況」或「後現代性」（雖然詹明信的扛鼎之作《後現代主義或晚期資本主義的文化邏輯》中也用「後現代主義」一詞）；然而，羅門在使用其「後現代」一詞時，則籠統地將上面兩位思想家的說法全予以涵括，亦即羅門的「後現代」，包括了後現代主義及後現代情況的意涵。

在「後現代」這張大傘之下，綜合他在多篇文章中的各種說法，羅門為它所描繪的這一張認知地圖，包括底下這些概

---

5 羅門原先提到主張「零度創作」（zero-degree writing）的後現代理論家為德希達（Jacques Derrida），此一指鹿為馬的誤認已被林燿德的上文所糾正，後來在《羅門論文集》中已經羅門訂正。類如把巴特誤認為德希達的錯誤，當不只一端，在〈創作心靈的探索與透視〉一文中，羅門也錯將達達主義（Dadaism）大將杜象（Marcel Duchamp）誤認為後期印象派大師塞尚（Paul C'ezanne），以為是後者採取「達達」與「普普」（Pop）的反逆與顛覆的創作理念，將夜壺直接在展覽場展出（2002 ： 118）。

念：解構、顛覆、多元、複製、拼湊、嘲諷、戲謔、遊戲、平面（或平塗）、去中心、缺乏嚴肅、自由開放、作者死亡、脫歷史感、消費性格以及零度寫作等等，不一而足。例如他提到之所以心儀詹明信的後現代理論時表示：

> 我曾經對詹明信這位後現代主義的顯著人物，他將目前世界的人類，裁決為沒有深度、缺乏歷史感的存在，這一嚴重問題，……深有同感，便引發我個人進一步對後現代人類存在的實況提出質疑，並對目前所謂後現代偏向於沒有深度、沒有歷史感、流行、商業化、消費性格、浮面、淺薄等劣質化的文藝走向提出警告、批判與防範。（1995：169）

從上述這段話中顯示，羅門的後現代觀接受了詹明信的說法，詹明信在上書中即提到後現代主義的新文本（text），融合了法蘭克福學派（the Frankfurt School）所拒斥的那些文化工業的形式、範疇與內容，他說：

> 事實上，後現代主義非常著迷於整個垃圾和媚俗之作（schlock and kitsch）、電視連續劇與《讀者文摘》（Reader's Digest）文化、廣告與汽車旅館、夜間表演節目和B級好萊塢電影，以及所謂的「代文學」（paralit-erature）——機場出售的平裝本哥德式小說與羅曼史、通俗傳記、謀殺的神秘故事、科幻小說及奇幻小說的「墮落」景象。他們不再只是「引用」這些題材，像喬伊斯（James Joyce）或馬勒（Gustav Mahler）那樣，而

是將這些題材納入他們的真正本質裏。（1992：2～3）

詹明信認為上述那些所謂「後現代的代文學」和現代主義第一個最明顯的差異就是它的平板性或無深度性（flatness or depthlessness），也就是名副其實的膚淺性（superficiality）（1992：9）。這種後現代主義的膚淺性是羅門所引以為憂的（下詳）。除了引用詹明信上述的說法外，又如在他解讀林燿德的〈人人都想向我索討食譜〉等詩時，也從他所瞭解的後現代角度著手立論，底下這段論述即係來自他那張「後現代認知地圖」：

> 林燿德採取後現代「顛覆」、「解構」與「戲謔」意念與「拼湊」（collage）手法，透過醜美學的觀點，將文類與文字媒體解構，滲入非文字的其他符號；以及將雅與俗、腰上與腰下、神與鬼、田園與都市、古與今、自然與外太空……等的不同存在思想、情景與時空狀態，都混在一起，組合與拼湊成詩的至為新異、特異乃至有點怪異的詩思「大拼盤」，這顯然是一種兼具高度實驗性與創造性屬於後現代創作理念的表現。（2002：136）

事實上，羅門的這張「後現代地圖」，不僅可從其論述文字中讀出，還可以自他幾首他所謂的具有「後現代意識」的詩作中看出，這包括〈古典的悲情故事〉、〈長在後現代背後的一顆黑痣〉、〈世紀末病在都市裏〉、〈後現代A管道〉、〈卡拉OK〉與〈觀念劇場〉等（1999：34），這些詩作並非後現代詩，而是具有後設意味的「論後現代的詩」，譬如〈後現代

A管道〉一詩，就指出羅門眼中所見的幾種後現代的特色：缺乏嚴肅（「後現代嬉皮笑臉」）、去中心（「方向該往那裏走／只要是路／方向該往那裏休息／那要看它累成什麼樣子」）、拼湊（「有人將咖啡倒進龍井／有人將檸檬擠進牛乳」），以及自由開放（「只要你高興／一切都由你／價值由你定／歲月由你選／世界任你挑」）等。

(二) 後現代的誤讀

羅門所描繪的這張「後現代地圖」，不論是以論述文字或詩作呈現，其中均不乏錯描或誤置之處，這當然是由於他對後現代或後現代主義的誤讀（misreading），雖然誤讀是理論的旅行（travel of theories）本身難以避免的。例如他舉自己的三首詩作〈麥堅利堡〉（1961）、〈曠野〉（1979）、〈門的聯想〉（1988），認為它們即是運用了後現代的解構、拼湊與多元的「創作意念與手段」（1999：32～33）。拼湊與多元固然是後現代的「創作意念與手段」，卻非後現代專屬，事實上，現代主義也玩這種手法；兩者的差異在：前者羚羊掛角，無跡可循，而後者則反是──也就是它有一個訴求的主題，來自多元的拼湊雖然看似各不相干，各說各話，背後卻在指向一個統一的思想，那麼這就是有「跡」可「尋」了，只是現代主義不太使用「拼湊」這個字眼，他們用的更多的是「並置」。並置其實也就是拼湊，但並置會爆出火花，拼湊則是胡亂地並置而已。羅門這三首詩均非胡亂的拼湊，而是有意的並置，而此一手法當然不該賴給後現代主義。

在《臺灣詩學季刊》第廿二及廿三期中，羅門和另一位同輩詩人向明曾就自己的〈大峽谷奏鳴曲〉一詩是否為後現代詩

打過筆仗，爭議的焦點即在「解構」（deconstruction）問題上。羅門在該詩詩末的附言中說：「這首兩百多行的長詩，是我企圖跨時空、跨國界、跨文化與藝術流派框限，以世界觀與後現代解構理念所寫成的詩」（1999：304），就因為這一附言，引來向明高分貝的質疑：這首八段結構的長詩「全都是保守的修辭性文本」；正因為如此，在該詩中找不到「各種游離不定的差異」，看不出「有任何對既有文本破壞的企圖」，所以這根本不是用後現代解構理念寫的詩。向明認為羅門只標榜一串聳動的口號，「卻沒有提示創作方法，譬如後現代詩是如何表現，解構理念的詩是如何表現，兩者疊加在一起的〈大峽谷奏鳴曲〉又是如何表現？」（1998：40）

平心而論，向明的詰難不無道理。解構基本上是後結構主義的一種批評方法而非創作手段，依照學者布瑞斯勒（Charles E. Bressler）的說法，解構主義的解讀策略，有一套如下的進行次序：首先，他必須對文本（text）採取線性式的（linear）閱讀，也就是視文本具有清晰的開頭、中間與結尾的結構。其次，據此他必須進而（1994：81～82）：

⑴去發現支配文本本身的一種二元性運作（the binary operations）；

⑵並對這種二元運作背後的價值、概念及理念予以評價；

⑶再翻轉這些被呈現出來的二元運作；

⑷還要拆解先前所抱持的世界觀；

⑸以至於接受植基於此種新的二元倒轉的文本所出現的有著各種不同層級的可能性；

⑹最後要允許文本的意義具有未定性。

首揭解構理論的德希達（Jacques Derrida）本人即特別強

調上述那個翻轉原先二元對立（結構）的顛覆階段，在《立場》（*Positions*）一書中他更指出，這種解構策略不同於黑格爾式的辯證法。黑格爾的唯心主義「取消」（aufheben）古典唯心主義矛盾的二元對立（the binary oppositions），被取消之後的二元對立則再被歸結為第三方，這第三方的出現，除了一面取消、拒斥之外，也一面予以提昇、理想化（1982：43）——這可說是一種文學的現代主義；然而德希達的「取消」所出現的新的「概念」，「不再可能，也絕不會被涵括在原先的體制中」（1982：42）。德希達稱此翻轉後之出現者為不可決定的「幻影的統一體」（unities of simulacrum），它並不構成第三端（a third term），例如就像Pharmakon（藥）這個字，它既非良藥亦非毒藥，既非善亦非惡，既非內用亦非外敷，既非言語亦非書寫。這「既非／亦非」（neither／nor）也就是說「同時」擁有兩個「或者」（or）（1982：43）——這可說是文學上的後現代主義。羅門的〈大峽谷奏鳴曲〉大概只能找到黑格爾式「辯證性的和諧」（dialectic harmony），而找不出「既非／亦非」這種意義的未定性。

解構雖係一種解讀或批評策略（也是方法），然而羅門是否可以之做為寫詩的依據？向明冷嘲熱諷說「我們的羅門先生居然可以用後現代解構理念寫詩」（1988：40），這話又不無商榷餘地。解構雖非創作手段，惟若詩人事先心中存有「解構理念」，執筆賦詩時難免受其影響，讓「文本顯出各種游移不定的差異」，使看似清晰嚴謹的文字洩漏一些縫隙，甚至玩弄純粹的意符遊戲（signifier game），亦非絕不可能。或許我們可以這麼說，羅門自可以以解構理念賦詩，問題在——他玩得道不道地。如果玩得不道地，又自稱為係用「解構式」的玩法，

自不免遭致誤解之譏。[6]

羅門難辭其咎的還可以從他對巴特「零度書寫」的誤用看出。羅門在他的論述力作〈「第三自然螺旋型」的創作理念〉及〈從我「第三自然螺旋型架構」世界對後現代的省思〉二文中均一再提及巴特的「零度創作」觀念（1995：135～137；150～151）。在該二文中（相關部分的文字都重複）[7]，羅門是這樣闡釋他的「零度創作」觀念：

> 的確當人類在以往生活中，極力企求各式各樣的「權威性」、「絕對性」、「完美性」與精神存在的「頂峰」世界，都大多換來不同的苦痛，常不如意，而且生活得太費心，乾脆將眼睛放低下來看，除去一切不變的規範與偶像所加的負荷力與約束力。讓生存空間一直清除與空到零度重新開始的位置。讓新起的一切，排除舊有的一切約束，且自由的進出，並建立新的生存空間秩序與狀態。（1995：150）

---

6 羅門在反駁向明的質疑時自謙說，雖不敢像向明那樣說自己懂「解構」觀念，但也肯定地以自己廿多年前即用「燈屋」這件作品「具體說出後現代創作的『解構』觀念」。至於〈大峽谷奏鳴曲〉此詩，羅門坦承，基本上只是「以世界觀開放的心境以及後現代藝術解構與拼湊的理念去寫一首打破時空、都市、田園、太空、國界、文化與藝術流派框限的屬於我個人創作風格的詩」，所以並不是一首後現代主義的詩；同時並以此反唇相譏向明說他指鹿為馬，只因該詩附言出現有「後現代解構」這五個字眼，便「到天空去亂抓『大峽谷奏鳴曲』這隻根本不是後現代主義的鳥，抓不到，還自言自語說自己懂後現代主義」(1998：145~147)。其實，向明也沒說他懂後現代主義。

7 羅門在論述中，後文常常習慣「剪貼」或「複印」自己的前文，不僅觀點重複，連文字也重複，如下引有關「零度創作」之說，這二篇文章的文字就幾乎是一整段重複。羅門的這種行文習慣，識者已不以為怪。

就巴特所揭櫫的「寫作的零度」來看，羅門這段論述文字難免有偷龍轉鳳之嫌。巴特指的「寫作的零度」是一種中性寫作，而中性的寫作也就是一種純潔的寫作，其目的在祛除語言的社會性或神話性，換言之，就是要擺脫歷史與社會對文學語言的制約。文學不應被看做是一種具有特殊社會性的流通方式，它本身具有獨立的機制。古典文學的語言本身不具內涵，是言外之物的反射，所以是透明的。直至十八世紀末，文學語言本身才獲有自己的「重量」，而文學的形式也才在作家的目光之前搖晃，成為被關注的對象。首先在夏多布里昂（F. Chateaubriand）時代，寫作開始成為作家目光注視之焦點，幾乎與其工具性功能分離，可說是一種自戀現象，其次，直至福樓拜（G. Flaubert），才明確地使文學（形式）成為「製作」的項目；最後馬拉美（S. Mallarme）針對語言的破壞，使文學語言在某種意義上成了殭屍，亦即其對寫作的謀殺（meurtre），完成了文學對象的構造（1968 ：1 ～ 3）。零度的寫作即是一種「擺脫特殊語言秩序中一切束縛的寫作」，也就是使語言呈現「一種中性的和惰性的形式狀態」，例如卡繆（A. Camus）的《異鄉人》，即顯現一種「不在」的風格，就像馬拉美的印刷失寫症企圖在稀薄的字詞周圍創造一片空白地區，不再發聲；「不在」即沉默，以非祈願式或非命令式的直陳性語言寫作（1968 ：74 ～ 76）。

然而，羅門所說的「零度寫作」指謂的卻是詩人的存在狀態，尤其將它和他詩論中慣有的三個重心之一的「心靈」相互連結起來立論[8]，亦即詩人應「除去一切不變的規範與偶像所加的負荷力與約束力」，讓心靈狀態掏空降到零度，排除舊有的一切束縛，自由開放進出，以「建立新的生存空間秩序與狀

態」。嚴格而言，這實在與巴特所說的寫作的零度風馬牛不相及，所以陳鵬翔才說：「羅門在討論這種零度書寫時根本就未了解到巴特是在討論語言、風格與書寫這三種『形式』（form）的關聯……，他當然更沒想到巴特的零度書寫概念並未在他往後的文學研究中扮演重要的角色。」（1994：259）的確，「零度的寫作」此一主張，是巴特早期結構主義的文論，羅門若要援引巴特的理論，理應注意其中晚期轉向後結構主義的作品才是。

三、後現代的肯定與否定

（一）後現代的肯定

如前言所說，在戰後第一個世代的詩人群中，羅門稱得上是願意對後現代（或後現代主義）予以包容以至於接納的前輩詩人。在〈從我「第三自然螺旋型架構」世界對後現代的省思〉一文中，他即表明「肯定後現代主義階段性的必然性與其突破現代主義，所呈現的某些正面價值」（1995：148）；而他之所以願意肯定後現代主義「某些正面的價值」，係源於他向來所主張的多向性（NDB）詩觀[9]，畢竟詩人是在「自由遼闊的

8 依陳鵬翔的研究，在〈論羅門的詩歌理論〉一文中指出，羅門的詩論有三個重心，即心靈、現代人的精神悲劇，以及所謂的「第三自然」（1994：247）。

9 NDB是None Direction Beacon的縮寫，專業名稱叫「多向歸航台」，是一種飛機的導航儀器，讓飛機可在看得見及看不見的狀況下，從各種方向準確地飛向機場。羅門認為這種NDB「頗似詩人藝術家的廣體的心靈與各種媒體，將世界從各種方向，導入存在的真位與核心」，而此讓他在無形之中形成其創作上「多向性」的詩觀（1984：9）。羅門少時曾任空軍飛行官校飛行員。

天空」而不是在「鳥籠」內創作的，在詩的表現技巧及內涵世界上，同時都要講究它的多向性。基於這樣的觀點，「多向性」勢必要將新起的後現代納入，無論在詩的內容或形式上，都應該正視其存在，而且也能為詩人所用。詩是語言的藝術，做為一名現代詩人則應不斷探索詩語言新的性能：

> 由於人類不斷生存在發展的過程中，官感與心感的活動，不能不順著這一秒的「現代感」，往下一秒的「現代感」移動，而有新的變化。這便自然地調度詩語言的感應性能到其適當的工作位置，呈現新態。否則，便難免產生陳舊感與疏離感。（羅門，1984：5）

的確，誠如羅門所說，一個現代詩人若能不斷注意與探索詩語言新的性能與其活動的新的空間環境，他便能不斷地持有創造性的意念，而這一意念「將使所有停留在舊語態中工作的『比』、『象徵』與超現實等技巧，必須有所改變與呈示新的工作能力」（1984：7）。現代詩人既要不斷探索新的語言，以調度其語言的感應性，則他當勇於嘗試後現代主義對於詩語言所帶來的革新。

出於這樣的觀點，羅門在為蕭蕭《凝神》詩集所寫的序文中，便從後現代的角度立論，認為蕭蕭的詩雖如其他詩人一樣離不開賦比興手法的運用，但他的詩作亦「明顯已涉及所謂『後現代』帶有解構顛覆性、遊戲色彩、拼湊，以及反常態與複製的詩風」（2002：168～169）。例如以〈應無所住而生其心〉這首被羅門大加推崇的詩而言，這是該「詩集中題材與思想面的廣闊度與用量都較大的一首詩」，詩人創作的企圖心與

膽識很大：

> 運用的表現技巧也具多樣性與變化，包括現代詩一貫用的意符、象徵、超現實、立體觀念、內延化的形而上性，以及後現代著重的指符、平塗、解構、多元混合拼湊、複製、圖像、設計……等，可說是全面動用所有能用的創作技巧與手段，因而這首詩，應是一首具大容涵與大工程建構的詩，也是蕭蕭帶有後現代詩風的一首具有思想性與表現的重大作品，值得大家重視。（2002：170）

在肯定「蕭蕭是有思想性、語言功力、想像豐富，以及有藝術策略與運用多樣性技巧表現的優秀詩人」之後，羅門認為這本詩集「是隨帶著『現代詩』具有內在深度的思想資源，進入『後現代詩』新的工業區，去創建與經營確有實力的『後現代詩』的新廠房，出產新穎的詩產品，是有創意與前景的」（2002：175），可以看出，羅門的結論是站在「肯定後現代」的立場，從蕭蕭詩作中的後現代味，讚揚他有經營新語言與技巧的能力。

同樣的情況，在羅門評論羅青、杜十三及林燿德的詩作中，亦可看到他不只一次地從後現代的角度肯定這三位詩人。就羅青來說，他之所以被認為是「第一流的詩創作者」，是因為他具有「第一流想像力」[10]，所以他才能用此一「第一流的想像」玩出「西瓜十六種吃法」[11]；而從他的「玩法」中可以發現：

> 他不像余光中是採取新古典美學精神所引發的「常態正規」能動性去運作；而是運作在後現代顛覆、解構多元、拼合與重建的新思維境域，溢放出詩新穎的異類意趣與複疊的思緒，更值得從新的藝術角度與表現形式來觀賞與予以重視。（2002：177）

另就杜十三來說，羅門在為他的詩集《石頭悲傷而成為玉》所寫的序文中，除了肯定杜十三「面對世界，採取多向度的觀察，內視力也較一般詩人銳敏與深入，又有一己獨特的切入點」之餘，特別盛讚他的「後現代能力」：

> 他有審判能力，能確實善用「後現代」解構觀念，打破所有的框限，自由的進出古、今、中、外以及田園、都市與宇宙太空的生存時空環境，自由的使用地球上所有的物體材料以及各種藝術流行主義的功能，以致擁有創作世界豐富與大包容度的資源，這便首先使他這部書的書寫內容與藝術表現，出奇的繁複，多變化與多樣性，而滿足讀者。（2002：161）

10 羅門的論述文字，除了擅用形象式的比喻，例如「『詩』是神之目，『上帝』的筆名」、「詩是打開智慧世界金庫的一把金鑰匙，上帝住的地方也用得上」，在評論詩人作品並給予肯定之餘，往往亦不吝用誇張的形容詞加以讚揚一番，如此處所用的「第一流」字眼；又如形容杜十三的詩集《石頭悲傷而成為玉》「像一顆亮麗的詩的人造衛星」（2002：163）；再如稱林燿德為「臺灣奇才」（2002：313），以至於是一位「才情、才思、才智高人一等具有創作前景的天才作家」（2002：314）。喜用誇張的形容詞予人以肯定之讚語，讓羅門的論述文字帶有他個人強烈的色彩，形成他個人獨特的評論風格。

11 羅青〈吃西瓜的六種方法〉組詩（計五首），收在詩集《吃西瓜的方法》（1972：161~166）中；羅門説羅青「吃西瓜的方法」有十六種（多了十種），可能是筆誤。

至於論及林燿德的部分，除了上引（前節）評論林燿德的獲獎詩作〈人人都想向我索討食譜〉的文字外，更進一步指出他的「這首詩確是大力抓住『後現代』創作的左右心房。那就是在『內容』與『形式』做雙向的全面的『解構』與『突破』，在不可能中創造可能，開拓他思維空間廣闊與藝術表現理念新穎的詩創作世界」，使他這首詩「幾乎像是在後現代新的創作園區展示各種技巧的特殊發表會」（2002 ： 135）（儘管這首典型的現代詩可否從後現代主義的角度來解讀恐值得商榷）。

如上所述，羅門之所以能正視後現代「某些正面的價值」，係出於他所持的「NDB 詩觀」，而這「NDB 詩觀」實係根源於他自成體系的「第三自然螺旋型架構」理論。依照「第三自然螺旋型架構」的說法（1995 ： 13 ～ 143），詩人內心秉持此一架構，無形之中即為其自己形塑一個具有「無限自由與開放的包容性」的精神世界，它可以三六〇度圓形不斷向前（上）突破與前進，而旋轉衍生為一種螺旋形運動，形成一「前進的永恆」，將各種古今中外的思維含納，包括老莊、陶潛和王維，也包括米開蘭基羅、莎士比亞與貝多芬，更包括巴特及詹明信。此一螺旋形「永恆的前進」所旋開的是「內在N度空間」，在此一空間內，何止是傳統寫實或現代，連後現代乃至後後現代都可以存在，而且其創作手法亦能為詩人所用，進而冶於一爐。有鑑於此，在「第三自然螺旋型架構」之下，後現代或後現代主義自不必為羅門所排斥，而這也是羅門之所以願意正視它以至於肯定它的道理。

(二) 後現代的否定

依羅門所信，後現代主義之出現乃至「解構」現代主義，係因後者向上旋轉到它的「頂峰世界」時，背後出現了盲點，亦即現代主義發展至極致所顯現的盲點乃由繼起的後現代主義來加以克服。現代主義會出現盲點，後現代主義當亦不能例外，所以他說：「同樣，後現代主義在『第三自然』所旋開的『前進中的永恆』的無限地展現的N度透明螺旋型世界裏，背後所呈現的盲點，也就接著有待後後現代來克服調整改善與重建。」（1995：148）所以本節開頭所舉的〈從〉文中，羅門雖一面聲明他肯定後現代主義突破現代主義的正面價值，也一面澄清要「同時看出它背後所可能甚至已出現的某些盲點」（1995：148）。

基於這樣的立場，在上文中，羅門即表示他要採取超越這種主義發展階段性的態度，在以「全面性的通觀與審視」來探索後現代主義所可能出現的盲點時，「難免有些批判」（1995：148）——這就是羅門對後現代主義有所保留的地方。正因為他「有所保留」的態度，所以他對後現代是有所取、有所不取，絕非「來貨照收」（1995：171），有著他自己個人的後現代工廠（1995：168）。從他對後現代有所選擇的批判可以看出，他所拒收的是後現代出現的負面現象（1999：34），而這也就是羅門對後現代加以否定的一面。

羅門對後現代的否定，首先係直指詹明信所說的「無深度感」，也就是後現代的淺薄性。依羅門的瞭解，詹明信對後現代情況的分析，是在「指控人在『後現代』已活在沒有『深度』、『崇高點』以及『對歷史遺忘』等狀態」；而羅門站在

他「第三自然的螺旋型世界」裏，「認為詩人與藝術既是開拓人類內在更深廣的視聽世界，則應該反對『浮面』、『淺薄』與『流行性』的氾濫，並繼續在詩中探索與建立一個具有『美』的深度與不斷向頂端爬昇的高層創作世界」(1995：157)。在這樣的創作世界裏，詩人有信心懷抱「永恆」與「真理」，理由是：

> 因為大家已看到在世紀末，人類活在後現代的泛價值觀中，好像越來越沒有價值標準，只要合乎我意的，就有價值；活在後現代泛方向感中，所有的方向好像都是方向，只要我高興的方向，我就去，結果是各走各的，走在沒有方向的方向裏……，也沒有所謂的絕對真理以及對與錯，結果形成目前勢利、暴力、政客屬性、冷漠、性的氾濫、毒品、愛滋病流行，甚至無情、無義、無信的劣質化社會現象。（1995：158）

羅門上述這樣的「控訴」，雖不無道理，但要把他所指陳的那些「劣質化社會現象」全一股腦推給後現代情境，令人不由得興「替罪羔羊」之嘆。這些所謂後現代式的「浮面」、「流行」、「粗糙」的文化現象，究竟是後現代的因抑是後現代的果？恐須進一步辨明。至少法蘭克福學派便指出，這種膚淺的大眾文化係現代文化工業有以致之。

對羅門來說，無深度感（或曰淺薄性、平面化）既是後現代的文化現象，也是後現代詩所顯現出來的一種弊害。此乃立基於羅門對於詩所秉持的理念。羅門向來認為，意象是詩之所以為詩的「基本元素」，如果將意象排除，等於是不要詩出來，蓋詩根本上是以意象來「表現不可見的更為真實奧秘與無限的世界」；若只是指陳表面可見的世界，那是散文、小說與報導文學的事。例如陶潛的「採菊東籬下，悠然見南山」詩句，如果沒有後句「南山」意象的出現，只有前句外在的「視象」，那不過是散文而不是詩。換言之，詩須有意象始能見其深度，這才是詩的意指（signified），否則只存意符（signifier），那是散文，詩是不會在這種平面的創作領域裏出現的。然而，目前不少後現代詩則是要將意象放逐，以拼湊或連環套的手法產生缺乏深度的平面圖景，「畢竟仍顯有偏失與可見的盲點」（1999：7～9）。羅門的「意象說」令他對後現代難免不懷好感：

> 若有人在後現代，圖完全排除詩的意象，那顯然是不智與不加深思的，因為詩如果沒有「意象」，詩會餓死，或者「窮」得只好交給散文領養，甚至使中國五千年來以詩意境高超為榮的文化心機受到傷害。事實上詩高超的「意境」世界是由高超的「意象」來領航與達成的。（1999：8）

後現代詩的弊端當不只喪失意指（即意象被放逐）而已，在羅門看來，它所強調的解構與多元化傾向，如前所述，雖然有其正面意義與價值，也就是它將「一」解構變成更多的「一」，多線道地展現出生命與一切事物存在的多彩多姿與富麗的世界與景觀——這便有如將「太陽」解構，使解構後的每一部分都仍閃著陽光，這應當予以肯定（1999：29）；然而，肯定解構的同時也不能忽視它可能產生的負面與盲點。羅門進

一步憂心忡忡地說：

> 將「太陽」擊碎（解構），使所有的「碎片」，都變成個別的「太陽」，這當然是美好的構想。但如果「太陽」被解構了，所有的「碎片」都不是「太陽」，只是零星的煙火，像目前世界日趨「流行」、「浮面」、「薄片」，甚至劣質化缺乏「理想」的文藝現象，那是我站在「第三自然螺旋型世界」所無法苟同的。（1995：160）

羅門上述這個「太陽」與「碎片」形象式的譬喻，並不難理解，只是解構一詞並非如他所說將「一」打碎變成「多」，這樣的說法恐怕是引喻失義。羅門如何誤植解構另當別論，但是從他上述在高度讚揚後現代的「解構」之餘仍不忘提醒讀者與詩人同好它可能產生的負面與盲點，足證他對後現代的有所取與有所捨。他所取的，也就是他對後現代（主義）肯定的部分；他所捨的，也就是他對後現代（主義）否定的部分。而不管肯定或是否定，就羅門自己所提出的「第三自然螺旋型架構」而言，他是不會感到有任何的衝突的。

四、結語

羅門之所以對後現代有褒有貶，並在這褒貶互異的立場中不會感到「自亂陣腳」，實係出於他潛意識裏（不自覺地）想要縮合現代主義與後現代主義的意圖。一來他認為現代與後現代二者並非「一刀兩斷分開存在的孤立體」，它們甚至是「錯綜複雜糾纏在一起」，況且創作者也大多有兩邊跨界的現象（1995：149）；二來他始終秉持的是一種「自由開放的創作心靈」，自然不願也不會為包括現代主義和後現代主義的「框框」所限制[12]，畢竟有「框」才會劃地自限，也才會彼此產生衝突。

羅門這一綰合現代主義與後現代主義的論證，可以如下概括：「現代思想＋後現代詩風（拼湊、顛覆、複製……）＝傑出詩作。」以他對於林燿德與蕭蕭（部分）詩作的分析與讚揚為例，即可看出他背後結合現代與後現代的意圖。對於林燿德的詩作，羅門之所以認為傑出，是因為其雖「披上後現代詩風」，採取顛覆、逆返與革新的創作手段，但是卻也「不會放棄『現代』乃至過去任何有利他創作需求的東西」（2002：121），羅門肯定地認為：「林燿德確是帶著『現代』足夠的思想財源不是『空頭支票』，進入『後現代』向前邁進的實力派的傑出的詩人。」（2002：128）對於蕭蕭的詩作（主要是《凝神》），羅門認為，在他的若干「具有後現代創作風貌的詩中，仍堅持詩思的內在性意涵與深度，乃至『意象──意符（即符指，signified）』所意指的某些含有哲思的形而上性」。蕭蕭這本《凝神》詩集，在羅門看來，誠如上述，「是隨帶著『現代詩』具有內在深度的思想資源，進入『後現代詩』新的工業區，去創建與經營確有實力的『後現代詩』的新廠房，出產新穎的詩產品，是有創意與前景的」。（2002：173；175）

12　雖然羅門再三強調他不太贊成把「主義」兩字標在任何文藝尤其是詩身上──因為「主義」是有框架的，而詩人的創作精神是不斷超越與不受制約的，是要打破框架的（1995：146；1998：151）；然而，在多數的謔詞用句中，後現代「主義」一詞還是常常上口。

上述那樣的論證不無商榷的餘地。就純粹的後現代主義者而言，恐怕無法接受「骨子裏是現代主義卻戴著後現代主義的外殼」這樣的論調；當初後現代理論之崛起，就是在瓦解現代思想，而後現代主義之中如果還寓有現代（啟蒙）思想，那也非後現代主義了。反之，若具現代的人文精神意涵，也就難以成為一首後現代詩作，向明批評羅門的一句略帶笑謔的話：「只要把作品中任意三行拿來看，如果三行文意之間有邏輯性思考的即是偽作」（1998：40）——也就是非後現代詩，倒也言之成理。林燿德在〈「羅門思想」與「後現代」〉論文中曾指出，在羅門的詩論思想中，存在著「三組對抗的課題」，即：「進化的文學史觀」對「不連續史觀」；「形上學體系」對「反形上學（反二元理言中心主義）」；「純文學的超越性」對「讀者論」（1994：164）——這三組對抗課題，其實可以化約為：「現代主義」對「後現代主義」，而這一組對立思想並不容易調和與化解。

羅門曾引述林燿德上文的一段話：「後現代主義者譏笑現代主義是『刺蝟』，眼睛只能看到一個方向，他們又自比為『狐狸』，可同時注意不同的方位。不過眼觀八方的狐狸，常因咬不著刺蝟而餓死。」（林燿德，1994：165），認為「這段話正是說明，變化多端的後現代主義，若同現代思想斷絕，會空肚子餓死」（2002：114）。事實上羅門哪裏知道，眼觀八方的狐狸根本不會想去咬刺蝟，他只會譏笑刺蝟是個現代主義者。狐狸可能會也應該會翹辮子，但絕不是餓死或咬死。

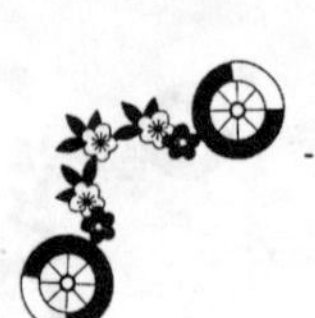

參考書目

向明，〈鼓勵．鼓勵．加倍鼓勵．脫國王新衣——評析羅門「大峽谷奏鳴曲」及其他〉，《臺灣詩學季刊》22期（1998年），頁35~47。

周偉民、唐玲玲主編，《羅門、蓉子文學世界學術研討會論文集》（臺北：文史哲出版社，1994年）。

孟樊，《後現代的認同政治》（臺北：揚智文化事業公司，2001年）。

林燿德，〈「羅門思想」與「後現代」〉，周偉民、唐玲玲主編，《羅門、蓉子文學世界學術研討會論文集》（臺北：文史哲出版社，1994年）。

林燿德，《世紀末現代詩論集》（臺北：羚傑出版社，1995年）。

陳鵬翔，〈論羅門的詩歌理論〉，周偉民、唐玲玲主編，《羅門、蓉子文學世界學術研討會論文集》（臺北：文史哲出版社，1994年）。

羅青，《吃西瓜的方法》（臺北：幼獅文化事業公司，1972年）。

羅青，《錄影詩學》（臺北：書林出版公司，1988年）。

羅門，《羅門詩選》（臺北：洪範書店，1984年）。

羅門，《羅門論文集》（臺北：文史哲出版社，1995年）。

羅門，〈向明？向暗？向黑？〉，《臺灣詩學季刊》23期（1998年），頁140~151。

羅門，《在詩中飛行——羅門詩選半世紀》（臺北：文史哲出版社，1999年）。

羅門，《存在終極價值的追求》（臺北：文史哲出版社，2000年）。

羅門，《創作心靈的探索與透視》（臺北：文史哲出版社，2002年）。

Barthes,Roland, 1968. *Writing Degree Zero. Trans. Annette Lavers and Colin Smith.* New York: Noonday Press.

Bressler, Charles E, 1994. *Literary Criticism: An Introduction to Theory and Practice.* Englewood Cliffs, New Jersey: Prentice-Hall.

Derrida, Jacques, 1982. *Positions. Trans.Alan Bass.* Chicago: The University of Chicago Press.

Giddens, Anthony, 1991. *The Consequences of Modernity.* Cambridge: Polity Press.

Jameson, Fredric, 1992. *Postmodernism, or, The Cultural Logic of Late Capitalism.* Durham: Duke University Press.

Kumar, Krishan, 1995. *From Post-Industrial to Post-Modern Society: New Theories of the Contemporary World.* Oxford: Basil Blackwell.

Ward, Glenn, 1997. *Postmodernism.* London: Hodder Headline Plc..

短　評

本文旨在探究羅門的後現代論述，作者認為羅門為戰後第一代詩人中「最早具有『後現代意識』者」，而後現代詩觀在羅門的詩美學中佔有重要地位，因此撰述本文，檢視羅門後現代論述，並釐清其後現代思想中糾葛與含混的部分。作者精研西方後現代主義，因此乃能具體從羅門的相關論述中根據理論，詳細點描羅門後現代論述對於「後現代」的誤讀狀況：如「後現代」書寫與「解構主義」的理論的區別：如誤用羅蘭．巴特「零度創作」觀念來解釋其書寫之謬誤，都能直指核心，明確點出羅門作為一個詩作者，而非作為一個理論家對於後現代主義、結構主義與解構理論之間的含混誤讀。這是本文可貴之處。

其次，作者也注意到羅門在解讀林燿德、蕭蕭、杜十三詩作時對於後現代書寫的肯定，指出這來自羅門自創的「第三自然螺旋型架構」；但也同樣在「第三自然螺旋型架構」的理論基礎上，羅門對後現代主義的「否定」則立基於典型的「意象說」而視「解構」為其中盲點，就此而言，作者也指出羅門誤讀「解構」一詞，隱喻失義，是相當精闢之見。

作者「結語」認為羅門對後現代主義的有褒有貶，係出於他「想綰合現代主義與後現代主義的意圖」，但這種努力在作者看來，「不無商榷餘地」，因為兩者的「對立思想並不容易調和與化解」，「狐狸根本不會想去咬刺猬」。本文的結語意有所指，實則是在指陳羅門後現代論的誤解和誤讀、誤用，而本質上仍不離現代主義觀點。就整篇論文的結構來看，作者引用理論，印證羅門相關論述，層層鋪演，論述井然，態度中肯，一針見血，洵屬不易。

不過，作者多次提及羅門的核心美學「第三自然螺旋型架構」，在本文中仍缺乏引用羅門個人對此之定義，如果「第三自然螺旋型架構」乃是羅門據以描繪他「後現代」認知地圖的主要根源，則作者若能細述羅門「第三自然螺旋型架構」理論與後現代主義的異同，或許更能清楚展現羅門後現代論與後現代主義的距離。

（林淇瀁，筆名向陽）

橫看成嶺側成峰
——瘂弦詩論

陳金木　彰化師大國文系教授

一、前言

一九八一年四月出版的《瘂弦詩集》對於瘂弦有以下的介紹：「瘂弦，本名王慶麟，河南南陽人，生於民國二十一年（1932），青年時代於大動亂中入伍，隨軍輾轉來臺；政工幹校影劇系畢業後，服務於海軍。瘂弦曾應邀參加愛荷華大學（University of Iowa, Iowa City）國際創作中心，嗣後入威斯康辛大學（University of Wisconsin, Madison），獲碩士學位。曾主編「創世紀」、「詩學」、「幼獅文藝」等雜誌，現任《聯合報》副總編輯兼副刊主編，並主講現代文學於東吳大學。[1]

瘂弦自己卻以〈剖——序詩〉，來介紹自己：

　　有那麼一個人
他真的瘦得跟耶穌一樣。
他渴望有人能狠狠的釘他，
（或將因此而出名）

1　瘂弦《瘂弦詩集》（臺北：洪範書店，1984 年 4 月初版），封面後折頁與封底面折頁，有關「瘂弦」的介紹。

有血濺在他的袍子上，
有荊冠——那怕是用紙糊成——
落在他為市囂狎戲過的
傖俗的額上。

　　但白楊的價格昂貴起來了！
鋼釘鑽進摩天大廈，
人們也差不多完全失去了那種興致，
………

　　有那麼一個人
太陽落後就想這些。[2]

這首詩以耶穌「釘十字架」的故事，宣示瘂弦雖然身處種種不利於詩的創作與發表的環境，但是，他仍然期待能背負「第二支可笑的十字架」，也印證了瘂弦「一日詩人，一世詩人」。喜歡創詩並創作過詩的人，對於詩是永遠不會忘情的。[3]

民國四十二年二月，瘂弦在《現代詩》發表了第一首詩：〈我是一勺靜美的小花朵〉。民國五十四年六月，在《創世紀》發表了最後一首詩：〈復活節〉，在整整十二年四個月中，收錄在《瘂弦詩集》的只有八十八首。[4]

瘂弦有一首散文詩〈詩集的故事〉用「說故事」的形式，採用象徵與預言的手法，訴說著詩人出版詩集的辛酸與堅

2　瘂弦《瘂弦詩集》，〈序詩〉，頁1~2。
3　瘂弦《瘂弦詩集》，〈序〉，頁1。
4　依據《瘂弦詩集》中「題目索引」(一、年代序。二、筆畫序）做統計，收錄瘂弦的「詩」為「八十七首」。但是，〈剖——序詩〉，是瘂弦的「自畫像」，以詩的形式呈現，也應該加進去，因此，本文稱瘂弦的詩有「八十八首」。

持，與〈剖──序詩〉同樣，但巧妙的以「釘十字架」作為出版詩集的紀元。[5]瘂弦接著大力敘寫那個只要科技不要人文藝術的種種陸離光怪，一位少年詩人，自費出版他的詩作，叫賣了三年、甚至連送給朋友、愛人、老師及社會名流，都被退回。最後這位少年死在一棵老菩提樹下。瘂弦在最後一段寫著：「這便是我所說的，五百年後，我們的最後一個詩人，吐出最後一口詩人之血和最後一冊詩集的故事。」[6]值得注意的是瘂弦這首詩作於民國四十五年十二月一日，如果以《瘂弦詩集》所收錄的詩作而論，在此之前，瘂弦的詩只有十二首，[7]未能達到結集出版的數量，但是瘂弦似乎已經預見其間的種種困頓。即使如此，瘂弦的詩集，仍然在將近三年之後，在香港出版。

瘂弦詩集的出版，最早是民國四十八年十一月一日，由香港國際圖書公司，以《苦苓林的一夜》為詩集的名稱，出版發行，運送回臺灣的三百冊詩集，卻在海關擱著半年，領出來時，已經受潮，封面腐壞了，瘂弦自己設計封面，改題《瘂弦詩抄》，分送親朋，未在坊間流傳。瘂弦在愛荷華大學國際創作中心進修時，將十首詩作翻譯成英文，並由同房的詩人高威廉（William C. Golightly）加以修正，民國五十七年五月，

---

5 瘂弦寫道：「當那木匠的兒子，那曾經被釘死在十字架上的猶太人，降生後的兩千四百五十六年，也就是距離今天太陽出昇的時刻五百年後，有一個少年，出版了他的一冊抒情詩集。」〈詩集的故事〉見瘂弦《瘂弦詩集》，頁303。

6 同前註，頁307。

7 依據《瘂弦詩集》中「題目索引」「一、年代序」，收錄瘂弦在民國四十六年以前的詩有：民國四十二年有一首：〈我是一勺靜美的小花朵〉。民國四十四年的詩有五首：〈藍色的井〉、〈地層吟〉、〈工廠之歌〉、〈瓶〉、〈鼎〉。民國四十五年的詩有六首：〈小城之暮〉、〈婦人〉、〈傘〉、〈劇場〉、〈散會〉、〈詩集的故事〉、〈葬曲〉。

在愛荷華大學出版。[8] 民國五十七年十月，眾人出版社增補一些後來的作品，以《深淵》為名重印出版。民國六十年四月，晨鐘出版社重新增訂《深淵》，並加上瘂弦的〈詩人手札〉，彙為一集。民國六十六年十月，黎明文化圖書公司出版《瘂弦自選集》，收入瘂弦「二十五歲前作品集」十八首。民國七十年四月，洪範書店出版瘂弦自己重編校訂的《瘂弦詩集》，除增添黎明版的「二十五歲前作品集」之外，還收錄愛荷華大學出版的英文譯詩十首。

二、記憶的中國：紅玉米、鹽、土地祠

以「中國」作為題材的敘寫，有實際生命經歷的呈現：如朱自清的〈槳聲燈影裏的秦淮河〉、〈荷塘月色〉、〈白馬湖〉、〈重慶一瞥〉、〈重慶行記〉、〈揚州的夏日〉、〈溫州的蹤跡〉等等。[9] 又如余秋雨的《文化苦旅》，是以「背負著生命的困惑，去尋找一個個文化遺跡和文化現場，然後把自己的驚訝和感動告訴讀者」。[10] 也有自生活經歷記憶種種的反芻與懷念的敘寫，如《城南舊事》的場景，就是作者林海音女士幼年成長、渡過花樣年華、結婚生子，直到將近三十歲才離開的地方。也就是一個小女孩「看到她溫暖的小世界後面，一個錯

---

8 瘂弦英譯的詩，依序為「出發、戰時、下午、上校、婦人、在中國街上、那不勒斯、巴黎、深淵」。

9 山東畫報出版社出版《現當代名家遊記散文攝影珍藏版叢書》，其中有朱自清著，戴煒、王仁定、章漢亭攝影的《槳聲燈影裏的秦淮河》（濟南：山東畫報出版社，2002 年 9 月），收錄以朱自清的散文，加上精美的攝影圖片，圖文並茂的呈現出「身歷其境的歷史感悟」。

10 余秋雨〈山居筆記序〉收錄於余秋雨《余秋雨簡要讀本》（上海：文匯出版社，2003 年 1 月），頁 421～422。

綜複雜的悲慘大世界」。[11]

根據〈瘂弦年表〉的記載，民國二十一年農曆八月二十九日，瘂弦生於河南省南陽縣的東莊，後入楊莊營小學、南陽南都中學、國立豫衡聯合中學，三十八年在湖南零陵從軍，隨軍到廣州，搭乘惠民輪來臺。[12]以瘂弦的年歲來推斷，他對「中國」的實際記憶，只限於「十七歲之前」。再以瘂弦民國四十二年（二十一歲）十月加入「中華文藝函授學校」為會員的經歷，以及瘂弦詩作的創作時間（民國四十二年到五十四年）來觀察，瘂弦（二十一歲至三十三歲）在《瘂弦詩集》〈卷之二：戰時〉所收的八首詩作：〈土地祠〉、〈山神〉、〈戰神〉、〈乞丐〉、〈京城〉、〈紅玉米〉、〈鹽〉、〈戰時——一九四二年・洛陽〉等，所描繪的中國，應該屬於「記憶的中國」。[13]我們認為瘂弦十七歲以前「中國經歷」的記憶，是他實際創作時的「母材」，但是，瘂弦所捕捉的可能是「殘存的片段記憶」，它會因心裏與情感的因素，被扭曲、重組、擴大或縮小，再加上語言文字與修辭象徵的要求，使得瘂弦「記憶的中國」，變成「在記憶離散的文化空間裏歌唱」。[14]

11　郁鳳〈生命的尋根之旅〉，收入於夏祖麗《從城南走來——林海音傳》（北京：生活・讀書・新知三聯書店，2003年1月），頁5。

12　張力、王開平、楊蔚齡編〈瘂弦年表〉收錄於蕭蕭《詩儒的創造：瘂弦詩作評論集》（臺北：文史哲出版社，1994年9月），頁466。

13　陳義芝稱之為「北方家園」，並稱：「關於中國北方大陸，瘂弦保留了十分深刻的記憶，所有人事物，他都同情了解、充分感受，並以之經緯他心目中傳統中國人的土地情懷、生命祈願；〈乞丐〉等三首從不同角度呈現二十四紀初葉中國基層社會風貌，具有很深的歷史感喟，足以見出『瘂弦風』裏民謠寫實的一面。」見陳義芝〈瘂弦的三組詩——為「古今文選」賞析所寫〉，收錄於蕭蕭《詩儒的創造：瘂弦詩作評論集》，頁214。

14　此句乃借用葉維廉〈在記憶離散的文化空間裏歌唱——論瘂弦記憶塑像的藝術〉，收入於蕭蕭《詩儒的創造：瘂弦詩作評論集》，頁331。

三、閱讀的世界：印度、巴黎、芝加哥

中國近現代文學家對於中國以外的世界，曾以各種文學體裁來敘寫，如徐志摩留學與遊歷歐洲，用散文寫下：〈我所知道的康橋〉、〈翡冷翠山居閒話〉、〈義大利的天時小引〉、〈巴黎的鱗爪〉、〈印度洋上的秋思〉、〈莫斯科〉等等。[15]余秋雨更是以團隊支援的力量，讓余秋雨在《千年一嘆》一書中記錄他親身越野數萬里，考察人類各大文明遺跡經歷的「一本日記」；也得以遊歷南歐、中歐、西歐、北歐，在《行者無疆》這本書，以八十篇的散文，記錄對歐洲聞名的感嘆。[16]

《瘂弦詩集》「卷之四：斷柱集」收錄十三首詩：〈在中國街上〉、〈巴比倫〉、〈阿拉伯〉、〈耶路撒冷〉、〈希臘〉、〈羅馬〉、〈巴黎〉、〈倫敦〉、〈芝加哥〉、〈那不勒斯〉、〈佛羅稜斯〉、〈西班牙〉、〈印度〉。這是余光中所稱的：「異域精神」──瘂弦對於異國有一種真誠的神往，導致詩作能攫取該地的精神。[17]陳義芝也稱這些詩作是「瘂弦對世界各地歷史文化的心靈省察；是文學的測繪，不是地理的寫真」。並以瘂弦〈詩人手札〉[18]為證，認為正可以看出〈斷柱集〉是「瘂弦詩想悠遊於西方而回歸東方、大開大闔的一段歷程之結

---

15 山東畫報出版社出版《現當代名家遊記散文攝影珍藏版叢書》，其中有徐志摩著，章漢亭、江融、楊衛東攝影的《我所知道的康橋》（濟南：山東畫報出版社，2002年9月），收錄以徐志摩的散文，加上精美的攝影圖片，圖文並茂的呈現出「身歷其境的歷史感悟」。

16 詳細參見余秋雨《千年一嘆》、《行者無疆》這兩本書。

17 余光中〈詩話瘂弦〉收錄於蕭蕭《詩儒的創造：瘂弦詩作評論集》，頁11。原出處為余光中《左手的謬思》（臺北：文星書店，1963年）。

果」。[19] 其實，這些詩在創作時，瘂弦承認「寫詩時我沒有去過，不過一九六七年經歐返國時，差不多都去過了。我這些詩，一方面是以心中對當地的嚮往和想像來寫的，一方面只是一種假借，不是地理志、紀行詩、題目的地名不是最重要的」。瘂弦並舉例說：「有一年，黃用到芝加哥來信說，他找不到我詩中所寫的『第七號街』。事實上根本沒有這條街，這是我杜撰的。」[20]

因此，相較於徐志摩、余秋雨的實際經歷而言，瘂弦對於世界的敘寫，是可以用「閱讀的世界」來稱呼的，來自於「二十七八歲的瘂弦，在當時是多麼勤奮的在吸取西方各國的文學養分，從美國起，到英、法、德、俄，二十世紀大部的重要作家的名字幾乎都在該手札（指詩人手札）出現過，然，值得注意的是『手札』中瘂弦所持的批判態度」。[21]

---

18 瘂弦〈現代詩短札〉，收錄於瘂弦《中國現代詩研究》（臺北：洪範書店，1981年1月），稱：「我們雄厚的文化遺產值得向全世界自豪，但不可否認的，我們也在這龐大的累積中發現某些阻止前進的因素。我們的關鍵是：在歷史的縱方向線上，首先要擺脫本位積習的禁錮，並從舊有的『城府』中大膽地走出，承認事實並接受它的挑戰；而在國際的橫斷面上，我們希望有更多現代文學藝術的進香人，走向西方而回歸東方。」（頁64）

19 陳義芝〈瘂弦的三組詩——為「古今文選」賞析所寫〉，收錄於蕭蕭《詩儒的創造：瘂弦詩作評論集》，頁214。

20 此段話是瘂弦在接受《台大青年》編輯訪問時所說，提的問題是：「在您的詩裏曾寫過一些地方如巴黎、倫敦、耶路撒冷，這些地方您是否曾經到過？」見〈有那麼一個人〉，原刊載於《台大青年》第4期（1971年12月）後收錄於瘂弦《瘂弦自選集》（臺北：黎明文化圖書公司，1977年10月），頁255。

21 羅青〈理論與態度〉，收入於瘂弦《瘂弦自選集》，頁237。

四、戲劇的人物：坤伶、上校、C教授

瘂弦在民國四十三年九月，畢業於政工幹校影劇系第二期。民國五十三年也曾在話劇「國父傳」中飾演國父孫中山先生。這樣的學養背景，也展現在他的詩作當中，余光中稱「瘂弦的抒情詩幾乎都是戲劇性的」[22]，這似乎是研究瘂弦詩作學者們的共識。[23]黃維樑曾翻檢瘂弦詩集《深淵》，發現民國四十九年八月二十六日一天當中，瘂弦同時完成六首詩：〈C教授〉、〈水手〉、〈上校〉、〈修女〉、〈坤伶〉、〈故某省長〉。這些詩都收錄在詩集「卷之五：側面」[24]，都是「人物素描」。[25]討論最多的是「上校」和「坤伶」兩首。[26]

儘管瘂弦已經成功的將抒情詩的主體情緒之宣洩與戲劇的客體託物敘述合而為一，迫使說話者的觀點凝聚於一外在實體，而非內心的情緒，使得主題和韻律、意象與境界全出。[27]

22 余光中〈詩話瘂弦〉，收錄於蕭蕭《詩儒的創造：瘂弦詩作評論集》，頁9。

23 葛乃福〈瘂弦印象〉也同意余光中先生的看法。又如西西〈片段瘂弦詩〉也想將瘂弦〈遠洋感覺〉中的四行詩「時間/鐘擺。鞦韆/木馬。搖籃/時間」拍成一部實驗電影。二氏文皆見蕭蕭《詩儒的創造：瘂弦詩作評論集》，頁44、頁23。

24 瘂弦《瘂弦詩集》「卷之五：側面」共收錄十首詩，民國四十九年八月二十六日所做六首之外，還有〈馬戲的小丑〉、〈棄婦〉、〈瘋婦〉、〈赫魯雪夫〉，這些詩作都作於民國四十七、四十八年，也就是完成於前六首詩作之前。

25 黃維樑〈瘂弦的「上校」〉，收錄於黃維樑《怎樣讀新詩》（臺北：五四書店，1989年4月），頁178。

26 如收入於蕭蕭《詩儒的創造：瘂弦詩作評論集》即有：黃維樑〈瘂弦的「上校」〉、姚一葦〈論瘂弦的〈坤伶〉〉、張漢良〈導讀瘂弦的〈坤伶〉和〈一般之歌〉〉、鍾玲〈瘂弦筆下的三個人物：坤伶、上校、二嬤嬤〉，見頁81～122。

更有論者持〈坤伶〉與羅賓遜（Edwin Arlington Robinson）的〈李察・柯里〉[28]作比較，認為瘂弦所用的語言是「生動的、新穎的、自創的，可以擺脫舊有的約束」，〈坤伶〉「完全構築在我們認知的範圍之內，是我們經驗的世界中的表現，沒有布魯克斯所謂的『弔詭的情境』，沒有轉變，亦沒有意外感，自亦不具深厚的嘲弄的意義或人生哲學，使它仍然只止於單純的抒情詩的範疇」。[29]因此，瘂弦的詩仍然是詩，人物仍然是詩的人物，並沒有變成戲劇，也沒有在戲劇中出場。

---

27 詳見張漢良〈導讀瘂弦的〈坤伶〉和〈一般之歌〉〉，收錄於蕭蕭《詩儒的創造：瘂弦詩作評論集》，頁 102～103。

28 原詩中譯：

每次當李察・柯里進城時，
　　我們在人行道上向他張望；
他從頭到腳都是位紳士，
　　儀容整潔，氣派至尊何頎長。

他經常一身素淨的服飾，
　　他談話時總體貼人情；
可是他仍然令人心跳當他說，
　　「早安」，他走起路來亮晶晶。

……

就這樣我們繼續工作，等待天明，
　　食而無肉，詛咒麵包；
而李察・柯里，一個靜穆的夏夜，
　　回家去射一顆子彈貫穿他頭腦。

詳見姚一葦〈論瘂弦的〈坤伶〉——兼及現代詩與傳統詩間的一個問題〉收錄於姚一葦《欣賞與批評》（臺北：聯經出版事業公司，1989 年 7 月），頁 167～170。

29 姚一葦〈論瘂弦的〈坤伶〉——兼及現代詩與傳統詩間的一個問題〉，收錄於姚一葦《欣賞與批評》，頁 163～181。

五、生存的必要：深淵、如歌的行板、一般之歌

以臺灣文學界而言，當代西方文學思潮是一波波的湧進來，早期的存在主義、超現實主義、精神分析學等等，之後的後現代主義、女性主義和後殖民主義等等，衝擊碰撞著創作者的心靈，在汲取、回應、消化、建構之後，更努力的想走出自己的道路來。[30] 李歐梵曾回憶就讀大學時，開始接觸存在主義大師卡謬、沙特，開始覺得失落，也開啟了自己對於「存在、虛無和人生意義的探討」；在就讀哈佛大學時，與林毓生談論「杜斯妥也斯基」[31]，後來一直念杜氏的《卡拉馬助夫兄弟們》，「每天唸，唸完之後，整個人生觀改變了」。[32]

瘂弦自稱早期的詩是「民謠風格的現代變奏，且有超現實主義的色彩」，在題材上，「愛表現小人物的悲苦，和自我的嘲弄，以及使用一些戲劇的觀點和短篇小說的技巧」。[33] 但是，到了民國四十八年五月創作〈深淵〉，民國五十三年四月創作〈如歌的行板〉，民國五十四年四月創作的〈一般之歌〉，

---

30 可參見周慶華〈當代西方文學思潮在臺灣〉，收錄於周慶華《文學圖繪》（臺北：東大圖書公司，1996年3月），頁71~92。

31 「杜斯妥也斯基」也就是瘂弦〈鹽〉詩作中：「二嬤嬤壓根兒也沒見過退斯妥也夫斯基」、「退斯妥也夫斯基壓根兒也沒見過二嬤嬤」的「退斯妥也夫斯基」。

32 李歐梵口述，陳建華訪錄《徘徊在現代和後現代之間》（臺北：正中書局，1996年2月），頁47、頁63~64。

33 此段話是瘂弦在接受《台大青年》編輯訪問時所說，提的問題是：「『深淵』一書的編排方式，是不是一風格的不同編排的？」見〈有那麼一個人〉，原刊載於《台大青年》第4期，後收錄於瘂弦《瘂弦自選集》，頁251。

前後將近六年的思索，其主題不再是生活的種種、生命的經歷，而是大哉問的「生存的必要」，〈深淵〉的命題是「我要生存，除此無他：同時我發現了他的不快」(沙特)，也就是說人類要求生存，但是生存卻如深不見底的「深淵」，每個人陷溺其中而無可救拔。〈如歌的行板〉收斂了〈深淵〉的「暴戾」，以一連串矛盾衝突又混亂割裂的「必要」，彰顯人類存在的「無奈與無與避之」。〈一般之歌〉則以平淡平緩的語調，平凡意象的鋪敘，道盡生存即使是死亡，仍然是無味無奈與厭惡。[34]

瘂弦這樣的看法，到了民國七十年校《瘂弦詩集》時，寫下：「今年（指民國七十年）春節，在漫天爆響的鞭炮聲中閉門自校這一本舊作，不禁感慨系之：活了這麼久，好像只得到如是的結論：『人原來是這麼老掉的！』又彷彿看戲，覺得才剛剛敲鑼，卻已經上演了一大半。人生朝露，藝術千秋，世界上唯一能對抗時間的，對我來說，大概只有詩了。」[35] 瘂弦似乎找到「生存之必要」，但是，到目前為止，詩的創作卻沒有在他身上再次的出現過！最起碼，沒有公開的出現過！

六、詩唯有自己解釋

根據〈瘂弦年表〉記載，瘂弦自民國三十八年八月在湖南零陵從軍，到民國六十年十一月奉准退伍，軍旅生活長達二十二年。[36] 瘂弦多次獲得軍中舉辦的各種文藝獎項：民國四十

34　這樣的分析得自何寄澎對瘂弦詩作的分析，見林明德等編著《中國新詩賞析》(臺北：長安出版社，1981 年 4 月)，第 3 冊，頁 23~41。

35　瘂弦《瘂弦詩集》，〈序〉，頁 1~2。

36　張力、王開平、楊蔚齡編〈瘂弦年表〉，收錄於蕭蕭《詩儒的創造：瘂弦詩作評論集》，頁 466~471。

四年「參加軍中文藝獎，獲得詩歌組優勝」，得獎作品「火把，火把呦」。民國四十五年五月，以「冬天的憤怒」，獲得中華文藝獎「長詩組第二獎」。民國四十六年五月，以三千行長詩「血花曲」，獲國防部文藝創作獎金徵文第一獎。參賽與得獎都集中在民國四十五、四十六年這兩年之間，這些作品雖然得了獎，卻一首也沒有被收入瘂弦的任何時期出版的詩集中，這也超脫出瘂弦自己所稱的：「對於這些作品不再有欣喜之情，總是不滿意，總是想修改，只是每一首每一句都改，思之在三，終於放棄了修正的企圖。畢竟『少作』代表一種過去的痕跡，稚嫩青澀是自然而理直氣壯的；以中年的心情去度量青年時代的作品，不但不必要，怕也失去個人紀念的意義。」[37] 瘂弦沒有修改收錄於詩集的舊作，但是卻在收集出版詩作的各個階段，因為那些作品承擔了「詩以外的任務」，儘管文字再精鍊、意象再豐富，象徵再深邃，都是沒有靈魂的作品，與瘂弦批判「左翼文學聯盟」時所主張的「一個詩人把生命中最好的時光浪費在政治抒情上，甘願將已經戴在自己頭上的桂冠拆得一葉無存，而降格成為一個『社會主義』的喇叭手，你說，還有什麼比這更令人惋惜的？……詩，究竟不是一面戰旗」。[38] 因此，就直接將這些得獎的作品刪除，一篇都不留。相反的，瘂弦卻保留了民國四十六年六月獲得當年詩人節新詩獎的〈印度〉，與民國四十七年獲頒「藍星詩獎」的〈巴黎〉。此其一。

民國七十年，瘂弦在因為「種種緣由」封筆十五年之後，重新面對自己的詩作，自稱「面對過去，尤其是那樣一個再也

37　瘂弦《瘂弦詩集》，〈序〉，頁4。
38　瘂弦〈現代詩短札〉，收錄於瘂弦《中國現代詩研究》，頁51。

無法回復的、充滿詩情的過去，是一種傷痛」。[39]雖然仍存在著「而在未來的日子裏，在可預見的鎮日為稻粱謀的匆匆裏，我是不是還能重提詩筆，繼續追尋青年時代的夢想，繼續呼應內心深處的一種召喚，並嘗試在時間的河流裏逆泳而上呢？我不敢肯定。雖然熄了火的火山，總會盼望自己是一座睡火山而不是死火山」。[40]雖然如此，瘂弦終究沒有重拾詩筆，繼續創作，反而走向新詩文獻學的工作（整理三〇年代新詩史料、編輯新詩年表、擔任新詩刊物與報紙副刊的編輯工作），更在大學講堂、新詩評審中扮演薪傳的工作。這種角色的轉換，是否就如瘂弦自己所說的「就在努力嘗試體認生命的本質之餘，我自甘於另一種形式的、心靈的淡泊，承認並安於生活即是詩的真理」[41]，還是瘂弦自己另一段話所揭示的「詩人應該向飛鳥不斷的向前，而不去佔有過去的空間，但飛鳥仍然是他自己」[42]，何者為是？抑或兩者皆是？此其二。

瘂弦認為：「從嚴格的意義來說，詩唯有自己解釋，否則它就不能解釋，一切圍著那首詩自轉的喧呶之聲（批評）都是無謂的，偏差或『愚昧』程度的不同而已。」[43]王夢鷗也同意這個看法，稱：「欣賞者的創造，只是靠那文字符號所觸發的心頭滋味，此外，他應無從置喙；亦即是說：他應是莫讚一

39　瘂弦《瘂弦詩集》，〈序〉，頁4。

40　同上註，〈序〉，頁2。

41　同上註，〈序〉，頁6。

42　此段話是瘂弦在接受《台大青年》編輯訪問時所説，提的問題是：「在詩的風格上，有些人一直追求新變化，而有些人找到一個風格後就一以貫之，您認為「變」對一個詩人來說，是不是重要？」見〈有那麼一個人〉，原刊載於《台大青年》第4期，後收錄於瘂弦《瘂弦自選集》，頁255~256。

43　瘂弦〈現代詩短札〉，收錄於瘂弦《中國現代詩研究》，頁55。

辭。」[44]儘管如此，文壇上仍然出現兩種聲音，一是「無盡讚賞」：「瘂弦以詩之開創和拓植知名，民謠寫實與心靈探索的風格體會，二十年來蔚為現代詩大家，從之者既眾，影響最為深遠。……現代詩之顛峰谷壑，陰陽昏曉，其秀美典雅，盡在於斯。」[45]二是「白璧微瑕」：何寄澎評論瘂弦〈乞丐〉這首詩的寫作筆法上，認為第三到五段「比較雕琢」，第五段「誰在金幣上鑄上他自己的側面像」與「誰把朝笏抛在塵埃上」等句，「徒然增加一紙的含混」，認為是「失敗的句子」。[46]何氏在評論瘂弦〈紅玉米〉時，認為第六段中「我底南方初生的女兒也不懂得／凡爾哈崙也不懂得」這兩句，為「白璧微瑕」，「前句已露鑿痕，後句尤顯造作」，並且認為這首詩如果沒有這兩句，「將更渾然天成，風格韻味也將更為純粹」[47]。此其三。

〔編者按：作者本著「詩唯有自己解釋」的立場，原作引錄瘂弦的詩作十二首於後，但因為著作權法的規定，不能「無償」抄錄，在編輯出版時刪去，請讀者自行就文本閱讀，並祈見諒。本篇論文主要探討瘂弦的十二首詩：〈紅玉米〉（作於民國四十六年十二月十九日）、〈鹽〉（作於民國四十七年一月十四日）、〈土地祠〉（作於民國四十六年一月四日）、〈印度〉（作於民國四十六年一月三十日）、〈巴黎〉（作於民國四十七年七月三十日）、〈芝加哥〉（作於民國四十七年十二月十六日）、〈坤伶〉（作於民國四十九年八月二十六日）、〈上校〉（作於民國四十九年八月二十六日）、〈C教授〉（作於民國四十九年八月二十六日）、〈深淵〉（作於民國四十八年五月）、〈如歌的行版〉（作於民國五十三年四月）、〈一般之歌〉（作

44 王夢鷗〈寫在瘂弦詩稿後面〉收錄在瘂弦《瘂弦詩集》，頁310。
45 瘂弦《瘂弦詩集》，封底折頁。
46 林明德等編著《中國新詩賞析》，第3冊，頁9~10。
47 同上註。

於民國五十四年四月），全部收錄在瘂弦《瘂弦詩集》（臺北，洪範書局，一九八一年四月初版）中。〕

短　評

這是一篇簡短的文章。全文分為七節，第一節「楔子」，引用《瘂弦詩集》的作者介紹，及瘂弦的〈剖〉詩，介紹瘂弦及瘂弦詩集出版的經過，屬於資料的引述，且止於1981年而已，一般論文應該繼續探究，提出超越書籍簡介的評述。第二節至第五節，將瘂弦的詩分為四種類型加以敘說，屬於印象式的批評。第六節節名：「詩唯有自己解釋」，為此文少做評論做註腳。第七節則是將前六節所提到的詩篇，全文引錄，為閱讀文章的人省卻不少查閱時間，此節佔全文一半篇幅以上，用心良苦，為一般學術論文所未見。

本篇文章重點所在，放在第二節至第五節，將瘂弦詩作分為以下四類，其後列舉詩篇之名：

記憶的中國：〈紅玉米〉、〈鹽〉、〈土地祠〉
閱讀的世界：〈印度〉、〈巴黎〉、〈芝加哥〉
戲劇的人物：〈坤伶〉、〈上校〉、〈C教授〉
生存的必要：〈深淵〉、〈如歌的行板〉、〈一般之歌〉

這四類歸納，頗能掌握瘂弦詩作的特色，所舉詩例，亦甚妥切。遺憾的是未做任何繫聯，未做任何論斷，甚至於沒有作者自己的看法，僅臚列各家說辭而已。瘂弦詩作是否僅有這四種類型？由本文中無從得知。題目叫做「橫看成嶺側成峰」，應該是指同一首詩有許多不同的看法，但未見提舉此種詩例。因此，這篇講評也只能點到為止。

（蕭水順，筆名蕭蕭）

洛夫詩中的文本互涉

蔡振念　中山大學中文系教授

摘　要

洛夫是中國當代最重要的詩人之一，寫作時間超過五十年，作品量多質佳，風格迭經變化，早期醉心於西方超現實主義，作品稍嫌晦澀，七十年代以後回歸中國古典，自唐詩中取材，融合中西詩歌之長於一爐。

本文嘗試以法國學者克里斯特瓦（Julia Kristeva）所謂文本互涉理論來分析洛夫詩中對古今文本的挪用，並依洛夫詩與其他文本互涉的程度將之分為四類。分析發現，洛夫詩引用其他文本，或者在強化詩題詩旨，或者在強調對詩題人物的了解、認同，或者意在援古證今，或者僅是行文偶合。

結論指出，從洛夫的回歸傳統，應可以看出中國現代詩發展的方向，也就是要匯通中西詩學的審美觀，使新詩既是現代的，也是中國的。

關鍵詞：文本互涉、典故、唐詩、循環闡釋

一、前言

洛夫（本名莫洛夫，1928～）寫作時間已超過五十年，共出版了詩集二十七部（含選集），散文集五部，詩論集五部，譯著八部；早年與張默、瘂弦在左營創辦《創世紀》詩刊，推展詩運，是當代最重要的詩人之一。一九九六年，洛夫移民加拿大，寓居溫哥華，是他所謂的二度流放，身世漂泊之感，使他在七十有餘之年，完成三千行長詩《飄木》，創作之勁，可謂老而彌堅。在五十餘年的寫作過程中，洛夫詩風迭經變化，早年醉心西方詩學，一心實驗超現實風格，長篇組詩〈石室之死亡〉曾引起廣泛的討論。七十年代以後，洛夫逐漸向傳統回歸，自古典文學中吸取養分，自歷史中拓展題材[1]，形成了評論家所謂的中西詩歌美學的結合。[2]對於詩風的轉變，洛夫是極度自覺的，在《詩魔之歌》的導言中，他說：

> 我一向認為，一個詩人畢其一生不可能只寫一種風格的詩而不變，他如要追求自我突破，就必須不斷占領，又不斷放棄。事實上，詩人常因時代思潮的演進，社會結構的改變而導致價值的多元化，歲月遞嬗所引起的內心變化，以及個人生活型態的轉變，而產生不同的美學信念，不同的感受強度和思考深度。同時一個有所追求而

1　參見李瑞騰：〈試探洛夫詩中的古典詩〉，收入蕭蕭（蕭順水）編：《詩魔的蛻變》（臺北：詩之華出版社，1991 年），頁 195~218；費勇：《洛夫與中國現代詩》（臺北：東大圖書公司，1994 年），第五章〈洛夫詩歌與歷史題材〉，頁 175~214。

2　見李元洛：〈中西詩美的聯姻〉，收入《詩魔的蛻變》，頁 143~166。

重視創造價值的詩人，更會為了配合他不斷修正的審美觀念而調整他的語言和表達策略。[3]

評論家也大都肯定洛夫在轉變風格上的努力[4]，應合了洛夫對自己詩藝的自覺，在同文中，洛夫又說：

數十年來我從事現代詩的探索歷程，也正是我在成長中持續演變的創作過程。……每一階段都是一個新的出發，一種新的挑戰。藝術的追求本無止境，我早就發現，我一生追求的不是詩的什麼目的，而只是一個複雜多變的過程。[5]

在詩歌藝術上，洛夫的長詩「氣勢磅礡，繁複深奧」，小詩則「晶瑩圓轉，富於禪趣」。[6]對於「象徵、暗示、反諷、俚俗、荒誕、妙語、超現實主義、現實主義、現代主義、後現代、拼貼、解構、報導、寓言、鑲嵌、俳句、疊句……等等技巧，無不運用純熟，恰到好處」。[7]多變的風格，成熟的詩藝，使詩評家視洛夫為詩魔，「在詩的國度裏呼風喚雨，撒豆

---

3 見《詩魔之歌——洛夫詩作分類選》（廣州：花城出版社，1990年），導言。

4 見蕭蕭：〈洛夫——不變的巨石〉，《現代詩縱橫觀》（臺北：文史哲出版社，1991年），頁129-140；龍彼得：《一代詩魔洛夫》中〈洛夫的詩風蛻變〉一節。（臺北：小報文化公司，1998年），頁59~190。

5 《一代詩魔洛夫》，頁67。

6 丁旭輝評語，引見丁著《左岸詩話》（臺北：爾雅出版社，2002年），頁151。

7 落蒂：〈爆裂的石榴——從《世紀詩選》看洛夫的藝術成就〉，收入《兩顆詩樹》（臺北：爾雅出版社，2001年），引文見頁13。

成兵，運文遣字，赫赫有聲」。[8]一九八六年，洛夫獲吳三連文藝獎，獲獎評語可謂總結了洛夫在詩歌上的成就，十分得當：

> 洛夫先生的詩風，早期銳意求新，意象鮮明大膽，發展騰跳猛捷，主題不在靜態中展現，而在劇動中完成，如同詩人中的動力學家、重量級拳手。
>
> 當時的洛夫先生，以前衛中堅份子自許，並運用超現實主義技巧，為現代詩開拓一片新的領域。
>
> 自《魔歌》詩集以後風格漸漸轉變，由繁複趨向簡潔，由激動趨向靜觀，由晦澀趨向明朗，師承古典，而落實生活之企圖顯然可見，成熟之藝術已臻虛實相生、動靜皆宜之境。
>
> 洛夫先生的詩直探萬物本質，窮究生命的意義，對中國文字也錘鍊有功。[9]

對於這樣一位重量級的詩人，前人評論已夥，本文嘗試從一個新的觀點的觀點來探討洛夫的詩藝，也就是借用西方「文本互涉」（intertextuality）的觀念來看洛夫詩對古今文本（text）的挪用、質借、語涉（allusion，約同於中文的典故），進而試論文本互涉的手法在詩歌審美上造成怎樣的效果。

所謂文本互涉（或譯互文性、文本交織、文本間性）是指

---

8 見蕭蕭《詩痴的刻痕》（臺北：文史哲出版社，1994年），編者導言，頁1；有關洛夫詩歌的創作技巧，另可參見蕭蕭：〈細論洛夫的一首詩「無岸之河」〉，收入其《現代詩學》（臺北：東大圖書公司，1987年），頁351~408。

9 蕭蕭：《現代詩縱橫論》，頁129。

構成文章的每個語言符號都與文本之外的其他符號相關，或者一特定文本為其他文本的記憶、迴響所滲透，首先由法國學者克里斯特娃（Julia Kristeva）所提出，據克氏所言，文本互涉使任何一部作品文本都與時空中存在的其他作品發生各種關聯。由此出發，後結構主義者因此認為不存在具有獨創性的新文本，新文本總是透過或隱或顯的方式模仿別的文本，新文本的新只是對語言符號的重新分配和選擇，這新文本在與其他文本的互涉關係中顯出某種差異，從而具有某種特性。因此，後結構主義打通了文本間的隔離與界線，強調我們對一部作品的解讀脫離不了我們對其他作品的解讀和了解。[10]

初步閱讀洛夫的詩，我們發現，洛夫詩中有極多對其他文本的引用或延伸，造成多樣的文本互涉現象，這些文本或出自西方文化傳統，或出自中國古典文學，或出於對古人的指涉，或出於對今文的質借，大較而言，洛夫早期詩歌傾心西化，和西化文本互涉較多，七十年代以後回歸傳統，多向中國古典詩人學習，李瑞騰曾指出：

> 七〇年代以前，洛夫的詩和中國古典詩幾乎是絕緣的，換句話說，在《靈河》（一九五七）、《石室之死亡》（一九六五）、《外外集》（一九六七）、《無岸之河》（一九七〇）四本詩集中，縱使他曾說過要「建立新民族詩塑」，可能自覺是「新」，而且認同於「現代派」，而現代派的信條又標舉出「我們認為新詩乃是橫的移

10　參見 Julia Kristeva, Desire in Language：A Semiotic Approach to Literature and Art, Leon Roudiez, ed. (Oxford: Blackwell, 1971)，p.36；Roland Barthes "Theory of the Text", in young Robert, ed, Untying the Text: A post-structurist Reader(London ： Routledge,1981),p.39。

> 植，而非縱的繼承」，所以此階段的洛夫作品，可以說毫無古典色彩和精神可言。[11]
>
> 進入七十年代洛夫已自覺到要走一條新的路，這內外兼顧的詩路，主客合一的詩境，對洛夫來說，當然是一個很大的突破，不過，我認為他更大的突破應該是古典詩質之發現。[12]

但不管是向西方或中國傳統借鑑，向古人或今文指涉，洛夫詩中文本互涉的現象可概別為四類：一是逕引其他文本為詩題或詩首題辭，其作用率皆在借其他文本強化題旨，或借之和洛夫自己詩的內容互相印證，互相發明，達到循環詮釋的效果；二是因切題而引用其他文本，洛夫詩有許多寫其他詩人的史事、時事，因寫詩人而引用其作品，或因寫史事、時事而引用相關文本，其作用在借文本互涉造成古今中外時空錯縱的一種特殊情境，凸顯詩人對題下人、事的認知、感情和闡釋；三是雖非切合當下詩題，但因內容相關而引用其他文本，這一類詩作其文本互涉程度雖不若第二類緊密，但也足以引發讀詩、解詩時的聯想，有助詩作多義性的產生及閱讀時聯想的愉悅；四是行文偶合，非有意的安排，而是因前後文理自然的要求，當下文本和其他文本並無題旨上的關聯，只有文字意義上的吻合，此類文本互涉程度最淺，但也有修辭上指涉效用。

在以上四類中，對西方文本的引用數量中明顯比對中國的文本少得多，不具有特殊性與典型性，誠如論者所言：「洛夫畢竟是受中國文化特別是中國古典文學薰陶長大的」，勢必要

---

11 《詩魔的蛻變》，頁196。

12 同前註，頁196~197。

以回歸傳統來糾正現代主義的偏頗[13]，因此文本專論洛夫詩和中文文本互涉的現象，尤其強調洛夫詩對中國古典文學的轉化這其實也是筆者對中國現代表現關心的一種方式。有鑑於中國現代詩早期過度的西化，近年則年輕詩人每對中國文字特質、傳統詩學缺乏認識，作品誠然現代，卻非中國，而我們對前行代詩人如洛夫對古典文學的學習、轉化，應可看出新詩發展應有的方向。洛夫早在一九六九年就曾指出：

> 我們確曾有過輝煌的詩的傳統，我們也常以這個傳統自負自豪，而且在傳統的回顧中獲得信心和力量，但做為一個現代詩人，……只有傳統創造者才有資格稱為傳統發揚者。[14]

其後，在《月光房子》詩集自序又言：

> 中國本以小詩為傳統，尤其唐詩，少則二十個字，多則三五百字這麼小規模的篇幅，竟然包容那麼豐富而廣闊的世界，且在中國詩史上領了數千年的風騷，但現代小詩能承傳唐人的律絕精神者幾稀。[15]

印證洛夫七十年代以降詩作向古典文學的傾斜，洛夫詩和中文文本互涉的意義不管就其個人而言或中國現代詩的發展而言都是重大的。以下試分述洛夫詩四類文本互涉的現象及其意

13　龍彼得《一代詩魔洛夫》，頁67~68。

14　洛夫：〈詩辯〉，收入《洛夫詩論選集》（臺北：開源出版事業公司，1997年），頁28。

15　洛夫：《月光房子》（臺北：九歌出版社，1990年），頁6~7。

義。

二、洛夫詩的文本互涉

（一）逕引其他文本為詩題或詩首題辭

如前所言，洛夫以其他文本入題或作為詩首題辭，旨在借其他文本強調詩旨，以達到互相互證、發明、循環闡釋的效果。所謂循環闡釋，在解釋學上本指為要了解某一部分，勢必要了解整體，但為了解整體，又要對每一個部分作解釋，了解因之進入一種循環之中，後來也用以指了解某一文本，則必須對相關的文本作了解，而對此一文本的了解，也影響了我們對其他相關文本的解釋。洛夫引其他文本入題，無疑也有這種讀詩時循環闡釋的效用。

在長詩《漂木》之中，每一章之前詩人皆引相關文本來達到互相發明、強化題旨之功。洛夫在〈關於漂木〉一文中曾說《漂木》一詩從個人出發，「只想寫出海外華人漂泊心靈深處的孤寂與悲涼，並在一個適當的距離內，從一較客觀的視角，對當代大中國的文化與現實的困境做出冷肅的批評」。[16] 又說《漂木》：「主要內容，竟可歸納為這麼一句簡單的命題：『生命的無常和宿命的無奈。』我這一生都在戰亂中度過，經歷過中日戰爭、國共內戰、金門炮戰和越戰，這些苦難經驗都已化為苦澀的意象，一一出現在《石室之死亡》與《西貢詩抄》之中。晚年自我流放異域，孤獨中有時不免會回過頭來窺視一

16　轉引自龍彼得〈飆升在新高度上的輝煌——喜讀洛夫的長詩《漂木》〉，《漂木》（臺北：聯合文學出版社，2001年），「附錄」，頁275。

下此生走過的足印，才真正體味到您所說的『生之荒涼』的況味。」[17]因此，《漂木》的創作基本上在表現洛夫的天涯美學及其二度流放的孤獨經驗，這種天涯漂泊的經驗使他體驗到「本質上每一位詩人都是一個精神上的流浪者」。第一章是這首詩的主旋律，因而洛夫上溯中國第一位流放詩人屈原，並引其詩〈哀郢〉為題辭，正顯示出洛夫自己的二度流放在屈原兩次去國的經驗若合符節，也驗證了洛夫所謂詩人都是精神上的流浪者之言。洛夫引〈哀郢〉的一段說：

> 民離散而相失兮，方仲春而東遷。去故鄉而就遠兮，遵江夏以流亡。出國門而軫懷兮，甲之朝吾以行。……背夏浦而西思兮，哀故都以日遠。

屈原在這裏不僅表現了去國流放的事實，也寫出詩人對故鄉、故國的軫懷，對故國政治不能修明的哀痛。洛夫引此，自是和屈原塊壘相同，試看詩中對國事蜩螗的憂心：

> 選舉。牆上沾滿了帶菌的口水／國會的拳頭。烏鴉從瞌睡中驚起／兩國論。淡水的落日／股票。驚斷了一屋子的褲帶。（《漂木》，頁40）
>
> 一大早捷運系統／就會有系統地把抗議群眾和市長候選人／一一送進了歷史的某章某節／電視裏議員們以拳頭發言／電視外議員們與黑道角頭杯酒交歡。（《漂木》，頁59）

17　蔡素芬〈漂泊的，天涯美學——洛夫訪談〉，《漂木》，「附錄」，頁286。

第二章〈鮭，死亡的逼視〉，既表現了鮭魚這種天涯過客的漂泊精神，也探討了愛、死亡和生存的虛妄等問題。[18]接繼第一章，《漂木》第二章逐漸轉為對生命全方位的探索，合第三、四章，這首詩宏觀的表述了洛夫「形而上思維，對生命的觀照，美學觀念，以及宗教情懷」，實踐了洛夫的天涯美學。所謂天涯美學，「主要內容為：一、悲劇意識，乃個人悲劇意識與民族悲劇經驗的融合；二、宇宙境界，詩人應具有超越時空的本能，方可成為一個宇宙的遊客」。[19]在第二章中，洛夫主要集中於對死亡問題的探討，逼視生存最終的虛無，因此他引自己早年詩作《石室之死亡》第十一首為題辭：

> 棺材以虎虎的步子踢翻了滿街燈火／這真是一種奇怪的威風／猶如被女子們摺疊很好的綢質枕頭／我去遠方，為自己找尋葬地／埋下一件疑案剛認識骨灰的價值，它便飛起／松鼠般地，往來於肌膚與靈魂之間／確知有一個死者在我內心／但我不懂得你的神，亦如我不懂得／荷花的升起是一種慾望，或某種禪。（《漂木》，頁66）

《石室之死亡》是洛夫服役於金門時，駐防石頭坑道，有感於戰爭對生命威脅帶來死亡的超現實之作。論者早已指出，「戰爭、愛慾、文明與死亡」，恆常出現在《石室之死亡》詩中，也是洛夫詩最大的特色之一。[20]在《漂木》第二章中，洛夫從鮭魚的遷徙、產卵、死亡再次領悟生命的漂泊無根及死

18　蔡素芬，前引文，頁286。
19　同註18，頁284。
20　見李英豪：〈論洛夫「石室之死亡」〉，收入《詩魔的蛻變》，頁331。

亡帶來的虛無，在第二節中洛夫寫道：

> 而死亡／是生命週期的終點／有時更像起點／方向，虛構的天空／有點曖昧／回家的路上盡是血跡。（《漂木》，頁 75 ～ 76）

對死亡、漂流的感悟，和章首引《石》詩第十一首是一致的。在此，兩種文本相互為用，共成經緯而強化了主題，是文本互涉造成特殊閱讀效果的又一例證。

第三章〈浮瓶中的書札〉又分四節，「透過瓶中的四封信〈致母親、致詩人、致時間、致諸神〉，分別表達了母愛，個人的詩觀、宗教觀和對時間奧秘的揭破」。[21] 書札之一致母親，題辭引自己的作品〈血的再版——悼亡母〉中之一節：

> 昨日你是河邊的柳／今日你是柳中的煙／你是岩石，石中的火／你是層雲，雲中的電／你是滄海，海中的鹽／你卑微如青苔／你柔如江南的水聲／你堅如千年的寒玉／我舉目，你是浩浩明月／我垂首，你是莽莽大地／我展翅，你送我以長風萬里／我跨步，你引我以大路迢迢。（《漂木》，頁 110）

書札之二致詩人，題辭是引海德格爾語：「詩是存在的神思。」[22]

書札之三致時間，題辭是自撰的一段散文：

---

21 見蔡素芬，前引文，頁 286。
22 《漂木》，頁 128。

> 時間是概念，也是實體，好像它不存在，卻又時時在吸我們的血，扯我們的髮，拔我們的牙。時間其實是與生命同起同滅，孔子說：「逝者如斯，不捨晝夜」，陳子昂嘆曰：「念天地之悠悠，獨愴然而淚下」，這既是對時間的知解，也是對生命的感悟，而里爾克則認為他的詩〈時間之書〉乃是詩人與神的對話，但又何嘗不是與時間的對話。我的認知是：時間、生命、神，是三位一體，詩人的終極信念，即在扮演這三者交通的使者。（《漂木》，頁128）

書札之四致諸神，引尼采之語云：

> 「上帝之國」絕不是一個人可以期盼的，它沒有昨天，也沒有明天，在一千年內它也不會降臨。它是內心的一種體驗，它無所不在，但又不在任何地方。（《漂木》，頁186）

在致母親的部分，題辭引〈血的再版〉，原詩長四百餘行，不僅是洛夫悼亡之作，也是他思考生命的源頭與終結、愛與死、慾念與寂滅、追溯生命原鄉的結果，因此詩中表達了對離開三十載家鄉的懷念，對生命繁衍過程的省思。同樣的，在書札之一中，洛夫寫出了對生命終始的普遍觀照：

> 想起臍帶／兩個不同半徑的圓之所謂的切點／葉落，果熟／切點的疤痕／也正是果實的蒂痕／果實向樹告別／核，回歸大地。（《漂木》，頁118）

引用〈血的再版〉做題辭，不僅強化詩旨，也有秘響旁通的效果。

書札之二是洛夫詩觀的展現，在這部分中，他引用了尼采、波特萊爾、里爾克、梵樂希、李白、杜甫、王維等中外詩人，適見其詩學的多元，但諸元歸一，其詩觀已見諸題辭：「詩，是存在的神思。」因此，在這部分的結尾，洛夫寫詩人對詩歌的追求「其專注／亦如追求永恆」。生命是短暫的，唯詩是永恆，此詩所以為存在之神思也。

書札之三是洛夫對時間的思考，題辭引孔子語及陳子昂詩，正顯示詩人對人在時間長河中存在的悲感。洛夫對時間的悲感，早在一九七九年〈時間之傷〉一詩中已略見精義，這首詩不僅表現對戰爭的回憶[23]，也在透過今昔之感，寫出詩人對歲月的傷懷，時間所帶來的無非是寂滅；在《漂木》中洛夫又三致意焉：

> 好累啊／秒針追逐分針／分針追逐時間／時間追逐一個巨大的寂滅。（《漂木》，頁184）

書札之四致諸神是洛夫的宗教觀，詩中引《聖經》、《老子》、佛經展現洛夫對各種宗教的探尋，但詩是情感的表達，不是觀念或哲理的傳遞，因此，在這一部分我們很難讀出洛夫真正的宗教觀，題辭引尼采語解決了我們的難題。在此，文本互涉，有了闡釋學上積極的意義，不再只是互相指涉，而是其他文本廓清，說明了當下的文本。

23　吳當：〈戰爭的回憶——試析落夫時間之傷〉，收入《新詩的智慧》（臺北：爾雅出版社，1997年），頁151～159。

第四章〈向廢墟致敬〉是「針對因漂泊而導致精神不安，使人類整體文化趨於衰頹，甚至淪為廢墟，而提出質疑與批判」。[24]題辭引《金剛般若波羅密經》云：

> 般若實相，非一相，非異相，非有相，非無相，非非無相，非非有相，非非一相，非非異相，非有無俱相，非一異俱相，離一切相，即一切法。（《漂木》，頁210）

這一章不僅是洛夫對生之荒涼的省思，也是他對文明趨向荒涼的憂心，所以他寫道：

> 成為廢墟之前／他們在煙塵裏已預見一個不可妄測的來世／一夕潰敗如摘斷一棵野芹菜。（《漂木》，頁215）

章首題辭要人藉智慧洞見一切相之虛妄，方能渡到涅槃彼岸，這應是洛夫的微言大義，詩末說：「即使淪為廢墟／也不會顛覆我那溫馴的夢」，是否詩人得著了智慧，所以不為外在衰榮所惑？在這裏，題辭和詩形成的文本互涉，也指點了我們對詩歌的闡釋之路。

《漂木》之外，洛夫以其他文本入詩題或辭題者尚多，可大別為三項，一是以其他文本的詩文入題，二是題辭引其他文本來說明詩題來源，三是詩題與其他文本題目相同。第一項如隱題詩〈生命是一襲華美的袍，爬滿了蝨子〉用張愛玲語；〈杯底不可飼金魚，與爾同消萬古愁〉，前半以臺灣俚語，後半以李白〈將進酒〉詩句入題；〈客心洗流水，餘響入霜鐘〉以

24 蔡素芬，前引文，頁286。

李白〈聽蜀僧濬談琴〉詩句入題；〈感時花濺淚，恨別鳥驚心〉以杜甫〈春望〉詩句入題；〈行到水窮處，坐看雲起時〉以王維〈終南別業〉詩句入題；〈故鄉雲水地，歸夢不宜秋〉以李商隱〈滯雨〉詩句入題；〈滄海月明珠有淚，藍田日暖玉生煙〉同樣以李詩〈錦瑟〉詩句入題；〈我欲乘風歸去，只恐瓊樓玉宇高處不勝寒〉以蘇軾〈水調歌頭〉詩句入題，這些都是隱題詩，隱題詩為洛夫自創，遊戲成分多，亦如迴文詩、圖象詩等，可不具論。較值得探究者有〈床前明月光〉引李白〈靜夜思〉詩句入題；〈月出驚山鳥〉引王維〈鳥鳴澗〉詩句入題。前文曾言及，洛夫在七十年代以後逐漸向中國古典回歸，唐詩是他學習的寶庫之一，因此洛夫詩中也就有許多挪用唐人詩句的地方，李白、王維都是他常借鑑的詩人，除前文隱題詩有贈二詩人外，一九八九年且有〈致王維〉[25]一詩，另〈月問〉中變化王維〈山居秋暝〉詩句「明月松間照，清泉石上流」成「你在松間照／誰在石上流？」《漂木》第三章典用王維〈終南別業〉詩句「坐看雲起時」(《漂木》，頁119)。於李白，洛夫更有長詩〈李白傳奇〉向李白致敬，另在〈月亮．一把雪亮的刀子〉中轉化〈靜夜思〉詩句成「床前月光的溫度驟然下降／疑是地上——」，《漂木》第三章中變化〈秋浦歌〉其十五「白髮三千丈，緣愁似箇長」為「李白三千丈的白髮／已漸漸還原為等長的情愁」。(《漂木》，頁184)

洛夫〈月出驚山鳥〉借用王維〈鳥鳴澗〉第三句為題，原詩是：「人閒桂花落，夜靜春山空，月出驚山鳥，時鳴春澗中。」王詩表現了自然界空寂中的生意，頗富禪趣，說春山空

---

25 收入《天使的涅盤》(臺北：尚書文化出版社，1990年)，又作〈走向王維〉，收入《雪落無聲》(臺北：爾雅出版社，1999年)，頁1~5。

而實不空，山中有人、花、鳥、月，群動不息，說夜靜而實不靜，花落、月出、鳥鳴，似靜實噪。洛夫將王維對自然的觀照移諸人事，主題不同，但表現的靜噪對立結構是相似的。詩寫情人的溫婉、沉默，以及如花落盡後的寂寞，甚至心事也如月亮，「空冷而無聲」，但極度的寂靜「終於引發胸中的海嘯」，就在對方安靜地坐在鏡前之際：

這時，從山中
驀然傳來撲翅的聲音
那是你
月出時的驚飛？[26]

至此，我們可以了解，洛夫借王詩中動靜相生的禪思，表達人事、愛情靜極之後的爆發。

〈床前明月光〉一詩是李白〈靜夜思〉的反撥與歸正，全詩如下：

不是霜啊／而鄉愁竟在我們的血肉中旋成年輪／在千百次的／月落處只要一壺金門高梁／一小碟豆子／我們便把自己橫在水上／讓心事／從此渡去[27]

首句「不是霜啊」，將李白霜的意象加以否定，再轉正為對李白詩中所寫鄉愁的認同，詩中的李白因此成了詩人的化身，文本的互涉從而達到古今交融，時空交錯，今昔相互為說

26 洛夫：《釀酒的石頭》（臺北：九歌出版社，1983年），頁107。
27 洛夫：《因為風的緣故》（臺北：九歌出版社，1988年），頁72~73。

的效果。

在引其他文本說明詩題來源的一項中，有〈解構〉、〈猿之哀歌〉、〈愛的辯證〉等三首。〈解構〉題詞引張愛玲「生命是一襲華美的袍，爬滿了蝨子」：

> 昨日／我偶然穿上這一襲華美的袍／我脫去昨日，留下了袍／
>
> ………
>
> 留下了袍子／便留下了蝨子／留下了蝨子／便留下了歷史和／癢[28]

洛夫兩度引張愛玲的名句入詩，可見這句話令他印象深刻。此處詩題〈解構〉自是對張愛玲的消解，也證明了我們前文所言，新文本總是透過或隱或顯的方式模仿別的文本，因此，我們對一部作品的解讀脫離不了我們對其他作品的解讀和了解。張愛玲說生命雖然華美，但充滿缺憾，洛夫解構了張氏，在他看來，在時間長流下，生命只有缺憾，華美已隨歷史流走。〈猿之哀歌〉[29]題詞引《世說新語》云：「桓公入蜀，至三峽中，部伍中有得猿子者，其母緣岸哀號，行百餘里不去，遂跳上船，至便氣絕，破視其腹中，腸皆寸斷。」《世說新語》中這段故事旨在強調母愛，洛夫將之改寫，題辭只說明故事來源。〈愛的辯證〉亦然，題辭只有說明作用[30]，故事出自《莊子．盜跖》：「尾生與女子期於梁下，女子不來，水

28　洛夫：《雪落無聲》，頁 100~101。
29　《因為風的緣故》，頁 188~191。
30　《因為風的緣故》，頁 252。

至不去，抱梁柱而死。」不同於〈猿之哀歌〉的是，洛夫在《莊子》的文本之外，另出新意，在第二式中翻轉原來的文本，寫了一個大不相同的結局，從而有了自己的特性，第二式末節云：

> 篤定你是不會來了／所謂在天願為比翼鳥／我黯然拔下一根白色的羽毛／然後登岸而去／非我無情／只怪水比你來得更快／一束玫瑰被浪捲走／總有一天會漂到你的手中[31]

洛夫曾經對這一首詩作過如下的解釋：

> 這一首詩的靈感來的非常偶然，詩發展成目前這個樣子，實非我始料所及。閒時我最喜歡讀「莊子」，有一天信手翻到雜篇「盜跖」，讀到「尾生與女子期於梁下，女子不來，水至不去，抱梁柱而死」之句時，心情大為激動。人之生與死，是多麼莊嚴的事，這類事件最容易打動我的詩心，也是我詩中最常見的主題。可是，當時我的激動可說是非理性的，只是直覺到這種「春蠶到死絲方盡，蠟炬成灰淚始乾」的殉情精神之偉大。其實，莊子這個故事並非愛情寓言，也不是討論殉情問題，而只是舉伯夷、叔齊、鮑焦、申突狄、介子推、尾生等六位賢士作為例子，來批判世人為虛名浮利而任意輕生之不當，故莊子說：「此六者，無異於磔犬流豕操

31　同前註書，頁255。

瓢而乞者，皆離名輕死，不念本養壽命者也。」又說：「尾生溺死，信之患也。」……這首詩與莊子的思想完全無關，我只是借用尾生這個故事，將原本男主角為「守信而死」（這種殉死完全是非理性的，難怪莊子要批判），經改編並賦予一個浪漫的愛情故事架構，而轉化為一殉情事件，這就是我情動而意生的最初構想。為讀者提供一種莫名其妙的淒惻之美也不錯，我當時這麼想。但當第一式「我在水中等你」完成後，突然發覺這種表達方式過於通俗，甚至有點濫情，我的詩一向不止於此，而且也感到言不由衷，或意猶未盡，總覺得有加以補充，使其更形完整，更具深度，使感性的情節化為知性的理念之必要。於是我又開始構思第二式「我在橋下等你」。

第二式是根據原有的故事來設想情節，最後發展成一個與第一式截然不同的結局。……第一式我寫得很快，從起興到完成初稿大約花了一個多小時，主要是因為有尾生這個故事作為醞釀的範圍，寫來不致漫無邊際，設想情節和經營意象也有線索可循。但構想第二式時，卻在腦中縈迴了千百遍，幾乎花了一個下午才告完成，難處就在如何在同一個故事的基礎上，塑造不同的背景意象，以表現男主角的心理變化過程——由痴痴的等候，到河水暴漲，洶湧到腳，及腰，浸入驚呼的嘴，而面臨即將溺斃的威脅，及到知道那女子以不可能赴約，乃毅然決然選擇了「活下去」一途。……這就是我在第二式中採用的手法，一種現代戲劇反高潮的手法——使得第一式中那種「天長地久有時盡，此恨綿綿無絕期」的，現實的、理性的，反諷的現代愛情觀。[32]

因為第二式的出現，使尾生的故事有了現代的詮釋，洛夫的文本因而呈現了和《莊子》的差異，超越了原來的文本，適見文本間的辯證關係。

在詩題相同文本中，洛夫有與白居易同題的〈長恨歌〉，與李賀同題的〈秋來〉，與戴望舒同題的〈雨巷〉。白居易、李賀都是洛夫經常挪用的詩人，在〈獨飲十五行〉中有「愈嚼愈想／唐詩中那隻焚著一把雪的／紅泥小火爐」化自白氏〈問劉十九〉：「綠新醅酒，紅泥小火爐，晚來天欲雪，能飲一杯無。」〈寒夜小札〉又有「飲酒／恐怕是嫌晚了些／紅泥小火爐……」[33]之句；〈血的再版〉兩次寫到「一夜的鄉心／五處的悸動」[34]變化自白氏〈河南經亂〉末句「一夜鄉心五處同」。另除〈秋來〉是李賀同題之外，洛夫尚有〈與李賀共飲〉之作，亦足見其對李賀的喜愛，唯洛夫〈秋來〉一詩寫秋驟來之威力，不似李賀原詩之森冷與鬼氣，恐是題目偶合耳，李賀原詩後半云：「思牽今夜腸應直，兩冷香魂弔書客，秋墳鬼唱鮑家詩，恨血千年土中碧。」陰氣深重，足當「詩鬼」之名，也是洛夫詩中所沒有的。又〈雨巷〉一詩云：

一手撐起／天長地久的寂寞／油傘紙下的人／碰巧正是／愛喧嘩的我[35]

---

32 見〈一首辯證的詩〉，收入《詩的邊緣》（臺北：漢光文化事業公司，1991年），頁40~48。

33 《釀酒的石頭》，頁75。

34 同前註書，頁147、150。

35 同前註書，頁28。

對照戴望舒同名之作首尾兩段：

> 撐著油紙傘，獨自／彷彿在悠長，悠長／又寂寥的雨巷，／我希望逢著／一個丁香一樣地／結著愁怨的姑娘。[36]

亦可看出洛夫的模仿及歧異。戴詩中的姑娘是靜默的，洛詩中傘下卻是喧嘩的我。此亦見洛夫在挪用其他文本時，手法是多樣的，有挪用，有轉化，有逆反，從而呈現新文本的特異性。

長詩〈長恨歌〉最可看出洛夫的古典新用。以下先引洛詩中轉化白居易原詩的章節：

> I
>
> 唐玄宗／從／水聲裏／提煉出一縷黑髮的哀慟
>
> II
>
> 她是／楊氏家譜中／翻開第一頁便仰在那裏的／一片白肉……／一粒／華清池中／等待雙手捧起的／泡沫……
>
> IV
>
> 他開始在床上讀報，吃早點，看梳頭，批閱奏摺／蓋章／蓋章／蓋章／蓋章／從此／君王不早朝
>
> VI
>
> 娘子，……／於今六軍不發／罷了罷了，這馬嵬坡前／你即是那楊絮

36　見唐祈：《中國新詩名篇鑑賞辭典》，（成都：四川辭書出版社，1990年），頁154。

VII

他燒灼自己的肌膚／他從一塊寒玉中醒來……／牆上走來一女子／臉在虛無縹緲間

IX

時間七月七／地點長生殿／……漸去漸遠的／私語／閃爍而苦澀[37]

對照白居易原詩相關詩句：

楊家有女初長成，養在深閨人未識。天生麗質難自棄，一朝選在君王側。……春寒賜浴華清池，溫泉水滑洗凝脂，春宵苦短日高起，從此君王不早朝。……驪宮高處入青雲，仙樂風飄處處聞。……六軍不發無奈何，宛轉蛾眉馬前死。……馬嵬坡下泥土中，不見玉顏空死處。……忽聞海上有仙山，山在虛無縹緲間。……七月七日長生殿，夜半無人私語時。……[38]

兩相校讀，可見洛夫大體順著白詩敘事情節線舖寫，但卻表現出非常不同的歷史觀，批判了白居易詩中的浪漫主義愛情觀。[39]更重要的，這首詩「不僅是一次現代詩人對於古典題材極為成功的透視、翻新，而且也是一次現代漢語在表現力上的大嘗試，通過表現古典詩的題材、意境，而充分顯示出現代

37 《因為風的緣故》，頁85~96。
38 見高步瀛撰：《唐宋詩舉要》（高雄：復文出版社，1990年），頁303。
39 見劉菲〈洛夫的「長恨歌」與幾首古詩的比較〉，收入《詩魔的蛻變》，頁413~442。

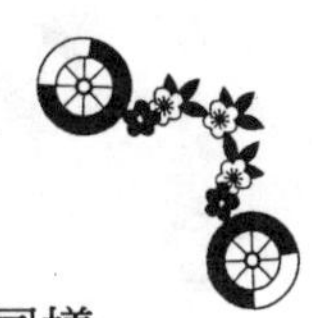

詩的風貌、神韻，顯示出現代漢語以其獨特的語法特點，同樣能達臻『不可盡解』境界」。[40] 藉由和白居易〈長恨歌〉文本的參差對照，洛夫反省了歷史，透視了人性，而文本的互涉，使吾人相信，「在現代詩中，只要詩人能充分把握現代漢語的潛質，古典詩的含蓄及美感，並不會失去。在詩的領域，傳統與現代的藩籬，西方與東方的界線，應當予摒棄，在審美的觀照下，一切都可趨於同一、融匯」。[41]

（二）因切題而引用其他文本

此類作品又可細分為兩項，一項是以詩人入題，因而引入其人作品，二是題目非詩人，但因切題而引用其他相關文本。第一項最著名的有〈車上讀杜甫〉、〈杜甫草堂〉、〈李白傳奇〉、〈與李賀共飲〉、〈走向王維〉以及〈贈詩十一首〉。杜甫兩度入題，可見洛夫對他的重視，除此之外，更有〈邊陲人的獨白〉，「對杜甫〈春望〉一詩中的傷時憂國之情，作隔世的呼應，並使近兩千年前的杜詩衍生新意」。[42] 其他詩作如〈出三峽記〉、〈血的再版〉、〈煮酒四論〉、《漂木》第三章書札之一皆曾引用杜詩，早在一九七九年洛夫在香港大學講演〈詩的語意與意象〉時，即對杜詩在語言的成就上，十分推崇，他說：

我們都知道，杜甫是中國文學史中的大詩人，他因何偉

40　見黃勇：《洛夫與中國現代詩》（臺北：東大圖書公司，1994年），頁187。

41　黃勇《洛夫與中國現代詩》，頁192。

42　見洛夫：《月光房子》，〈自序〉，頁8。

> 大？只因為他具有愛國愛民的胸懷嗎？只因為他在作品中表現了關懷社會大眾的道德感嗎？事實上恐怕不盡然。我們相信當時在唐朝，具有他這種胸懷與道德的不止杜甫一人，何以別人不如他之能傳誦千古？他之偉大是由於他的詩，但他的詩為何偉大？就是因為他在詩語言的運用，和意象的經營上，能超凡脫俗，創造一個新的局面，並利用他創新的語言，在詩中提供一個獨特的境界。[43]

〈車上讀杜甫〉是洛夫對〈聞官軍收河南河北〉一詩作新的詮釋。「以達到時空交錯，古今共感的效果」。[44]全詩以杜甫原作八句做小標題，「幾乎是杜詩的演繹」。[45]杜詩八句用了六個地名，劍外、薊北、巴峽、巫峽、襄陽、洛陽，這本是短詩如律絕的大忌，但用的不著痕跡，卻又另當別論，如李白〈峨眉山月歌〉云：「蛾眉山月半輪秋，影入半羌江水流，夜發清溪向三峽，思君不見下渝州。」王麟洲評曰：「談藝者有謂七言律一句中不可兩入故事，一篇中不可重犯故事，……太白〈峨眉山月歌〉四句入地名者五，古今目為絕唱，殊不厭重。」金獻之以為這是因為「天巧渾成，毫無痕跡，故是千秋絕調」。[46]杜甫六用地名，適見其東西南北之人的漂泊生涯，以及對戰爭造成流離、渴望和平返鄉的心思。洛夫詩中用了長

43 收入洛夫：《孤寂中的迴響》（臺北：東大圖書公司，1981年），頁1~19，引文見頁2。

44 洛夫：《月光房子》，〈自序〉，頁8。

45 黃勇：《洛夫與中國現代詩》，頁186。

46 俱見瞿蛻園、朱金城：《李白集校注》（上海：上海古籍出版社，1980年），引見頁567~568。

安西路、和平東路、成都路、杭州南路[47]，加上杜甫原詩中六個地名及浣花草堂、白帝城等，更加強了洛夫天涯漂泊之感，傳達了洛夫的漂泊美學及濃郁鄉愁。文本的互涉，使「整首詩處於虛、實之間，古代與現代、現實環境與大陸的河山、車上的旅行與人生的顛沛，似幻似真，互相交織」。[48]

〈杜甫草堂〉寫成於一九九三年，先是，洛夫一九九〇年兩度造訪杜甫草堂，草成此詩兩年後始定稿，足見其慎重，他在小序中自言這「既是對大師真誠的瞻仰，也是時隔千載一次歷史性的詩心交融」。[49]所以詩評家說這一首詩「說的是詩人共同的語言」。[50]此詩全長達一百六十一行，轉化、引用杜詩文本共十五首：〈戲為六絕句〉之二、〈茅屋為秋風所破歌〉、〈西山〉、〈三吏〉、〈三別〉、〈春望〉、〈月夜〉、〈宿府〉、〈客至〉、〈哀江頭〉、〈哀王孫〉、〈旅夜書懷〉、〈奉贈韋左丈丞二十二韻〉、〈自京赴奉先縣詠懷五百字〉、〈秋興〉第一首。其中有些是照錄原詩，如：「不廢江河／萬古／流」(〈戲為六絕句〉)、「感時花濺淚／恨別鳥驚心」(〈春望〉)、「花徑不曾緣客掃／蓬門今始為君開」(〈客至〉)、「致君／堯舜上」(〈奉贈韋左丈丞〉)，有些則變化原詩，如：「大風吹襲茅屋的那一夜／……廣廈千萬／仍只是夢中的積木」(〈茅屋為秋風所破歌〉)、「窗簾的清輝／寒玉般的雙臂」[51]、「嚴武幕府的井邊／井邊的桐葉瑟瑟如你的獨語／中天月色好／誰

47 原詩見洛夫：《月光房子》，頁96~102。
48 黃勇：《洛夫與中國現代詩》，頁186。
49 見《雪落無聲》，頁161。
50 吳當、落蒂合著：《兩棵詩樹》，頁18。
51 〈月夜〉：「清輝玉臂寒」。

看？」[52]、「寫天地間／一隻沙鷗如何用翅膀抗拒時間的割切／……在桅檣的獨夜舟中」。[53]

〈杜甫草堂〉觀照杜甫生平及作品，題旨厥在杜甫的忠愛及對詩藝永恆的追求，進而在文本交涉中認同了杜甫，完成詩人身世的輪迴。杜甫的漂泊，也是洛夫的漂泊，所以有：「我來是客」、「他們說你也是一位過客」之句，有「我們和你一樣空茫，宿命的無有／我們拚命寫詩，一種／死亡的演習……也算是一次輪迴／從草堂後院到前門繞了一圈／就是兩千多年／詩人，仍青銅般醒著」的認同。

〈李白傳奇〉[54]寫於一九八〇年，詩前題辭寫了大鵬鳥的傳說，和〈杜甫草堂〉不同的是，〈李白傳奇〉只引用了李白四首詩作文本，卻有大量有關李白傳說的文本，也許這是詩名為〈傳奇〉的原因吧！詩句如：「拿酒來！既稱酒仙豈可無飲／飲豈可不醉／你向牆上的影子舉杯／千載寂寞萬古愁」，變化自李白〈將進酒〉：「呼兒將出換美酒，與爾同消萬古愁」；「才寫下清平調的第一句／便驚得滿園子木芍藥紛紛而落／沉香亭外正在下雪」，脫胎於李白〈清平調〉：「名花傾國兩相歡，長得君王帶笑看，解釋春風無限恨，沉香亭北倚欄杆」；「放逐夜郎也罷，泛舟洞庭／出三峽去聽那哀絕的猿聲也罷」，衍生自李白流放夜郎至白帝城遇赦放還所作之〈早發白帝城〉「兩岸猿聲啼不住」之句；「雨中的桃花不知流向何

---

52 〈宿府〉：「清秋幕府井梧寒，獨宿江城蠟炬殘，永夜角聲悲自語，中天月色好誰看？」

53 〈旅夜書懷〉：「細草微風岸，危檣獨夜舟。……飄零何所似？天地一沙鷗。」杜詩原文「危檣」，危意為高，洛夫改作「桅檣」，或許是考慮現代詩的漢語用法，或是無心之誤，不得而知。

54 《因為風的緣故》，頁192~199。

處去的／下午，我終於看到／你躍起抓住峰頂的那條飛瀑／盪入了／滾滾而去的溪流」自李詩〈訪戴天山道士不遇〉：「犬吠水聲中，桃花帶雨濃。……野竹分青靄，飛泉掛碧峰」延伸而來。

在傳統方面，〈李白傳奇〉有云：「眾星無言／只有一顆以萬世的光華發聲」，顯然是引用李白為太白金星轉世的傳說，據李陽冰〈草堂集序〉說，李白母「驚姜之夕，長庚入夢，故生而名白，以太白字之。世稱太白之精，得之矣」。范傳正〈李公新墓碑序〉也承襲其說：「公（指李白）之生也，……先夫人夢長庚而告祥，名之與字，咸所取象。」這就是李白「太白星精說」的由來，後來五代王定保《唐摭言》將之說成：「李太白謁賀知章，知章曰：『公非人世之人，可不是太白星精耶？』」

洛夫〈李白傳奇〉又有：「跨鯨與捉月／無非是昨日的風流」，李白捉月而溺死的傳說，首見韓愈〈題子美墳〉「捉月走入千丈波，……三賢所歸同一水。」[55]三賢指屈原、杜甫、李白，杜甫並非溺水而死，已是研究杜甫者的常識，足見這首詩偽作成分極大，則李白捉月而溺死也就相當可疑，但到了五代王定保《唐摭言》竟採其說，其云：「李白著宮錦袍游采石江中，傲然自得，旁若無人。因醉入水中捉月而死。」[56]騎鯨說首見貫休〈觀李翰林真〉云：「宜哉杜工部，不錯道騎鯨」，杜甫說李白騎鯨，不知何據？但後來已成為李白的形象了。

〈李白傳奇〉在敘事情節中連綴許多傳說，傳說原始文本

55 此詩韓集不錄，首見於劉斧《摭遺小說》，而為宋蔡夢弼《集注草堂杜工部詩》外集所轉錄，蔡氏疑其非韓愈之作。

56 今本《唐摭言》不載，見王琦《李太白年譜》寶應元年下引。

不見得為洛夫所熟悉，但他巧妙的應用這些傳說，以想像串連，使李白的形象生動活現，起李白於九原之下，重新詮釋了李白的生命和詩酒人生，在文本交錯中，展現了洛夫對李白的接受態度。

〈與李賀共飲〉寫於一九七九年[57]，詩中亦典借不少史料及李賀詩的文本。第一段：「石破／天驚／秋雨嚇得驟然凝在半空／這時，我乍見窗外／有客騎驢自長安來／背了一布袋的／駭人的意象」出自賀詩〈李憑箜篌引〉「石破天驚逗秋雨」之句及《新唐書・李賀傳》：「每旦日出，騎弱馬，從小奚奴，背古錦囊，遇所得，書投囊中」；「我隔著玻璃再一次聽到／羲和敲日的叮噹聲／哦！好瘦好瘦的一位書生／瘦得／猶如一枝精緻的狼毫」引申賀詩〈秦王飲酒〉「羲和敲日玻璃聲」及李商隱〈李賀小傳〉：「長吉細瘦，通眉，長指爪。」[58]第二段「鬼哭啾啾／狼嚎千里」點化賀詩〈秋來〉「秋墳鬼唱鮑家詩」之句；另如「豈能因不入唐詩三百首而相對發愁／從九品奉禮郎是個什麼官？」都是指涉史事，寫出了洛夫對李賀詩不獲入《唐詩三百首》，一生只憑祖蔭封個九品的奉禮郎芝麻官的同情，也回應了詩題邀李賀共飲的原始美意，那無非是千古以來詩人共有的不遇情懷。洛夫在此打破了時空的限制，並且藉詩末「我要趁黑為你寫一首晦澀的詩／不懂就讓他們去不懂／不懂／為何我們讀後相識大笑」嘲諷了平庸的世俗，而與李賀默契於心。詩中對李賀相關文本的指涉，呈現了洛夫對李賀的了解，因而加強了題旨「共飲」的說服力，因為惟有可以

57 見《因為風的緣故》，頁175~178。

58 見劉學鍇編《李商隱文編年校注》（北京：中華書局，2002年），第5冊，頁2265。

尚友的古人，才能隔千年而共飲、而認同。

〈走向王維〉成於一九八九年[59]，計引用王詩六首，開篇云：「一群瞌睡的山鳥／被你／用稿紙摺成的月亮／窸窸索索驚起／撲翅的聲音／嚇得所有的樹葉一哄而散／空山／闃無人跡／只有你，手撫澗邊石頭上的濕苔」變化王詩〈鳥鳴澗〉而來，「空山」的意象在王詩中屢次出現，如〈山居秋暝〉「空山新雨後」；〈鹿柴〉「空山不見人，但聞人語響」，但王維寫空實著重空中之色相，故〈山居秋暝〉中有竹、有蓮、有浣女、有漁舟；〈鹿柴〉中有人語、有青苔；〈鳥鳴澗〉中有人、有桂花、有山鳥，蓋王維受佛教空觀影響，著重色即是空，空即是色之禪思。洛夫在此頗能掌握王詩精義，與其合拍。另外〈露葵〉「漠漠飛去的／那隻白鷺」化用〈積雨輞川莊作〉之意象，「向三里外的水窮處踱去／佇立，仰面看山／看雲」詩出〈終南別業〉「行到水窮處，坐看雲起時」之句，「及至渡頭的落日／被船夫／一篙子送到對岸」語出〈輞川閒居贈裴秀才迪〉「渡頭餘落日」，「負手踱蹀於終南山下／突然在溪水中／看到自己瘦成一株青竹」指涉王維〈終南山〉詩應無疑義。王維在唐代山水田園詩中，以在詩中表現禪趣著稱，這當然有對謝靈運或六朝山水詩多夾帶玄言的繼承，也有王維三十歲以後學佛的影響，王詩中以山水見禪佛的風格，為唐代山水詩開闢了新蹊徑，也成了唐詩美學中一大特色，洛夫自古典詩取材之用心，已如前言。〈走向王維〉一詩更證明了現代詩和古典詩的文本互涉，使現代詩更有了民族審美的特色。

在〈贈詩十一首〉[60]中，洛夫以十一首四行短詩致贈十一

59　收入《雪落無聲》，頁1~5。

60　見洛夫：《夢的圖解》（臺北：書林出版社，1993年），頁118~128。

位詩人朋友，其中有些指涉詩人生平或形象，但也有些提及詩人作品，如〈贈瘂弦〉中「溫柔之必要」出自〈如歌的行板〉，「芝加哥」、「巴黎」、「印度」、「鹽」都是瘂弦用過的詩題；〈贈余光中〉中「鄉愁」、「西出陽關」，亦為余作詩題；〈贈鄭愁予〉：「為一群女性的喧嚣／撕裂致死／能說這不是一種美麗的錯誤／畢竟他是一個過客／留給她們的只有馬蹄後的揚塵」改寫自鄭氏名篇〈錯誤〉；〈贈商禽〉：「個子不高；卻高過所有的窗口」典出〈長頸鹿〉，末句「天河的斜度」是商禽詩題；〈贈管管〉四句分別化自管管詩作《請坐月亮請坐》及《荒蕪之臉》；〈贈周夢蝶〉中「孤獨之花」指涉周氏詩集《孤獨國》。這些贈詩的文本互涉當然不若寫李、杜、王等人那般有重大的美學意義，但也能有去繁指要，收讓讀者會心之功效。

在題目非寫詩人但因切題而引用文本的詩作中，率皆文本互涉程度較淺，但也能收關合題旨，引發聯想的閱讀效果，如〈登黃鶴樓〉[61]引唐崔顥名詩〈黃鶴樓〉轉化成「一層層驚心的風景／最高的一層／自始便宿命地／擱淺在／崔顥那片空悠悠了千載的白雲上」；〈出三峽記〉[62]：「蕭森的巫峽已過／吠日的犬聲已是昨日的驚愕」，前句用杜甫〈秋興〉八首之一的「巫山巫峽氣蕭森」，後一句用韓愈〈與韋中立論師道書〉：「蜀中山高霧重，見日時少，每至日出，則群犬疑而吠之也。」這些典故，都和三峽或四川相關。〈魚之犬夢〉[63]首句「從龍門／一躍而掉在餐桌上」翻用辛氏《三秦記》魚躍龍

61 《雪落無聲》，頁22~26。
62 同前註書，頁27~32。
63 《雪落無聲》，頁40~42。

門變化為龍之典，達到反諷的效果。第二段「莊周負手走過濠上」用《莊子・秋水》莊子與惠子遊濠上辯魚之樂之典，也都能切合詩題〈魚之大夢〉。〈雁塔說〉[64]寫西安大雁塔，塔在慈恩寺，寺為唐高宗太子時為文德皇后所建，因名慈恩，塔則為玄奘在此釋經時所建，所以洛夫詩中有「疑是玄奘的腳步聲／上去一看／原來是一行青苔」，虛實交構，古今合流，文本交涉之趣味自在其中。〈水祭〉寫屈原，但不以屈原為題，其實全詩變化自《史記・屈賈列傳》，全詩如下：

1

揮菖蒲之碧劍／揚汨羅之濁浪／在澤畔……／江水早已洗白了你一身傲骨／何不把青衫與髮簪留給昨日的風雨／歸來吧，楚國的詩魂

2

面容枯槁，身上長滿青苔／那提著一頭濕髮而行吟江邊的人／是你嗎？／手捧一部殘破的離騷／兀自坐在一堆鵝卵石上嘔吐／

………

3

問天，天以一片烏雲作答／只怪你出門看天色不看懷王的臉色／披肝瀝膽猶嫌你的血氣太腥／且上官大夫靳尚早就在你的枕邊／暗藏了一條毒蛇

………

4

讒言似火／只燒得你髮枯唇焦，雙目俱赤……

64　同前註書，頁57~59。

鋼鐵於焉成形／在時間中已鍛成一柄不鏽的古劍／水中躺了兩千年的詩魂啊／汨羅洶湧的浪濤／高舉你於歷史的孤峰

5

昨夜不眠／我在風中展讀你的九歌／乍聞河伯嗷嗷，山鬼啾啾／以及漁父從水漩中／撈起你一隻靴子的驚呼／你製芰荷以為衣兮／集芙蓉以為裳／你雕寒星以為目兮／凝冰雪以為魂／三閭大夫，我把你荒涼的額角讀成巍峨[65]

對照《史記．屈賈列傳》部分段落：

屈原者。名平。楚之同姓也。為楚懷王左徒。博聞彊志。明於治亂。嫻於辭令……上官大夫與之同列。爭寵而心害其能。懷王使屈原造為憲令。屈平屬草稾未定。上官大夫見而欲奪之。屈平不與。因讒之曰。王使屈平為令。眾莫不知。每一令出。平伐其功。曰。以為非我莫能為也。王怒而疏屈平。……其後秦欲伐齊。齊與楚從親。惠王患之。乃令張儀詳去秦。厚幣委質事楚。曰。秦甚憎齊。齊與楚從親。楚誠能絕齊。秦願獻商、於之地六百里。楚懷王貪而信張儀。遂絕齊。……張儀又因厚幣用事者臣靳尚。而設詭辯於懷王之寵姬鄭袖。懷王竟聽鄭袖。復釋去張儀。是時屈平既？。不復在位。使於齊。顧反。諫懷王曰。何不殺張儀。懷王悔。

65　收入《因為風的緣故》，頁200~204。

追張儀。不及。其後諸侯共擊楚。大破之。殺其將唐昧。時秦昭王與楚婚。欲與懷王會。懷王欲行。屈平曰。秦虎狼之國。不可信。不如無行。懷王穉子子蘭勸王行。奈何絕秦歡。懷王卒行。入武關。秦伏兵絕其後。因留懷王。以求割地。懷王怒。不聽。亡走趙。趙不內。復之秦。竟死於秦而歸葬。……令尹子蘭聞之大怒。卒使上官大夫短屈原於頃襄王。頃襄王怒而遷之。屈原至江濱。披髮行吟澤畔。顏色憔悴。形容枯槁。漁父見而問之曰。子非三呂大夫歟。何故而至此。屈原曰。舉世混濁而我獨清。眾人皆醉而我獨醒。是以見放。……於是懷石遂自投汨羅以死。

詩末：「你製芰荷以為衣兮／集芙蓉以為裳」則出自屈原長詩〈離騷〉。全詩不如〈與李賀共飲〉的出陳翻新，大體上同於古典詩的詠史類，但「從詩的內在結構來看，屈原的遭際與精神，作者的追懷與讚美，這兩條『事』與『情』的線索緊緊地糾結在一起，絕不散漫無序」。[66] 吾人可視為《史記》屈原傳的詩歌化。

（三）雖非切題，但因內容相關而引用其他文本

這類的作品數量極多，其作用近於用典（allusion），用典本為中國文學常用的修辭手法，《文心雕龍》且有〈事類篇〉說明用典種種，所謂「據事以類義，援古以證今者也」，說明了用典的功效。典故不僅可佐才氣，且可以見積榮，所以「屬

66 李元洛〈隔海的心祭〉，收入《寫給繆斯的情書》（太原：北岳文藝出版社，1992年），頁97。

意立文，心與筆謀，才為盟主，學為輔佐，主佐合德，文采必霸，才學褊狹，雖美少工」，用典用得好，則「不啻自其口出」。以下試看洛夫詩的積學之功。

在〈出三峽記〉中，「船靠酆都／水底的亡魂紛紛在此登岸」，酆都縣在四川忠縣東南，據方象瑛《使蜀日記》云：「縣有仙都觀麻姑洞，號紫府真仙之居，不知何時創森羅殿，因傅會為閻君洞，以為即地獄之酆都。」另赤壁一段云：「赤壁，只要再做半個夢就到了／讀史人俯身向水發問：／誰是焚舟沉戟的英雄？／孟德是，周郎是／蒼苔更是／一股勁兒往斷崖上爬／而大江／不論東去西來，不論浪濤盡什麼魚蝦／總得流經我的胸口才會洶湧起來／銅琵琶才會鏗鏘起來／蘇翁的念奴嬌才會風騷起來／江水洗過的漢字一一發光」，這裏用了蘇軾〈念奴嬌：赤壁懷古〉及杜牧〈赤壁〉兩個語典，蘇詞云：「大江東去，浪濤盡千古風流人物。故壘西邊，人道是，三國周郎赤壁。」杜牧詩云：「折戟沉沙鐵未銷，自將磨洗認前朝。東風不與周郎使，銅雀春深鎖二喬。」這些典故和出三峽主題未必相關；酆都、赤壁所在的湖北黃崗，去三峽都尚遠，但因都在長江水路上，是出入三峽經過之地，和全詩內容是相關的。

在〈大冰河〉詩中，洛夫用柳宗元〈江雪〉的意象入詩，柳詩云：「千山鳥飛盡，萬徑人蹤滅，孤舟簑笠翁，獨釣寒江雪。」在洛夫筆下轉成：「沒有飛鳥的群山／沒有人跡的小徑／唯一的老者，用釣竿／探測著寒江的體溫」[67]沒有原詩的沉重，多了現代詩奇特的想像和語調，是轉化文本成功的佳例。

---

67 《雪落無聲》，頁153。

再者，江雪和大冰河關係不大，但洛夫抓住寒冷這一共性，有趣的融合了不同的情境。

〈月問〉一詩，為阿姆斯壯登陸月球所作，詩末云：「我仍推窗／邀你共飲一杯天色／其中有你有我／有李商隱臉上的一點點苦澀／當嫦娥把青天繡成碧海／你知誰是夜夜那顆心？」[68]化用了李商隱〈嫦娥〉詩：「碧海青天夜夜心」，但洛夫將嫦娥在月中的孤獨轉為自己的苦澀，這苦澀來自於登月之後，中國文化中傳統的美學寄託為之破滅，現代文明奪去了詩人的想像美感。同樣的，嫦娥的故事和登月無關，但洛夫以今昔對比，中西對照的手法使李商隱的文本有了另一層意涵。

〈尋〉一詩起首即用賈島〈尋隱者不遇〉詩句：「松下無童子可問／實際上誰也不知道雲的那邊有些什麼」[69]，詩題〈尋〉之相關性，使兩個文本相涉成趣。

〈觀仇英蘭亭圖〉中詩句如：「會稽之陰／老丈三三兩兩／青衫儒者成群……／俛仰之間……／放一些些浪於敗草般的形骸之外／時值暮春……」[70]皆根出王羲之〈蘭亭集序〉一文，詩題是圖，王著為文，但就其寫蘭亭一事是共通的，因此洛夫轉用了王羲之的文本，回應了王文中「後之視今猶今之視昔」的古今歷史感。所謂「雖世殊世異，所以興懷，其致一也」，在洛夫筆下成了「歷百代仍看不出／身為過客的那種悽惶」。

〈戰馬〉第三段云：「記起身負曹操退走華容道的那樁事／便不由得臉紅了起來／是漢子就當唱濺血之歌／只要不遇到

68 洛夫：《雪崩》（臺北：書林出版公司，1994年），頁126。
69 《因為風的緣故》，頁209。
70 《因為風的緣故》，頁277~278。

秦瓊那一類落魄英雄／將軍，我這層皮遲早都會裹在你的身上」[71]，分別用了《三國演義》曹操走華容，《隋唐演義》秦瓊賣馬，《後漢書》馬援馬革裹屍之典；第四段：「伏櫪多年未忘夢中的白山黑水／千里萬里」用曹操〈步出夏門行．龜雖壽〉詩：「老驥伏櫪，志在千里」之典。這些文本不皆寫戰馬，洛夫卻將這些馬的著名典故，化為己用，頗見巧思，所謂「援古以證今」也。

〈淚巾〉一詩云：「首先感知河水溫度的／不見得就是鴨子／亦非入水便手腳發軟的柳條／而是牆上的女子／女子手中的／一條被風吹落的／淚巾」[72]，是蘇軾〈題惠崇春江晚景〉的翻案文章，蘇詩云：「竹外桃花三兩枝／春江水暖鴨先知／蔞篙滿地蘆芽短／正是河豚欲上時」這是一首題畫詩，洛夫〈淚巾〉和它關係實遠，但詩中看準水溫這一共同點，巧妙的翻寫蘇詩，也是關合之處。

在長篇《漂木》中，這一類因切合內容而引用文本的例子也很多，此不贅述。

（四）行文偶合於其他文本

如前所言，詩人行文之際，因前後文理自然的要求，以平日積學堆累在腦海中的成辭或語典入詩，初非引用文本以關合詩題詩旨，不知出處，並不妨害我們對詩的了解、闡釋，但前後文合看，引文融合無跡，不作文本互涉之想亦可也，視之為修辭上的指涉，也何嘗不可，援舉數例如下：

〈登黃鶴樓〉詩云：「江面如此明亮而又／如此陌生／千

71　洛夫：《夢的圖解》，頁60。
72　《釀酒的石頭》，頁64。

帆過盡／卻找不到一幅辨識的臉」[73]，其中「千帆過盡」一詞出自溫庭筠〈夢江南〉詞：「千帆過盡皆不是，斜暉脈脈水悠悠」，但我們在此視之為洛夫登黃鶴樓望長江中船來船往，因之而生出一種孤獨感即可，似不必追究原詞中主人翁等不到情人，肝腸為斷的題旨。

〈論詩〉一首第二段云：「我委實猜不透／一行白鷺上青天／去幹麻？」[74]典出杜甫〈絕句四首〉之三：「兩箇黃鸝鳴翠柳，一行白鷺上青天」，杜詩寫春景，因為是絕句，只能寫出春天最大特色，不能細寫春景，這就讓洛夫抓住了問題：杜甫為何寫白鷺青天，是眼下即景嗎？春景千萬，詩人何以獨寫白鷺？可見詩的無理而成趣以及不涉理路。因此這裏用杜甫寫春景詩和論詩主題是不相關的，但可能有修辭上的聯想作用。

〈泡沫之歌〉中有兩句：「不管大江東去或西去／那些浪濤中的風流人物無非滾滾浮屍」是化自蘇軾〈念奴嬌〉，但這裏的文本互涉不同於〈出三峽記〉，後者至少在大江和出峽後的赤壁兩處地名和蘇軾的文本相涉。此處引用蘇詞，只能說江水中浪濤來去捲起的泡沫，如同歷史浪潮中來來去去的人物。我們即使不知蘇詞原典，亦不妨害對洛夫詩句的解理，但一經指出文本的互涉，又多了一層聯想作用。

這一類行文偶合的詩句還有許多，但因其重要性不及前三類，在此就不多加引申了。

---

73 《雪落無聲》，頁24。
74 《夢的圖解》，頁40。

三、結論

本文從後結構主義文本互涉的理論出發，考察洛夫詩中文本互涉的現象，並依互涉程度之不同，將其分為四類。文本互涉在洛夫詩中或在強化詩題詩旨，以達到當下文本和引用文本互相發明、循環闡釋的效果；或者在強調對詩題人物的了解，同情與認同；或者僅在用典，以見詩人積學之功及援古以證今之效；或者因行文偶合，僅有文句意義上的合轍。

另外，洛夫七十年代以後詩作大量引用中國古典文學，尤其唐詩更是他學習的寶庫，使他的詩脫離早期超現實主義的晦澀和西化，有了中國傳統的審美趣味，這和余光中從《蓮的聯想》之後回歸古典的歷程近似。因之，洛夫七十年代以後詩作，指涉的文本以傳統文學作品最多，也較能為讀者所接受，洛夫詩風的轉變，也告訴我們現代詩是可以結合古典，也必須結合古典，才能不僅是現代的，也是中國的。

短　評

洛夫是臺灣現代詩壇重要詩人之一，其詩藝造詣一向以晦澀著稱，艱難美是他的標誌。

論文發表人蔡振念教授長年關心現代詩學，多次詮釋洛夫新詩，令人耳目為之一新。本文探討洛夫新詩對中國古典文學

的學習、轉化，提出洛夫詩中文本互涉的四種現象，既解讀了洛夫新詩的構成元素，也思考新詩發展的可能方向。

這些努力都值得肯定。不過，本文也存在若干值得進一步斟酌的問題，例如：

一、洛夫詩的文本互涉：

①逕引其他文本為詩題或詩首題辭，援引例證，除《漂木之外，其他二十首，其次序似乎不太明朗。

②因切題而引用其他文本，例證十二首，固然做了索隱，但秩序的成長，仍然不明。

③雖非切題，但因內容相關而引用其他文本，例證八首，似乎有待開拓。

④行文偶合於其他文本，祇援舉四例，稍嫌不足，雖然作者以為其重要性不及前三類，不多加引申，但為求論點的可信性，應考慮多加些例證。

二、結論部分，僅以兩段論述，不足以綜述本文的發現。

三、本文錯字頗多，已經校刊，並勾勒論文中，這裏列舉若干條以資參考：

①P.2「亞弦」應做「瘂弦」；《飄木》應作《漂木》；「七十年代以後」，「七十」應作「七〇」，下同。

②P.5〈哀郢〉「甲之朝吾以行……哀故都以日遠。」「朝」為「鼂」，「以」作「之」；P.6「你卑微如青苔／」之後漏了「你莊嚴如晨曦」一句。《漂木》頁 128，應作頁 162。（以下許多頁碼錯置）

③P.8「李白、王維都是他常借鑑的詩人」，應作「王維、李白……」；王維〈鳥鳴澗〉缺「澗」字，P.15 也是如此。

④P.10「為讀者提供一種莫名其妙的淒惻之美……」，

「淒惻」應作「悽惻」；「及到知道那女子以不可能赴約」，「以」應作「已」。

（林明德）

一株流浪的絲杉

——白萩在追尋與釘根間的辯證

蔡哲仁　嘉義東石高中國文教師

摘　要

白萩的〈流浪者〉一詩，以一株絲杉來表現流浪者的孤獨身影，以一棵無法自行移動的植物來象徵一個不管精神或肉體都處於極度不安定狀態的「動物」，不管作者有意無意，這樣的安排其實是相當耐人尋味的。通觀白萩的詩作，「流浪者」和蛾、鷹、雁、鳥等會飛的動物一樣，都有「追尋」的象徵；反之，「絲杉」和樹、薔薇、向日葵、野草等植物或隱或顯地象徵「釘根」，而「追尋」與「釘根」正是白萩詩中經常出現的兩大主題。〈流浪者〉這首詩比較特別的是：它把流浪者和絲杉疊合在一起，讓「追尋」與「釘根」這兩個主題同臺演出，這是白萩詩中首次也是少見的做法，甚至可以說：〈流浪者〉這首詩是白萩日後詩作的「原型」。因為它透露了白萩生命中最大的矛盾——在「追尋」與「釘根」之間的依違掙扎；而白萩的詩就是在這種矛盾掙扎下的告白，這使得他的詩具有生命的深度，也形成他獨具的特色。雖然這個矛盾在〈流浪者〉一詩中只是初見端倪，尚隱而未顯，但日後這樣的矛盾與衝突不斷出現，而他如何來相互辯證取得諧調，便構成了白萩特殊的精神歷程與詩作風格。本文試著從「追尋」與「釘根」這兩大主題所構成的面向來耙梳，希望能釐清其發展的軌跡，以一窺他詩學的堂奧。

關鍵詞：土地、天空、釘根、流浪、追尋、原型、鳥、樹

一、前言

在臺灣的前行代詩人當中，1937 年出生的白萩年紀雖然較小，但資格卻甚老，原因是他出道、成名都很早，早在 1955 年即以〈羅盤〉一詩獲中國文藝協會第一屆新詩獎，而那時他還是個理三分頭的高中生，比起一些年紀較大的前行代詩人更早嶄露頭角。此外，白萩也是臺灣戰後詩史重要的見證人，他崛起於《藍星》週刊，受知於覃子豪；1956 年紀弦創立現代派時，他名列第一批加盟的名單；1959 年《創世紀》第十一期改版後，他受張默之邀，加入《創世紀》成為掛名的編委；1964 年笠詩社創刊，他又是十二個創社元老之一，是臺灣前行代詩人當中極少數和四大詩社都有淵源的詩人。

白萩的作品已結集的有：《蛾之死》、《風的薔薇》、《天空象徵》、《香頌》、《詩廣場》以及《觀測意象》（詩與詩論合集），另外還有一本詩論集《現代詩散論》以及三本詩選集《白萩詩選》、《自愛》、《風吹才感到樹的存在》。以作品的量來說並不算多，這除了 1972 年之後因公司業務繁忙與生活重壓有幾段很長的時間是處於停筆狀態，導致創作量銳減外，和他的創作態度也有很大的關係，他堅持：「為了產生一首詩，我們必須殺死全世界的詩人，我們必須殺死昨日那個我的詩

人。」[1]就是因為在創作上他的自覺意識極強，語言重獨創不願重複自己，所以每一次的再出發，總會讓人驚訝於他的善變與多面，因此李魁賢才把他比喻成一隻「七面鳥（火雞）」。[2]

他的處女詩集《蛾之死》1959年5月由藍星詩社出版，前半充滿浪漫色彩，寫出一個年輕心靈的憧憬與愛，代表作就是那首得獎的〈羅盤〉和系列的〈給洛利〉連作。[3]後半則嘗試各種技巧的實驗，那四首圖像詩就是受到林亨泰符號論的影響而創作出來的，[4]代表作有〈流浪者〉、〈蛾之死〉。這個時期的白萩醉心於技巧的追求，他的名言是：「藝術所以能偉大的呈顯在我們眼裏正是由於技巧的偉大」。[5]

第二本詩集《風的薔薇》1965年10月由笠詩社出版，作品大多發表於《創世紀》與《笠》，具有現代主義的精神，作品風格轉為冷凝內斂，偏向冷靜的觀照，代表作有：〈樹〉、〈ARMCHAIR〉、〈風的薔薇〉。在詩集的代序〈人本的奠基〉一文中，對T.S.艾略特的〈傳統與個人才具〉有深刻的反省與批評，反映出白萩對現代主義的認識與吸收。

---

1 白萩〈或大或小——田村隆一詩集讀後〉，原刊於幼獅文藝32：2（194期）頁116～121，1970.2，另收錄於《現代詩散論》與《觀測意象》。

2 李魁賢〈七面鳥的變奏——白萩論〉，原刊於《笠》32期，頁37～51，1969.8.15。又收錄於李魁賢《心靈的側影》新風1972.1.1，以及何聃生編《孤岩的存在》臺中．熱點，1984.12.10，頁23～53。

3 〈給洛利〉連作收在《蛾之死》詩集中共有十首，其實尚有幾首未收入。

4 見林燿德〈訪白萩——片片語言滴滴血〉，原刊於自由青年79：1（701期）頁64～69，1988.1，後收錄於氏著《觀念對話》頁32～48文字略有增減，題目改為〈前衛精神與草根意識——與白萩對話〉，亦收錄於《觀測意象》頁158～171。丁旭輝在〈白萩圖象詩研究〉一文認為：〈仙人掌〉及〈曙光之昇起〉二詩「只能算是圖象技巧的局部運用：真正的圖象詩作品應該只有〈蛾之死〉與〈流浪者〉兩首。

5 白萩〈蛾之死後記〉，見《蛾之死》，頁70。

1969年6月出版的《天空象徵》，內容分為「以白畫死去」、「阿火世界」和「天空與鳥」三輯，「以白晝死去」是《風的薔薇》的延伸，但表現更為徹底，內涵更為深沉。代表作有〈路有千條樹有千根〉和膾炙人口的〈雁〉。後兩輯的語言洗盡鉛華，回歸本色，「從詩中驅逐一切形容，而以赤裸裸的面目逼視你。」[6]尤其「阿火世界」以最素樸的口語呈現小人物的無奈與荒謬神秘的人生體驗，相當震撼人心，〈形象〉、〈向日葵〉和〈天空〉兩首都是其力作。「天空與鳥」一輯「天空」與「鳥」的象徵頗值玩味，〈金絲雀〉、〈鳥兒〉、〈叫喊〉讓人印象深刻。語言的體悟與改變是這本詩集的特色，在其後記〈自語〉一文，白萩強調：「改進了我們的語言才能改進我們的詩」，「擴散的形象造成歧義，扼死了我們的思想。我們要求每一個形象都能載負我們的思想，否則不惜予以丟棄。」[7]

1972年由笠詩社出版的《香頌》以自己在臺南新美街的生活為書寫對象，不惜徹底把自己脫光，裸裎自己步入中年的慾望、婚姻與家庭生活，這裏面有他對妻子的背叛，也有患難才可見到的夫妻情深，是相當生活化與庶民化的一部作品，也是臺灣詩史上第一本以家庭為背景又寫得極為成功的的詩集。[8]像〈新美街〉、〈這是我管不了的事〉、〈兩河一道〉、〈病了的〉等都是相當膾炙人口的詩。

寫於《香頌》同時，原擬一起出書的《詩廣場》，因出版社出了問題遲至1984年才出版，是把同一主題的《香頌》抽

---

6 白萩〈自語〉，見《天空象徵》頁87。

7 同註6。

8 陳芳明〈七位詩人素描之一——白萩〉，氏著《詩和現實》1978.2，見《孤岩的存在》頁143～144

離之後其它詩作的結集。因此語言和《香頌》一樣，已經由阿火系列的實驗中走出自己的風格來，但作品的題材較多樣，關懷的層面也較深廣。除了有個人私己的抒發外，像〈廣場〉、〈火雞〉、〈鸚鵡〉、〈暗夜事件〉諷喻既深且準，開啟了八〇年代「政治詩」的先河。[9]

1972年2月白萩舉家從臺南搬回臺中，重新開設美術設計公司，那一年也是臺灣現代詩論戰的開始，不過詩人卻因工作與生活的壓力而沉寂下來，1991年出版的《觀測意象》僅收錄十九首詩，其中*SNOWBIRD*還是舊作，平均一年不到一首。白萩自承沒有充滿自覺性的實驗作品，因為「改進語言實在不是一件容易的事」。[10]但是在《觀測意象》中，詩人的眼界卻更開闊，對外界的現象掌握得更精準深入。像走訪菲律賓，他寫下了〈看馬尼拉灣落日〉和〈致黎剎〉；面對中國的六四天安門事件，他寫下了〈無名勇者歌讚〉、〈人民草〉、〈紅螞蟻〉；而身處臺灣，〈雁的世界及觀察〉寫「美麗島事件」；〈領空〉寫「讀韓航客機在蘇聯領空被擊碎與蘇聯轟炸機飛過臺灣上空」的感想。這些詩都寄寓了詩人的感慨與批判，也讓我們看到詩人更開闊與更成熟的心靈。

從《蛾之死》到《觀測意象》，白萩所呈現出來的詩藝似乎繁複而多變，但卻是萬變不離其宗，許多意象在他的詩中不時出現，如：流浪、天空、雁、鷹、鳥、蛾、樹、薔薇、根……，所以詩人不忘提醒我們要——觀測「意象」；這些意象在白萩的詩中也都各有其象徵，所以暗示我們要注意——天空「象徵」。他佈下了「語言迷宮」，又不忘留下一些線索讓細心的讀

9 林燿德〈訪白萩——片片語言滴滴血〉，同註4，見《觀測意象》頁162
10 白萩〈詩廣場后記〉，見《詩廣場》頁144。

者得以進入其詩學堂奧，解開「史芬克斯之謎」。而在所有的線索中，〈流浪者〉是最關鍵的一首詩。

二、一株流浪的絲杉

發表於1958年3月20日《現代詩》23期的〈流浪者〉一詩，是白萩早期所創作的四首圖象詩之一，詩中以地平線上突起的一株絲杉來呈現曠野中流浪者孤獨的形象，令人印象深刻，因此廣泛被收入各種詩選，也是討論白萩時絕對無法漏過的一首代表作。一般的論述大多集中在一、二段以圖示詩的創作手法，以及它所表現出來的孤絕意識。當然，也有人質疑；樹不會走動，以一株絲杉來寫流浪者，其中似有矛盾之處？[11] 甚至有人去考證到底「絲杉」是什麼植物？[12] 但鮮有人注意到「絲杉」與「流浪者」的象徵意義，以及在白萩整個詩作中的重要性。而陳鴻森在〈白萩詩作的一側面（上）〉首度點出：「在詩人歷程性的探討上，〈流浪者〉一詩所具的意義，當不在於這首詩本身的評價上，毋寧是：他顯示了詩人實驗探求的精神，更且，這首〈流浪者〉成了白萩日後詩的一個胎盤。」[13]

〈流浪者〉一詩，以一株絲杉來表現流浪者的孤獨身影，以一棵無法自行移動的植物來象徵一個不管精神或肉體都處於

---

11 柯慶明〈防風林與絲杉——論林亨泰與白萩詩中的臺灣意象〉，「第二屆臺灣文學學術研討會——詩／歌中的臺灣意象研討會」成大2000.3.11～12。

12 麥穗〈絲杉與苦苓〉，原刊於《秋水》詩刊38期，1983.5。後收錄於麥穗《詩空的雲煙》頁194～197，臺北・新藝文1998.5初版。

13 陳鴻森〈白萩詩作的一側面（上）——「雁的世界及觀察」的新地形〉，原刊於《文學界》9期，頁48～76，見《孤岩的存在》頁171。

極度不安定狀態的「動物」，不管作者有意無意，這樣的安排其實是相當耐人尋味的。通觀白萩的詩作，有四組經常出現的意象，分別是：天空、鳥、樹、土地。「天空」包括雲和星星，象徵廣大、自由與夢想，是「追尋」的對象，而其中「雲」有時又可以是能自由去追尋的「主體」。「鳥」象徵「追尋」的主體，它包括像蛾、鷹、雁、金絲雀等會飛的動物，也包含像流浪者、獅、狼、狗、貓等不會飛、只能在土地上行走的動物或者是水中的金魚。而「土地」象徵現實的限制與生命的根源，是極欲掙脫的枷鎖，也是安身立命之所在；它經常是隱形、無須贅言的，因為動物「行走」或植物「釘根」必然要在土地之上，但有時也以檻、缸、家或根等意象出現。而其中「根」具有雙重身分，它有時是牽絆、是枷鎖，但它也是植物的一部份，所以又可以是釘根的「主體」。至於屬於「樹」的絲杉，或者和「樹」一樣都是植物的薔薇、向日葵、野草等既然命定地被限制在土地上，也只好無可奈何地成為「釘根」的主體。而「追尋」與「釘根」一顯一隱、一動一靜正是白萩詩中經常出現的兩大主題。而〈流浪者〉這首詩比較特別的是：它把「流浪者」和「絲杉」疊合在一起，讓「追尋」與「釘根」這兩個主題同臺演出，這是白萩詩中首次也是少見的做法，甚至可以說：〈流浪者〉這首詩是白萩日後詩作的「原型」（archetype）。[14] 因為它透露了白萩生命中最大的矛盾——在「追尋」與「釘根」之間的依違掙扎；而白萩的詩就是在這種矛盾掙扎下的告白，這使得他的詩具有生命的深度，也形成他獨具的特色。

14　這是陳鴻森的說法，本文據陳說。「原型」（archetype）陳鴻森採用佛萊（NorthropFrye）的界說，見《孤岩的存在》頁 182。

(一)始終不滅的追尋意志

在白萩的詩中，「流浪」二字的出現相當頻繁，或者即使沒有「流浪」二字，「流浪」的意象也不時出現，像早在1955.7.20刊於《新新文藝》二卷二期的〈遠方〉一詩，可以說是〈流浪者〉一詩的雛型。詩中行走於大沙漠的「我」，肩著滿身的晚暉，駐腳向西方的七星喘息，振臂向地平線呼喚：「遠方啊，明日」／「生命啊，花朵」。「西方的七星」象徵著追尋的目標，是對於遠方、對於明天的憧憬，也是「我」所要追求的生命之花。

流浪可以是被迫離開定居的土地，毫無目的地四處遊走，也可以是一種「追尋」，主動地離開定居的土地去尋找自己認為更高遠的理想，更可以是一種精神的出走與在地流亡，無疑地，年輕的白萩是屬於第二者。在《天空象徵》的后記〈自語〉中他就明言：「我還要去流浪，在詩中流浪我的一生。我決〔絕〕[15]不在一個定點安置自己，我的歷程就是我的目的。在地平線外空無一物，我還是要向它走去。」[16]這樣的「流浪」心態，如果衡諸他的生平與詩作，除了「體現著青春少年對遠行或流浪的嚮往」，[17]也是白萩1972年以前具體的生活寫照，[18]

15 〔 〕內的字為手民之誤的訂正。

16 白萩〈自語〉，見《天空象徵》頁88。

17 同註13，見《孤岩的存在》頁169。

18 根據白萩年表及其夫人陳文理〈我的丈夫白萩〉一文，白萩1955年8月，入臺灣省教育廳衛生教育委員會任職，1956年8月，轉至省立臺灣農學院（中興大學前身）教務處任職。1960年離開省立臺中農學院，轉入秋金家具公司服務學商。1962年4月1日與陳文理結婚，定居臺北，在臺北開設現代傢俱裝潢有限公司。1964年結束傢俱公司，舉家從臺北遷至臺南定居，先搬回太太娘家，1967年賃屋於中山路高等法院旁，1969年再搬至赤崁樓旁的新美街。1972年2月，舉家再從臺南遷回臺中市。6月，在臺中市開設立派美術設計有限公司。

更是他一生對於「追尋」的堅持！讓我們先來看他得獎的成名作〈羅盤〉一詩的前兩段：

握一個宇宙，握一顆星，在這寂寞的海上
我們的船破浪前進，前進！像脫弓的流矢
穿過海鷗悲啼的死神的梟嚎
穿過晨霧籠罩的茫茫的遠方
前進啊，兄弟們，握一個宇宙，握一顆星
我們是海上處女地的開拓者

前進啊，兄弟們，有誰在驚懼？
看我的針向定定地指著天邊那顆閃爍的北極星
看我堅毅地向空間伸開擁抱的兩臂
看我如銅像的英雄揮劍叱咤海上的風雲
看我出鞘的凜凜的軍刀，飲著夜輝深沉地宣示：
我們是海上新處女地的開拓者

〈羅盤〉這首詩共分五段，首末兩段文句大部分相同，每段最後一句都是「我們是海上新處女地的開拓者」，旋律一再重複，主旨也再三強調，整首詩年輕的朝氣活潑昂揚，對未來滿懷希望與野心。第二段「天邊那顆閃爍的北極星」正是他「追尋」的目標，未滿十八歲的白萩對於目標的追尋所表現出來的情懷是浪漫的、義無反顧的，也是英雄主義式的！這時期的他「眼睛長在頭頂上」，因為未經現實的磨難，單純地憧憬著未來，認為只要努力就會有成就，至於未來的橫逆也是想像出來的，人世間的苦難尚未真實體驗，所以相較於白萩日後詩作中的「苦」味，可以算是篇異數。

不過接下來的詩逐漸地透露出想追尋所面臨到的現實環境之限制。如〈金魚〉一詩，作者寫金魚具有火般的理想，但卻被軟困在現實的、冰冷的水中，無法躍出世俗殘酷的泥沼，只能被玩賞，在圓形的魚缸中無法直往追尋，最後他可憐金魚「為何不長對翅膀呢？」在白萩的詩作中，「有翅膀的」如鷹、雁、蛾等至少都還有去「追尋」的本錢，而金魚卻沒有。白萩以金魚自況，寫自己無法自由去追逐理想的悲哀。

這樣的追尋渴望也同樣表現在〈飛蛾〉、〈囚鷹〉、〈瀑布〉、〈遠方〉、〈雨〉、〈春〉……等詩中，如「飛馳于這世界之上／播散我孵育的新奇的詩的卵子」但卻被世界這盞油燈燃燒而死的飛蛾；或者「來自遼藍的長空，去向遼闊的自由／卻為禁錮的鏈索，留下頹然的沉默？」的囚鷹；或者「曾以握有閃電的雄心／想力劈封閉的未來／曾以跨越宇寰的腿力／想邁過斷落的世紀」，「卻在歷史的陡坡悲壯地殞落」的瀑布；或者是〈雨〉中想要破繭（雨）他往的蛾（我）；或者是〈遠方〉中振臂向地平線呼喚：「『遠方啊，明日』／『生命啊，花朵』」的「我」；或者如〈春〉中的「我」祈求：「母親，遠行的弟弟已回家了。／讓我背起鎗吧。／到遠地去參加二月的獵人集吧。」

在這一系列的詩中，白萩喜以物擬人，將物「人性化」，或者是以第一人稱的「我」來呼喚祈求，浪漫的色彩和最早期的〈羅盤〉一樣濃厚，對遠方的憧憬與追尋的渴望也無啥差別。唯一不同的地方是，因為年齡略長，追尋的渴望越強，而所感受到的現實羈絆也越來越明顯。「與他最早期的〈羅盤〉一詩裏，激情嘹亮地歌唱著：『前進啊，兄弟們，有誰在驚

懼？』、『前進啊，兄弟們，我們是海上新處女地的開拓者』，自是截然的兩種心情。這種被抑制的青春的感覺，是白萩最早期所感受到的生之孤獨的落影。」[19]這種強烈的追尋渴望與殘酷的現實羈絆就在〈流浪者〉一詩表現得最為徹底。我們來看看它最為人津津樂道的前兩段：（以下由右向左直唸）

望著遠方的雲的一株絲杉
望著雲的一株絲杉
一株絲杉
在地平線上
一株絲杉
在地平線上

「望著遠方的雲的一株絲杉」，「雲」在此詩中可以是天空的象徵，也可以是一個具有能動性的追尋主體，不管何者，它都是絲杉企慕嚮往的對象。如果是蛾、是雁、是鷹這些會飛、能飛具有自主性與能動性的動物，這種企慕嚮往就比囚鷹、獅、狼這些不能飛、不會飛的動物缺少衝突與張力。而今這麼一個追尋的主體不僅不是動物，而是一株絲杉，一棵永遠也無法動彈的植物，它所呈現的渴望與悲劇性便達到了最高點！針對此詩的分析，張漢良的見解最為精闢：

---

19 同註13，見《孤岩的存在》頁169。

> 我們在白萩的例子裏，見到一株翹首雲天，企望遠方的樹，想像出樹的渴望與人對異鄉的嚮往——事實上，著一「望」字，樹已然擬人化，流浪者與樹的暗喻關係正式如此建立起來的。樹的渴望是一種正面的力量（Thesis）；但下一段的情形但下一段的情形馬上改觀，這株嚮往遠方的樹，面臨了衝突：它被限定在地平線上。詩人把「一株絲杉」栽在兩條地平線上（其實「杉」在地平線下），使它無法遠颺。因此地平線所代表的環境便形成一種反的力量（Antithesis）。在樹與環境的外在衝突裏，失敗的是樹，正如安徒生的「縱樹」，成了環境與慾望的犧牲。這種被擊敗的感覺，很可以由詩行的空間運動方向與節奏表現出來，前一詩段描繪企望的樹，是垂直運動的，詩行的排列如此，讀者視覺肌肉的運動也是如此；而下一段大體上保持水平運動方向，十足表現出微不足道的個人與遼闊的大地之間，唐吉訶德式的鬥爭。[20]

〈流浪者〉一詩在白萩詩作中第一個重要的意義就是：它是年輕浪漫的白萩在追尋過程中的第一個高峰。反之，同為圖像詩，也是《蛾之死》詩集中的壓卷之作——〈蛾之死〉則是在篇名中正式宣告：「蛾」之「死」——年少的白萩已逝，浪漫的追求已然過去！[21]蛾具有趨光性，是一種非自覺的、與生俱來的生物性本能，它的生命在現實中極為脆弱，通常也死

20　張漢良〈論臺灣的具體詩〉，見氏著《現代詩論衡》頁109，幼獅1979.6初版，1981.2再版。

21　僅就篇名的象徵意義而言，其實其內容更是浪漫追尋的極致——蛾之死。

於光明的燈火之下，一般用來象徵人對理想浪漫的、死而無悔的永恆追求。這種源自生命體本身的悲劇性，正是詩人最喜歡寄寓的對象，蛾之死代表詩人浪漫時期的結束，也意味另一個階段的開始。

從 1959 年 5 月的《蛾之死》到 1965 年 10 月《風的薔薇》的出版，這六、七年間是白萩一生最為動盪坎坷的歲月。在工作上，棄公從商，又經商失敗；在家庭上，結婚後三年內連生了一子二女，父親緊接著又去世；而居住地也從臺中、臺北輾轉遷徙到臺南，寄住在太太娘家。生活與家庭的重擔提早讓詩人見識到現實的殘酷，浪漫似乎成為一種諷刺，「追尋」變成一種奢侈的行為。所以在《風的薔薇》中，「鳥」以及白萩習慣用來象徵追尋主體的意象全都不見了，「追尋」的渴望便沉潛為伏流，整本詩集相當低調，悲觀絕望充塞。如〈秋〉：「我們像一座被遺棄在路旁的屋子／空望門前的路沒入遙遠的前方」，或者如〈縱使〉：「縱使你攤開欲望什麼的門／而那／／與我無關。讓天空坦然地藍吧」。無奈、冷漠是被現實凌遲之後的自然反應，然而「此地無銀三百兩」，無奈與故作冷漠，反而正顯示出對「追尋」的無法忘情。不管是「在此張開著／眼／不為什麼而張開著／眼」的〈窗〉，還是「無法復聞枯草的香味。／在淒厲的牛角聲中的篝火／無法血染你的怒視／以吼聲壓低了勁草沉沉地滾至天邊／已然成為歷史」的〈標本獅〉，作者都寄予無限的同情。

在《風的薔薇》對「追尋」的悲觀與沉潛之後，《天空象徵》裏的白萩呈現了兩極化的反應。一種是理智的、更為堅定不移的追尋，一種是情緒的、死心後賭氣就將追尋的目標——天空射殺；前者以〈雁〉為代表，後者就是第二首的〈天空〉。我們先來看看這首〈雁〉：

我們仍然活著。仍然要飛行
在無邊際的天空
地平線長久在遠處退縮地引逗著我們
活著。不斷地追逐
感覺它已接近而抬眼還是那麼遠離

天空還是我們祖先飛過的天空。
....
我們還是如祖先的翅膀。鼓在風上
....

我們將緩緩地在追逐中死去，死去如
夕陽不知覺地冷去。仍然要飛行
繼續懸空在無際涯的中間孤獨如風中的一葉

而冷冷的雲翳
冷冷地注視著我們

〈雁〉是白萩詩藝的一個高峰，發表於1966年1月出版的《創世紀》23期。歷年來佳評無數，如：笠詩社《五年詩選》認為它「表現一種歷史性的使命，對生命存在的一種觀點。並在時代的魘夢裏，給人以堅守的力量，充分發揮詩人的新人本精神。」[22]陳芳明在〈雁的白萩〉一文指出：「〈雁〉是白萩

22 見《笠》30期頁9。

在《風的薔薇》之後，寫出的作品中比較重要的一首詩，往後若有人提到白萩的作品，那麼，〈雁〉勢必要提出來討論的；因為，它顯示出了他個人的思想動向，顯示了他個人的生命的毅力，顯示他個人對宇宙無盡的嚮往。」[23]楊子澗〈充滿悲劇意識的前衛者——白萩〉則直接誇讚：「無疑的，〈雁〉這首詩在白萩個人的創作生涯和整個現代詩史上來說，都足以留下一塊不朽的碑銘。」[24]

至於陳慧樺〈白萩風格論〉則從語言上肯定「這一首詩的成功便在喻旨（tenor.）能恰切地投射在客觀物體（vehicle）上，也就是歐立德所說的情感找到了最恰適的客觀投影（objective correlative）。」[25]而李元貞〈論白萩《天空象徵》裏的〈雁〉〉則從「追尋主體的自覺」強調「雁是這樣地冷靜地認知自己的命運，清醒自己的生存世界；不但沒有阿火的依恃『幻相』，也沒有鳥兒的任何『期待』而因此對生命真象有著徹底的痛苦。……它雖然憂愁痛苦卻仍然活著，仍然要飛行，仍然履行生命的自然之道。這種願意面對命運的勇氣和活著就飛行追逐的意志，亦使此詩產生另一股震撼的力量，和前面所指出的那股沉重的悲劇感的壓力抗頡，使得本詩所要表現的痛苦更深刻有力。」[26]張春榮〈從杜甫的〈孤雁〉看白萩的〈雁〉〉

23 陳芳明〈雁的白萩〉，原刊於《大地》1 期 1972.9.1，後收錄於氏著《鏡子和影子》臺北．志文 1974.03 初版 1978.10 再版，見《孤岩的存在》頁 108。

24 楊子澗〈充滿悲劇意識的前衛者——白萩〉，《中學白話詩選》臺北．故鄉 1980.4.15，見《孤岩的存在》頁 365～366

25 陳慧樺〈白萩風格論〉原刊於《大地》1 期頁 47－57，1972.9.1。亦收錄於氏著《文學創作與神思》國家 1976.6，以及張漢良．蕭蕭合編《現代詩導讀——批評篇》故鄉 1979.11.1 初版。見《孤岩的存在》頁 135。

26 李元貞〈論白萩《天空象徵》裏的〈雁〉〉，原刊於《龍族》9 期——評論專號，頁 187～252，1973.7.7，見《孤岩的存在》頁 316～317。

則強調本詩的悲劇功用，[27]而阮美惠〈白萩詩中〈雁〉的觀察與追尋〉一文則從詩人創作的歷程加以探討，指出〈雁〉一詩的價值所在。[28]

在此詩中，「我們仍然活著。仍然要飛行」，意味著只要活著便得飛行，「追尋」是一種宿命。而「天空還是我們祖先飛過的天空」，「我們還是如祖先的翅膀」，即使「我們將緩緩地在追逐中死去，死去如／夕陽不知覺的冷去。仍然要飛行」則告訴我們「追尋」是祖先留下來的傳統，也是與生俱來的遺傳基因，它是至死無悔的，也將一代一代傳留下去。白萩把「追尋」從《蛾之死》時期個人年少浪漫的憧憬，提升到整個族群歷史感與使命感的高度，這是白萩詩作中「追尋」的蛻變；而從蛾對命運的不自覺到雁的自覺，悲劇感更加深重，相形之下意志更顯堅定，這種無可搖撼的追尋意志，正是白萩詩作中「追尋」的最巔峰。

然而，「禍福相倚伏，死生相終始」，在此詩中亦潛藏著自我顛覆的因子，因為這樣的追尋缺少活潑潑的生命力，不像蛾追逐光明是建立在「追尋主體」內在對於「追尋目標」的渴望上，而是外在的整個族群的歷史感與使命感讓它「命該如此」。對詩中的雁來說，缺乏明確的追求目標與強烈的內在動力，「前途祇是一條地平線／逗引著我們」，天空「廣大虛無如一句不變的叮嚀」，飛行變成一件苦役、一種魘夢，追尋成

---

27 張春榮〈從杜甫的〈孤雁〉看白萩的雁〉，原刊於《中華文藝》71期1977.1，亦刊於《文風》30期，頁18～22，1977.1，也收錄在《中華現代文學大系──評論卷》九歌1989頁1030～1042，見《孤岩的存在》頁339。

28 阮美惠〈白萩詩中〈雁〉的觀察與追尋〉《臺灣文藝》166.167期1999.1頁98。

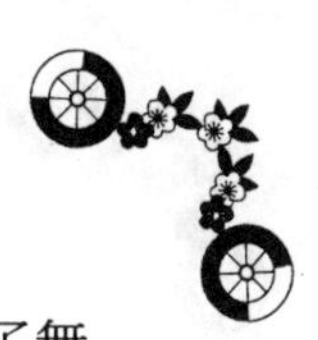

為一種看不到目標，但卻又非做不可的工作，整首詩隱含了無奈與虛無的色彩。於是當詩人處於人生的逆境時就產生了另一種極端的聲音，如〈天空〉第二首：

天空必有母親般溫柔的胸脯。
那樣廣延，可以感到鮮血的溫暖，隨時保持著慰撫的姿態
而阿火躺在撕碎的花朵般的戰壕
為槍所擊傷
充滿成為生命的懊恨

不自願的被出生
不自願的被死亡
然後他艱難地舉槍朝著天空
將天空射殺

理想的「天空必有母親般溫柔的胸脯。／那樣廣延，可以感到鮮血的溫暖，隨時保持著慰撫的姿態」。在白萩的詩中，天空可以是老爹，也可以是母親，更是夢想的象徵。然而在這首〈天空〉，「不自願的被出生／不自願的被死亡」，「充滿成為生命的懊恨」的阿火終於「艱難地舉槍朝著天空／將天空射殺」。之所以艱難，可能是身受重傷難以行動，而更可能是想賭氣報復又難以下定決心。不過，不管如何，阿火舉槍將天空射殺這個動作即宣告：那個理想浪漫的前期白萩已然徹底死亡。蛾之死代表的是「浪漫的追尋主體」之死，而阿火將天空射殺則是代表：「現實的追尋主體」處決了「不切實際的追尋目標」，就像狠心將自己衷心所愛卻背叛自己的情人殺死一

般。前者是囿於現實、死於現實，但並未完全對理想死心；而後者則是乾脆否定理想的存在，否定追尋目標存在的意義。經過了《風的薔薇》到《天空象徵》中「以白晝死去」的掙扎，白萩終於在心理上完全割捨了「蛾」的浪漫，正式地走入了與現實對決的「阿火世界」！與〈天空〉第二首同時期的作品〈蛾〉可以作為此說的注腳：（節錄末段）

有一夜，他又在臘〔蠟〕燭上
試著世界的溫暖
卻被燒成灰燼
永不回來

《天空象徵》中的「以白晝死去」一輯，不管在語言上或詩的內容精神上都是《風的薔薇》的過渡，「阿火世界」則是白萩在創作上的一個實驗與突破，雖然難免「矯枉過正」。如果以此為界，「以白晝死去」輯中的〈雁〉可謂前期白萩的巔峰之作，「阿火世界」中的〈天空〉則是後期白萩「矯枉過正」的代表作，而日後白萩的「追尋」便在這兩極之間依違擺盪。告別年輕的浪漫，被現實所桎梏，但內心深處又時時忘不了理想的追尋，這類比較偏向〈雁〉的詩作俯拾即是，如〈然則〉：「我們是一枚釘死的鐵釘／／入木的部分早已腐銹／腐銹在檻內而望著藍天的眼光卻猶為新亮的釘頭」。照理說鐵釘入木的部分除非木頭是潮濕的，否則露在外面的釘頭應該比入木的部分更容易氧化才對，而白萩卻特意強調「入木的部分早已腐銹／腐銹在檻內而望著藍天的眼光卻猶為新亮的釘頭」。又如〈轉入夜的城市〉：「似有一頭飢餓的狂獅在你的心中」，〈向日葵〉：「他把自己種在穴裏／祇剩下頭部看著太陽／像一株向日葵」，都象徵著對理想的不死心。至於憤懣、悲觀、冷肅得讓人不由得顫慄、比較偏向〈天空〉第二首的作品，在「天空與鳥」一輯中就有許多，如：「把整個世界關在檻外／……／把歌唱給沒有人聽／……／把血一滴一滴地／從胸中釋放／……／每日每日地啄掉翅膀的羽毛／每日每日用歌聲吐著血」的〈金絲雀〉、「一匹狼對著天空嚎叫／熱血滴在雪地上／比槍比刀鋒還愴痛」的〈無題〉、「一隻小鳥在生活的時候／沒有預告地被射殺／生命的碎片和鮮血／洒向草地發出嘲笑的聲音」的〈謝謝〉、「一隻鳥兒盤繞著樹尖／老尋不著休憩的點／在世界的夜夢中／猶被恐懼追趕」的〈休憩的點〉等等，這些詩作都充滿了對生命的無奈、悲觀，冷肅得令人顫慄。其中〈鳥兒〉一詩可以說兼具有對理想猶不死心與冷肅顫慄的雙重特點，是兩極之中點。詩中的「鳥兒老在尋找著天空」，象徵著詩人對理想不懈的追尋；而「在青草地上／有人自焚為一隻火把／將煙升向天空／成為尋找的鳥兒」，這種對理想的追尋竟然是以如此悚慄的死亡作為代價，可見追尋之執著，亦可見阿火還是射殺不了白萩內心深處無時或忘的「天空」。

《天空象徵》之後的《香頌》、《詩廣場》以及《觀測意象》三本詩集，詩風明顯走向現實，有純寫家庭生活中私己的情與欲，也有不少對現實的批判與政治的諷喻，然而這種「天空情結」仍然潛伏在白萩的心中，偶而出來刺痛他一下，如：

而海在遠處叫著我
她的懷裏有廣大的自由

是的，妳的寢室是我的死牢
而不眠的夜鳥
責備我背叛了天空

——節自〈籐蔓〉

天空暗處留有幾聲雁聲
在死的內部蠕動了幾下掙扎

——節自〈露臺〉

有人

對著天空深處
點叫自己
自己大聲的回應

——節自〈有人〉

這種「天空情結」所反映的其實就是對於「追尋目標」的不死心，「雁」也就成為一再出現的象徵。詩人隱約聽到天空暗處還留有幾聲雁聲（〈露臺〉），或者注意到「午寢醒來／一隻雁追向地平線」（〈一線〉），所象徵的都無非是白萩心中那顆潛藏不滅的追尋意志。作為詩人自我投射的雁，和以前的蛾雖同是「追尋主體」，但不同的地方在於：雁的追尋是本能的，也是自覺的，而蛾只是出於本能。就生物體本身而言：雁是整個族群集體遷徙，飛行千萬里，而蛾通常只單獨在短距離內趨光飛行。從 1966 年 1 月的〈雁〉發表以來，經過十五年的現實歷練，白萩的「雁」不斷地自我增殖，於是在 1981 年 2 月

的《笠》101期又發表了〈雁的世界及觀察〉一詩。

這首詩寫於「美麗島事件」之後，表達了詩人對於事件的觀察與立場，當然也寄寓了他無言的悲痛與深刻的批判；詩長近150行，分成「觀察者」與「受難者」兩部分，是白萩少見的長詩之一。「觀察者」凡五節，觀察者即詩的敘述者，以全知觀點用較為親近的第二人稱「你」或「你們」來指稱雁，而用「他們」稱代精心設下陷阱來射殺雁群的獵人們，「觀察者」寫的就是整個陰謀的始末與血腥的屠殺過程。1979年世界人權日發生在高雄的「美麗島事件」，有人認為是當局所精心設下的一個陷阱，先鎮後暴，然後再輔以一面倒的媒體，製造肅殺的氣氛將相關人士一一逮捕到案。「經過為時兩個月的秘密偵訊，結果五十一人被起訴，其中八人以叛亂罪交付軍法審判。在逮捕之初，首謀的施明德潛逃在外，張春男也智脫法網，……軍法法庭公開調查的第一天── 1980年2月28日，林義雄的寡母及雙胞胎稚女，在光天化日之下同遭毒手。」[29] 白萩後來自道：

> 我寫〈雁的世界及觀察〉之前，有兩點準備工作，一是長時期對國民黨政府的觀察，一是我本身酷愛著雁的形象，平時就閱讀有關雁的書籍。人們在獵雁時，必須先研究雁的飛行路線，加以追蹤、觀察紀錄，在其飛行路線中途的湖上，放置游動的木雕雁，在雁群飛臨時，吹出假雁聲的哨音，引誘雁群，人們在獵雁時的充分準備工作，叫人覺得恐怖。美麗島事件的發生及其後的大逮

29　呂秀蓮《重審美麗島》頁204，臺北．前衛2000.1一版一刷。

捕行動，也叫我如此感覺。因此我在那一年的春節，利用五天的休假時間，寫下這首詩。[30]

詩人以「觀察者」的角色，透過「雁群」的遭遇，對不義的政權予以最嚴厲的批判。至於「受難者」則是寫在大屠殺之後倖存的孤雁，它的追尋與執著，敘事觀點轉為孤雁的獨白。和十五年前的〈雁〉同樣都是雁的獨白，我們就從「受難者」來看看十五年之後〈雁的世界及觀察〉和以前的「追尋」有什麼變與不變的地方。

夕陽落在右翼
新月擔放左翅
飛上無形的軌跡
回首，看五千年的起點
………

一隻就獨飛
二隻就並肩
三隻就排列
四隻就成隊

一隻
就獨飛
飛向生的始原

---

30 〈臺灣歷史的傷痕〉討論會，白萩策劃《詩與臺灣現實》頁190、210《笠》詩社1991.1。

飛在命的悲壯

………

不似無志的堆雲

隨風倒退

在〈雁〉一詩中，白萩把「追尋」提升到整個族群歷史感與使命感的高度；也寫出了雁對於自己命運的自覺，卻仍像薛西弗斯般不懈地追尋。〈雁的世界及觀察〉基本上仍承繼並深化這樣的精神，但〈雁〉只是一種宿命的、悲劇性的追尋，缺乏明確的追求目標與強烈的內在動力，整首詩隱含了無奈與虛無的色彩。而〈雁的世界及觀察〉和〈雁〉最大的差異在於：前者具有其特殊的寫作背景與具體的指涉事件，因此雁的追尋也就有了它的「現實感」。所以當我們讀到「一隻就獨飛／二隻就並肩／三隻就排列／四隻就成隊／／一隻／就獨飛／飛向生的始原／飛在命的悲壯……」時，會不由自主地潸然淚下。而且「受難者」裏的雁不再無奈、不再虛無，而是勇於承擔也知所追尋，「雁」也成為某種族群的象徵，而整首詩更讓我們對於臺灣的歷史、臺灣人的命運有了超越時空的連結。

從〈羅盤〉、〈流浪者〉、〈雁〉一直到〈雁的世界及觀察〉正代表白萩追尋的四個階段。而其所呈現的意義就是白萩從個人到族群、從浪漫到現實永恆不懈的追尋，這種始終不滅的追尋意志就是白萩詩作最重要的主題之一。

(二) 從無奈到現實的釘根

〈流浪者〉是白萩在追尋過程中第一個高峰，也是「樹」

（絲杉）這個意象的首度出現。作者以「絲杉」來形容流浪者孤獨的身影，在詩中是一個追尋的主體，然而，絲杉本身又是植物，所以它祇能站著，白萩一連用了六次「站著」，來強調它根著於土地的宿命。相較於詩中的絲杉翹首雲天所象徵的「追尋」渴望，同時也作為「釘根」主體的絲杉卻是充滿了無奈！土地對它而言是一種限制，而不是一個足以生養的母土，或者說，如果絲杉有腳的話，它一定也想當一個真正的流浪者，像雲在天空中自由自在地追尋，而不願固守著一方土地，老死於斯！這也可能就是早年白萩之所以棄公從商，從臺中到臺北闖蕩的原因。

〈流浪者〉之後沒多久，白萩就進入了《風的薔薇》時期，在這段時間，生活的動盪使得「追尋」變成一種奢侈的行為，所以在《風的薔薇》中，「鳥」以及白萩習慣用來象徵追尋主體的意象全都不見了。反之，詩中「樹」的意象不時出現，像〈冬〉、〈風的薔薇〉、〈樹〉、〈暴裂肚臟的樹〉等都是鮮明的例子，而且意涵愈來愈豐富。因為現實的磨練與挫折，使得白萩逐漸認識到生活的本質，告別了昔日的浪漫，雖然這其中有無限的無奈，但也讓「樹」慢慢成為「釘根」的主體，而我們也可以看到白萩從隱微無奈到日益堅定的「釘根」過程。

對〈流浪者〉裏的絲杉來說，土地是一種與生俱來的限制，然而到了《風的薔薇》時期，它不僅是一種與生俱來的限制，也是一種生活中的現實。這個時候年少的浪漫與熱情逐漸冷卻，人處在逆境中就像是一株冬天的樹，它祇能以落葉的方式來避免水分的流失與養分的虛耗，以保存元氣。像〈冬〉就是反映白萩這種處境的詩：

我們漸漸的冷卻
成為砧上熬鍊的鐵塊
………
我們漸漸的脫去外衣
裸立在寒風中，眺望
………
堅忍而緊閉著嘴
無一聲禱告

在這首詩中作者把自己比喻成砧上熬鍊的鐵塊，「沒有形式的欲求／祇是固守著本質」；又把自己比喻成一株裸立在寒風中的枯樹，「堅忍而緊閉著嘴／無一聲禱告」。這裏的「樹」較之「祇站著」的「絲杉」，少了熱烈的企盼，多了堅忍的形象，但是一樣都是無奈，這樣的無奈在〈風的薔薇〉發展到最極致：（節錄第一節）

站著，我是風裏的生命
站著
無可奈何地站著
被命定地
成為一株薔薇
並且無可奈何地要站在：
這裏

陳鴻森認為〈風的薔薇〉裏的意象是從〈流浪者〉的絲杉所抽生出來的，但是二者卻有所差異：「對於憧憬著遠方的世界而意欲從一般化的生活裏離脫出來的這株絲杉而言，它所植根的土地，乃是禁錮個體能動性的『體制』的象徵；而〈風的薔薇〉裏，這株『被命定地／成為一株薔薇／無可奈何地要站在／這裏』而在風中抖顫著的薔薇，它的孤獨並不止是由於處境的拘限而已，它毋乃是源自於根源的『實存的意義』之喪失，即薔薇之活著，乃是因它『被命定地／成為一株薔薇』而活著，只是一種自然生命的延續。」[31] 因為對生命不抱希望，對生活沒有渴求，這裏的薔薇「沒有傾訴」、「沒有眼睛」、「沒有耳朵」、「沒有愛」、「沒有感謝」，完全處於自我封閉與孤獨存在的狀態。〈流浪者〉中的絲杉還翹首雲天，〈冬〉一詩裏如枯樹的「我們」還「裸立在寒風中／眺望」；而在〈風的薔薇〉裏，「我祇是／空洞的薔薇」，「我祇是／父母歡樂後的／副產品／沒有個性／祇要站在這裏／只要繼續做／為一株薔薇／和站在這裏／／不能跨出一步」，悲觀無奈之情溢於言表。

在以上的三首詩當中，白萩那種孤獨無奈的心情愈來愈強烈，意志也愈來愈消沉，而作為自我投射的「樹」，其意涵自然愈見豐富；不過，它們都只是天生自然地「裸立」或「站著」，尚未呈現堅定鮮明的「釘根」意象，必須等到《風的薔薇》中這一首〈樹〉[32] 的發表，「樹」才正式宣告它和土地的關係，真正成為「釘根」的主體。

我們站著站著站著如一支入土的

---

31 同註13，見《孤岩的存在》頁172。

32 白萩同樣以〈樹〉為篇名，且有收錄的共有三篇，分別放在《風的薔薇》、《天空象徵》以及《觀測意象》三本詩集中。

椿釘，固執而不動搖
噢，老天，這是我們的土地，我們的墓穴
....
仍以頑抗的爪，緊緊的攫住
這立身之點
這是我們的土地，我們的墓穴

這一首〈樹〉之於「釘根」，猶如〈雁〉之於「追尋」，都是在各自主題中的高峰，尤其詩中「把我處刑為一柄火把／燒爛每一個呼喊的毛細孔／仍以頑抗的爪，緊緊的攫住／這立身之點」，所展現出來的堅強意志令人動容！詩一開始，白萩便以「一支入土的椿釘」為喻，正式宣告「釘根」土地：「我們站著站著站著如一支入土的／椿釘，固執而不動搖／噢，老天，這是我們的土地，我們的墓穴」。白萩似乎很喜歡重複使用「站著」一詞，在〈流浪者〉第三段中用了六次，〈風的薔薇〉第一節中也出現了三次，而這首〈樹〉第一行就連續出現三次。「站著」使得樹擬人化，尤有進者，在前兩首詩中，白萩用「孤獨」或「無可奈何」來形容「站著」，是消極靜態的存在；而此詩則用「一支入土的椿釘」來譬喻樹（我們）是如何「固執而不動搖」地站著，展現了「樹」做為「釘根主體」主動積極的性格，這在白萩的詩中是比較少見的！相對於「追尋」，「釘根」通常是自然而然在隱微中進行的，但在這首詩中，作為「釘根主體」的樹是有意識地宣告它和土地的關係，所以接下來又以兩個假設性的譬喻再三宣稱：「這是我們的土地，我們的墓穴」，在短短十一行的詩中，「這是我們的土地，我們的墓穴」重複了三次，極具複沓與強調的效果。

不過，我們也不禁疑惑：為什麼幾乎是同時期的詩作，在精神面貌上，從〈風的薔薇〉的極度消沉到〈樹〉的堅定釘根，轉變會如此之快且大？其實這種情形亦雷同於「追尋」主題中的〈雁〉與〈天空〉（之二）的關係，〈樹〉和〈風的薔薇〉也是白萩「釘根」主題中的兩極，此後的詩便在這兩極之間擺盪。當他心臟夠力的時候，就無畏現實的殘酷，詩風就擺向〈樹〉的堅定，如〈暴裂肚臟的樹〉：（節錄）

鋸齒鋸齒鋸齒鋸齒鋸齒鋸齒鋸齒鋸齒鋸齒鋸齒
我們以一座山的靜漠停立在它的面前
沒有哀求沒有退縮
以不拔的理由走向這最後的戰爭，在最後
由一串暴雷的狂吼怨恨這被撕裂的粉屑

反之，就擺向〈風的薔薇〉的消沉，如其它兩首同名的〈樹〉：

在生命的敗退裏
猶舉著枯槁的手
溺在風中
抓緊沒有東西的空間

——節自《天空象徵》的〈樹〉

葉自枯而未為人所知
在暗夜無人觀賞
一葉葉一件件

萎地埋葬

——節自《觀測意象》的〈樹〉

作為「釘根主體」的樹，它的意象萌生於〈流浪者〉詩中的絲杉，經過〈冬〉、〈風的薔薇〉再到〈樹〉與〈暴裂肚臟的樹〉，其中有無奈也有堅定，指涉愈見豐富，而「釘根」這個主題也在《風的薔薇》時期得到充分的發展！不過，這裏的「釘根」沒有回歸母土的盼望與喜悅，也沒有扎根土地的踏實與自在，只有面對殘酷的現實所產生的消沉無奈或者是哀以厲的悲鳴。相對於「天空」這個白萩所戮力追尋的目標，「土地」不僅極少出現在白萩的詩中，即使出現也多是負面的形象，代表殘酷的現實及其限制，而不是地母的豐厚與溫暖。在他的詩中從沒有對土地的歌頌，也沒有對自然的讚美，而這其實和白萩的生活環境有密不可分的關係。白萩生於臺中市，長於臺中市，之後又輾轉遷徙於臺北、臺南、臺中三個城市，也就是說，從小到大他的生活環境都是都市，都市就是他的土地他的鄉土。此外，父親從事糕餅生意，自己除了短期擔任公職外，大半輩子都在商場上殺伐競逐，比較少親炙泥土或悠游林泉的機會，土地對他的意義幾乎只是現實的同義詞！所以不像《楚辭》「書楚語，作楚聲，紀楚地，名楚物」是其所處的外在環境的具體反映，在白萩的詩中「未必容易找到經由具空間存在性質事物所呈現的臺灣意象。因為作為比喻之喻依，或喻託的物象，他們可以普遍，如：花、鳥、樹、貓、薔薇、落葉等；亦可以是臺灣本土所不具有的，如空中的雁群，沙漠中的仙人掌等。」，而「白萩〈流浪者〉中的絲杉，雖然也是根植於『臺灣』的土地，但接近的反而祇是自我投射或詮釋的生命心象。」[33]，甚至於「絲杉」這一種植物據麥穗的查考，很可能是一種美麗的錯誤。[34]質言之，詩人其實是遠離了自然的土地，儘管從生命的深處傳來母土遙遠的呼喚，「但來時的路／已在風沙中埋葬／源生的根／已腐爛」，那種自然的大地對生於都市長於都市的白萩來說是再也回不去了。這一首為紀念死去的父母而作的〈路有千條樹有千根〉又未嘗不可作如是觀！

對白萩來說，生活的現實、都市的現實才是他所真正接觸到的土地。所以在《天空象徵》裏白萩創造了「阿火世界」，作為一種現實的寓言；而《香頌》中的「新美街」才是他現實中的土地。我們先來看看「阿火世界」裏的這首〈向日葵〉：

阿火要去播種
在覆雪的山坡
……….

「我有一粒向日葵
在這個世界幾十年
都沒發芽。
雖然試過幾十個春天」

「哈，阿火要在石頭中
收穫稻糧」
耐心地過了一個夜
大家來看他的謎：

33　同註11。
34　同註12。

他把自己種在穴裏
祇剩下頭部看著太陽
像一株向日葵

這首寓言詩極具戲劇性，故事源起於小人物阿火要在覆雪的山坡播種，引起大家的好奇。雖然他面對著太陽升起的東邊挖穴，但是大家仍質疑他要種什麼東西，因為現在是不生長的寒冬。他的答案是：要種一粒試了幾十年都沒有發芽的向日葵。到底是什麼樣的一粒向日葵？於是大家等著看他的謎底，到此整個情節充滿懸疑與高潮。好不容易熬過一個晚上，大家急著來揭曉，才發現：「他把自己種在穴裏／祇剩下頭部看著太陽／像一株向日葵」。這首寓言詩饒富趣味，也意味深遠，詩中的向日葵並不是真的向日葵，而是阿火本身，他的頭部看著東方的太陽，象徵著對於理想永恆不變的嚮往，但是這種嚮往是被種在土裏的，是被限制的；也就是說，它不大可能成為一種有效的「追尋」。反倒是「種」這一行為是有意識的，也是有所期待的，是明顯意欲「釘根」的象徵。不過，從另一角度看，詩人以「向日葵」為喻，向日葵必須種在土裏，發芽、成長，才能開花、仰望太陽，這是否正意味著：要「追尋」必須先「釘根」，「釘根」的目的是為了「追尋」，而白萩已經意識到這種吊詭，所以才以「種一株向日葵」這種兼具「追尋」與「釘根」既矛盾又統一的行為，為自己長久以來的精神困境取得了象徵性的和諧。

《天空象徵》之後的白萩，作品中就很少出現「釘根」的意象，原因不在於他不釘根了，而是根已釘無須再強調，因為現實就是他釘根的土地，他的根早已竄入現實的土壤，所以他可以用一整本詩集——《香頌》來寫「新美街」的生活。我們就來看他這首〈新美街〉：

> ………
>
> 短短一小截的路
> 沒有遠方亦無地平線
> 活成一段盲腸
> 是世界的累贅
>
> 我們是一對小人物
> 他日，將成為兒子畢業典禮上的羞恥
> ………
>
> 生活是辛酸的
> 至少我們還有做愛的自由
> 兒子呀，不要窺探
> 至少給我們片刻的自由
> 來世再為你做市長大人
>
> 現在
> 陽光正晒著吾家的檸檬枝……

這首詩中有一個很有意思的地方，那就是「短短一小截的路／沒有遠方亦無地平線」這兩句。白萩早年有〈遠方〉一詩，「遠方」是夢想之所寄，也是追尋的目標。而「地平線」曾出現在他的〈流浪者〉與〈雁〉兩首名詩中，前者的地平線

除了襯托曠野中一株絲杉的孤獨外，也是一種牽制，是土地的另一種稱呼。至於後者「長久在遠處退縮地引逗著我們」的「地平線」相當於「天際線」，指的是天地相連的那一線，也是遠方待追尋的目標。這首詩明顯指的是後者，「沒有遠方沒有地平線」即在暗示：現實生活中的新美街沒有夢沒有追尋！而這也就是此詩的基調。「在這小小的新美街／生活是辛酸的」，如同檸檬，我們祇能做愛，「給酸澀的一生加點兒甜味」！短短一小截的新美街像一段盲腸，我們活著也像盲腸，「是世界的累贅」，小人物的我們「將成為兒子畢業典禮上的羞恥」，詩末再強調：雖然今生無法成為大人物，但至少還有做愛這種卑微的自由，為酸澀如檸檬的生活加點甜味。全詩以嘲謔的手法寫生活的辛酸，平淡中見無奈！

像這樣釘根於現實生活中的詩篇，在《香頌》中每一篇都是。而同時期的《詩廣場》以及其後的《觀測意象》雖然焦點較分散，主題較多樣，但對於現實的關注卻更為深廣，像〈臨照〉寫登臨赤崁樓的歷史感懷，〈暗夜事件〉寫貓過西門路的斑馬線被警車輾斃，〈鸚鵡〉與〈火雞〉是兩則政治寓言，〈領空〉從韓航客機蘇聯領空被擊落與蘇聯轟炸機飛過臺灣領空被護送二事，寫臺灣弱國的悲哀。而其中最具現實的時空感的莫過於〈廣場〉一詩：

所有的群眾一哄而散了
　　　　　　回到床上
　去擁護有體香的女人

而銅像猶在堅持他的主義

對著無人的廣場
振臂高呼

只有風
頑皮地踢著葉子嘻嘻哈哈
在擦拭那些足跡

時間是戒嚴時期，地點是任一個有政治銅像的廣場，事情背景是群眾被動員參加集會，人物有「群眾」和擬人化的「銅像」與「風」。而詩分三段，分別寫集會完「群眾」、「銅像」和「風」的反應；由這三者的反應來呈現令人莞爾的諷刺，是一首寓批判於嘲謔的政治詩。在極權統治的國家，獨裁者要人民膜拜宣示效忠，所以銅像總是特別多，而人們在其淫威之下，也不得不乖乖順從。然而威權不會教人效忠只會讓人陽奉陰違，一旦控制力消失，再偉大的領袖也比不上有體香的女人值得擁抱，而在「風」的眼中，銅像的堅持和群眾所留下的足跡如同落葉，只是遊戲的對象，筆下充滿對獨裁者的嘲諷，是戒嚴時期的臺灣最真實的寫照與最深刻的政治批判！

「釘根」對植物來說是一種很自然的過程，只要安定下來，和土地取得和諧即可。對動物之中最躁動不安的人來說，也是如此。他的土地包括自然環境與人為環境，也是他所必須面對的現實。當他必須被限制行動固著在一處時，難免會有一番掙扎與無奈，一直到他適應為止，所以「釘根」也是人被現實、被土地「馴化」的過程。縱觀白萩的整個「釘根」過程，從〈流浪者〉一詩「樹」的意象首度出現，讓他感受到土地的限制；從〈風的薔薇〉與〈樹〉的兩極擺盪，讓我們看到白萩

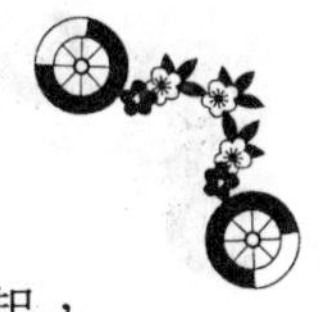

在「無奈」與「堅定」之間的激烈掙扎。而從〈向日葵〉起，「追尋」與「釘根」逐漸取得象徵性的和諧，所以才有從《香頌》之後「釘根」於現實的白萩！

三、樹與鳥的辯證

經過以上的耙梳與剖析，我們發現：從〈羅盤〉、〈流浪者〉、〈雁〉一直到〈雁的世界及觀察〉正代表白萩追尋的四個階段。而其所呈現的意義就是白萩從個人到族群、從浪漫到現實永恆不懈的追尋。至於〈流浪者〉一詩又是「樹」這個意象的起源，經過〈風的薔薇〉與〈樹〉的擺盪與掙扎，一直到〈向日葵〉之後的《香頌》，白萩才從無奈到釘根於現實！

因此「追尋」與「釘根」這兩個主題幾乎可以涵蓋白萩大部分的詩作，也可藉此對白萩的詩有一個提綱挈領的掌握。但問題是：既要追尋，又要釘根，這兩種相互衝突的主題如何並存？白萩的矛盾與掙扎如何調適？而二者之間互動的軌跡為何？筆者姑舉三首同樣都具有雙重主題的詩為例，來回答以上的問題。

在白萩的詩作當中，〈流浪者〉因為同時具有「追尋」與「釘根」兩相衝突的主題，具有強烈的悲劇感，日後許多詩作都可以由此找到根源，所以才將之視為白萩詩作的原型。〈流浪者〉時期的白萩其追尋是浪漫的、主動的，而其釘根卻是充滿了宿命與無奈，因為一株在客觀上無法移動的樹，在主觀上卻想如鳥一樣去流浪追尋，也就是說，那時候的白萩追尋之不暇，根本無意釘根！

〈流浪者〉之外，同時也具有「釘根」與「追尋」意涵的還有〈向日葵〉一詩。〈向日葵〉裏阿火把自己種成一株向日葵，頭部看著東方的太陽，象徵著對理想永恆不變的嚮往，而「種」這個動作是明顯想主動「釘根」。這首詩吊詭的是：「釘根」的目的是為了「追尋」，唯有種在土地上，向日葵才能發芽、成長，才能開花、仰望太陽。這個時候的白萩已經意識到：浪漫的追尋是不切實際的，而釘根土地之必要！

此外，〈向日葵〉和〈流浪者〉之間還有一個有趣的對比：〈流浪者〉以一棵植物（絲杉）來作為追尋的主體，而〈向日葵〉卻以一個動物（阿火）來作為釘根的主體。絲杉不能走也不能飛，而活人也不可以種在地中，這是否意味著：《蛾之死》時期的白萩連不能動的植物都想追尋，而《天空象徵》時期的白萩在殘酷的現實下開始有了釘根的念頭，象徵著白萩從「追尋」到「釘根」的位移！

在白萩的六本詩集當中，幾乎沒有重複被收錄的作品，*SNOWBIRD*是唯一的例外。這首詩原刊於1971年6月的《笠》43期，並收錄在1984年3月出版的《詩廣場》中，為其壓卷之作，1991年7月《觀測意象》出版時又收了進去。如此特殊的情形實堪玩味，若非白萩疏忽，便是白萩有意強調此詩對他的重要性。此外，這首詩也是白萩極少數將「樹」與「鳥」放在一起，並且有意在詩中擺下語言的迷宮，頗富玄機的作品。可惜，從沒有人發現這些特異之處，也從沒有人針對這首*SNOWBIRD*詳加論述！

這首詩長達百行，是白萩少數的長詩之一，共分三大節，每節各六段，其中二、四段均為兩行而且高出其它兩格，內容反覆強調生存與死亡的主題，如表一。而每節第一段的末兩句，分別又在該節末段予以重複（第三節第六段將前面的一句

兩行拆成兩句四行，略有變化），如表二。

表一	表二
我沒有生存的主題 沒有在生存中生存的主題 ── 1-2	現在一株樹生存只生存 在整個冰雪的象徵中 ── 1-1-5,6
我沒有死亡的主題 沒有在死亡中死亡的主題 ── 1-4	現在一株樹生存只生存 在整個冰雪的象徵中 ── 1-6
生存中沒有我的主題 生存中沒有我生存的主題 ── 2-2	現在一隻鳥生存只生存 在整個冰雪中的一株樹 ── 2-1-5,6
死亡中沒有我的主題 死亡中沒有我死亡的主題 ── 2-4	現在一隻鳥生存只生存 在整個冰雪中的一株樹 ── 2-6
生存中有我死亡的主題 死亡中有我生存的主題 ── 3-2	現在一株樹一隻鳥生存只生存 在整個冰雪整個死亡的象徵中 ── 3-1-5,6
死亡中有我生存的主題 生存中有我死亡的主題 ── 3-4	現在一株樹生存只生存 在你冰雪的象徵中 一隻鳥生存只生存 在你死亡的象中 ── 3-6

在表一當中，有一組相對的主題，關鍵字是「生存」和「死亡」。首先在第一節第二段（1-2，以下代號類推）第一行寫道：「我沒有生存的主題」，第二行再強調「沒有在生存中

生存的主題」，因為「我」省略，所以第一格空著，中間多了「在生存中」四字。1-4 雷同，只不過把「生存」代換為「死亡」。第二節句型改變，2-2 把原本「我沒有生存的主題」改成「生存中沒有我的主題」，下一句變成「生存中沒有我生存的主題」；2-4 同樣又把「生存」代換為「死亡」，其餘如例變化。以上兩節全都是否定句，而且每段的第二句都只是第一句的強調；第三節則全用肯定句，並把「生存」和「死亡」揉合在一起。3-2 是「生存中有我死亡的主題／死亡中有我生存的主題」，3-4 兩句再互換。作者以繞口令的方式讓人在語言的迷宮中昏頭轉向，把生與死攪混在一起，而其實這正是他的目的——傳達一種「方生方死，方死方生」、「生即是死，死即是生」、「生中有死，死中有生」的意旨。而「生存」與「死亡」這樣一組相對的主題，如果我們用「追尋」與「釘根」來代換，是不是就是表達——「在追尋中有釘根，在釘根中有追尋」這樣一種意旨！

在表二中，第一節的主角是樹，而這株樹只生存在冰雪的象徵中。第二節的主角換成鳥，這隻鳥只生存在上一節冰雪中的那株樹。第三節則寫鳥生存在樹上，樹生存在冰雪中，而冰雪象徵殘酷的現實、死亡的威脅！如果樹、鳥、冰雪三者分別象徵釘根、追尋、現實，那麼白萩在詩中所透露的是否就是：鳥生存在樹上，就像追尋必須有釘根作為基礎；樹生存在冰雪之中，就如同釘根必須立基於現實之上。

通過以上「樹與鳥的辯證」，有關白萩在「追尋」與「釘根」之間的種種疑惑就可以豁然貫通，而這首 *SNOWBIRD* 就是解開「史芬克斯之謎」的通關密語！

四、結語

不管在語言的使用或者創作的意識上，白萩都是一個相當自覺的詩人，所以這首 *SNOWBIRD* 的表達難免過於形式主義與概念化，雖不是白萩最好的詩，但和同樣都是長篇壓卷之作的〈蛾之死〉以及〈風的薔薇〉，分別代表白萩創作心靈的三個重要階段——浪漫的追尋、苦悶的釘根、追尋與釘根的調適；都是了解白萩最重要的詩。

本文一開始在點出：〈流浪者〉作為白萩詩作的「原型」，具體而微地顯示出白萩日後詩作的兩大主題——「追尋」與「釘根」；進而從他的詩作中加以耙梳論述：這兩個看似相斥其實相生的主題如何獨自發展與相互辯證；而作為追尋與釘根主體的絲杉——白萩，如何調適、化解矛盾而取得統一與諧調。

在白萩的例子裏，我們也可以看到：最後釘根並不妨害追尋，因為天空就在我們頭上，當我們扎得愈深，就可以長得愈高，愈接近天空！而這也意味著：唯有立足臺灣，才能放眼世界！「一株流浪的絲杉」，它的追尋，它的苦悶，不也正是長久以來臺灣人對未來想像及其處境的寫照嗎！它不僅是白萩詩作的「原型」，也是臺灣人「集體潛意識」的流露！

附錄：白萩著作

文類	書　名	出版社	出版日期	開/頁	備　　註
詩集	蛾之死	藍星詩社	1959.5	25/77	有張秀亞序，作者後記。
詩集	風的薔薇	笠詩社	1965.10	36/62	有序及後記。
詩集	天空象徵	田園	1969.06	32/88	有後記。
詩選	白萩詩選	三民	1971.07	40/194	
論評	現代詩散論	三民	1972.05	40/163	理論、批評。
詩集	香頌	笠詩社 石頭	1972.08 1991.06	32/186 25/236	1991.06 改由石頭出版社出版，25 開，236 頁，中英對照。附陳芳明、陳千武、陳鴻森、趙天儀文。
詩集	詩廣場	熱點	1984.03	25/144	有訪問討論、年表、評介索引、後記。
詩選	風吹才感到樹的存在	光復	1989.06	25/305	其子何聃生編選，有梁景峰、陳文理、何聃生文。
詩選	自愛	笠詩社	1990.03	25/172	附英譯。
詩集	觀測意象	臺中市文化中心	1991.07	25/260	有附錄文字多篇。

短　評

這篇論文的切入點很好，以「絲杉」這個意象所同時內蘊的追尋與釘根之間的矛盾與調和做為基點，既宏觀統攝白萩詩作的內在精神理路，也微觀的呈顯白萩詩學的細膩血肉。尤其是將白萩生活軌跡的變遷與詩作內涵的發展加以比較，做了精確的綰合，突顯詩境與心境的彼此滲透、相互印證，更是信而有徵。不過，或許由於發表人的經驗不足，論文中的缺失也相當的多，謹提供如下，以做改進之參考：

一、「一株流浪的絲杉」做為論文總標題，因為有副標題的補充與界定，所以沒問題；但做為第二節的標題，一方面與總標題完全重疊，小大不分，一方面標題本身沒有其他說明與補充，顯得含混不清，失去學術語言的清晰明確特性，所以建議第二節標題再做修正。另外，第三節實際論述了三首「具有雙重主題」的詩，而只有第三首是與樹、鳥相關的，如此，則標題「樹與鳥的辯證」便無法涵括全部內容，內容因此而溢出於標題之外，如此將使論文鬆散拖沓，所以建議標題再做修飾。

二、全篇正文共二十一頁半，第一節「引言」佔了將近兩頁，太長了些；論文的真正主體第二節佔了近十七頁、第三節則只佔了兩頁，頭重腳輕，嚴重失衡，草率收束，有開無闔，論文的說服力大為流失。建議調整論文篇幅配置，第三節應加強論述。

三、「引言」第二段首次提及白萩的全部作品時，應加註說明出處見文末「附錄」，否則整篇文章讀來但見不斷引用而不見資料出處，令人如墜五里霧中。

四、「引言」最後一段提到不斷出現的諸多關鍵意象，這些關鍵意象群在第二節的第二段（頁四）被歸納為四組經常出現的意象，與本篇論文之論述關係相當密切，建議製作表格，列表呈顯其出現之詩作、詩集、時間、次數，以增加全文閱讀時的清晰流暢與說服力。

五、「引言」結束處提到要解開「史芬克斯之謎」，第三節的結束處則宣稱已找到「史芬克斯之謎」的通關密語，但白萩的詩既無神話、復無生死賭注，則「史芬克斯之謎」比喻的恰當性便有待商榷；又「引言」結束處提到要解開「史芬克斯之謎」最關鍵的一首詩是〈流浪者〉，但第三節的結束處則宣稱 *SNOWBIRD* 一詩是解開「史芬克斯之謎」的通關密語，顯得前後矛盾、首尾不一致。

六、「引言」花了太多篇幅介紹白萩的詩風流變，而對本篇論文作意何在？方法如何？可能遭遇之問題有哪些？預期將取得何等結果？等最重要的東西卻未加強調，導致讀者有不知為何而讀、不知所讀為何的迷惑。

七、第二節的第二段（頁四）提到白萩詩作中經常出現的四組意象，其中第二組是「鳥」，文中說：「『鳥』象徵『追尋』的主體，它包括像蛾、鷹、雁、金絲雀等會飛的動物，也包括像流浪者、獅、狼、狗、貓等不會飛、只能在土地上行走的動物或者是水中的金魚。」「飛鳥」意象如何能包括流浪者、獅、狼、狗、貓、金魚呢？如此意象錯亂，應該避免。

八、第二節第一小點第二行（頁四）年月日的寫法不宜簡化為「1955.7.20」，論文的本文應注意閱讀的流暢性。

九、文中所有引文（詩）均未以括號註明頁數，頗不利讀者檢索，亦不符論文常規，建議補上。

十、第二節第一小點第六段第二、三行（頁六）云「對遠方的憧憬與追尋的渴望也無啥差別」，學術論文中不宜出現像「無啥差別」這種過於口語的用語，除非刻意為之、彰顯特殊風格，但此文似乎無此。第二節第二小點〈樹〉引詩下第二段第五行（頁十六）說「當他心臟夠力的時候，就無畏現實的殘酷」，「心臟夠力」也是一樣。

十一、第二節第一小點〈雁〉引詩下第二行（頁八）提到《五年詩選》一書，註中卻只說見《笠》三十期頁九，一方面沒有註明此書出處，一方面顯示所引乃二手資料，學術論文宜避免引用二手資料，以免陷入雙重謬誤而不自知，註14也是一樣，「原型」之說，應舉佛萊（Northrop Frye）原典說法。

十二、「追尋與釘根」做為一篇論文的論述主體，它必然是特殊的主題或能呈顯白萩詩作內涵的特殊視角，所以論述時便必須扣緊主題，因此，第二節第二小點的論證到了〈新美街〉一詩尚稱嚴謹，〈新美街〉以下所舉〈臨照〉、〈暗夜事件〉、〈鸚鵡〉、〈火雞〉、〈領空〉、〈廣場〉等詩，雖然如發表人所說對於現實的關注更為深刻，但這種現實關懷、政治批判的詩過於普遍，任何詩人都可以寫，以此論證白萩之追尋與釘根，缺乏對特殊主題的特殊觀照，聯結不夠緊密。

十三、「結語」第一、二行說「……所以這首〈SNOWBIRD〉的表達……」，語氣上完全是順著第三節的論述接續下來，如此，將破壞「結語」的獨立性。「結語」於論文中是完全獨立的，其角色功能在於歸納全文論點，具體呈現，並呼應、驗證「前言」中所提出的寫作目的、方法、困難與預期效果。準此而論，本篇論文之「結語」實過於單薄、不夠清晰、具體。而結束處「立足臺灣，放眼世界」、「不也正是長久以來臺灣人對未來想像及其處境的寫照」、「它不僅是白萩詩作的『原型』，也是臺灣人『集體潛意識』的流露」則又溢出本文論旨，留下一條不知如何是好的蛇尾巴，因為前文既完全看不出如此論述的企圖，也沒有實際的涉入，則憑空出現，自亂陣腳，蛇尾巴便極可能落入他人手中成為把柄了。

十四、學術論文必須遵循論文格式寫作，尤其註釋更是讀者檢驗論點與檢索資料的重要依據，本篇論文註釋部分既未遵循此次會議主辦單位所訂的論文格式寫作，亦未遵循重要學術期刊（如《漢學研究》、《臺灣詩學學刊》等）稿約格式，所以顯得凌亂不堪、缺漏百出，除了作者（編者）與作品之間、單篇文章與收錄之專書期刊之間、出版地與出版社之間、出版社與出版時間之間的逗號、冒號、括號的使用，卷期、出版年月日的寫法與一般學術論文格式不符，出版地經常缺漏之外，其他缺失如下：

註1：「幼獅文藝」漏掉雙尖號（《》）。註中除列出所引文章在原收錄書籍或期刊中所佔的頁數外，更重要的應是列出所引用的段落在整本書中或整本期刊中所實際出現的頁數，讀者方能實際查考原文；但此篇論文所有註解都未能列出引文出現之頁數。又，引文頁數一般放在期刊出刊年月之後而非之前，以下各註同。

註4：林燿德《觀念對話》、丁旭輝〈白萩圖象詩研究〉未註出處。

註8：陳芳明《詩和現實》未註出處。重複引用同一資料亦應加括號註明（同註？），如《孤岩的存在》應補上（同註2），以下各註同。又，結束處缺一句號。

註13：《文學界》第9期未註出刊時間。

註18：註中云「根據白萩年表及其夫人陳文理〈我的丈夫白萩〉一文」，然則年表、文章之出處何在？

註22：《笠》30期未註出刊時間。

（丁旭輝）

歷史迷霧五十八年

——從《明台報》與《獵女犯—臺灣特別志願兵的回憶》透視臺灣籍日本兵陳千武的臺灣自覺意識

蔡秀菊　臺中市立漢口國中教師

摘要

什麼是臺灣新精神？臺灣新精神的崛起原點為何？日本於一九四五年八月十五日無條件投降，滯留南洋的臺灣籍日本兵及軍囑、軍伕，在各地集中營自然組成「台灣同鄉會」。由於同鄉會成員來自臺灣各地，自然形成一幅臺灣「縮圖」。各種不同背景、不同思想的臺灣人，對臺灣前途的期待是什麼？由「台灣同鄉會」自發性組成的「明台會」，和隨後發行的五期《明台報》，正是歷史迷霧中的一線曙光，呈現戰後臺灣知識青年最真實的一面。身為臺灣特別志願兵的詩人陳千武，亦屬「明台會」重要幹部，也在《明台報》上發表詩作和隨筆。比較陳千武在《明台報》上發表的作品，和他根據戰時經驗寫成的傳記式小說《獵女犯——臺灣特別志願兵的回憶》，即可清楚勾勒出詩人陳千武的臺灣自覺意識。

關鍵詞：台灣同鄉會、明台會、明台報

一、前言

日本於一九四五年八月無條件投降後，臺灣籍日本兵（包括志願兵、軍伕、軍囑）從現稱印尼之各地所屬單位解散後，在各地集中營自然組成「台灣同鄉會」。一九四六年五至六月，分散於東南亞各地的臺灣籍日本兵為了等待遣返臺灣的船隻，陸續集合到新加坡集中營。在戰爭結束後將近十個月的漫長等待、以及陸續聽到從臺灣傳來的現況，似乎都令人覺得相當悲憤。此時臺灣兵俘虜營內士氣低沉，不遵守團體紀律者大有人在，有感於收容所內並沒有強制性維持秩序的組織存在，一些有識之士為鼓舞同胞士氣，遂於一九四六年五月在雅加達的集中營發起「明台會」，主辦餘興節目。六月十日轉入新加坡集中營之後，並發行《明台報》。[1]「明台會」乃是「明理臺灣」的簡稱，短短一週間出刊《明台報》五期：第一號（6月18日）、第二號（6月19日）、第三號（6月20日）、第四號（6月22日）、第五號（6月24日），每期均為散頁兩面印刷，使用日文與中文，約有二十人在《明台報》上發表過文章。從《明台報》發表的內容，可以透視出當時臺灣人對臺灣前途的想法。筆者大致將其歸納為三類：第一類雖然對國民黨並不期待，但為了臺灣美好的未來，呼籲臺灣人應團結，建設明理臺灣、協助國民黨，將臺灣建設為三民主義的模範省。第二類是對國民黨的歧視臺灣人和缺乏誠信、貪污腐敗的官僚澈底失望，認為只有革命一途才能救臺灣。第三類認為臺灣人普遍存在自大利己與不知感謝的缺點，做一個真正的臺灣人應該保持純聖的心、發揮正義與堅固的情操，自然會完成心中的抱負與

理想。

「明台會」組織之所以值得我們重視，乃是他代表臺灣人在戰後對臺灣前途的真正觀點。因為這批滯留海外的知識分子，並沒有實際和國民黨政權接觸，他們不像在臺灣長官公署陳儀統治下的臺灣人那般，直接遭受到失業、物資缺乏、物價上漲、社會秩序大亂的衝擊，所以他們所發表的文章可以說是戰後臺灣人最真實的一面。五十八年來，這段戰後滯留海外集中營的臺灣籍日本兵歷史，仍在一團迷霧之中。《明台報》提供一條戰後臺灣人如何做命運抉擇的線索，猶如迷霧中的一線曙光，指出臺灣未來的方向。

陳千武為當時「明台會」的主要幹部，本文擬從陳千武在《明台報》上發表的詩作，和日後出版的《獵女犯——臺灣特別志願兵的回憶》（簡稱《獵女犯》）[2]，並訪問「明台會」主席林益謙及其妻弟黃天横、陳千武本人，和在帝汶島港口負責清點遣送人員的賴敏華，探討陳千武所秉持的臺灣自覺意識。

二、陳千武的戰後集中營兵歷表

依照《獵女犯》書中附錄五〈我的兵歷表〉記載，陳千武於一九四五年七月十五日退出濠北地區防衛作戰，七月十六日從帝汶島帝力出發，參加勢第三號作戰。七月十九日從爪哇島普羅波林哥登陸，八月十五日就接收到日本宣布無條件投降的

1　依「明台會」成員陳千武與蕭再火記載之〈我的兵歷表〉，時間上稍有出入，蕭再火為六月九日轉入新加坡集中營，陳千武則為六月十日。此處依據陳千武記載。

2　《獵女犯——台灣特別志願兵的回憶》於一九九九年八月，改書名《活著回來——日治時期台灣特別志願兵的回憶》，重新出版，由晨星出版社發行。

消息。[3]陳千武於一九九六年十一月九日在自宅接受筆者訪問時，對當時的軍隊調動情形說明如下：「照我的兵歷表，我在帝汶島作病患船到爪哇，在醫院住一晚，隔天就被送到雅加達。在雅加達軍醫院住一至二天，又出發要搭船去新加坡，由新加坡轉到馬來西亞，再到印度去作戰。軍隊在雅加達的普羅波林哥港口排隊，快要上船時，大家都覺悟了。船如果出港，差不多都會被襲擊沉入海底。因為在我們之前的三艘船都沒有到達新加坡。所以當時我們都覺悟，如果上了船，就是生命的終點。」

陳千武在〈求生的慾望〉中，對士兵喬裝病患的描述非常詳盡：「依照軍司令部的命令，士兵們脫掉其軍服，只穿著白色的內衣長褲，把軍服和軍械、彈藥，用軍毯捆包起來。摘取附近仙人掌的紅色果實，做為顏料，用白布畫上紅十字標誌，縫在所有軍服軍械的包裝上，等到傍晚，澳洲空軍的偵察機和轟炸機，完成任務回航了之後，用卡車把軍械一包一包載去港口，和全軍穿著白衣服裝的士兵們，一起送進六千噸的小型紅十字醫院船，假裝傷病的士兵，擠在狹窄的船艙，躺都不能躺，只屈坐著，在一片黑暗中，醫院船就出航。上峰命令，士兵們必須這樣屈就坐著忍受四天四夜，到達目的地為止，絕不允許出現在甲板上散步。」[4]由此可以想像戰時的艱苦。或許冥冥中的上天安排，據陳千武告訴筆者，軍隊在普羅波林哥港口準備登船時，「船長來通報，引擎壞了要修理，等一週才能出航。沒有上船，多撿一個禮拜的生命。又被帶回軍營，沒有

---

3 陳千武：〈我的兵歷表〉，《獵女犯——台灣特別志願兵的回憶》（臺中：熱點文化事業出版社，1984年），頁268。

4 同註2，〈求生的慾望〉，頁176。

幾天，八月十五日日本戰敗消息傳來」。[5]

與陳千武同期同部隊的戰友蕭再火，同樣擔任部隊人事官松永准尉的傳令兵，陳千武先任，蕭再火繼其後任。兩人的就地自救生活，也同在巴奇亞高原歷力卡流域作業。兩人於戰後脫離部隊到台灣同鄉會萬隆支部服務，同為風紀委員。在雅加達特殊集中營及新加坡巫氣底瑪集中營，亦同為「明台會」幹部，共同致力籌備發行《明台報》。[6]筆者比對蕭再火和陳千武兩人的兵歷表，透過還原陳千武於戰後到被遣送回臺期間的經歷，應能追溯臺灣人如何追求新臺灣精神的原貌。

一九四五年八月十五日日本無條件投降後，陳千武所屬的部隊接受英軍指揮，參加印度尼西亞獨立軍作戰。開始在爪哇島的雅加達，再派到萬隆部隊做工，後來又被派去離萬隆東邊約四、五小時車程的達西克馬拉亞鎮當憲兵。[7]陳千武在達西克馬拉亞鎮當憲兵約一個多月，這段歷程，陳千武在〈異地鄉情〉有如下描述：「然而停戰後的爪哇島，由於印度尼西亞領袖蘇卡諾宣布獨立，各地印度尼西亞民軍紛紛加入獨立軍的行列，也有部分民軍不願加入獨立軍，私自組織游擊隊，發動無知的住民，結隊搶劫華僑的物資與日本戰敗軍的兵器。如有不順從交出物資或兵器，便被慘殺。這種游擊隊結合民軍的叛亂、搶劫、殺人事件，一日比一日嚴重。這樣一來，蘇卡諾指

---

5 1996年11月9日在臺中市，陳千武的談話。

6 蕭再火：《九死得一生——蕭再火志願兵的回憶》（南投縣：賢思莊養廉齋，1997年），〈自序〉，頁73~74。

7 同註2，〈十日事件〉：「達西克馬拉亞憲兵是協助當地印度尼西亞警察署，維護該地治安的日本殘留部隊的一個中隊。日本投降不久，防衛上需要雙方的合作，印度尼西亞獨立軍保安隊，才承認日本憲兵隊的存在價值，保留原有的權責，讓其繼續執行任務。」（頁129）

揮總部便不得不要求日本軍司令維持秩序了。」[8]所以當時陳千武所屬的部隊雖然被英軍管轄，但卻由日本軍派令。

戰爭剛結束時，陳千武所屬的部隊被英軍要求，繼續戍衛從集中營解放出來的荷蘭人住宅區的安全。印尼獨立軍游擊荷蘭地區的目的，使英、荷聯軍無法佔領此地。這段期間，日本軍、印尼獨立軍、荷蘭軍與英軍之間存在複雜微妙的政治糾葛，印尼獨立軍意圖取代日本軍接管治安的實權，促使印尼獨立，要求日本軍將所有軍械交由印尼獨立軍接收。日本軍一來無意和印尼獨立軍鬧翻，二來又不甘被統治者姿態出現的英軍、荷軍利用。荷蘭軍曾被日本軍俘虜過而心懷仇恨，加上迷戀過去三百多年殖民印尼獲得的甜頭，所以處處唆使英軍強迫日本兵站在第一線對抗印尼獨立軍。[9]

處在日本軍、印尼獨立軍、英軍、荷軍夾縫間的臺灣籍日本兵，卻有意想不到的特別禮遇。荷蘭區與印尼獨立軍佔領區隔開一條鐵道互相對峙，印尼獨立軍對荷蘭區採經濟封鎖，除了印度尼西亞人和持通行證的華僑才能通過，其餘人一概不准進入印度尼西亞區。陳千武在〈默契〉一文中提到，臺灣籍日本兵只要喊「印度尼西亞默迪卡！蘇卡諾默迪卡！」[10]就可以通行無阻。

---

8 同註2，〈異地鄉情〉，頁198。

9 同註2，〈默契〉，頁214。〈十日事件〉：「昭和二十（1945）十月六日，為警備萬隆編入西部地區隊長直轄部隊，派駐市郊的三叉交通要道的一尖荷蘭民宅，擔負交通管制和戒護任務。」（頁130）。「昭和二十年（1945）十月十日，印度尼西亞獨立軍，在蘇卡諾領導下，發動大規模的『十日事件』，要求獨立不顧一切，侵犯英荷聯軍控制下的北區，企圖掠殺、放火、襲擊。於是我們西區直轄部隊，奉令鎮壓獨立軍。獨立均不堪一擊，逃竄無蹤，於同日傍晚結束作戰。我方無人死傷，使英荷聯軍，刮目相看。」（頁132）

10 同註2，〈默契〉，頁217。「默迪卡」，即自由、獨立之意。

荷蘭區被經濟封鎖後，物價大漲，與印度尼西亞區的物價相差十倍以上，日常必需品更高達二十倍。於是，開始有不法商人以逃避軍警監視或賄賂衛兵方式，大搞走私生意。「很不幸的是，臺灣特別志願兵也有一、二個敗類，暗地裏參與密輸集團，利用印度尼西亞獨立軍和奧郎．福爾摩沙之間的默契，欺辱愚直的異民族，以圖私利，為人所不當」。[11] 這也是日後在雅加達集中營會籌組「明台會」的遠因之一，用以規範團體紀律和鼓舞士氣。

戰爭期間在新加坡日本帝國石油擔任社員的賴敏華，於一九九八年十一月二十六日接受筆者訪問，提到戰後集中營的生活，他說：「戰爭結束，日本軍人、軍囑、軍伕、日本商社人員都變成俘虜。南洋的俘虜有四種：美國俘虜、英國俘虜、荷蘭俘虜、澳洲俘虜。帝汶島的陸軍第一志願兵做荷蘭的俘虜最悽慘，美國配給俘虜牛肉，荷蘭俘虜吃鱷魚肉；美國給麵粉，荷蘭給樹薯粉。」[12]

戰後成立的台灣同鄉會，總會設在雅加達。第一任會長為翁鐘賜，第二任會長為林益謙，萬隆屬於台灣同鄉會支部，會長為潭子人姓蕭。同鄉會四處去找臺灣人，如部隊或醫院中的護士有臺灣人，同鄉會即請求日本部隊讓臺灣人提早退伍，再

---

11 同註2，〈默契〉，頁218。「奧郎．福爾摩沙」，即臺灣人之意。

12 賴敏華1943年畢業於臺中商業學校（國立臺中技術學院前身），1944年1月先去苗栗日本帝國石油株式會社總公司工作，9月被派去日本東京總社，10月到新加坡。服務地點遍及新加坡、爪哇、蘇門達臘、嗒里島、帝汶島、西里伯、婆羅洲、西貢。日本戰敗時，賴敏華沒有進入集中營，他在帝汶島的帝力港口負責清點遣送人員。1946年6月賴敏華在新加坡，他帶領第一梯次臺灣志願兵回基隆，剛好是農曆五月五日吃肉粽。遣送的志願兵中，約70％為臺灣人，30％為韓國人。韓國人到基隆後再轉回韓國。俘虜在集中營遭到的待遇，是賴敏華在航程中聽來的。

到同鄉會。透過台灣同鄉會的努力，陳千武所屬部隊的臺灣人，辦理臺灣特別志願兵假退伍，歸入同鄉會，才獲得自由身。[13]陳千武於一九四五年十一月七日進入萬隆的台灣同鄉會，並被推選為風紀委員，以維持同鄉會內部的秩序。

同鄉會如何維持日常開銷，陳千武在〈縮圖〉一文中提到：「日本軍司令對臺灣人的遣回問題十分負責，一切聽從同鄉會的安排，也把會員所需的糧食，用大卡車送來儲存於同鄉會的倉庫，發給遣散費，可使那麼多會員坐吃二年以上不會飢餓。」[14]

陳千武從十一月七日到翌年一月多都住在萬隆的台灣同鄉會。萬隆的台灣同鄉會分成兩個部分，一邊由印尼軍佔領，另一邊為英軍，中間隔著一條鐵軌。因印尼開始發動獨立戰爭，所以以鐵路當界線。萬隆的台灣同鄉會總部設在印尼軍管轄內，陳千武則住在英軍管轄地區內的宿舍。鐵路上有一座天橋，橋頭有印尼獨立軍站哨，英軍這邊沒有人手可以站哨，臺灣人要到總會吃飯，必須經過這座天橋。

少數自作聰明的臺灣人，利用印尼軍對臺灣人的信任，開始盜取同鄉會的糧食，走私到荷蘭區轉手牟取暴利。印尼軍也不會笨到不知道這種囂張行徑，「印度尼西亞警察署長來找同鄉會會長，要求會長自行處罰走私的壞蛋，必須制止不再有人犯法，不然抓到走私當以軍法槍殺，還要派軍封鎖同鄉會，甚至消滅了臺灣的縮圖」。[15]

---

13 陳千武：〈皇軍？國軍？死亡行軍〉，《臺灣兵影像故事》（臺北：前衛出版社，1997年），頁41。

14 同註2，〈縮圖〉，頁270。

15 同註2，〈縮圖〉，頁270。

會長緊急召開風紀委員會研商對策。風紀委員意見不一，有人主張把惹禍的人直接交給警察署，有人主張自行處理，有人認為風紀委員沒有實權處罰走私者，且接到違法者的威脅信函。當陳千武準備離席，不料當中一位葉姓走私者突然手持尖銳匕首，一刀刺向陳千武的左胸心臟，結果將陳千武的左上膊神經切斷。陳千武先被送到當地印尼醫院治療，「華僑醫生不會縫神經，只縫外傷。我的左臂每天都會抽痛，一個多月後出院，不但抽痛，連晚上都不能入眠。要跑到屋外坐著，讓患部涼一點」。[16]

陳千武的病情沒有好轉，於二月十二日被送進萬隆南方第五陸軍病院住院，由日本軍醫手術接合左上膊神經，雖然左臂神經功能沒有完全恢復，至少左臂神經不再繼續抽痛。後來陳千武再搭飛機到雅加達，住進附近的胖特卡陸軍病院。三月五日出院後，被派往雅加達的台灣同鄉會總會服務，四月二十五日進雅加達集中營（麥克阿瑟集中營、亦稱收容所）。[17]

三、「明台會」的組織緣起及《明台報》的發行

雅加達集中營內的臺灣人終日無所是事，出現不遵守團體生活規律的人，營區內又沒有強制會員遵守秩序的權利，使全體士氣十分低落，一些有志之士相當憂心。於是在一九四五年五月成立「明台會」。「『明台會』於一九四六年五月在吧城（雅加達）收容所內組織成立，成立後舉辦過演藝會，演出題

16　1996年11月9日在臺中市，陳千武的談話。
17　同註2，〈我的兵歷表〉，頁268。

為『明理臺灣』的舞台戲。演戲並無戲曲劇本，只模仿印尼女性舞踊，以及把返台後要實踐的事，以即興性的戲劇化演出。」[18]會長為林益謙、主要幹事員有吳墩燦、陳武雄（陳千武）、蕭再火（回臺後曾任南投縣議員）、陳慶焜、張瑞源（回臺後創中連貨運）。林益謙先生在台灣同鄉會及明台會組織中扮演相當重要的角色。林益謙為臺灣議會設置請願運動的旗手，新聞界聞人林呈祿（1887～1969）的長子。林益謙於一九一一年生於臺北市萬華，三歲隨雙親移住東京。一九三〇年考入東京帝國大學法學部法律學科，一九三二年國家高等試驗司法科及格，一九三三年東京帝國大學畢業，一九三三年國家高等試驗行政科及格，一九三四年四月回台赴任臺灣總督府財務局金融課，除一九三八年十二月至一九四〇年十月任台南州曾文郡郡守外，一直擔任總督府書記官，並升任為金融課長。一九四四年奉派至印尼擔任南方軍爪哇軍政監部財政部司政官。[19]因林氏為臺灣人任職日本司政官的最高官階，戰後從

18 岡崎郁子：〈雲間的曙光——從『明台報』透視台灣籍日本兵的戰後台灣像——〉，《東京外國語大學Asia．Africa語言文化研究所Asia．Africa語言文化研究》，51號（1996年）。陳千武、蔡秀菊譯，刊載於《臺灣文藝》，157期（1996年10月），頁119。

19 同前註，頁120。有關岡崎郁子認識林益謙一事，1998年12月11日，林益謙的妻弟黃天橫在臺北市的臺日交流協會接受筆者訪問，有如下說明：「日本的岡崎郁子教授和她的澳洲籍丈夫唐立先生研究臺灣文學很久。她在臺灣時就認識陳千武，但是她不認識林益謙先生。後來她也曾經來找我好幾次。一直到終戰五十年（1995）那一年，由呂秀蓮當隊長在日本下關開會，林益謙先生有參加，他曾邀我一齊去，但我沒有同行。岡崎女士也有參加該次活動。活動結束大家一起聚餐時，岡崎女士看到坐在對面林益謙先生掛的名牌，非常驚訝的問：『請問您是林益謙先生嗎？您是不是曾經去過爪哇作戰？我找您很久，今天才偶然見到。』林先生是我的姊夫。後來她來臺灣訪問林先生，我才對岡崎女士說：『妳不早說，妳在一年前就認識我，林先生是我的姊夫。』岡崎女士來臺時，那些曾去印尼爪哇作戰的人也曾和她聚會一次，現在剩下沒幾位。我不曾去過爪哇，那些參與作戰的人比林先生年輕，林先生當時是被總督府派到爪哇的官員，其他軍人都在二十幾歲左右。」

日本方面請求到巨額資金作為「台灣同鄉會」營運的費用，使同鄉會裏的臺灣兵生活很富裕。他為建設新臺灣的努力相當堅持，當日本軍方詢問他要選擇日本或返回臺灣時，他毫不猶豫下定決心回臺做一個臺灣人，還立刻將日本名字林益夫（はやし・ますお哈耶希・馬斯奧）恢復本名。[20]林益謙於一九四六年三至四月帶領在雅加達的台灣同鄉會代表團訪問中華民國總領事，聲請送還船隻供應，卻意外遭到總領事輕蔑回應：「你們這些人是跟日本軍一起來的，就該跟日本軍一起回去。」在新加坡，林益謙先生也向新加坡的中華民國領事館請求協助，仍然不被理會，反觀戰敗國的日本，卻給予台灣同鄉會巨額資金，難免讓臺灣人產生相當大的衝擊。

據陳千武回憶，「當時在爪哇雅加達，大家急得想回臺灣，便去中國大使館。大使館人員不但不理會，還說：『為何不去找日本人？你們是日本人帶來的。』大家對大使館人員很失望」。[21]與中國大使館接觸後的第三天，大家又去日軍司令部。陳千武回憶當時情形：「司令的副官馬上去傳達司令，司令立刻派人帶我們去司令室坐。司令出來，說不到幾句話就哭了，很慚愧地哭著說：『日本政府應該負責的，卻沒有替你們負責！』向我們道歉。司令說會儘量安排早一點遣送我們回鄉。那時以病患為優先，健康士兵還沒遣送。現在健康士兵快輪到了，隨時會向英軍建議，先派遣船隻送臺灣兵回去。」日本軍司令部處理人民的問題，和中國大使館的態度差距那麼大，讓這些知識分子感觸良深，所以在《明台報》發表的文

---

20 同註18，頁120~121。

21 1996年11月9日在臺中市，陳千武的談話。陳千武對遣送作業說明如下：「由戰勝國分配船隻遣送，日本戰敗，日本要等被遣送。臺灣被納入戰勝國中國人，但中國大使館卻不管。」

章，對中國有很多感慨。[22]

依據《明台報》第四號（6月22日）刊登「明台會」暫定章程，其宗旨有三條：(1) 謀會友親敦睦團結對祖國誓矢忠誠，(2)協助政府建設新臺灣，(3)促進三民主義的切實履行以謀同胞之幸福。[23]可見當時海外的臺灣知識分子，一心一意掛記如何建設新臺灣。

等待遣送回國的臺灣人，於五月三十一日從雅加達的麥克阿瑟集中營，轉入坦讓撲里歐庫特殊集中營，六月二日受檢問完畢，六月六日乘第五驅潛艇從特殊集中營於下午四時出發，往新加坡。六月八日於里偶水道假泊，六月九日登陸新加坡，轉入巫氣底嗎集中營，這是臺灣人被遣送回國的最後一站。[24]據陳千武回憶，在新加坡的集中營大家鎮日無事，於是「明台會」的重要幹部乃籌劃發行《明台報》。由陳千武主編，徵收會員寫作詩、散文、隨筆等，每期附有編後記。他們向負責管理的英軍司令部借用鋼板、配給紙，由鄭清福謄寫油印發行。鄭清福出身臺南基督教徒，畢業長榮中學，可惜於一九四七年「二二八事件」發生時，帶槍維持治安，被中國軍殺害死亡。[25]雅加達的台灣同鄉會總會為了讓臺灣人即早學習中文，曾聘請華僑到會所來教授中文，所以在《明台報》發表的文章，中日文並陳，中文文體雖然不見得爐火純青，但短期的中文學習，就能清楚表達深刻的思想，可見「明台會」幹部都是臺灣知識青年當中的菁英。

22　1996年11月9日在臺中市，陳千武的談話。

23　同註18，岡崎郁子整理、陳千武譯：〈「明台報」全文〉，頁139。

24　同註2，〈我的兵歷表〉，頁84。

25　同註18，頁119。

四、陳千武在《明台報》上呈現的臺灣自覺意識

陳千武在《明台報》上共發表兩篇文章：〈會員的覺心〉、〈渣滓——昨天今天的反省——〉及每期的編後記，可以發現陳千武相當重視個人的自覺意識。

沒有邪心
藍天遙遠
………
巧妙的陰謀是
下賤之下
在月夜的岡上
——清淨地
奏起美麗的琴線吧[26]

這是陳千武發表在《明台報》第一號上的作品，可以感受到，陳千武認為唯有保持一顆「無邪的心」，才能抗拒各種利己醜態和巧妙陰謀。同一號首篇為林益謙的〈胎兒之言〉，可以窺見臺灣人對中國前途的憂慮：「搶奪美麗臺灣及強盜中國的吠狼日本，被打倒崩壞了。使心醉於回歸祖國而歡喜的我們，面對一部分母國人，對待我們缺乏理解，以及只是龐大卻空洞，國威不興，國家無力的情形，感到氣憤。」[27] 林益謙對中國有

26 同註 18，陳千武：〈會員的覺心(一)〉，頁 134。
27 同註 18，林益謙：〈胎兒之言〉，頁 132。

此感慨，應該是他和中國領事館及日本軍司令部接洽過程中，發自內心的肺腑之言。而署名「碧秋」的〈應負我們的責任〉如是言：「半世紀的奴化政策追到我們臨終的時候，遇著福神把我們搬到生境，但愉快是一剎那，我們悶著的日子又到了。現在我們的環境是苦憐的繼續或者哀歌的連續，想到臺灣的前途誰都忍不住要掉下眼淚來，像沒用駑馬的我也再三歎息哩！」[28]

尚未回到祖國懷抱的臺灣知識青年，為何有此憂心？從林益謙的〈胎兒之言〉可一窺端倪：「走過馬來新加坡市街的旅人，誰都會感覺在中國內地旅行一樣的錯覺。然而其內部施政如何？在爪哇的百萬同胞，卻接受僅有萬餘的荷蘭人驅使而侮辱。並且荷蘭人也常遭遇現地住民的屠殺，國威墜落。」[29]從林益謙對華僑的認知，不難發現華僑並沒有家國觀念，離鄉背井只為追求生活條件改善，即使被驅使奴役也不像現地住民憤而起來抵抗外敵。陳千武談到與海外華僑接觸的經驗，他認為：「南洋的華僑有兩代、三代，甚至有四、五代的，大都是個人自求多福。有做生意的、剃頭的，或經營事業，擁有林場、農場等。他們知道不能依賴祖國，跑到國外，就不再存有依賴中國的念頭。要自己打拼，做自己的事。華僑聚會，只是聯誼而已。所以華僑只有宗族觀念，沒有國家觀念。」[30]

「明台會」的成員，已看出不能對中國存有希望，為何還殷切期盼未來能協助國民黨建設新臺灣，使臺灣成為三民主義的模範省？陳千武告訴筆者：「當時臺灣青年認為為了異民族

---

28 同註18，碧秋：〈應負我們的責任〉，頁133。
29 同註18，林益謙：〈胎兒之言〉，頁132。
30 同註21。

的日本，都能賭生命參加戰爭，出力打拼。日本戰敗，臺灣已非殖民地，自覺回到自己的國家，要為自己的國家賭生命、奉獻求國家發展，每個臺灣人都有這種『意志』，是切實的想法。」[31] 然而，身在海外的臺灣人，聽到有關臺灣或中國傳來的消息都是令人悲憤和心酸。吳忍朗在第三號發表〈會員的感想〉悲觀地寫道：「現在我們在這集中營，每次聽得到有關臺灣的現況，都是令人覺得十分悲憤的消息。從五十年長久的辛酸好不容易才看到了曙光，可是這道曙光，好像僅是雲間洩漏的一剎那閃光，黑暗的濃雲又要覆蓋過來了。」[32] 這種憂慮是不無道理的，以陳儀為首的臺灣行政長官公署，造成臺灣物價波動、米糧不足、人心浮動，讓滯留海外的臺灣人怎不憂心忡忡？[33]

陳千武認為堅固的意志，明朗合作的團結心，是建設光明臺灣的力量：

二、躍進的志氣
　　從激烈的氣流中
　　抬頭

31　同註21。

32　同註18，吳忍朗：〈會員的感想〉，頁138。

33　1998年12月11日，林益謙的妻弟黃天橫在臺北市的臺日交流協會接受筆者訪問，有如下說明：「日治時期的日本教育，日本人當然批評中國，說中國很落後，而有漢人血統的臺灣人對日本人批評中國會產生反感。事實上，我們也沒去過中國。戰後，大陸人來臺灣，大家都去歡迎，那時我也跟去基隆看中國軍來臺，看了以後非常失望。接著中國帶來貪污，戰後物資缺乏，官員把物資佔為私有賺錢。後來我聽說美軍遣送日本人回國的船，載一趟後要再回程時，政府官員下令緩期，留日本人在基隆等一個禮拜，這段期間船隻載糖至上海，中國官員的生意優先公事。」

——（我的眼睛在憤怒）

……….

燃燒著堅固的志操

三、明朗合作

以健美的愛情

微笑了　　那麼

你跟我的團結是

至上的力量

………[34]

從《獵女犯》一書中有關戰爭結束到被遣送回臺之間的作品，〈洩憤〉描述日本軍人被長期壓抑的苦悶和麻木：「抑壓過長時期的青春年代，跟社會隔離，被封鎖，被繫住在乾燥無味的部隊，思想早已麻木了，只是想活著，意欲活下去。抹殺了人性也好，成為只會戰爭的動物也好，唯一重要的是必須要活下去。」[35]對人性看得越透澈，越瞭解保持一顆清純無邪的心，越是追求理想、奮勇上進的動力。即時在〈夜街的誘惑〉裏，和日本上等兵約好等夜晚熄燈後越牆外出尋歡的林逸平，進入綠燈戶從門縫隱約看見美麗的混血女郎時，心裏突然激動地喊著：「我不是，我不是戰敗的日本兵。哦！為甚麼，為甚麼我要跟日本兵一樣，瘋狂起來尋找刺激，麻醉自己？不必，不必，我是局外者，不必迷失自己呵！」[36]由此可見陳千武強調作為臺灣人的自覺，「林兵長一誕生就把自己構築在跟日本

34　同註18，陳千武：〈會員的覺心(二)、(三)〉，頁134。

35　同註2，〈洩憤〉，頁178。

36　同註2，〈夜街的誘惑〉，頁189。

人不一樣的黑暗面，委屈了二十多年後的現在，遮蔽陽光的專制怪物垮了，明天以後，他就會天天看到太陽」。[37]

陳千武相當重視人性的本質，基本上，他認為人的行為乃是「存乎心形於外」的表現，發表在《明台報》第四號的〈渣滓——昨天今天的反省——〉一文，已明白說出這種觀感：「這不是只在吹噓讚美漢民族的優秀性的時候了。那麼蠻橫的日本人，為甚麼罵『清國奴』而侮辱優秀的民族？『清國奴（支那人劣根性）』是甚麼？不應該自我陶醉而自慰，自慰是可怕的行為。」[38] 陳千武認為沒有自覺意識，才是劣根性的根源，中國的貪污腐敗，乃是中國人缺乏自尊、自重的信念。

在台灣同鄉會看到少數不守團體規範的臺灣人，嫖妓、賭博、盜取糧食、走私牟利，難怪憂心的臺灣知識青年要發起「明台會」，甚至發行《明台報》。雙金在《明台報》第二號〈同胞愛與同床夢〉對少數臺灣人敗類即氣憤地加以指責：「然而這些身無一物的同胞，尤其有八十四歲的老翁，婦人小孩子們，等了整整一天，也得不到一粒飯，只吃著甘藷葉勉強餬口，沒有薪柴沒有錢，連帶來的米也遺失了。另一方面住在同一個營的隔壁，貪吃著美味的白飯和好多罐頭的人也有。身邊疊積著高層的罐頭，有青菜與薪柴等，能自炊的共同生活。把缺乏同胞愛各個自炊的共同生活，稱為同床異夢，是不是貧者的偏見？」[39]

陳千武認為這時候的臺灣人，更應該「扔掉個人主義」、強調「臺灣人的自覺」，同鄉會的會長變成被置於 Johngos（僕

37　同註 2，〈夜街的誘惑〉，頁 189。
38　同註 18，陳千武：〈渣滓——昨天今天的反省——〉，頁 140。
39　同註 18，雙金：〈同胞愛與同床夢〉，頁 136。

人），辦事人員常受痛罵，這是因為「臺灣人的自大很容易忘記感謝之情」。他認為日常生活中的渣滓最難消除「大豬的體積大，容易發現容易剔除，但是渣滓比大豬更難處理。所以如果在我們清淨的生活裏，發現了渣滓，就趕緊把它清理掉吧」。[40]

陳千武認為，日本統治臺灣五十多年的愚民政策，就是讓臺灣人變成不會思考、沒有自覺的「自以為聰明的賢人」。

五、結語

岡崎郁子認為「欲瞭解自日本投降後，至1947年二月二十七日發生的『二、二八事件』，及隨後三月國府軍隊對臺灣人的大屠殺之前，這段期間，臺灣人真正的期望是什麼，明台報提供相當珍貴的原始資料」。[41]

《明台報》可說是戰後臺灣青年最原始的思想。從自發性的「明台會」組織，取「明理臺灣」之意，舉行成立大會、演講會、演劇到發行《明台報》，沒有堅定的信念與熱忱，是不可能辦到的。「明台會」成員，是臺灣的知識青年，以他們在《明台報》上發表的文章，水準相當高，他們所發表的言論，其中參雜非常複雜的情感。陳千武的臺灣人自覺意識，可說是他發自內心的至情表現。雖然知道中國無法救臺灣，但是臺灣漢人仍存有血統觀念，對中國多少有所期待，希望中國是一頭睡獅，終有一天會醒過來。正如巫永福以日文寫成的〈祖國〉，殷殷呼喚「あ祖國よ醒めよ／祖國よ醒めよ」，當時巫永

40 同註18，陳千武：〈渣滓——昨天今天的反省——〉，頁141。
41 同註18，頁115。

福的想法並沒有錯，現在看來卻很可笑。巫永福後來非常反對中國，因為他有深刻的體認，這也說明為何戰後反而有更多臺灣人走向獨立自主的路線。「明台會」的成員回國後，因為國民黨政權的貪污腐敗，有志青年終究沒有機會奉獻心力。「二二八事件」發生之後，白色恐怖更厲害。像陳千武的二弟是臺中商業學校的畢業生，中商老師被抓走，連學生也被牽累逮捕。[42]「明台會」會員之一的張瑞源持有「明台會」成員的名冊，「二二八事件」發生之後，怕名冊留下來，萬一其中一個被抓到，會拖累全部會員，最後只好把它燒掉。陳千武冒著被抓的危險，保存《明台報》到一九九五年三月二十六日交由訪問的岡崎郁子整理發表，終能還原這段代表臺灣人政治思想的歷史原貌。陳千武戰後一路走過的文學歷程，也是發軔於這種臺灣自覺的主體性。

短　　評

1. 對於「明台會」及「明台報」興辦緣由，透過本文介紹，呈現了臺灣戰後知識青年，尤其是有關陳千武先生戰後一路走過的文學歷程，及臺灣人自覺意識這論題，使研究者有更

42 1998年12月11日，黃天横的朋友楊刻智（二二八事件發生前就讀臺灣大學）在臺北市的臺日交流協會接受筆者訪問，有如下說明：「我在臺灣大學讀書時，都有spy故意拿共產黨的書放桌上，如果不留心拿起來看，可能就會被抓走。是共產黨員還是國民黨特務放的，誰也不知道，只是看一下就被抓去綠島，我有一位同學就是這種情形。」

充分的了解。

2. 描述歷史背景詳實，經由本人現身說法，比對本人和小說情節穿插說明的方式，信而有徵，了解更透澈。

3. 參考資訊來源多，針對這主題所提供的相關資源也豐富，有助於相關研究者的了解及探索。

4. 有關詩人陳千武的「臺灣自覺意識」這核心主題，建議作者應利用分點條述，使眉目更加清楚，表達更明確。

5. 在頁3第三行中敘述：「筆者比對蕭再火和陳千武兩人的兵歷表，透過還原陳千武於戰後到被遣送回臺期間的經歷，應能追溯臺灣人如何追求新臺灣精神的原貌」，甚麼是臺灣新精神？其崛起原點為何？對臺灣前途的期待是甚麼？「如何追求」？「原貌」又是什麼？建議作者應於結語處歸納論述之，直指歸結自己的提問，解決讀者心中的疑惑及期待。

（林文欽）

超現實主義的穿透性美學

——商禽論

蕭水順（筆名蕭蕭） 東吳大學中文系兼任講師

摘　要

超現實主義認為詩潛藏在潛意識之內，所以表達夢境是詩唯一的出口，人類真正的現實隱沒在理念、情感和約定俗成的字眼之下。為了深入探索內心的奧秘，他們甚至於不放棄瘋子或神經病者的幻覺、囈語，強調「夢幻萬能」、「精神本能」。自動書寫與書寫夢境，是超現實主義最強調的技巧，在二十世紀六〇年代以後的臺灣詩壇，隨處可見，已經成為現代詩創作的基本技能。

超現實主義者商禽的穿透性美學：

一、商禽以泯除空間感來奠立「穿透」的可能。

二、以個體物隨意並置，造成物與物相互穿透的美學。

三、商禽詩中，幾乎是無物不可穿透，「穿透」的意義，是物與物仍保持各自的特質，相互之間卻可以自由進出。

四、我看見過去的我，這是時間的穿透，「亖式」的並置，層層剝離，層層逼視，可以看到最真實的自我，最真實的人性底蘊。

五、穿透是為了抵達真實。偽與真二元的對峙，商禽以穿透作為辨識的手段。

六、商禽的穿透美學顯現「穿不透」的焦急。

四位超現實主義詩人：楊熾昌架構精靈化美學世界；商禽以穿透性美學，建構人間化美學世界；洛夫則是魔力化美學世界；蘇紹連以轉位法，透視物種化的美學世界。商禽的人間化美學世界，勢必要站在四種美學樞紐之處。

關鍵詞：美學、穿透性、商禽、超現實主義

一、緒論：超現實主義的臺灣論述

(一) 臺灣詩壇的超現實主義現象

法國超現實主義（Surrealism）在第一次世界大戰後出現，一九二四年發表宣言，隨即影響歐美各地，日本則在二〇年代後期接受影響，衍生新義；臺南詩人楊熾昌在三〇年代留學日本，深受啟發，組成「風車詩社」，成為臺灣第一個實踐超現實主義詩風的團體。二十世紀六〇年代，超現實主義聲息漸杳之時，臺灣「創世紀」詩社卻緊接著「銀鈴會」、「現代派」刻意追求現代主義之後，高舉超現實主義之大纛，為臺灣現代詩壇掀起大波瀾。

不過，臺灣詩壇有人鼓吹超現實主義，有人詆毀超現實主義，但是沒有人自稱是超現實主義者。有人常常使用超現實主義的技巧，有人偶爾應用超現實主義的手法，但是沒有人自稱是超現實主義的信徒。

以林亨泰而言，他寫於一九六二年的〈非情之歌〉，劉紀蕙認為是「極限主義的語言實驗」，她說：「這種極限主義的語言實驗，在日本超現實主義代表詩人所編的《詩與詩論》亦可見到；《詩與詩論》強調詩的知性批判，亦實踐詩的繪畫性。」[1]所以她認為：「紀弦極力推崇林亨泰，是因為林亨泰作品中違反常規的超現實文字邏輯。」「紀弦取林亨泰源自於日本《詩與詩論》派的知性美學，是用以對抗新文學傳統中的浪漫派餘緒，而此導致五〇年代現代詩運動中傳承了日本超現實運動中的主知精神。」[2]也就是說，《現代詩》時期林亨泰的詩與詩論都可以冠上「超現實主義者」，但林亨泰仍自稱是走過「現代」，「定位鄉土」，研究林亨泰有成的呂興昌也以為：「林亨泰之『起於批判——走過現代——定位本土』的創作歷程，正是臺灣新詩發展的一個典型縮影。」[3]或許，我們可以這樣說，林亨泰本質上是一個現實主義者，有他自己的現實觀，但方法上，他卻採行超現實主義的方法。即使是採行超現實主義手法，但他仍願意被稱為是「現實主義者」，而非「超現實主義者」。

這樣的論點可以從林亨泰的詩與詩論中得到見證，也可以

---

1 劉紀蕙：〈銀鈴會與林亨泰的日本超現實主義淵源與知性美學〉，《孤兒．女神．負面書寫——文化符號的徵狀式閱讀》（臺北：立緒文化公司，2000年5月），頁240～241。

2 同前註，頁231～232。劉紀蕙論述楊熾昌、林亨泰、銀鈴會、超現實主義，另有論文〈前衛的推離與淨化——論林亨泰與楊熾昌的前衛詩論及其被遮蓋的際遇〉，內容大同小異，收入周英雄，劉紀蕙編《書寫臺灣——文學史、後殖民與後現代》（臺北：麥田出版公司，2000年），頁141～167。

3 呂興昌：〈走向自主性的時代〉、〈林亨泰四〇年代新詩研究〉，均收入《林亨泰研究資料彙編》（彰化：彰化縣立文化中心，1994年6月），下冊，頁365～376，頁378～446。此一引言分別見於頁366、379。

逆溯三〇年代臺灣超現實主義風潮，楊熾昌組織「風車詩社」的動機與遭遇。楊熾昌，臺灣第一個超現實主義的先行者，一九〇八年出生於臺南州，一九三一年至三四年間在日本大東文化學院攻讀日本文學，日文根柢相當深厚，是日據時代擅長以日文創作的詩人之一。根據葉笛的了解，「一九一七年～一九二六年，可以視為日本近代詩已由成熟轉向現代詩的成立」，一九二五年日本《文藝耽美》雜誌首度介紹超現實主義，登載布洛東（Andre Breton）、阿拉貢（Louis Aragon）、艾呂雅（Paul Eluard）等人的譯詩，一九二七年日本第一本帶有超現實主義色彩的雜誌《薔薇・魔術・學說》開始發行，第一本超現實主義詩集《馥郁的火夫啊》也在同一年出版[4]，就在這種超現實主義盛興的背景下，楊熾昌分別在東京和臺南出版了兩部充滿超現實主義色彩的詩集《熱帶雨》（1931）、《樹蘭》（1932）。一九三四年楊熾昌自東京回國，次年，結合林永修、李張瑞、張良典，日本人戶田房子、岸麗子、島元鐵平等人，倡導以 esprit nouveau（新精神）寫詩，組成「風車詩社」（Le Moulin），出版《風車詩誌》，發表前衛詩論，推動超現實主義詩風，但是在臺灣龐大的現實主義潮流裏，楊熾昌常被同是臺南地區鹽分地帶的寫實主義者冠以「耽美」、「頹廢美」、「醜惡之美」、「殘酷之美」、「惡魔的作品」等罪名。[5]甚至於五十年後，一九八四年林佩芬的訪問裏，楊熾昌仍小心翼翼地說：「筆者以為文學技巧的表現方法很多，與日人硬碰硬的對抗，只有引發日人殘酷的摧殘而已，唯有以隱蔽意識的側面烘

4　葉笛：〈日據時代臺灣詩壇的超現實主義運動〉，《臺灣現代詩史論》（臺北：文訊雜誌社，1996年3月），頁25。

5　楊熾昌：〈殘燭的火焰〉，呂興昌編、葉笛譯《水蔭萍作品集》（臺南：臺南市立文化中心，1995年），頁240～242。

托，推敲文學的表現技巧，以其他角度的描寫方法，來透視現實社會，剖析其病態，分析人性，進而使讀者認識生活問題，應該可以稍避日人兇焰，將殖民文學以一種『隱喻』方式寫出，相信必能開花結果……有鑒於寫實主義備受日帝摧殘，筆者另有轉移陣地，引進超現實主義。」[6]換言之，楊熾昌在引進超現實主義五十年之後的談話中，「超現實主義」仍然只是文學技巧，只是「隱蔽意識」的障眼法，「超現實主義」在臺灣詩壇一直不是「目的」。

五〇年代崛起的商禽，臺灣最典型的超現實主義者，喜歡被稱為富於關懷、富於愛的人道主義者。率先翻譯〈超現實主義之淵源〉[7]，論述〈超現實主義與中國現代詩〉[8]的洛夫，常為超現實主義辯護，但一提到自己是否是超現實主義者，一定閃爍其詞，在「超現實主義」之前加上「知性」、「節制」、「修正」、「中國」等限制詞，或漫漶為「廣義超現實主義」，背離「超現實主義」原有的定義。七〇年代前期受矚目的超現實主義詩人蘇紹連，在《驚心散文詩》、《隱形或者變形》之後，改途書寫《臺灣鄉鎮小孩》；其後崛起的詩人渡也，同樣在超現實主義的表現中獲得掌聲，八〇年代以後鬆弛語言的緊密度，平緩書寫現實；七〇年代後期受矚目的超現實主義詩人陳黎（當然也有人，如孟樊，稱他為「後現代主義」），則一直站在《島嶼邊緣》發聲。

---

6 林佩芬：〈永不停息的風車——訪楊熾昌先生〉，《文訊雜誌》，1984年3月。此處引自呂興昌編《水蔭萍作品集》，頁263～279。

7 洛夫：〈超現實主義之淵源〉，《詩人之鏡》（高雄：大業書店，1969年），頁139～155。

8 洛夫：〈超現實主義與中國現代詩〉，《洛夫詩論選集》（臺北：開源出版公司，1977年），頁83～105。

「超現實主義」在臺灣詩壇一直不是「目的」，只是「過程」。

(二) 超現實主義的法國宣言

不受傳統邏輯、道德、美學的約束，以布洛東（Andre Breton，1896～1966）為首的超現實主義，其前身應該是狂飆的「達達主義」（Dadaism），「達達」二字只是嬰孩咿唔之音，或老人無意識的喃喃之語，毫無意義可言，達達主義可以說是全面虛無，極端否定的主義，對於現存體系的政治制度、家庭倫理、宗教信仰、道德觀、價值觀，無不加以澈底摧毀，既否定昨日、今日，也懷疑未來，「什麼也不是，什麼也不要」，這樣澈底的虛無主張，完全的否定態度，使得達達主義的狂飆在十年間結束（約 1916～1925 年），不過，卻也催生了超現實主義。

不同的是，超現實主義者勇於否定，也勇於肯定，積極破壞，也積極重建。他們一方面推翻文化體制，排斥理性主義、道德規範，一方面接納了柏格森（Henri Bergson，1859～1941）的直覺哲學、生命哲學，佛洛伊德（Sigmund Freud，1856～1939）的精神分析學，使其成為超現實主義文學藝術的主要內涵。他們認為詩潛藏在潛意識之內，所以表達夢境是詩唯一的出口，人類真正的現實隱沒在理念、情感和約定俗成的字眼之下。為了深入探索內心的奧秘，他們甚至於不放棄瘋子或神經病者的幻覺、囈語。

超現實主義強調「夢幻萬能」：「與潛意識相聯繫的是夢幻，夢也可以說是一種潛意識活動，它的特點是撲朔迷離，既有在現實中曾經發生過的東西，也有反映人的願望的內容，更多的是稀奇古怪、無可解釋的現象。超現實主義認為，沒有什麼領域比夢境更豐富。」又強調「精神本能」：「突出『精神的本能』，認為這才是『高度真實』，亦即超現實。由此出發，超現實主義者熱中於對原始人的神話、瘋子的幻覺、神經官能症患者的幻象、催眠狀態、雙重人格和歇斯底里的分析。」[9]

洛夫在翻譯〈超現實主義之淵源〉及論述〈超現實主義與中國現代詩〉中，都刻意指出：「在思想上影響超現實主義者最深遠的有三位大師：首先是哲學家柏格森（Henri Bergson），他主張人類必須解脫邏輯知識的束縛。其次是心理學家佛洛伊德（Sigmund Freud），他對潛意識作用的發現，啟導了超現實主義主要的理論。第三位就是紀德（Andre Gide，1869～1951），他強調『自我肯定』（self-affirmation）對一個藝術家的重要。」因為他們都強調生命的真實：「柏格森所謂『直覺的真誠』（sincerity of intuition），佛洛伊德所謂『潛意識心理的顯露』（revelation or subconscious mind），紀德所謂的『個人道德的真誠』（sincerity of individual morality）。」[10]這也就是超現實主義者一再辯解的「現實」：比現實更真實的現實。

如是，回頭再看布洛東的〈超現實主義的第一個宣言〉（1924年）：「超現實主義，陽性名詞；純粹的心理自動性能，人們可望藉助這種性能，以口頭、文字和一切其他方式來表達思想的真實活動；不受理智的任何主宰，排除一切美學和道德的考慮的思想記錄。」[11]也就可以清楚理解，並且跟著相信：在未來，夢幻與現實這兩種表面上極不相容的狀態，將會

9 鄭克魯：《法國文學簡史》（臺北：志一出版社，1995年），頁191～192。

10 洛夫：《洛夫詩論選集》，頁89。

11 鄭克魯：《法國文學簡史》，頁191。

熔合成一種超絕對的現實——超現實。

自動書寫與書寫夢境，是超現實主義最強調的技巧，根據佛洛依德的《夢的解析》，人類在夢境裏、潛意識中，會有大量的語言隨時迸湧，詩人把那些字詞據實加以謄錄，就是所謂的自動語言。因此，超現實主義者的詩全是無韻的、無意義的、重複的、簡易而單調的，如商禽〈遙遠的催眠〉。其次是「並置書寫」：「超現實文學的手法之一乃是使平凡的事物蒙上不平凡的韻致和色彩，並且將不相關的事物、觀念、字詞一併呈現，甚至於任意將事實與其原發生的背景分割。」[12]如商禽的〈逃亡的天空〉。這樣的書寫方式，在二十世紀六〇年代以後的臺灣詩壇，隨處可見，已經成為現代詩創作的基本技能。

（三）超現實主義的日本衍義

臺灣超現實主義的先行者楊熾昌，發行《風車詩誌》（1935），倡導以esprit nouveau（新精神）寫詩，而所謂esprit nouveau（新精神）運動，就是日本一九二八年創刊的《詩與詩論》同仁所發起，這群詩人包括上田敏雄、上田保、北園克衛、富士原清一、西脇順三郎、瀧口修造、山中散生，反對普羅，標舉個性，努力推介超現實主義的團體。經由esprit nouveau（新精神），日本衍義的超現實主義與臺灣詩壇有了一線牽的機會。

根據葉笛的介紹：「西脇的超現實主義與勃魯東他們的富有行動主義的是異乎其趣的。西脇是立足於他對西歐精神和文

---

12 蔡源煌：《從浪漫主義到後現代主義》（臺北：雅典出版社，1998年），頁197。

學的豐富而獨特的超自然主義的。他不像勃魯東他們要以夢的偶然來創造與調和奇異的（grutesque）令人驚愕的世界，以之實現他們的美學，而是要以主知的力量來建築自我的美學。西脇的作品中，東洋的『無』的思維和哀愁越來越濃，複雜又微妙，開創了日本現代詩人未曾有過的獨自世界。瀧口修造似乎是最信守勃魯東的思想的，不過，他的活動範圍卻從語言的實驗擴張到美術、電影方面。北園克衛的文學觀念是要把意義從詩裏驅逐的一種抽象主義。上田敏雄的超現實主義呈現一種耽美的貴族趣味的形式主義（formalism）。跟上田敏雄一樣帶有濃厚的形式主義傾向的春山行夫編輯《詩與詩論》，其主要理念便在於超現實主義所懷抱著的要回復詩的純粹性。」[13]

這些詩人的詩作譯介，以及葉笛所翻譯的布洛東〈超現實主義宣言〉，再度出現在臺灣詩壇，是在林亨泰所主編的《笠》詩刊一至六期（1964～1965），此後，《笠》詩刊與超現實主義漸行漸遠，終至決裂。林亨泰的「超現實主義／現實主義」抉擇，也因此成為臺灣詩壇的一個未決公案，不同政治勢力急欲掌握並詮釋的歷史事件。[14]不過，卻也促成日本衍義的超現實主義與臺灣詩壇另一次的接觸，豐厚超現實主義的臺灣論述。

一九六九年，杜國清翻譯的西脇順三郎《詩學》出版，日本衍義的超現實主義有了一個清晰的面貌：「詩即想像，因此詩的世界即指想像中的思考而言。因此所謂想像亦即超越自然

13 葉笛：〈日據時代臺灣詩壇的超現實主義運動〉，《臺灣現代詩史論》，頁25。

14 劉紀蕙：〈前衛的推離與淨化——論林亨泰與楊熾昌的前衛詩論及其被遮蓋的際遇〉，周英雄、劉紀蕙編《書寫臺灣——文學史、後殖民與後現代》，頁141～167。

或現實的秩序或法則，自由地從事思考。」，西脇順三郎把這種自由思考出來的世界，稱為超自然或超現實的世界。顯然這不是「現實主義者」如「笠詩社」成員所樂於聽聞，不過，西脇順三郎馬上又說超自然或超現實這種意識，若無自然或現實的意識不能成立：「想像的世界為了存在，不能沒有自然或現實的存在。想像的世界不能不生存在自然或現實的意識之中。因此：詩是自然、是現實。如此，詩變成是自然，同時是超自然。詩是『矛盾』。詩是自然的世界，是現實的世界，但它所表現的思考是超自然、是超現實。因此：詩是『ironie』。是兩個相反的自然與超自然的緊張。」[15]這樣的解析，寬解了「現實」與「超現實」兩個名詞所造成的緊張關係。雖然杜國清是「笠」詩社同仁，西脇順三郎是他的老師，但此書的出版並未寬解「笠」與「超現實」的緊張關係。

可以看出來，以西脇順三郎為代表的日本超現實主義者，棄「夢」、「潛意識」而就「想像」，不講究完全的斬斷、無意義的並置，再三強調的卻是「新關係」的發現，雖然也要破壞自然、破壞現實，卻更要從超越自然、超越現實中去想像；雖然也要切斷通常的關係，卻更要從連結隔遠的關係，去發現「新關係」。

有趣的是，這種斷與連的論述，卻也一方面呈現出超現實主義從法國到臺灣若即若離的歷史軌轍，一方面呈現了臺灣超現實主義者對「自動書寫」與「書寫夢境」若即若離的歷史操作。

15　西脇順三郎著，杜國清譯：《詩學》（臺北：田園出版社，1969年），頁3。

(四)超現實主義的臺灣論述

超現實主義的臺灣現象，包括：被稱為超現實主義者的一大堆人名，碧果、葉維廉、大荒、管管、辛鬱、楚戈、周鼎、沈臨彬、張默、商禽、瘂弦、周夢蝶，[16]楊熾昌、林亨泰、蘇紹連、陳黎等，[17]都不願承認自己是超現實主義者，當然他們也不會是法國超現實主義的嫡傳者、信奉者，但他們的表現手法卻又多多少少有著超現實主義的軌轍。這種矛盾現象，出現在創作者身上，也出現在評論、譯述的工作上。由於不健全的翻譯，二手的傳播，時空的差異，臺灣的超現實主義有著更大的空間發展誤打誤撞的成果，一種超現實主義的臺灣論述：同樣攀附在超現實主義名下，卻各自發展出許多不同的論點，既不同於法國、日本的超現實主義者，個別譯述或認知的超現實主義亦復不同。其中包括：楊熾昌、林亨泰、陳千武、葉笛、杜國清、覃子豪，來自日文的翻譯；洛夫、葉維廉，來自英文的譯述。「創世紀」詩社有關「潛意識」、「自動語言」的積極鼓吹，法國超現實主義者布洛東、阿拉貢等人同為共產黨徒此一背景，卻是消極避諱。「笠詩社」早期「迎」(一至六期的譯介)，中後期卻是「拒」，如二十世紀末年，發行《笠》詩刊前120期景印本陳鴻森所撰後記，仍然對超現實主義充滿戒心。[18]凡此種種，正反論述，尷尬情境，使臺灣的超現實

16 洛夫：《洛夫詩論選集》，頁99，及〈超現實主義與中國現代詩〉所舉詩例。

17 劉紀蕙：〈故宮博物院VS超現實拼貼〉，《孤兒·女神·負面書寫——文化符號的徵狀式閱讀》，頁296～339。

18 陳鴻森：〈臺灣精神的回歸〉，《時代的眼·現實之花》(臺北：臺灣學生書局，2000年)，頁28～37。

主義有著變種花卉似的觀賞樂趣，詩人自覺或不自覺的超現實主義手法，或習其皮毛而變其法，或襲其神髓而不自知，分擊合攻，澈底翻新臺灣新詩壇的面貌。

日據下臺灣新詩壇以寫實臺灣為主流，以抗拒殖民統治為標的，超現實主義先行者楊熾昌卻認為：「文學作品只是要創造頭腦中思考的世界而已。」「新的思考也是精神的波希米亞式的放浪。我們把在現實的傾斜上摩擦的極光叫做詩。」對於現實主義，他以為「一個對象不能就那樣成為詩，這就像青豆就是青豆」。將作品和現實混雜在一起的結果，「落入作者的告白文學的樸素性的浪漫主義」，所以作品要「從現實完全被切開」，「在超現實中透視現實，捕住比現實還要現實的東西」。[19]一九八七年楊熾昌反思自己三〇年代的美學：「我所主張的聯想飛躍、意識的構圖、思考的音樂性、技法巧妙的運用和微細的迫力性等，對當時的我來說，追求藝術的意欲非常激烈，認為超現實是詩飛翔的異彩花苑。」[20]較諸日據下現實主義者，楊熾昌的文學認識顯然更為深刻。表現在詩作中，劉紀蕙說：「平靜愉悅與腐敗挫折的並置，美麗之下的凋萎與死亡，靜止生活之下的創傷，是楊熾昌詩中的基調。」[21]可惜，偏執的臺灣文學研究者故意忽略了這種「異常為」的異常花卉，而斷裂的臺灣新詩史未能接續探索這種「意識的背部」、揮灑「魔性之美」，卻在六〇年代重起爐灶，徒然浪費資源。

對於超現實主義，「笠詩社」先小迎後批鬥，「創世紀詩

19　楊熾昌：〈燃燒的頭髮——為了詩的祭典〉，呂興昌編、葉笛譯《水蔭萍作品集》，頁127~138。

20　中村義一：〈臺灣的超現實主義〉，《水蔭萍作品集》，頁289~293。

21　劉紀蕙：〈變異之惡的必要：楊熾昌的異常為書寫〉，《孤兒・女神・負面書寫——文化符號的徵狀式閱讀》，頁210。

社」肯認其實、否認其名，「藍星詩社」覃子豪則是平實觀察，平心和氣指出超現實主義影響臺灣詩壇的是在「精神」和「技巧」兩方面：技巧上，放棄法國超現實派所要表現的夢幻和下意識狀態，將現實生活置於意識與非意識、理性與非理性之間，而形成夢幻特質，或者以類似或不類似的無聯絡意象，構成一種不可思議的妙語。精神上，則是受超現實主義反對一切成規和傳統、不受道德觀念限制、打破邏輯、打破習慣、將夢和潛意識從無意識中表現出來的影響，張揚為「反傳統」、「反邏輯」、「反理性」、「反道德」的現代詩精神。[22]

洛夫則將超現實主義的特質歸納為三點：

（一）它反抗傳統中社會、道德、文學等舊有規範，透過潛意識的真誠，以表現現代人思想與經驗的新藝術思想。

（二）它是一種人類存在的形而上的態度，以文學藝術為手段，使我們的精神達到超越的境地，所以它也可說是一種新的哲學思想。

（三）在表現方法上主張自動主義（automatism）。[23]

比較覃子豪與洛夫的理解，「反抗傳統中社會、道德、文學等舊有規範」以及「主張自動主義」是他們的最大公約數，但在布洛東等人所強調的「潛意識」活動，西脇順三郎轉稱為「想像」的思考過程，覃子豪說是「將現實生活置於意識與非

22　覃子豪：〈超現實主義的影響〉，《覃子豪全集》（臺北：覃子豪全集出版委員會，1968年），第2冊，頁603。

23　洛夫：《洛夫詩論選集》，頁90。

意識、理性與非理性之間，而形成夢幻特質」，強調的是過程（意識與非意識、理性與非理性之間）與結果（夢幻特質）；洛夫則認為「在我們的夢中或本能動作中所顯示的，較日常外在行為習慣的，更為真誠」，強調的是動作顯現之前的真誠，要以哲學上的動機論企圖獲得讀者的認可。這種獲得讀者認可的企圖，從他所述特質的第二點，所謂「人類存在的形而上的態度」，也可以證明洛夫焦灼的心，希望超現實主義不被視為洪水猛獸。

最能證明洛夫企圖將超現實主義「合理化」、「中國化」的證據是，他將超現實主義與中國禪學併合討論，以為二者有其相似之處。不過，這種論點值得商榷：

其一，洛夫以為：「中國禪家主張人的覺性圓融，須直觀自得，方成妙理。以現代心理分析學的觀點來看，這種妙理覺性唯得之於潛意識的真實。」他還認為「超現實主義強調潛意識的功能，重視人的本性，反對一切現實世界中的表面現象，及一切約定俗成的規範，尤其視邏輯知識是一切虛妄之根源。」

洛夫的第一個錯誤是以為禪的妙理覺性唯得之於潛意識的真實，其實，真正的禪坐不是在心神恍惚、潛意識浮出時悟道，禪宗頓漸二派雖有不同主張，但都不否認禪修的重要，北漸以為積學潛修可以悟道，南頓則強調外在刺激適時的引發，但都不與夢或潛意識有任何關聯。

其二，洛夫以為：「禪與超現實主義最相似之處是兩者所使用的表現方式。禪以習慣語言為阻撓登岸的『筏』，故主張『不說』而悟；超現實主義以邏輯語言為掩蔽真我真詩之障，故力倡自動寫作。」[24]

洛夫的第二個錯誤是以為禪「不說而悟」，其實禪的語言策略應該是「截斷眾流」，說而突然中止（如：棒、喝），說而「不」而悟，「不」與「悟」同時。自動寫作則是眾說紛陳，在並置的語言中尋求另一種邏輯，二者無有相同處。

因此，綜合來看臺灣的超現實主義論述，離開「夢」與「潛意識」的追索已遠，楊熾昌的「頭腦中思考的世界」、「精神的波希米亞式的放浪」，覃子豪的「夢幻特質」，洛夫將「真實」易為「真誠」，顯然都已遠離「夢幻萬能」、「精神本能」之說，因此，所謂超現實主義在臺灣詩壇，應該只有所謂「自動書寫」這種技巧的變化運用，不過，這種「自動書寫」技巧的變化運用，卻是澈底變化臺灣新詩界體質，翻天覆地的大功夫，楊熾昌、商禽、洛夫、蘇紹連等人因而辯證出特殊的美學特質。

二、商禽的穿透性美學

商禽，本名羅顯烆，又名羅燕、羅硯，曾以羅馬、夏離、壬癸、丁戌己為筆名寫作（這麼多的名字，商禽視之為「另一種方式的逃亡」），一九三〇年三月十一日出生於中國四川珙縣。根據《夢或者黎明及其他》書前〈增訂重印序〉，商禽自述：十五歲在成都被當地的軍閥部隊拉伕，隨部隊赴重慶時第一次逃亡，從此一路上遭到各種部隊的不斷拉伕、拘囚，他也不斷在進行著一次又一次的逃亡。一九四九年，那些曾經拘捕與囚禁過他的人，也來了一次集體大逃亡。他說：「來臺之後，曾無逸樂可酖，都由於城鄉距離的縮短以及語言的不適

24　洛夫：《洛夫詩論選集》，頁101。

應，人的軀體已失卻了逃亡的機會，我只能進行另一種方式的逃亡：我從一個名字逃到另一個名字。然而，我怎麼也逃不出自己。」[25] 所以，他認為：《夢或者黎明》仿如自己逃亡的足跡。

生命中無止盡的逃亡，顯現在詩裏，顯豁的當然是「我正越夜潛行」、「我將逃亡，沿拾薪者的小徑，上到山頂」、「將你們從我雙臂釋放啊！」、「逃亡的天空」、「出竅而去。我的魂魄」、「我看見那些素以勇敢、團結著名的螞蟻，忽然變得非常怯懦、自私起來了；僅一秒鐘的時間還不到，便都逃得精光」這種詩句。但是，逃至何處？最早以超現實主義者論述商禽的李英豪則認為：「這種生命存在的悲哀感溢出；詩人從有限的我，逃亡，逃向超我的我；如鳥，如一隻『變調的鳥』，欲飛脫囚籠之現象界，翺往不可觸及的凍結的詭秘天空——一個內在的宇宙。」[26] 以「逃亡」而言，李英豪說商禽是從有限的、現象界的我，逃亡，逃向超我的、非現象界的我。但以超現實主義的原發點而言，方向剛好相反，詩應該是由潛意識中昇發而來，是由夢中逃亡而出。

因此，關於「逃亡」，從一個空間抵達另一個空間，從某個時間延續到另一個時間，不如視之為美學上的穿透，穿透空間上的侷限，時間上的束縛；既是穿透，就可以相互往來於兩地、異時之間，如是，是從現象界逃往潛意識，還是從潛意識冒出於現象界？是先往後來，還是單方向的直行？就可以不必

---

25 商禽：《夢或者黎明》，原由臺北十月出版社1969年印行，後由臺北書林出版公司1988年9月增訂重印，易名為《夢或者黎明及其他》。〈增訂重印序〉見此書「序」，頁1～3。

26 李英豪：〈變調的鳥——論商禽的詩〉，收入商禽：《夢或者黎明及其他》（臺北：書林出版公司，1988年），頁165。

顧忌，自由來去，無所拘泥。

二十世紀初期的藝術家，有幸接觸先人留下的歷史古蹟、石洞壁畫，前往各地蒐集原始部落的藝術作品，開始重視兒童未經習染的繪畫原貌，甚至於精神病患以繪畫所能傳達的內在聲音，他們因而相信，繪畫絕不只是雙眼所可以看見的現實，在理性的背後，包括本能、衝動、直覺、慾望、夢幻、宗教，隱藏著一股神秘的氣息，一股神秘的力量，詩藝術就要從這裏脫殼而出，詩人必須穿透那層看不見的薄膜，穿透本能、衝動、直覺、慾望、夢幻、宗教與理性之間，意識與非意識之間那層薄膜，這就是超現實主義者所追求的超乎現實的真。因此，這一節，我們將討論超現實主義者商禽的這種穿透性美學。

（一）空間感的泯除

商禽的詩作中，夢與黑（或夜）兩字出現比例極高，在《夢或者黎明及其他》五十八首詩中，有「夢」字的詩約十首，「黑」字或「夜」字二十首，有時同一首詩中「夢」與「黑」交互出現多次，題目出現這三字的如〈前夜〉、〈溫暖的黑暗〉、〈逢單日的夜歌〉、〈夢或者黎明〉、〈無質的黑水晶〉等都是。

奚密以「變調」解讀這種現象，認為是詩人在使用某些象徵時，將它們的普遍意義作有意的逆反和扭轉，所以，「黑夜……代表了詩人所追求的心靈的解放與自由」，「夢」和「黎明」相對，「每個黎明都象徵服從理性法則的世界又一次的甦醒和勝利。只有在脫離了這世俗之網、理性之網而獨處時，深層的『我』才能湧現、才能逍遙」。[27]這樣的解說，落實了商禽之所以為超現實主義者最主要的證據，他們相信夢才能給人求取自由的權利，夢是潛意識世界和現實世界的橋樑，是不受意識支配的、精神的自動作用。

如此說來，商禽的詩耽溺在夢境與黑暗之中，有著「懼光」的傾向。不過，僅以為這是脫離理性之網，消極的任潛意識自動演出，不如說是主動的設計：空間感的泯除。商禽不僅是詩中出現多次夢與黑，而且，如果是「火」，則出現的是「滅」火機，「冷藏」的火把；如果是「光」，則光是被擠迫的、被拒絕的，如〈水葫蘆〉詩一開始是：「月黑夜。疾馳在鄉村公路上的一輛客運汽車中的燈光被乘客們發熱的話語擠迫得顫顫畏縮。」[28]〈無質的黑水晶〉則是：「我們應該熄了燈再脫；要不，『光』會留存在我們的肌膚之上。」[29]不讓「光」留在肌膚上，商禽有「拒光」的傾向。

李白「相看兩不厭．唯有敬亭山」，陶淵明「採菊東籬下，悠然見南山」，都是白天的行為，因此，山與人素面相見。柳宗元的〈始得西山宴遊記〉則設計為：「蒼然暮色，自遠而至，至無所見」，所以「心凝形釋，與萬化冥合」，所以「猶不欲歸」。人與萬化冥合是人與萬化相互穿透，必須設計在「黑」「夜」中進行。至少，也應該是在「光」源稍弱的時候，所以商禽的時間設計，不是「黑」「夜」，就是與「黑」「夜」緊鄰的黃昏、「福壽酒色的黃昏」或清晨。

《夢或者黎明及其他》從第一首詩開始就積極設計「空間感」的泯除、「界」的消失，第一首詩詩名〈籍貫〉，是對籍

---

27 奚密：〈「變調」與「全視」：商禽的世界〉，商禽《商禽．世紀詩選》（臺北：爾雅出版社，2000年），頁11～12。

28 商禽：〈水葫蘆〉，商禽：《夢或者黎明及其他》，頁29。

29 商禽：〈無質的黑水晶〉，《夢或者黎明及其他》，頁134。

貫的疑惑，對空間的疑惑。詩一開始：「火紅的太陽沉沒了，鎳白的月亮還沒上昇，雲在游離，霧在氾濫。」太陽沉沒、月亮還沒上昇，是黃昏時刻，有泯除空間感的可能；「雲在游離，霧在氾濫」則又加深「空間感」泯除的更大可能。在這樣的時空背景探討什麼是「籍貫」，從省、國、世界、地球、太陽系的「小空間」的疑惑，以至於確立「宇宙」這個「大時空」才足以言籍貫，詩才完成。宇宙籍貫既經確立，則省際、國際、星際、太陽系等「小空間」的界線就可以泯除，若是，宇宙之大，何處不可以來去，何物不可以穿透？

商禽以泯除空間感來奠立「穿透」的可能，〈行徑〉又是另一個明證：

> 夜鶯初唱的三月，一個巡更人告訴我那宇宙論者的行徑，想起他日間折籬笆的艱辛，我不禁哭了：「因為你是一個夢遊病患者，你在晚上起來砌牆，卻奇怪為何看不見你自己的世界……。」[30]

折籬艱辛，砌牆看不見世界，一個宇宙論者的行徑正是去除空間的障礙。去除空間的障礙，而後可以穿透。

這種障礙，如「籬」、如「牆」、如「籍貫」，都是人為的、後天的、自定的疆界，大部分又是透明的、看不見的、不自覺的阻隔。商禽的〈界〉詩，將他心中的人與人之間的阻隔、人與物之間的疆界，加以具體化：

---

30 商禽：〈行徑〉，《夢或者黎明及其他》，頁12。

據說有戰爭在遠方。……

於此，微明時的大街，有巡警被阻於一毫無障礙之某處。無何，乃負手，垂頭，踱著方步；想解釋，想尋出：「界」在哪裏；因而為此一意圖所雕塑。

而為一隻野狗所目睹的，一條界，乃由晨起的漱洗者凝視的目光，所射出昨夜夢境趨勢之覺與折自一帶水泥磚牆頂的玻璃頭髮的回聲所織成。[31]

詩一開始，說遠方有戰爭，點明：正是因為人封疆畫界帶來戰爭的災害。「界」本來是不存在的：「巡警被阻於一毫無障礙之某處」，多可笑！既是毫無障礙，竟然會被阻，正如煩惱一樣，都由自尋。「界」的無形存在，商禽以「凝視的目光」、「夢境趨勢之覺」、「玻璃頭髮的回聲」，暗喻其無形無影，無聲無息。多少人卻被這種無形無聲的「界」所隔絕，無法穿透。

至於「穿透」的意義，是物與物仍保持各自的特質，相互之間卻可以自由進出，以商禽的詩來說，「我來，並非投入於你；乃是要自你的手中出去的」[32]，「投入」是一種融合，是膠與漆的交溶，但它不是穿透；「出去」才是「穿透」，穿不透也就出不去。「他們並非被黑夜所溶解；乃是他們參與並純化了黑暗」[33]，「溶解」是消溶自我，是水與乳的交溶，但它

31 商禽：〈界〉，《夢或者黎明及其他》，頁 37～38。
32 商禽：〈塑〉，《夢或者黎明及其他》，頁 15。
33 商禽：〈無質的黑水晶〉，《夢或者黎明及其他》，頁 135。

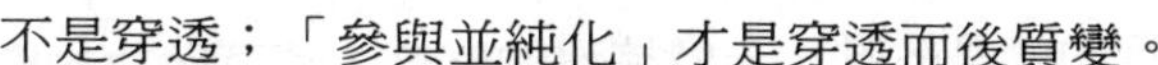

不是穿透；「參與並純化」才是穿透而後質變。

所以，「在手中有霧在臂彎裏／在髮中有風在頸項間」，「樹在樹之中，／樹在樹之間」[34]就是穿透的現象。「我已沐過無數死者之目光／我已穿越一株斷葦在池塘投影的／三角之寧靜／我已經成為寧靜」，「我穿越你在人間的夢中的變形之森林，／星星之果園」[35]，其中，或穿越實有，或穿越現象，或穿越超乎現實的現實，同時也因為穿透而改變了現有的現實（參與並純化了黑暗，穿越寧靜而成為寧靜）。

(二) 個體物的並置

並置書寫，是超現實主義者所喜歡運用的技巧，在商禽的詩中極易發現這種手法，最早的如〈不被編結時的髮辮〉：「不被編結時的髮辮　早春之黃昏　在早上十點猶賴床的人　陽臺上一隻斷了絆的木履　不被編結時的髮辮　髮辮下細長的白頸　一個在下水道出口處乘涼的乞丐　下班了的夜巡警　溫泉浴室裏搖響的耳環廢彈及棄船以及棄船上的纜索；以及不被編結時的髮辮；以及賴床的人，呵欠；以及右眼的淚流到左眼中：『我還以為你們這裏的湖水是甜的哩。』以及左眼的淚已流經耳門——告訴她晚風在市郊時那股子懶勁——之后流到不被編結時的髮叢中去了。」[36]是以「不被編結時的髮辮」為主調的一次拼貼行為，仿如瘂弦〈如歌的行板〉拼貼許多「必要」。

這種拼貼，是個體物的隨意並置，如啞弦〈如歌的行板〉中許多「必要」實則並無關聯、並非必要，而商禽「不被編結

34　商禽：〈樹中之樹〉，《夢或者黎明及其他》，頁 92~93。
35　商禽：〈逢單日的夜歌〉，《夢或者黎明及其他》，頁 95、96。
36　商禽：〈不被編結時的髮辮〉，《夢或者黎明及其他》，頁 13~14。

時的髮辮」暗示的就是散亂、未曾梳理的髮叢，隨意散放的髮絲與不相干事物的並置。

詩人將個體物隨意並置，看似無心，其實應該隱藏深義。也就是物與物之間獨立存在，看似無關，其實是相互穿透。如果以法國超現實主義所信奉的佛洛伊德學說來看，這些個體物即使是來自夢境，來自潛意識，應該是傳達出某種共通的訊息。如商禽〈不被編結時的髮辮〉如果以慵懶、懶散、懶洋洋，去理解這些並置的個體物，彷彿它們都散發出這種氣息：不被編結時的髮辮，慵懶；早春之黃昏，慵懶；在早上十點猶賴床的人，慵懶；陽臺上一隻斷了絆的木履，慵懶。這就是以個體物隨意並置，所造成的物與物相互穿透的美學。

頂真，是修辭學裏為求形式美而設計的一種修辭格，意義是否相繫相連原非設計的本意。商禽〈遙遠的催眠〉就是以長篇的頂真、排比、類疊，形成「懨懨的」歌謠似的催眠效果，讀者很少去計較星在夜中如何守著你。商禽名詩之一的〈逃亡的天空〉也以頂真法寫成，句中的名詞（如臉與沼澤，沼澤與天空，天空與玫瑰）如何繫聯，值得思考：

死者的臉是無人一見的沼澤
荒原中的沼澤是部分天空的逃亡
遁走的天空是滿溢的玫瑰
溢出的玫瑰是不曾降落的雪
未降的雪是脈管中的眼淚
升起來的淚是被撥弄的琴弦
撥弄中的琴弦是燃燒著的心
焚化了的心是沼澤的荒原[37]

洛夫評論這首詩，歸納為「飛翔式的循環」，「飛翔」的妙處在詩與實際世界不即不離，「循環」則是意象環扣著意象的頂真效果。他說：「一個意象環扣著一個意象，前一意象衍生出後一意象，最初一個意象與最後一個意象看似沒有關聯，但在感性上貫通一體，使整首詩形成一種飛翔式的循環，生生不息。我認為，詩中的意象似乎屬於這個世界之內，而實飄浮遨遊於太虛之外。它是溝通詩人與世界之間的一個客體（object），與現實密切結合而又超於現實之上，正所謂：『超乎象外，得其圜中』。超現實的詩大多具有這種飛翔的，飄逸而又曖昧的特性，其妙處即在與實際世界不即不離。」[38]

洛夫企圖以這首詩解說超現實主義的曖昧特性，奚密則試圖找尋八個句子、八個個體物之間的內在系聯，說這是一首獻給陣亡者（屈死者？）的悼歌。[39] 其實，以單一句子而言，每一個句子是一個譬喻句，「死者的臉是無人一見的沼澤」即以「無人一見的沼澤」暗喻「死者的臉」。創作譬喻句的消極原則之一是，喻體與喻依兩者之間的物的屬性不可相近相似，如「伯父像伯母一樣長壽」，不如說「伯父像松柏一樣長青」；積極的原則則是喻體與喻依兩者之間的物的本質最好不相屬，如「骨瘦如豺」，不如說「骨瘦如柴」，人與豺，同屬動物，屬性相近的緣故。以此原則來看〈逃亡的天空〉中的八個個體物：「死者的臉」、「荒原中的沼澤」、「遁走的天空」、「溢出的玫瑰」、「未降的雪」、「升起來的淚」、「撥弄中的琴

37 商禽：〈逃亡的天空〉，《夢或者黎明及其他》，頁 77。此詩曾經修定，此依《夢或者黎明及其他》版。

38 洛夫：〈超現實主義與中國現代詩〉，《洛夫詩論選集》，頁 96。

39 奚密：〈「變調」與「全視」：商禽的世界〉，《商禽・世紀詩選》，頁 13。

弦」、「焚化了的心」，相鄰的兩個個體物，其屬性截然相異，不相繫聯，因此，這才是傑出的譬喻句。八個不相繫聯的個體物，雖然以頂真法串聯在一起，其實是八個個體物的並置。因為「並置」，所以可以互相「穿透」。

以電影「蒙太奇」鏡頭的運轉來面對八物，可以兩兩交互並置，可以同時二物、三物、四物、甚或八物並置，可以淡出、淡入方式處理，可以讓鏡頭相溶或疊合。這樣的鏡頭運用，正顯示這些詩句在我們腦海中浮現的各種可能，因此，不相聯屬的個體物在我們腦海中就有相互穿透的可能。如「死者的臉是無人一見的沼澤」，讀者的腦海中交互出現「死者的臉」與「荒原中的沼澤」的畫面，接著是「荒原中的沼澤是部分天空的逃亡」，「荒原中的沼澤」又疊合「烏雲密佈的天空」（天空的逃亡），如是，「死者的臉」像「荒原中的沼澤」、「烏雲密佈的天空」像「死者的臉」，……「死者的臉」中有「滿溢的玫瑰」、「升起來的淚」中有「死者的臉」。不相聯屬的個體物相互穿透，營造出死亡的悲淒。

逆溯回源頭，回到商禽寫作此詩的潛意識，或許就是這些鏡頭再三的浮現與沉沒。所以，超現實主義者抓住潛意識中的真實，將眾多個體物並置，產生穿透作用，讀者則在物與物的穿透中領略潛意識中的真實（如此詩中的惶恐與傷逝）。

（三）異次元空間的穿透

個體物並置因而產生穿透的作用，是屬於空間穿透的一種。就臺灣現代詩壇而言，管管〈春天像你你像煙煙像吾吾像春天〉、瘂弦〈如歌的行板〉都屬此類。商禽詩中另外發展出「異次元空間的穿透」，更有一種顫慄性的震撼，就像周夢蝶

「火中取雪，且鑄火為雪」，商禽說是「冷藏的火把」，商禽先描述現實：「深夜停電飢餓隨黑暗來襲，點一支蠟燭去尋找果腹的東西。正當我打開冰箱覓得自己所要的事物之同時突然發現：燭光、火焰珊瑚般紅的，煙長髮般黑的，祇是，唉，它們已經凍結了。」而後非現實的「正如你揭開你的心胸，發現一支冷藏的火把」。[40]「一支冷藏的火把」穿透心胸而存在，就是顫慄性的震撼。這種顫慄性的震撼，洛夫的詩中最常設計。不同的是，商禽是在兩個不同的時空中讓「我」與「物」相互穿透：我進入凍結的燭光中／冷藏的火把在心胸中。

〈流質〉這首詩，商禽在夏末秋初讓一個女子在男人的眼睛裏從固體成為液體，又在「我」的「想」中蒸發為氣體，這是「穿透」的另一種模式，潛意識展現的無限可能之一。〈透支的足印〉中「我收回我的足印。我的足印回到它們自己……」。隱隱中，足印穿過時間、穿過空間、肉體，回到它們自己。〈玩笑〉詩裏，聲音的穿透：「我好像聽見一個巨靂似的聲音從每隻螞蟻的口中驚呼出來；而我就是把這聲音投到自己心中的人。／那聲音說：『啊，死！』」[41]在商禽詩中，幾乎是無物不可穿透，商禽以其透視之眼看穿萬物，也讓萬物相互穿透。

商禽喜歡用「或者」造成詩的題目，如〈夢或者黎明〉、〈門或者天空〉、〈哭泣或者遺忘〉，「或者」前後是兩個拼貼的、並置的、不相屬的個體物，以「或者」介乎其中，則兩物可以交叉往來，相互穿透。試比較「門或者天空」和「門與天

40 商禽：〈冷藏的火把〉，《夢或者黎明及其他》，頁138。

41 〈流質〉，《夢或者黎明及其他》，頁27～28；〈透支的足印〉，頁39～40；〈玩笑〉，頁154。

空」，「門或者天空」時，可以是門也可以是天空，具有穿透的可能；「門與天空」時，則門與天空並置而不起作用。

〈門或者天空〉這首詩以「詩劇」的方式寫成：

時間　在爭辯著
地點　沒有絲毫的天空
　　　在沒有外岸的護城河所圍
　　　繞著的有鐵絲網圍
　　　繞著沒有屋頂的圍牆裏面
人物　一個沒有監守的被囚禁者。[42]

這個沒有人監守的被囚禁者，做成一扇「只有門框的僅僅是的門」，他推門，他出去，然後，像其他西洋荒謬劇一樣重複著，出來，出去，出來，出去，「直到我們看見天空」。

為什麼我們能看見天空？為什麼我們能找到出路？答案只有一個：「穿透」。其實在那個抽象的「門」出來出去出來出去的動作中，我們不是早就看到「穿透」的答案一再地在我們眼前演出？

第二本詩集《用腳思想》出版[43]，雖然已過了超現實主義風行的熱潮，仍然可以見識到商禽穿透美學的運用，不同的是，這時期的穿透介乎現實與非現實之間，如〈電鎖〉一詩，停電的夜晚回家，靠著計程車的車頭燈，「我也才終於將插在我心臟中的鑰匙輕輕的轉動了一下『卡』，隨即把這段靈巧的金屬從心中拔出來順勢一推斷然的走了進去」。現實的是那把

42　商禽：〈門或者天空〉，《夢或者黎明及其他》，頁123。
43　商禽：《用腳思想》（臺北：漢光文化公司，1988年9月）。

靈巧的金屬，非現實的是「我的心臟」是車頭燈前的黑影，不變的是：「鑰匙」穿透了我，我穿透了黑暗。再如〈穿牆貓〉一詩，「貓」是真：「自從她離去之後便來了這隻貓」；「穿牆」是虛：「在我的住處進出自如，門窗乃至牆壁都擋牠不住。」[44]穿牆貓在此詩中是幸福的象徵，但「幸福，乃是人們未曾得到的那一半」。所以，他還未曾真正見過牠，見到的是「她用手指用她長長尖尖的指甲在壁紙上深深的寫道：今後，我便成為你的幸福，而你也是我的」。若是，「穿牆貓」是幸福的象徵，因而成為非現實的存在；但那種穿透才是幸福的寓意，卻也顯豁在其中。

（四）異次元時間的穿透

對於「時間」，詩人是敏銳的。在商禽詩中，人可以穿透時間：「竟不知時間是如此的淺／一舉步便踏到明天」[45]，時間似水，人是涉水之禽，一舉步就忘卻了昨日今天。在商禽詩中，時間也可以穿透人：「當天河東斜之際，隱隱地覺出時間在我無質的軀體中展佈。」[46]就因為時間薄淺，軀體無質，所以容易涉渡、展佈，容易相互穿透。

商禽詩中有許多場景的穿透設計，時間因素是其中最引人心折的，如〈前夜〉詩第二節：「那時我正越夜潛行。聽了自己的話，乃從黜黑的星空急急折返。歸來看見：在淚濕了的枕旁熟睡的我的，啊啊，那笑容猶是去年三月的。」[47]越夜潛行，穿透時空，回來看見帶著去年三月笑容的自己。這是夢境

44 商禽：〈電鎖〉，《用腳思想》，頁12～13。〈穿牆貓〉，頁50～51。
45 商禽：〈涉禽〉，《夢或者黎明及其他》，頁111。
46 商禽：〈透支的足印〉，《夢或者黎明及其他》，頁40。
47 商禽：〈前夜〉，《夢或者黎明及其他》，頁17。

的重現，還是潛意識的浮升？這是記憶的追索（去年三月），還是未來的恐懼（越夜潛行）？這是原我的拼圖（第一節首句：因為那永恆的海曾經是最初的），還是自我分裂的徵兆（有淚，有笑）？超現實主義詩作之所以迷人，就在這種可虛可實、非虛非實的廣大面向裏。

神話是超現實的寓言，商禽創作的神話詩〈水田——申公豹之歌〉與〈聊齋〉，使用不同方式的時間穿透，一寫其久，一寫其速，各盡其妙。寫申公豹時，時間穿透安排在詩的前四行與後四行：「才唱出第一句／一隻白鷺飛來／便將我的歌／啣走」……「若干年後／白鷺再度飛臨／我的歌／早已詞句顛倒不堪吟唱了」，我的歌被啣走，又被帶回，昔日之歌與今日之歌在穿透時顯得零零落落 不堪吟唱。寫〈聊齋〉時，放在詩的中段，「我」要去黃昏找回「她」遺失的形象，所以倒退著向黎明奔去，穿越凌晨、午夜，翻遍了昨日所有的晚霞，立刻折返，再次穿越午夜、凌晨，以為一腳踏進的應是朝雲，結果竟已夕暮。時間可以穿越（穿越凌晨、午夜），但是卻不可掌握（應是朝雲，卻已夕暮）。

現實人生中，即使是對母親子宮的歌頌，商禽仍然安排穿透時間回到「溫暖的黑暗」，以倒帶式的方式穿透自己成長的歷程：

> 就這樣，我們便聽見，可是並不知道自己在唱，一組烈焰似的歌聲。
>
> 就這樣，在感覺中緩慢而實際超光的速度中上昇。就這樣一個人看見他消逝了的年華，三十歲、二十歲、十八

> 歲、十七歲……淺海中的藻草似的，顏彩繽紛，忽明忽暗的，一一再現，直至儘屬於我們一己的最初——那極其溫暖的黑暗。[48]

這是時空交錯的穿透。我們聽見（可是並不知道是）自己所唱烈焰式的歌聲：聽的我與唱的我相互穿透，這是空間的穿透。我們看見消逝的年華：我看見過去的我，這是時間的穿透。

在這些穿透的後面，還有一個「我」穿透並書寫「聽的我與唱的我」，穿透並書寫「我看見我」。這種多層次穿透，超現實主義「直式」的並置，層層剝離，層層逼視，可以看到最真實的自我，最真實的人性底蘊。

（五）穿透是為了抵達真實

穿透是為了抵達真實。

〈水葫蘆〉詩中，驚滅了車燈的汽車裏，一個旅客大聲說：「那是假的！那是假的！」「我」懂得他所以嘶喊的用意：「因為我已經看見了他發光的聲音；並因之而看見人們僵直的面孔，被點燃了的眼睛；且穿透車窗照亮空寂的夜野，恰似目眩於一塘盛開的淡紫色水葫蘆花。」[49]這種發現真實的喜悅是超現實主義者所刻意追索的，撕破現實的假面，以直抵夢或潛意識、在黑暗中發光的聲音。

以商禽最有名的散文詩〈長頸鹿〉作為例證來探討：

48　商禽：〈溫暖的黑暗〉，《夢或者黎明及其他》，頁 19。

49　商禽：〈水葫蘆〉，《夢或者黎明及其他》，頁 30。

那個年輕的獄卒發覺囚犯們每次體格檢查時身長的逐月增加都是在脖子之后，他報告典獄長說：「長官，窗子太高了！」而他得到的回答卻是：「不，他們瞻望歲月。」

仁慈的青年獄卒，不識歲月的容顏，不知歲月的籍貫，不明歲月的行蹤；乃夜夜往動物園中，到長頸鹿欄下，去逡巡，去守候。[50]

這裏有「現實的」不真，如「身長的逐月增加都是在脖子」，如「青年獄卒到長頸鹿欄下去逡巡，去守候」；卻因此推演出非現實的、荒謬的真：「他們瞻望歲月」。事實上，連「窗子太高」與「瞻望歲月」的問答，都是現實生活中不可能出現的對話，但無法否認被拘囚者計數時日、盼望自由的急切之真。超現實主義者不計一切，只求撥開現實的迷霧，直探本心，因此現代詩會有小說的企圖，會像小說家一樣以全知的觀點，切入，穿透，安置腳色，導演情節，甚至於紀錄精神耗弱者的幻視、幻聽，喚起精神病患者當初被壓抑的慾望，有些背離現實的畫面，不可思議的聲音，因而浮現：「飲者說：『同我一樣，做一個真正的人吧！』那聲音高得祇有瞎眼的老鼠和未滿月的嬰兒才能聽得見。」[51]這是超現實主義者第一層次的穿透。

為求更為逼近真實，商禽設計青年獄卒積極要識歲月的容顏，積極要知歲月的籍貫，積極要明歲月的行蹤，所以才會去

50　商禽：〈躍場〉，《夢或者黎明及其他》，頁33。
51　商禽：〈溺酒的天使〉，《夢或者黎明及其他》，頁130。

逡巡、守候。這裏的「識」、「知」、「明」，就是逼真的透視，第二層次屬於商禽的積極的穿透。

一幀裸體照逼使「我」買了橡皮膏遮住裸照的眼睛，因為那雙眼睛逼視我，讓我發現我的虛偽（想看而又有罪惡意識之類的偽善念頭）。一個畸形兒的表演，宗教家「過分明顯的憐憫底掌聲」擊傷我。這是商禽在〈傷〉[52]這首詩中設計的兩個情節，不論內在或外在，「傷」來自於「虛偽」，看穿虛偽，拆穿虛偽，需要智慧。

〈滅火機〉中，大人／小孩，憤怒／無邪，成為偽與真的對比。〈醒〉詩中，他們／我，軀體／魂魄，是另一種偽與真的對比。文學評論家奚密把這種對小孩、無邪、魂魄的「真」的追求，視之為「詩人對原我、真我的認同，對超越人為界限可能性的肯定」，稱之為「全視」。根據她的敘述：小孩、卑微的小生命、夢、黑夜、影子、風、液體、女性、火焰、噴泉，比較不受世俗名目、人為界限的局限，更接近真。[53]藝術評論家劉振源認為：「被超現實主義精神所貫穿的藝術行為和作品，也都是在現實世界中以對立的二元論，合理的存在著。」「超現實主義所推行的對現實世界的告發手段，……採取相對的程式，把『近代』的內面真實，順次發掘出來。」[54]對峙的是：有意圖／無意識，合理／不合理，調和／錯亂，白晝、論理／夢、不可思議，常識／驚異，文明／未開發，科學技術／咒術，天主教／異端。偽與真二元的對峙，商禽以穿透作為辨

52 商禽：〈傷〉，《夢或者黎明及其他》，頁45～48。

53 奚密：〈「變調」與「全視」：商禽的世界〉，《商禽．世紀詩選》，頁20～26。

54 劉振源：〈超現實畫派價值觀〉，劉振源《超現實畫派》（臺北：藝術圖書公司，1998年），頁35。

識的手段，為求立竿見影，去偽存真，有時不免悚慄以待，以「穿不透」反證穿透式美學。

（六）穿不透的悲哀

穿透式美學最完善的展示，要以〈躍場〉為首，根據商禽詩後的註解：「躍場為工兵用語，指陡坡道路轉彎處之空間」。商禽散文詩的特色，第一節通常是現實環境的凡常描述，第二節才是超現實的非常設計，〈躍場〉的設計正是這樣：

> 滿舖靜謐的山路的轉彎處，一輛放空的出租轎車，緩緩地，不自覺地停了下來。那個年青的司機忽然想起這空曠的一角叫「躍場。」『是啊，躍場。』於是他又想及怎麼是上和怎麼是下的問題——他有點模糊了；以及租賃的問題『是否靈魂也可以出租……？』
>
> 而當他載著乘客複次經過那裏時，突然他將車猛地剎停而俯首在方向盤上哭了；他以為他已經撞燬了剛才停在那裏的那輛他現在所駕駛的車，以及車中的他自己。[55]

在這首詩中，「時間」就好像一個個凍結的空間所接合而成，因此，空間可以穿透，時間也可以穿透。時間穿透就像倒映的影帶可以回到過去，出租轎車的年輕司機一路駕駛而去，其實是一路穿透時間而去，在順遂的路上這樣的穿透當然毫無問題，但在「躍場」，一個人生陡坡急轉彎處，他必須猛地剎

55　商禽：〈躍場〉，《夢或者黎明及其他》，頁31～32。

停時，自己撞燬自己的驚駭卻引爆而出——這是商禽穿透美學中「穿不透」的悲哀。

商禽在《夢或者黎明及其他》的〈增訂重印序〉中曾言：「我怎麼也逃不出自己，姑無論是『門或者天空』抑且『夢或者黎明』。一個人之為內心所拘囚確是夠悲哀的。」[56]「為內心所拘」、「逃不出自己」，正是「穿不透」的悲哀。〈行徑〉詩裏，「你」是一個夢遊病患者，白天拆籬，晚上砌牆，牆穿不透，看不見自己的世界，所以，「我」不禁哭了。〈界〉詩中「有巡警被阻於一毫無障礙之某處」，既是毫無障礙，何以被阻？正是自定疆界，穿不透自己。〈前夜〉詩裏，我越夜潛行，從星空折返，看見淚濕的自己，是因為聽了自己的話，這話出現在第一節：「因為那永恆的海曾經是最初的；唉，你不能謀殺一個海浪，因為你不能謀殺一輪月亮，是因為你謀殺不了太陽，是因為你謀殺不了你自己的影子是因為……。」[57]此節使用省略的頂真法，依其句式句意應該是「你不能謀殺一個海浪，是因為你不能謀殺一輪月亮；你不能謀殺一輪月亮，是因為你謀殺不了太陽；你謀殺不了太陽，是因為你謀殺不了你自己的影子；你謀殺不了你自己的影子，是因為……」，刪節號之處應該是「你謀殺不了你自己」。「你謀殺不了你自己」，如序所言，正是「逃不出自己」、「穿不透自己」。

寫作於六〇年代——超現實主義風行臺灣的年代——的《夢或者黎明》，商禽的穿透美學已經顯現「穿不透」的焦急。出版於一九八八年的《用腳思想》，共有四十六首詩，其中註明寫於七〇年代或未註明者（可能屬七〇年代）二十二首，八

56 商禽：〈增訂重印序〉，《夢或者黎明及其他》，頁2。
57 商禽：〈前夜〉，《夢或者黎明及其他》，頁17。

〇年代者二十四首，其時，超現實主義業已退除流行，商禽的詩不論寫於美國（七〇年代）或寫於中和（八〇年代），大量出現「穿不透」的悲哀。

七〇年代者，如〈月亮和老鄉〉：「老鄉！好高興在外國相遇／多想用中國話和你寒喧幾句／卻又怕你只會說英文／只好背轉身來故意不看你」，無法寒喧，不能以語言相互穿透，無形的籍貫和疆界分隔了你、我。如〈五官素描〉，「嘴」「吻」過酒瓶，「眉」在哭笑「之間」飛翔，「鼻」是「雙」穴的墓，「眼」中間「隔」著一道鼻樑（有如我和我的家人中間隔著一條海峽），「耳」如果沒有雙手幫忙是一種「無可奈何」的存在，五官六識無一可以通透，是小我之傷，也是大時代的悲劇。再如〈凱亞美廈湖〉（*Kiamesha Lake*）使用的是商禽最擅長的排比兼頂真的句型（比水的清冽更遠的是林木的肅殺／比林木的肅殺更遠的是山的凝立／比山的凝立更遠的是雲的蒼茫／……），一景疊一景而去，最後卻是「比天的渺漠更遠的是我的望眼」[58]，「望眼」（而）「欲穿」，「欲穿」（即）「穿不透」，超現實主義詩人商禽在異鄉失卻了穿透的法眼，有了「鄉？」（鄉愁）的悲哀。

八〇年代者，如〈音速〉：「他被從水面反彈回來的自己在縱身時所發出的那一聲淒厲的叫喊托了一下，因而在落水時也祇有悽楚一響。」淒厲叫聲被水面反彈，跳水自殺的人被自己所發出的淒厲叫聲托了一下，都是「物」無法穿透而淒厲。商禽詩中常見「時間」的穿透與定格，就「空間」而言，邊緣人物（如王迎先）卻是與時代「格格不入」無法穿透的犧牲

58 商禽：〈月亮和老鄉〉，《用腳思想》，頁102~105。〈五官素描〉，頁106~109。〈凱亞美廈湖〉，頁116~117。

者。又如〈手腳茫茫〉中，右腳找不到左腳，左手找不到右手，「在茫茫的空中茫然的探索」；〈用腳思想〉詩以上下隔開的兩欄方式排列，「找不到腳／在天上／我們用頭行走」／／「在地上／找不到頭／我們用腳思想」[59]。這兩首詩，不僅文字、形式上顯現隔絕，相配的兩幅圖也以左右對峙、上下斷裂的形式呈現，超現實主義詩人商禽在八〇年代的臺灣現實中，放棄「穿透」的超現實主義技巧，回到「穿不透」的現實的悲哀。

三、結語：臺灣超現實主義者的美學特質

臺灣詩壇喜歡以詩社結盟的方式集結力量，通常是為詩刊的永續發展而相濡以沫，幾乎見不到以主義為標榜的社團，日據時代的「風車詩社」高舉「新精神」大旗，或許有意實踐理想，但在客觀環境以現實主義為主流的沖激下，未能形成氣候，而且在主觀創作的成就上，除楊熾昌之外，也看不出匯聚而成的豐沛水量，因此無法造就法國布洛東超現實主義的藝術旋風與社會運動的功能。五〇年代之後的「創世紀詩社」，外抗文壇的保守勢力與反共八股，還要維持與藍星詩社、笠詩社的路線之爭與自我調整，其實已沒有多少智慧與餘力做內部的整合，雖然外界多以超現實主義籠統他們的詩作，但真正願意標舉這面大旗的，勉強可以舉商禽與洛夫為代表，但縱觀創世紀發展史，顯然也不以超現實主義（或其他某種主義）為其奮戰主軸，創社五十週年的創世紀詩社從未編選過「超現實主義

---

59 商禽：〈音速〉，《用腳思想》，頁 16。〈手腳茫茫〉，頁 132~133。〈用腳思想〉，頁 130~131。

詩選」，可以看出「超現實主義」不是某一個詩社願意扛起的招牌。因此，要以詩社的力量見證超現實主義的光輝，臺灣詩壇顯無可能。

「風車詩社」與「創世紀詩社」分別活躍於二十世紀三〇年代與六〇年代，同樣期望在高壓的政治管制之下可以擁有一塊喘息的空間，同樣不屑於讓現實僅僅以現實的原貌呈現，同樣嚮往超現實主義，但是兩社之間沒有任何縱的繫聯，上下傳承，斷然中絕，甚至於不如日本詩壇與法國詩壇猶有譯文可以往來，臺灣詩壇與日本詩壇還有聲氣可以相通。如此截然二分，漠不相關，卻又擁抱同一個主義的詩壇怪像，世界詩壇實所未見。

因此，楊熾昌的風格顯然影響不了商禽，而商禽與洛夫雖屬同一詩社，橫向的觀摩，私底下的較勁必不可少，但因個人氣質互異，文化背景相殊，同樣標榜超現實風格，卻來自不相類的潛意識，各自做著不同的夢，超乎不一樣的「現實」。

出乎意料之外的是，七〇年代之後的商禽，放棄穿透美學的刺穿功力，似乎連超現實主義的技巧也棄之如敝屣，永遠的超現實主義者或許只剩下一個扛著「廣義的超現實主義」的洛夫，繼續堅持他自己創發的技巧，釀製屬於他自己的禪味，但「廣義的超現實主義」此一名詞一出，其實已透露出與原來法國超現實主義銳猛的改造精神相遠離，可以說只襲法國「超現實」之名，已無法國「超現實」之實（譬如詩效忠於夢、潛意識）。但經由超現實主義理論與畫作的衝擊，臺灣現代詩禁忌全面解放、鬆綁，現代詩技巧全面翻新、出奇，臺灣現代詩從此成為華文世界文學創作的重要指標，其功則不可沒。它的開拓性貢獻，至少為我們出示了新詩史上罕見的四種取向：

> 其一，擁有最大心理庫藏量的潛意識、前意識，不僅可以成為詩歌寫作的源泉，同時還成為詩歌的表現對象。它是迄今為止，遠未開發、不亞於情感的另一重大詩歌寫作資源。
>
> 其二，作為潛意識、前意識的升浮部分——夢幻（不管是夜間作夢或白晝出神狀），也完全可以成為現代詩人另一種心理圖式，雖然在通常情況下比不上感覺、想像、情緒的普遍功能，但夢幻顯現的獨特、現成和較高頻率，卻也不失為一種有效的詩歌方式。
>
> 其三，與之配套的「下意識書寫」（自動書寫），因其自發、快速和超越於思維特點，經過某種改進，也可以成為一種新的寫作手段。
>
> 其四，由潛意識、夢幻、下意識書寫共同外化的幻象，或者因其本初的真實客觀，或者因其魔幻式的怪誕組合，迥異於人為主觀情思的意象製造，從而大大增補了詩歌的另一構成成分。[60]

超現實主義技巧的傳承，唯一可以見到的冰河遺跡，是早期的蘇紹連深受商禽的啟發，如商禽以散文詩成家，蘇紹連亦以散文詩打下江山，如商禽詩中多淚，蘇紹連亦不遑多讓。但在八〇年代之後，蘇紹連抖落商禽、洛夫的習氣，青出於藍而青於藍，更重要的是，他貼近臺灣現實而自在飛行，這是六〇年代以前的商禽、五十年來的洛夫所欠缺，如此貼近現實卻又不是受阻於意識型態而僵硬的現實主義者，蘇紹連的航道顯然

60 陳仲義：《扇形的展開——中國現代詩學讀論》（杭州：浙江文藝出版社，2000年），頁44。

不以超現實主義為唯一指標，蘇紹連的高度顯然不是超現實主義所能拘限。

因此，要為臺灣詩壇找出超現實主義的家族、系譜，顯然並不容易。

如果我們試以楊熾昌、商禽、洛夫、蘇紹連四位，作為臺灣呈現超現實主義美學的詩人代表，或許可以找到他們的共同點：他們某一時期（或某一些）的作品具有鮮明的超現實主義風格，但又與法國超現實派沒有具體的姻親關係；他們各自發展出不同的美學世界，顯現超現實主義的魅力，但又不相聯屬，可以列成簡表如下：

楊熾昌：魅惑性美學，精靈化的美學世界；
商禽：穿透性美學，人間化的美學世界；
洛夫：化合性美學，魔力化的美學世界；
蘇紹連：轉位性美學，物種化的美學世界。

其中，商禽的人間化美學世界，勢必要站在四種美學樞紐之處，他是最接近常民生活、最為世俗化的超現實主義者，對於自我生命的省察，對於人性底層的挖掘，永遠抱著哀衿勿喜的人道關懷。穿透性美學的應用也是保留「人」原有的質素最多的一種，無論穿透空間或時間，人依然是原來那個人，然而如果是楊熾昌的精靈化美學世界，人潛入的是想像的抒情場域，洛夫的魔化世界則幻化、疊合無所不能，蘇紹連的物種世界，轉位之後，「民」非吾「胞」，「物」非吾「與」，其悚慄可知。以圖示之，其關係應該是：（如圖一）

圖一

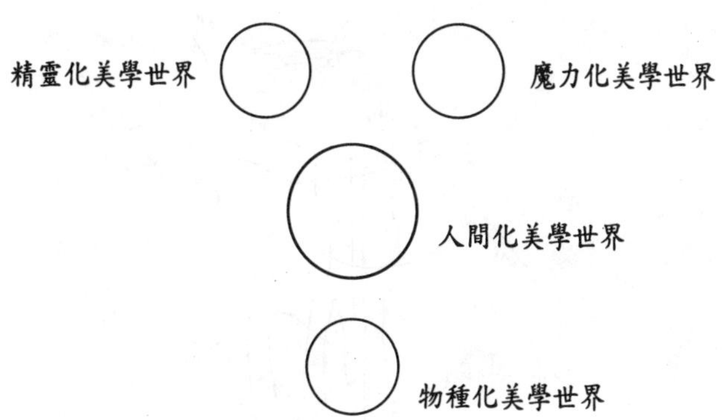

依此圖，商禽的穿透性美學可以穿透物種而與蘇紹連共生，穿透精靈而與楊熾昌同遊，與神魔相往來而與洛夫相埒。

或者，引錄商禽在《用腳思想》詩集中所繪的兩幅插畫（如圖二、圖三）[61]，仔細觀賞，一方面可以透視「穿透性美學」在詩、畫中共有的特質，見證上節所論；一方面復可變化這些線條，或美化為精靈，或淨化為禪境，或轉化為物種，見證此節所述。

臺灣超現實主義詩作之犖犖大觀，藉此而可以窺其一二。

61 這兩幅圖見於商禽《用腳思想》，頁 126、127。

圖二（舞者①）

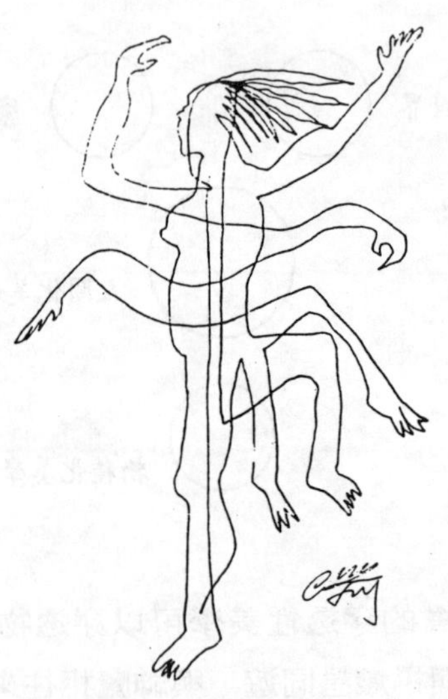

圖三（舞者②）

短　評

蕭蕭〈超現實主義的穿透性美學—商禽論〉是一篇探討超現實主義制訂時的宣言及其後在日本和臺灣被運用到現代詩創作上之情況，並以商禽受此影響之下早期至後期作品不同發展的特色作為主要分析對象。

論文全篇共分三節。第一節的緒論中，作者先談在臺灣詩壇的超現實主義現象，以最早留學日本受到影響的臺南詩人楊熾昌至後來的商禽、洛夫、蘇紹連、渡也、陳黎等，認為「超現實主義」在臺灣詩壇只是「過程」，從未是「目的」。第二小段敘述的是超現實主義法國宣言中強調的技巧。第三小段是超現實主義的日本衍義及其與臺灣詩壇接觸的機會。第四小段是超現實主義在臺灣詩壇衍伸的現象及形成的論述。

論文第二節集中討論商禽的穿透性美學，指出商禽詩作中奠立「穿透」各種可能的例子，認為商禽作品具有「空間感的泯除」、「個體物的並置」、「異次元空間的穿透」、「異次元時間的穿透」、「穿透是為了抵達真實」、「穿不透的悲哀」的寫作技巧和特色，從二十世紀六〇年代超現實主義風行臺灣時的「穿透」至七〇年代超現實主義已退流行、而於八〇年代放棄「穿透」技巧，回到「穿不透」的現實悲哀中。

第三節結語則列舉臺灣超現實主義者的美學特質，認為楊熾昌發展出魅惑性美學，精靈化的美學世界；商禽呈現的是穿透性美學，人間化的美學世界；洛夫則顯現出一種化合性美學，魔力化的美學世界；蘇紹連的轉位性美學，是物種化的美學世界；作者對這四種不同美學亦稍作解釋和評論。

蕭蕭於文章中雖以評析商禽詩的超現實主義的穿透性美學為主，但同時也介紹了原來的法國超現實主義部份面貌和在日本及臺灣發展出來的情況和論述，尤其結語中誘為商禽的人間化美學世界最接近常民生活，永遠抱著哀衿勿喜的人道關懷，勢必會站在臺灣四種超現實主義美學的樞紐之處，最能勾勒出商禽詩作的特色。若能在第二節作更細膩的分析，將會對理解商禽詩的精髓有更大的助益。

（何金蘭，筆名尹玲）

紀弦的「後現代主義」

——評「紀弦論現代詩」

羅青　臺北師大外文系教授

與其讓千名讀者只看一次，

勿寧讓一名讀者看上千次。

——保羅・梵樂希

一、前言

臺灣二十世紀五十年代的「現代派」重要詩人紀弦，曾在五十年代末期，發表過一系列文章，闡述他心目中的「現代主義」、「新現代主義」或「後現代主義」，並對「浪漫主義」猛烈抨擊，引起了很大的騷動。一場「現代詩社」同仁與「藍星詩社」同仁的筆戰，於是登場。

事隔半個世紀，有關「現代主義」以及「後現代主義」的種種論爭，經過七十年代的研究與批判、八十年代的介紹及九十年代的反省，塵埃幾乎落定。此時此刻，在二十一世紀的今天，我們似乎已經能夠以較客觀的論點，來檢討紀弦詩論的特質，為當時的諸多辯論，做一較公允的評價。如果我們能夠重新對「浪漫主義」與「現代主義」基本範疇之異同，做較明確的分辨、定義與釐清，當有助於二十世紀新詩詩學問題的討論與展開。

二、浪漫主義的特色

西元一七六五年，英人瓦特發明蒸汽機，「產業革命」開始。從英國到歐陸各國，三十四年間，紛紛轉變成為工業化國家，自給自足式的農業社會，為「分工專業化」的工商社會所取代。工商大城漸次興起，造成社會階層與勞動力的重新分配：工人大量向都會集中，農村破產，城市外圍之貧民窟迅速蔓延；婦女與兒童的社會地位失調，童工與妓女大增；隨著中產階級快速興起，商業財富大量集中累積，資本家、資本主義、資本帝國主義相繼誕生；環境問題，社會問題亦成倍增長。[1]

西元一七九八年，英國詩人華次華滋（William Wordsworth, 1770～1850）與柯律治（Samuel Taylor Coleridge, 1772～1834）共同出版《抒情歌謠集》（*Lyrical Ballads*），開啟了「浪漫主義」（Romanticism）文學之先聲。「浪漫主義」是社會工業化初期的產物，對工業化所帶來的種種社會現象加以反映、反省及批判，可以稱之謂「前（初期）現代主義」。「浪漫主義」所開發出來的議題，在四十年後興起的「現代主義」中，泰半都獲得了更深入的探討及發展。[2]

「浪漫主義」的特色之一，便是對理性主義及工業化的反

---

1 Harold Bloom and Lionel Trilling，*Romantic Poetry and Prose*（London：Oxford university press，1973），pp.4~9.

2 Frcederick R. Karl，*Modern and Modernism*，*The Sovereignty of the Artist 1885-1925*（New york：Atheneum，1985），pp.40~45.

動。我們知道十七世紀為「理性時代」(The Age of Reason),工具理性興起,科學突飛猛進。哥白尼、牛頓相繼而出,萬事萬物都可以「公理」、「公式」、「定理」求之,反映在文學上,則是「新古典主義」(Neoclassicism)大盛。理性之光,普照世界,「格言」、「信條」、「警句」式的寫作大為風行,「寓言」、「諷刺」、「教訓」式的文章成為主流。凡事講究步驟、方法;形式凌駕內容,儀式超越實質。如此一來,「理性」便易流於一堆繁瑣的「形式」與虛飾的「空言」。

「浪漫主義」一反當時流行的「陳腔濫調」,主張由「直覺」、「感性」、「通感」、「想像力」出發,追本溯源,直指本心,要使蒙塵的「真理」、「真性情」,重見天日;要打破一切因「理性」而設計的種種規條、制度;要澈底掃除虛浮誇大的形式枷鎖。

西元一七八九年的「法國大革命」,便是浪漫風潮的先聲,其傳遍世界的口號:「自由、平等、博愛」,便成了浪漫主義的三大要素,一直持續至「現代主義」時期而不衰。

「自由」(Liberty)不是指「法律」上的自由,而是指「心靈」上的自由,要從過去各種「傳統觀念」的束縛中,解放出來。轉換到文藝上,便是從形式、技巧上的自由,到題材、內容上的自由;從工具、詩法上的自由,到人生觀、宇宙觀的自由。完全不受既成「理性」或「形式」的拘束,更不受社會建制的綑綁。

「平等」,在文藝上,則是指作家所處理題材、內容的「平等」,上自英雄豪傑、美女妖姬,下至販夫走卒,老弱殘疾,天才與白痴,菁英與瘋子,一律可為「主角」,值得細寫。於是勞工、娼妓、殘障、呆癡、精神病患、身心畸形……等,皆可入文藝作品，成為重要主題。

「博愛」，是指作家對萬事萬物都抱有「同情」的態度。通過作家的「想像力」，作品可以超越所有人為的藩籬，使大家心意相通；同時還可以打破人我、賢愚、好壞、人物、人獸……之間的區隔，使萬物可以相互交感。浪漫派對兒童、弱者、殘疾、瘋子、反派人物、惡徒魔鬼、強盜匪徒……，都抱著「同情」的態度，為之代言，並深入探討其內心，替其反省或抒發。

因此，浪漫派詩人特重濟慈（John Keats, 1795～1821）所提出要開發作家的「負面能力」（Negative Capability）的說法，致力於從事物的相對面去探索開發「真理」，在人性的「黑暗面」及「惡魔面」中，看到「真相」。浪漫作家的「心靈能力」或「想像力」，有如一盞會發各種顏色光芒的「探照燈」，平凡的事物或醜惡的本質，一經照射，便會散發或反射出奇異而有魅力的光輝，被其藝術轉化成為絕世名品。[3]

浪漫主義的種種主張中，便充滿了上述「辯證性」的矛盾：「平凡」中可見「奇絕」，「惡醜」中可得「善美」，「最低」中可現「最高」，「反叛」中可成「正道」。沒有受過教育的荒野村夫，成了「高貴的野蠻人」，天真無知的兒童，不但可以進入「天堂」，同時，從華次華滋的角度看去，還是「成人的父親」（The Child is the Father of man.）。為求絕對的真，浪漫作家除了藉用酒精外，還藉用藥物，如吸食鴉片之類的，以求進入絕對的無意識狀態，在毫無理性的干擾下，獲得絕對的真情。

---

3 Walter Jackson Bate，ed.，*Criticism：The Major Texts*（New york：Harcouvt，1952），pp.348~350.

由於對兒童純真的重視，導致「兒童文學」的興起。因此，蒐集山野民謠之風大盛，民間故事、鄉土傳說、怪力亂神，都成了蘊含「真理」的寶藏，等待挖掘、開發。荒謬背理的神怪故事幕後，隱藏著無限知識與哲理。我們現在讀到的童話故事、神話全集，都是拜浪漫時代學者，勤加蒐羅編輯出版之賜。

此後，隨之而來的是「異國情調」的風行。遙遠的異域，奇風怪俗之中，常常透露不可思議的智慧。知識界開始大量翻譯，有關異國的經典與遊記，「中東風」與「中國風」（chinoiserie）大受歡迎。詩人作家在作品中大量引用，畫家、插圖家在創作時不斷摹擬。

浪漫派對工業化所帶來的種種弊病，開始加以反省，對分工專業化或機械化所帶來的非人性後果加以批判。英國大詩人雪萊（Percy Bysshe Shelley, 1792～1822）的妻子瑪麗．雪萊（Mary Wallstonecraft Shelley, 1797～1851），創作小說《科學怪人》（*Frankenstein*）述說年輕醫學研究生佛蘭肯斯坦（Frankenstein），創造了一個「科學怪人」（Frankenstein's monster），最後被此怪物所毀滅，成為人類因自己創造物之「異化」（alienation），而遭受災難的「象徵」。此作不但是現代科幻小說之鼻祖，同時也是反省人類創造「科技」後，又被「科技」所限制的文學主題之源頭。

詩人作家開始對工商業帝國主義加以撻伐，在本國致力於反對權威與既成之制度，在國外則支援世界上一切弱小民族反抗帝國主義的壓迫與控制。浪漫派大詩人拜倫（George Gordon, Lord Byron, 1788～1824）親赴雅典支援希臘反抗土耳其的統治，雪萊反對英國政府而流亡義大利，都是例子。這種憑藉熱情，反抗一切的精神，十分容易流於濫情、濫感，對實際問題之解決，毫無益處，也毫無辦法，用之於政治抗爭，結果多半不堪聞問，用之於文學，一不小心，則易流於「傷感主義」。

後來的作家有鑑於此，開始對浪漫主義做不同程度的修正，或更進一步，將其中某些特色，推向極端。於是寫實主義、自然主義、表現主義、象徵主義、超現實主義、意象主義、主知主義、高蹈派、頹廢派……等等，紛紛出籠，在技巧上各出奇招，在內容上驚世駭俗，各有各的追隨者，各領風騷於一時。而「現代主義」作家便是在這種大環境下，綜合吸收，海納百川，博採精選，隨機應變，乘風而起，薈萃而成。其範圍涵蓋甚廣，詩歌、小說、散文、繪畫、音樂……等等，盡在其中。因此，我們很難明確指出「現代主義」出自誰手，成於何時，信條規章何在，組織結構如何。

三、現代主義的主旨

一般說來，在詩歌的範疇中，「現代主義」始於法國詩人波特萊爾（Charles Baudelaire, 1821 ～ 1867）在西元一八五七所出版的《惡之華》（*Les Fleurs du Mal*）集中有許多詩處理當時所謂的「禁忌題材」，如女同性戀（lesbianism）……等，遭到衛道人士的攻擊。該詩集採取啟發性（heuistic）寫作法，要讀者進入書中作者所營造的「煉獄」（Inferno）有如進入「礦坑」之內。其中所有的意義及價值，讀者要主動努力自行開採、提鍊，方能獲得。[4] 這與讀者坐等別人來告誡、訓示、啟發，是

4 同註 2，p. xvi。

大不相同的。如果讀者懶得動腦思索，拙於主動發現，則作品便會被貼上「難懂」、「晦澀」的標籤，被一般讀者所唾棄，而遭到滯銷的命運。

「現代主義」是建立在「前現代主義」或「浪漫主義」的基礎上的，對人性的黑暗面，對權威的反動，對弱勢的扶助，對知性的追求，對新語言、新系統、新手法、新形式的探索，對民俗、神話的運用，對異國情調的蒐羅，對童心童趣的關切，對原始主義的嚮往……等等，無不深入開發闡釋。

「現代主義」除了上述所承繼的「浪漫議題」外，也有其自身的重點要強調。第一個重點，便是從反政府威權所延伸出來的，反上一代或老一輩的價值觀，進而反傳統，反歷史，並對歷史及傳統人文主義採取割斷、棄絕的態度。在此，「現代主義」與「共產主義」，甚至「納粹主義」，在某些方面，都有了相當的聯繫。

在寫作態度上，現代主義者反對過份主觀，反對濫感濫情，主張絕對主知，希望澈底的與通俗浪漫主義劃清界限。現代主義者要通過從「形式的創新」到「內容的創新」，來對讀者展現「全新思想」，為讀者再「啟蒙」。

「現代主義者」不但要與歷史決裂，同時也要對當時普遍的中產階級價值觀挑戰，反世俗、反流行、反大眾，成了現代主義殿堂主要的支柱，為「藝術而藝術」的口號響徹雲霄。孤立的「現代主義者」成了與世俗對抗的戰鬥者，充滿了武裝的意識（militant spirit），自稱為前線藝術家或前衛派（avant-garde 或 Vanguard），有如基督教的「救世軍」一般。此一戰役由十九世紀詩人批評家阿諾德（Matthew Arnold, 1822 ～ 1888）批判「菲利士丁」（Philistine）式的中產階級品味開始，至今未衰。[5]

「為藝術而藝術」的美學是從「分工專業化」的思想之中，演化而來。因為機器的美學就是「為生產而生產」，所有採用分工專業化的行業，都因效率提高而蒙受其利。例如，消費者「看不懂」汽車原理或電視構造，但卻仍然願意花高價買來消費。只有藝文作家，在專業化後，所寫出來或畫出來的作品，因消費者「看不懂」，而拒絕購買，變得與大眾隔絕。而其作品，因被視為離經叛道，而不斷遭到反對、控告、判罪、放逐。不過「現代主義者」，絕不會因此而妥協，因為現代藝術的主旨之一，便是要諷刺、批判，攻擊所謂的一般「讀者」及其背後所支持的普世價值觀念。現代主義者所使用的「武器」，便是不斷專業化各種文學技巧、不斷純粹化的創新語言形式，透過這種對一般讀者十分「陌生」的表現手法，傳達其創新的思考模式以及價值觀、人生觀、宇宙觀。

極端的「現代主義者」往往走向純粹主義，提倡「純詩運動」，只專注於語言本身及其音樂性，而不及其他。

從波特萊爾到艾略特（T. S. Eliot, 1888～1965），「現代主義」一路向其高峰挺進。一九二二年，艾氏出版長詩《荒原》（*The Waste Land*），象徵了「高潮現代主義」的來到。此時現代主義已吸收了所有《惡之華》以來的各種流派的寫作技巧，如象徵主義、意象主義、自然主義、寫實主義、超現實主義、高蹈派、頹廢派、意識流……，對繪畫界的印象主義、立體派、野獸派、表現派，也加以吸收消化，並與當時的「達達主義」（Dadaism, 1919～1924）運動，相互呼應。

5　同註3，pp.437~438。

「高潮現代主義」，吸收了「浪漫主義」中的「有機」（organic）觀念，將之與「結構主義」（Structuralism） 結合在一起，特重作品在章法上的創新與完整。浪漫派認為所有的形式，皆如植物的種子在未萌芽前，已經自給自足，只待適當的環境便可成長出頭尾俱足，無法增減的完美形式。此一形式，因種子的不同，最後長出來的結果也大不相同，造成了藝術形式的百花齊放。這是藝術家在自己藝術世界中，所追求的目標之一，也是整個藝壇文壇所追求的目標之一。

現代派承繼此一理念，並與達爾文的「進化論」相結合，認為經過「突變」或「革命」不斷的創新形式，是藝文「進步」的原動力。浪漫派詩人喜以「突變」（mutation）為題寫詩，華次華滋與雪萊都有例子，他們都以 Mutability 為題，寫過詩。而現代詩人則喜「革命」，要不斷的推翻過去，建立新的「有機結構」。 Make it new ！ 成了現代主義者的第一信條。

這樣一來，現代派在形式上便走向了「承先啟後」式的封閉型態（closed form），作品在技術上有設計、有目的，追求「整體化」（ totalization），及美學距離，技巧精熟，階層組織（hierarchy）完備，文類區分非常明晰而清楚。在內容上，現代派首重形上學（metaphysics）、隱喻（metaphor）、徵候（symptom）與閱讀詮釋，在語意學（Semantics）的範疇中，精選例證，組織階層，製造意義的深層，以理體中心（logos）為最終之依歸。

在精神上，現代派主張以「命定因素」（determinacy）為基礎，向超越性（transcendence）邁進，較極端者則走入「誇大妄想症」（paranoia）中。現代派十分重視「縱軸典範」（paradigm）之確立，喜歡在古今中外的文學史上，精選同質性較高的作家與作品，建立前後連貫之「主從次序」(hypotaxis)，從而形成道統。[6]

上述種種，都是從浪漫主義之中，深化發展出來的結果。而「後現代主義」，又從上述「現代主義」的各項特色裏，發展出一連串不同的對照組。例如，以「不定因素」(indeterminacy) 對「命定因素」；以「普遍內存性」(immanence) 對「超越性」；以「精神分裂」(schizophrenis) 對「誇大妄想」；以「毗鄰範例」(syntagm) 對「縱軸典範」；以「無秩序」(anarchy) 對「主從秩序」；以「道統敘述」(narrative / grand histoire) 對「野史敘述」(petite histoire) ……等等。

四、紀弦的「現代主義」與「新現代主義」或「後現代主義」

紀弦有關現代詩的論述，多半都收錄入他的《紀弦論現代詩》之中，我手頭的版本是由藍燈出版社於民國五十九年一月印行的。[7] 其中收入了他從民國四十三年至五十二年所寫評論文字，較重要的大約可分為下列三組文章：

(A) 有關浪漫主義與現代主義的區別

①「從浪漫主義到現主義」(民46)

②「抒情主義」要不得 (民46)

③「詩情與詩想」(民46)

---

6 Ihab Hassan，*The Postmodern Turn*，*Essays in Postmodern Theory and Culture*，(Clumbus：The Uhio State University Press，1987)，pp.55~56.

7 紀弦：《紀弦論現代詩》(臺北：藍燈出版社，1970年)。本文所引紀弦言論，全出自此書，於引文後標出該書頁碼，不另加註。

（B）有關現代詩的定義

①「把熱情放到冰箱裏去吧」（民43）

②「詩是詩，歌是歌，我們不說詩歌」（民44）

③「現代詩的特色」（民45）

④「自反而縮雖千萬人吾往矣」（民46）

⑤「現代詩之定義」（民49）

⑥「現代詩之詩觀」（民49）

⑦「現代詩之精神」（民49）

⑧「現代詩之評價」（民49）

⑨「現代詩的創作與欣賞」（民49）

⑩「工業社會的詩」（民51）

⑪「我的現代詩觀」（民52）

（C）有關「新現代主義」或「後期現代主義」

①「從現代主義到新現代主義」（民46）

②「新現代主義之全觀」（民49）

③「從自由詩的現代化到現代詩的古典化」（民50）

(一)「浪漫」與「現代」之區分

在第一類文章中，紀弦喜歡強加區分浪漫主義與現代主義之不同。其實他所說的浪漫派特色如「詩的音樂性」、「主觀抒情」、「主知」……等，都是現代派的特質。他說「抒情主義要不得」，其實現代派大詩人艾略特指出，詩人的重要任務之一是「更新一個時代的感知性（sensibility）」，也就是說詩要「感」「知」合一，方為佳作。因此，「抒情感發」，仍是現代派重要的手段之一。艾氏曾為文指出「知感分離」（dissociation of sensibility）是詩之大病，定要避免。因此，詩中抒情，只要能與「知性」兼顧，取得平衡，便為佳構。[8]

紀弦說現代主義的特質，在科學精神、客觀手法，以「真實之門」探索「複雜微妙的心靈生活之體驗」，及「神祕的經驗」，「洞見其可驚異的新天地」，倒是一針見血之論。（頁136）

紀弦喜歡對「詩情」、「詩想」硬加區分，也殊無必要。依他所見「詩情」就是「抒情」，而「詩想」則是一「經不斷的努力與嚴格的訓練而養成的，一種藉以構成詩的世界之新秩序的特殊的心靈的能力，一種組織的能力」。（頁159）他又說詩想是：「深邃、堅實、寧靜、微妙、甘美，是輻射的而非反射的，是構成的而非說明的，就有待於理智之高度的運用了。一首詩是一個直覺的世界之捏塑，一個冷靜的頭腦的產品，而熱情之類是最最脆弱的，最最靠不住的！」（頁25）上述種種對詩想的解說，多流於用形容詞加以修飾，並沒有對詩想本身的結構，有任何分析與說明，對釐清問題的作用不大。

紀弦認為現代詩：「只構成一個『秩序』的。而在這秩序的天地間，一切非詩的雜質，都已排除盡淨，那就當然再沒有什麼意識觀念之類，是必須加以說明了，也不是全然否定了音樂的，也不是全然否定了美術的，然而是秩序化了的音樂和美術，秩序即一切，秩序並不等於形式。在這裏，形式問題的討論，最已成為次要，而且帶幾分幼稚的了。——這就是現代主義方法論的勝利。」（頁161）

詩中的「秩序」其內容如何，又如何組成，紀弦沒有解釋。他只說，在此秩序內，連「意識觀念」都被放逐了。在這一點上，紀弦呼應了艾略特的說法。艾氏認為詩是「情緒的放

---

8 同註3，pp.522~523。

逐」、「個性的放逐」(an escape from emotion, an escape from personality)。小我放逐後，取而代之的是一個知性的大我，通過嚴謹的「形式」，冷靜的關照一切。因此「形式」問題，仍是現代主義的核心問題，似不宜以「秩序並不等於形式」一筆帶過。

(二)「現代詩」之定義

在第二類文章中，紀弦指出浪漫主義的「感情衝動」與「平面化、抽象化、主觀的嘆息與叫囂」是不可取的。現代派的詩，是「理性與知性的產品，所謂的『情緒的逃避』，蓋即指此」。又說現代詩「決非情緒之全盤的抹殺，而係情緒之微妙的象徵。它是間接的暗示，而非直接的說明；它是立體化的，形態化的，客觀的描繪與塑造，……它是冷靜的、觀照的，而非熱狂的，燃燒的」。（頁 4）紀弦忽略「主知」而強調「象徵」，是無可厚非的，只不過這與他時時要超越象徵主義的主張，有些不合。

大體上說還來，上述看法，亦可謂深得要旨，並不離譜。他接著又指出，現代詩在詩質上應為「純粹的詩」，強調「現代價值之自覺」與「現代精神之昂揚」，「在看法、想法和表現方法上，都急促的採取一種新的角度，新的立場，和新的技術」。（頁 12 ～ 14）

他認為：「新詩作者之所追求的，乃是一個純粹的，超越的和獨立的宇宙之創造。但其創造的原則，恆不以『圓滿』為目的。如有必要，它可以是『不完成』的，它無視於一般的邏輯，一般的倫理，然而它是非常之理性的，非常之知性的。」（頁 19）這種理性的追求「不完成」乃是源自於浪漫主義。柯律治寫的名詩「忽必烈汗」（Kubla Khan） 便是在吸食鴉片後，「出神」的結果。全詩未完，也無以為繼，成文學史上最有名的斷章。

現代主義者常常利用邏輯與現實的外觀或形式，寫出反邏輯或超現實的作品。但對作品本身的「完成」度或「圓滿」度，則相當重視。當然，現代主義者所追求的「完滿」，與傳統文學中「有頭，有尾，有中腰」的完滿，大異其趣。其所營造出來「不完成」的「完成」，自有其內在理路，不加以細密分析，不易見其端倪。

民國四十九年，紀弦寫了四篇短文，詮釋現代詩的「定義」、「詩觀」、「精神」、「價值」。在「定義」上，他認為「現代詩」的工具是「口語」與「散文」，在形式上使用「自由詩形」，在散文的音樂性上，使用的是「自然的節奏」，以「詩想」為本質，「是一個秩序的世界，而其所『表現』的，恆是散文所不能表現的」（頁116～119），「至於『散文詩』這一名稱，吾人最近主張根本把它取消拉倒」。（頁12～14）

在「詩觀」上，他認為：「現代詩排斥情緒，以想像為本質……從想像出發，從想像到想像的飛躍……是『構想』的詩，所重在『秩序』，故其主題是不定的，因而難懂。……不以主題的顯示為目的，其目的在於一個秩序的建立。一首詩是一個秩序，其秩序就是其主題。……現代詩是沒有主題的詩。是邏輯的揚棄。」（頁121）又指出「詩是只表現散文所不能表現的」。紀弦所說的「散文」，當是指抒情、記敘、描寫、議論性的散文。

最後，他認為「詩是少數人的文學，而詩人是一種專家」。一個詩人，「同時也就是一個批評家，……唯詩人寫詩

論，唯詩論家寫詩」。因此，「現代詩的『難懂』應該不是『不可懂』的了，『如何去懂它』和『懂它的什麼』，這都是必須從現代詩觀的把握來入手的」。（頁125）

在「精神」上，紀弦認為現代詩是具有「反傳統」的革命精神，有「獨創」的建設精神，有「學者的風貌」的批評精神。現代詩反古典主義，反浪漫、唯美主義、反高蹈、象徵，後期象徵等主義。現代詩超越「意象學派」、「未來派」，融合「立體主義」、「達達主義」、「超現實主義」，成為「國際現代主義」。

紀弦認為現代詩是「獨立」又「純粹」的，但同時又有學者的風貌。至於如何調合「純粹」與「學問」，他並沒有申論。（頁132）

像這種前後矛盾的地方，在紀弦論詩時，常常出現，可怪的是，他的對手居然沒有察覺，輕易地把他給放過了。事實上，學問對寫純粹的詩，是有干擾的，書袋掉得太多，詩往往也純粹不起來了。例如主張以「純粹經驗」入詩的學者葉維廉，其作品有時便陷入此一進退維谷的問題之中。

在「評價」上，他認為「現代詩」只表現「散文所不能表現的」。詩與音樂無關，是「不唱的」，是「少數人的文學」；在「形式」與「本質」上，都發生變化。這種主動拒絕「大眾化」的態度，是標準「現代主義」的特色。

他說「現代詩」否定「邏輯」，代之以「秩序」，但並未說明其間之異同。他又認為「秩序」是靠「高級心靈生活之體驗與觀照」，「恆受詩人絕對自由意志之支配。」由「體驗觀照」及「自由意志」產生了「直覺明滅」、「頓悟啟閉」。十分接近禪家所謂的「禪」意。（頁136）但有時「高級啞謎」與詩是無關的，這一點，紀弦似乎無暇深論。

在「直覺」、「頓悟」中，「錯綜時空，合一物我，變動萬有之位置，交換一切之價值，……重組又分裂，分裂了又重組，而且於詩的至善」。這就是他所說的「秩序」，一種「君臨其宇宙的秩序」。（頁136）因此，「現代詩」絕「不反映現實」，「不再現自然」，「不說明什麼」，更「不為了什麼」，是一種帶「幾分偶然性」的「秩序」。其「主題」從飛躍到飛躍，是「變動不居」、「無可捉摸」、「多元性的」、「無限性的」，「先有作品，後有主題」。（頁137）以上的主張，十分近於「達達主義」，頗有一點「後現代主義」式的遊戲味道。

在語言運用上，這個「現代主義」最重視的問題，紀弦著墨不多。他只說「現代詩」的「語言」是「特殊語言」，是一種「不合文法」的「最高級文法」，是一種詩的語法。是故傳統詩「天真爛漫」是「小兒詩」，現代詩是「成人」詩。（頁137～142）他對現代詩所喜歡使用的「戲劇結構」、「矛盾語法」、「反諷手法」、「誇示／低調」、「擬人語氣」、「聲音塑造」、「比喻象徵」、「神話寓言」，皆無論說。

在詩與社會的關係上，紀弦認為「現代詩」是工業社會的詩，「絕對排斥」農業社會意識的。「現代詩」應面對「機器」與「噪音」，去發現「機器的美，一種醜惡的美」，應該有能力「組織噪音」並以「噪音寫詩」，用「不悅目的形象」與「不悅耳的音響」做為「現代詩的泉源」，現代詩人應將自己的意識形態，澈底「工業化」。（頁191～192）但他又認為「現代詩」是「肯定的詩」，是「人生的批評」，是「健康的」，不是「否定的詩」，不「游離現實」，不「病態」，不「虛無」。（頁188）這種主張與前述一連串「不為什麼」之類的宣言之間，相互矛

盾處，也不見他有任何解釋。

(三)「新現代主義」或「後期現代主義」之特色

在第三類文章中，他概略申論了一下他所說的「新現代主義」或「後期現代主義」，其重點與主旨在「革新」、「健康」、「積極」。其中，除了有「工業時代」精神為前導力量之外，還有其政治上的意義，那就是「堅強的反共意識」、「濃厚的民主思想」，絕非「脫離現實生活的純空想的產物」。（頁63～64）

紀弦在「新現代主義之全貌」中所提出的五點看法，基本上與他對「現代詩」的定義完全一樣。他的意思是說「現代主義」經過他從「正名，分類入手，作了史的考驗，質的分析，方法上的比較研究……達到理論的體系化、重點化、層次化」後，已經變成了一種新東西。因此，他的理論，便是一種「革新了的現代主義」，亦可稱之為「新現代主義」、「後期現代主義」或「中國現代主義」，「因為它不同於法國的現代主義，亦不同於英美的現代主義，而又超越了它們。……是國際現代主義之一環，同時是中國民族文化之一部分」。至於「現代主義」與「新現代主義」有無本質上的不同，紀弦並無申論。（頁39）這樣一來，他所主張的「革新了的現代主義」，未免就落了個空，沒有什麼實質的意義。

不過他在「從自由詩的現代化到現代詩的古典化」一文中，倒是再度強調了下列四點主張，一、反對「新形主義」，認為使用符號、外文，經將排列法入詩，「無必要」。二、反對「縱慾的傾向」，反「唯性主義」。三、反「虛無主義」。四、「追求不朽」，讓「現代詩」成為「古典」，而非「古典多義化」。（頁32）這些主張，多半與其以前的說法，諸如現代詩應探索：「複雜微妙的心靈生活之體驗」，「神祕的經驗」，「洞見其可驚異的新天地」；一首詩是「一個直覺的世界之捏塑」，「再沒有什麼意識觀念之類，是必須加以說明了」，「它無視於一般的邏輯，一般的倫理，然而它是非常之理性的，非常之知性的」，大相逕庭。

由是可知，紀弦的「新現代主義」是「現代主義」適應當時政治現實的修正，是一種權宜說法，與其提倡「新現代主義」的本意無關，與「後現代主義」也無關。

五、「浪漫」為骨，「現代」為衣

綜觀紀弦所有的主張，其根源全都在浪漫主義之中。這一點我們從他的作品中便可看出。他所寫的「自由詩」之數量，遠遠超過了他自己定義的「現代詩」，便是鐵證。

他不斷強調現代詩是「構想」的詩，但對如何「構想」才算是「現代構想」，並無見解，既無分析，也無說明。他強調「排斥情緒」，力求「主知」，但如何才能達到此一目的，他也無暇深論。至於他自己的作品中，倒是充滿了「抒情」及「情緒」的發洩。

他把「現代詩」的「秩序感」放在一切之首，但建立什麼秩序？意象的？思想的？方法論的？形式的？如何建立？如何與以前的秩序又所不同，他皆無申論。他自己的作品，在結構上，多半遵循浪漫派自由詩的寫法，偶有變化，但卻非本質上的變化。

他在文章中，太過急於區分「浪漫」與「現代」，結果吃

力不討好，成效不大。因為政治的原因，他畫蛇添足的為他的「現代主義」，加上了「愛國．反共．擁護自由與民主」的口號，並冠以「新現代主義」的名稱。現在看起來，是殊無必要的。不過，在當時說不定是一種必要的權宜措施。

紀弦對「浪漫主義」的理解流於片面，又因時局的需要，匆匆推出「新現代主義」一詞，皆無損於他對「現代詩」與「現代主義」要點的把握。雖然他在申論時，常常前後矛盾，顧此失彼，只拋出名詞而不加定義，犯了僅用形容詞來描述修飾理論的弊病。凡此種種皆因他在哲學及美學的基礎訓練不夠，無法深入探索之故。這些問題的研究，本是當時學者的職責，紀弦只是以詩人的身分，越俎代庖而已，做得不夠嚴謹，實在無可厚非。雖然，他認為現代詩人應集「創作者」與「學者」於一身，但在他的年代，以詩人的身分，能為讀者大致勾勒出「現代詩」的風貌，而又能不離題太遠，實屬難能可貴。當時的學者，似乎尚沒有做到這一點。

我們現在當然已經非常清楚浪漫派的「有機論」，與達爾文的「進化論」、「突變論」，都是「結構主義」式的理體中心思想，也是現代主義的基石。其盲點非用「解構論」及「多元論」來平衡不可。晚近的「測不準定理」、「災難理論」、「量子力學」、「模糊理論」，對傳統牛頓力學及相對論……等等，都起了平衡的作用。

文學作品與理論的發展，伴隨著我們對「外在現實」及「內在現實」的新「認知」，而不斷調整。新的科學科技知識及方法，為我們帶來了全新的視野，去體驗「內外現實」。這就像在浪漫時代期間，作家的手稿，要通過機器印刷，才能複製言論，在有限範圍中行世。現代主義時代，作家可自行用打字機，便能複製言論，在一定範圍中散播。後現代主義時代，作家方便到可用電子檔複製多元文字圖象，立即傳布整個世界。

由此可見「浪漫主義」（前現代主義）與「現代主義」都是結構主義的產物，對上述思想之深入探討、比較及闡釋，對進一步瞭解新詩史的發展是重要無比的。

短評

一、本文撰者，以名詩人、學者身分，作此評文，工力充盈，自屬不凡。

1. 對歐陸文學遞嬗之跡：由古典主義——浪漫主義——現代主義闡述精當，負面之檢討尤佳。

2. 對紀弦詩說評估得當。貴在能舉出其不足與矛盾。尤為可貴在能補其闕漏，如如何調合「純粹」與「學問」問題，評者提出「掉書袋」之弊，此「學者」與「詩人」性行有別之使然。

二、略舉數端藉供參考

1. 依文學之不全性、生物性定則言：各種風貌之始盛終衰，皆由於「反動律」（新者常是前者之反動）之使然。

2. 任何風貌之優缺互見未能免除負面者，胥在於「不全性」先天因素之固存。

3. 頁3童真之追求：我國李贄（明世宗嘉靖六年～明神宗

萬曆三十年，1527～1602）曾有「童真說」之提出。

4. 紀弦貢獻在詩運之推展，而詩作藝術並非一流，未能勝任襯托其人理論。又強調知性與西化本有其先天顧此失彼之弊。

三、「」之可刪：如頁2之「主角」、「想像力」；頁3之「探照燈」；頁4之「礦坑」；頁5之「啟蒙」、「看不懂」、「陌生」；頁6之「承先啟後」。

四、或稍有誤：如頁2之「菁」英誤為「精」；頁4「晦」澀誤為「誨」；頁13做「得」誤為「的」。

（楊昌年）

國家圖書館出版品預行編目資料

臺灣前行代詩家論 ／國立彰化師範大學國文系
編. -- 初版 -- 臺北市 ：萬卷樓, 2003[民
92]
面； 公分
ISBN 957－739－459－0 (平裝)
1.中國詩－歷史－現代(1900－) 2.中
國詩－評論
820.9108 92018318

臺灣前行代詩家論

—第六屆現代詩學研討會論文集

主　　編：國立彰化師範大學國文系
執行編輯：張麗珠　許麗芳
發 行 人：楊愛民
出 版 者：萬卷樓圖書股份有限公司
臺北市羅斯福路二段 41 號 6 樓之 3
電話(02)23216565・23952992
傳真(02)23944113
劃撥帳號 15624015
出版登記證：新聞局局版臺業字第 5655 號
網　　址：http://www.wanjuan.com.tw
E-mail：wanjuan@tpts5.seed.net.tw
經銷代理：紅螞蟻圖書有限公司
臺北市內湖區舊宗路二段 121 巷 28 號 4F
電話(02)27953656(代表號)　傳真(02)27954100
E-mail：red0511@ms51.hinet.net
承印廠商：晟齊實業有限公司
定　　價：360 元
出版日期：2003 年 11 月初版

ISBN 957－739－459－0